En el blanco

Ken Follett nació en Cardiff (Gales), pero cuando tenía diez años su familia se trasladó a Londres. Se licenció en filosofía en la University College de Londres y posteriormente trabajó como reportero del *South Wales Echo*, el periódico de su ciudad natal. Más tarde colaboró en el *London Evening News* de la capital inglesa y durante esta época publicó, sin mucho éxito, su primera novela. Dejó el periodismo para incorporarse a una editorial pequeña, Everest Books, y mientras tanto continuó escribiendo. Fue su undécima novela la que se convirtió en su primer gran éxito literario.

Ken Follett es uno de los autores más queridos y admirados por los lectores en el mundo entero, y la venta total de sus libros supera los ciento setenta millones de ejemplares.

Follett, que ama la música casi tanto como los libros, toca el bajo con gran entusiasmo en dos grupos musicales. Vive en Stevenage, Hertfordshire, con su esposa Barbara, exparlamentaria laborista por la circunscripción de Stevenage. Entre los dos tienen cinco hijos, seis nietos y tres perros labradores.

Para más información, visite la página web del autor: www.kenfollett.es

Biblioteca
KEN FOLLETT

En el blanco

Traducción de
Rita da Costa

DEBOLS!LLO

Papel certificado por el Forest Stewardship Council®

Título original: *Whiteout*

Primera edición con esta portada: mayo de 2016
Séptima reimpresión: febrero de 2022

© 2004, Ken Follett
© 2005, Penguin Random House Grupo Editorial, S. A. U.
Travessera de Gràcia, 47-49. 08021 Barcelona
© 2005, Rita da Costa, por la traducción
Diseño de la cubierta: Penguin Random House Grupo Editorial basado
en el diseño original de Daren Cook
Imagen de la cubierta: © Trevillion Images

Printed in Spain – Impreso en España

ISBN: 978-84-9793-851-8
Depósito legal: B-7.266-2016

Compuesto en Lozano Faisano, S. L.
Impreso en QP Print

P 8 3 8 5 1 E

NOCHEBUENA

01.00

Dos hombres de aspecto cansado miraban a Antonia Gallo con rencor y hostilidad. Querían irse a casa pero ella se lo impedía, y sabían que tenía buenos motivos para hacerlo, lo que solo servía para que se sintieran peor.

Pertenecían los tres al departamento de personal de Oxenford Medical. Antonia, más conocida como Toni, era la subdirectora de los laboratorios, y su principal función consistía en garantizar la seguridad en las instalaciones. Oxenford era una pequeña empresa farmacéutica —una «empresa boutique», en el argot bursátil— que se dedicaba a la investigación de virus letales. La seguridad era un asunto de vida o muerte.

Toni había hecho una inspección aleatoria de las existencias y había descubierto que faltaban dos dosis de un fármaco experimental. La noticia en sí era nefasta: el fármaco en cuestión, un agente antiviral, se mantenía en el mayor de los secretos y su composición poseía un valor incalculable. Era posible que alguien lo hubiera robado para venderlo a una empresa de la competencia pero otra posibilidad, más terrorífica aún, había dejado un poso de angustia en el rostro pecoso de Toni y había dibujado profundas ojeras bajo sus ojos verdes. El ladrón también podía haber robado el fármaco para uso personal, pero en ese caso solo cabía una explicación: alguien se había infectado con uno de los virus letales que se almacenaban en los laboratorios Oxenford.

Los laboratorios se hallaban en una enorme mansión construida en el siglo XIX como casa de veraneo de un millonario de la época victoriana. El edificio recibía el apodo de «el Kremlin» debido a la doble valla, la alambrada, los guardias uniformados y el avanzado sistema electrónico de seguridad que la custodiaba, pero en realidad se parecía más a una iglesia, con sus arcos apuntados, la torre y las hileras de gárgolas que asomaban en el tejado.

La oficina de personal ocupaba lo que en tiempos había sido uno de los dormitorios principales de la casa y todavía conservaba sus ventanas góticas y paneles de madera tallada, aunque ahora había archivadores en lugar de armarios roperos y escritorios con ordenadores y teléfonos donde antes había tocadores repletos de frascos de cristal y cepillos con mango de plata.

Toni y los dos hombres se afanaban en llamar a todo aquel que tuviera permiso para acceder al laboratorio de alta seguridad. En Oxenford Medical había cuatro niveles de bioseguridad. En el más elevado, conocido como NBS4, los científicos trabajaban enfundados en trajes aislantes y manipulaban virus para los que no existía vacuna o antídoto. Aquel era el lugar más seguro de todo el edificio, por lo que las muestras de fármacos experimentales se almacenaban allí.

No todo el mundo podía acceder al NBS4. Para hacerlo, era obligatorio poseer formación específica en materia de peligro biológico, condición que debían cumplir incluso los empleados de mantenimiento que entraban a revisar los filtros de aire o a reparar los autoclaves. La propia Toni había tenido que someterse a un curso de preparación para poder entrar en el laboratorio a realizar comprobaciones de seguridad.

Solo veintisiete de los ochenta empleados de la empresa tenían acceso al laboratorio. Sin embargo, muchos de estos se habían marchado ya de vacaciones de Navidad, y el lunes dio paso al martes mientras las tres personas al frente del laboratorio trataban de localizarlos por todos los medios a su alcance.

Toni se puso en contacto con un complejo turístico de las Barbados llamado Le Club Beach y, tras mucho insistir, convenció al subdirector del centro para que fuera en busca de una joven técnica de laboratorio que atendía al nombre de Jenny Crawford.

Mientras esperaba, Toni observó fugazmente su reflejo en la ventana. Estaba aguantando el tipo bastante bien, teniendo en cuenta lo avanzado de la hora. Su traje marrón a rayas blancas conservaba un aspecto pulcro, su gruesa melena se veía limpia, el rostro no delataba fatiga. El padre de Toni era español, pero ella había heredado la tez pálida y el pelo rubio rojizo de su madre escocesa. Era alta y de constitución atlética. «No está mal —pensó— para mis treinta y ocho tacos.»

—¡Ahí deben de ser las tantas de la madrugada! —exclamó Jenny cuando por fin se puso al teléfono.

—Hemos encontrado una discrepancia en el registro del NBS4 —explicó Toni.

Jenny parecía algo achispada.

—No es la primera vez que pasa —repuso, restándole importancia—. Pero hasta ahora nadie había puesto el grito en el cielo por algo así.

—Eso es porque hasta ahora yo no trabajaba aquí —replicó Toni con sequedad—. ¿Cuándo entraste en el NBS4 por última vez?

—El martes, creo. ¿El ordenador no te lo dice?

Se lo diría, pero Toni quería saber si la versión de Jenny coincidía con la del ordenador.

—¿Y cuándo fue la última vez que abriste la cámara?

Se refería a una cámara refrigeradora con cerradura de seguridad que había en el interior del NBS4.

Jenny contestó, esta vez en un tono más desabrido:

—La verdad es que no me acuerdo, pero habrá quedado grabado en el vídeo.

Cada vez que alguien accionaba el panel digital de la cerra-

dura de combinación de la cámara de seguridad, se encendía una cámara de televisión que grababa cuanto ocurría mientras la puerta permanecía abierta.

—¿Recuerdas la última vez que usaste el Madoba-2? —Era el virus en el que estaban trabajando los científicos en aquel momento.

Jenny no daba crédito a sus oídos.

—Joder, no me digas que es eso lo que ha desaparecido.

—No, no es eso. Pero, por si acaso…

—Creo que nunca he manipulado un virus propiamente dicho. Trabajo sobre todo en el laboratorio de cultivo de tejidos.

Aquello casaba con la información que obraba en poder de Toni.

—¿Recuerdas que alguno de tus compañeros se comportara de un modo extraño o poco habitual en estas últimas semanas?

—Suenas como la Gestapo —repuso Jenny.

—Puede, pero dime: recuerdas que…

—No, no lo recuerdo.

—Solo una pregunta más: ¿tienes fiebre?

—Me cago en todo, ¿me estás diciendo que puedo tener el Madoba-2?

—¿Tienes fiebre o síntomas de resfriado?

—¡No!

—Entonces estás bien. Te fuiste del país hace once días, así que si algo fuera mal tendrías síntomas similares a los de la gripe. Gracias, Jenny. Seguramente no es más que un error en el libro de registro, pero tenemos que asegurarnos.

—Pues me has dado la noche. —Jenny colgó.

—Lo siento —se disculpó Toni, aunque ya no había nadie al otro lado de la línea. Sostuvo el auricular contra el pecho y anunció—: Jenny Crawford está limpia. Es una borde, pero dice la verdad.

El director del laboratorio era Howard McAlpine. Su po-

blada barba gris se extendía hasta los pómulos, de modo que la piel alrededor de sus ojos semejaba una mascarilla de color rosa. Era meticuloso sin llegar a ser maniático y por lo general Toni disfrutaba trabajando con él, pero en aquel momento estaba de un humor de perros. Se recostó en la silla y cruzó las manos detrás de la cabeza.

—Lo más probable es que el material desaparecido haya sido usado con toda legitimidad por alguien que sencillamente se olvidó de crear las entradas correspondientes en el registro. —Se notaba la crispación en su voz; era la tercera vez que repetía lo mismo.

—Espero que estés en lo cierto —repuso Toni en tono evasivo.

Se levantó y se asomó a la ventana. La oficina de personal daba al edificio anexo, que albergaba el laboratorio NBS4. La nueva construcción era muy similar al resto del Kremlin, con sus mismas chimeneas victorianas de formas fantasiosas y una torre del reloj, para que ninguna persona ajena a la empresa pudiese deducir, a simple vista y a cierta distancia, en qué parte del complejo se encontraba el laboratorio de alta seguridad. Pero los cristales de sus ventanas ojivales eran opacos, las puertas de roble tallado no se podían abrir y las cámaras del circuito cerrado de televisión barrían los alrededores con su mirada tuerta desde las monstruosas cabezas de las gárgolas. Era un búnker de hormigón disfrazado de mansión victoriana. El edificio de nueva planta tenía tres pisos. Los laboratorios estaban en la planta baja. Allí, además de espacios dedicados a la investigación y el almacenaje, había una unidad de aislamiento preparada para administrar cuidados médicos intensivos a cualquier persona infectada por un virus peligroso. En la planta superior estaba el equipo de tratamiento del aire, mientras que en el sótano una compleja maquinaria se encargaba de esterilizar todos los desperdicios del laboratorio. Nada salía de allí con vida, excepto los seres humanos.

—Hemos aprendido mucho con este ejercicio —comentó

Toni en tono apaciguador. Se encontraba en una posición delicada, pensó con inquietud. Los dos hombres la aventajaban en categoría profesional y en edad, ya que ambos pasaban de los cincuenta. Aunque no tenía ningún derecho a darles órdenes, había insistido en tratar aquella discrepancia como una crisis en toda regla. Ambos la apreciaban, pero su buena voluntad tenía un límite y ella parecía empeñada en rebasarlo. Aun así, estaba convencida de que debía seguir adelante. Estaban en juego la salud pública, la reputación de la empresa y su carrera—. En el futuro, habrá que tener perfectamente localizadas a todas las personas que tienen acceso al NBS4, aunque estén en la otra punta del mundo, para poder ponernos en contacto con ellas enseguida en caso de emergencia. Y habrá que auditar el libro de registro más de una vez al año.

McAlpine emitió un gruñido. Como director del laboratorio, era el responsable del libro de registro, y la verdadera razón de su mal humor era que lamentaba no haber descubierto él mismo la discrepancia. La eficiencia de Toni le hacía quedar mal.

Toni se volvió hacia el otro hombre, que era el director de recursos humanos.

—¿Cuántos llevamos de tu lista, James?

James Elliot apartó los ojos de la pantalla del ordenador. Vestía como un corredor de bolsa, con traje de raya diplomática y corbata a topos, como si quisiera distinguirse de los científicos y su característico desaliño indumentario. Daba la impresión de que para él las reglas de seguridad no eran más que tediosos trámites burocráticos, quizá porque nunca había trabajado directamente con virus peligrosos. Toni lo encontraba pedante y ridículo.

—Hemos hablado con veintiséis del total de veintisiete personas que tienen acceso al NBS4 —contestó. Se expresaba con una precisión exagerada, como un maestro fatigado tratando de explicar algo al alumno más obtuso de la clase—. Todos han dicho la verdad sobre la última vez que accedieron al labora-

torio y abrieron la cámara. Ninguno recuerda haber observado nada extraño en el comportamiento de sus compañeros. Y ninguno de ellos tiene fiebre.

—¿Quién nos falta?

—Michael Ross, un técnico de laboratorio.

—Conozco a Michael —comentó Toni. Ross era un hombre tímido e inteligente, unos diez años más joven que ella—. De hecho, he estado en su casa. Vive en un chalet a unos veinticinco kilómetros de aquí.

—Lleva ocho años trabajando en la empresa y tiene un expediente inmaculado.

McAlpine deslizó un dedo por la hoja impresa que tenía ante sí y anunció:

—La última vez que entró en el laboratorio fue hace tres domingos, para hacer una comprobación rutinaria de los animales.

—¿Qué ha estado haciendo desde entonces?

—Está de vacaciones.

—¿Desde hace cuánto, tres semanas?

Elliot intervino:

—Debería haber vuelto hoy. —Consultó su reloj de muñeca—. Mejor dicho, ayer. El lunes por la mañana. Pero no se ha presentado.

—¿Ha llamado?

—No.

Toni arqueó las cejas.

—¿Y no podemos localizarlo?

—No contesta al teléfono de casa, ni al móvil.

—¿Y no os parece un poco raro?

—¿Que un joven soltero decida alargar sus vacaciones sin avisar al jefe? Tan raro como la lluvia en Escocia.

Toni se volvió hacia McAlpine.

—Pero acabas de decir que Michael resulta un empleado ejemplar.

El director del laboratorio parecía preocupado.

—Es muy responsable. Me sorprende que no haya avisado de que no iba a venir.

—¿Quién acompañó a Michael cuando entró por última vez en el laboratorio? —preguntó Toni. Sabía que tenía que haber alguien más con él, pues había una regla según la cual solo era posible acceder al NBS4 en grupos de dos. Era demasiado peligroso para que nadie trabajara a solas allí dentro.

McAlpine consultó su lista.

—Ansari.

—A ese creo que no lo conozco.

—A esa. Es una mujer, bioquímica. Se llama Monica, Monica Ansari.

Toni descolgó el auricular.

—¿Me das su número?

Monica Ansari tenía acento de Edimburgo y sonaba como si acabara de despertarse.

—Howard McAlpine me ha llamado antes, no sé si lo sabes.

—Lamento molestarte de nuevo.

—¿Ha pasado algo?

—Se trata de Michael Ross. No podemos localizarlo. Tengo entendido que estuviste con él en el NBS4 hace un par de semanas, el domingo.

—Sí. Un momento, que enciendo la luz. —Hubo una pausa—. Por Dios, ¿sabes qué hora es?

Toni hizo caso omiso de la pregunta.

—Michael se fue de vacaciones al día siguiente.

—Me dijo que se iba a Devon, a visitar a su madre.

Al oír aquello, Toni recordó de pronto qué la había llevado a casa de Michael Ross. Cerca de seis meses atrás, mientras conversaban en el comedor de la empresa, ella le había mencionado lo mucho que le gustaban los retratos de ancianas de Rembrandt, en los que cada arruga y cada pliegue parecían dibujados con amorosa precisión. Toni le había dicho que se

notaba que Rembrandt quería mucho a su madre, y entonces el rostro de Michael se había iluminado de puro regocijo y le había revelado que tenía copias de varios grabados de Rembrandt, recortados de revistas y catálogos de casas de subastas. Aquella tarde, Toni lo había acompañado hasta su casa para contemplar los retratos bellamente enmarcados, todos ellos de ancianas, que cubrían una pared de la pequeña sala de estar. Toni había temido que Michael fuera a pedirle una cita —le caía bien, pero no le atraía lo más mínimo— pero aquella tarde comprobó con alivio que solo quería presumir de su colección y concluyó que seguía apegado a las faldas de mamá.

—Eso nos puede ser útil —le dijo a Monica—. Espera un segundo. —Se volvió hacia James Elliot—. ¿Tenemos los datos de contacto de su madre?

Elliot movió el ratón y clicó una vez.

—Sí, me sale en parientes cercanos —dijo, y descolgó el auricular.

Toni volvió a dirigirse a Monica.

—¿Recuerdas si Michael se comportó de un modo extraño aquella tarde?

—No que yo recuerde.

—¿Entrasteis juntos en el NBS4?

—Sí. Después nos cambiamos en vestuarios separados, claro.

—Cuando entraste en el laboratorio propiamente dicho, ¿él ya estaba allí?

—Sí, terminó de cambiarse antes que yo.

—¿Estuviste trabajando cerca de él?

—No. Yo estaba en una zona anexa, manipulando cultivos de tejidos. Él estaba con los animales.

—¿Os fuisteis juntos?

—Él salió unos minutos antes que yo.

—A mí me da la impresión de que él pudo acceder a la cámara refrigeradora sin que tú te dieras cuenta.

—Sí, es posible.

—¿Qué opinión te merece Michael?

—Es un buen chico… inofensivo, supongo.

—Sí, es una buena palabra para definirlo. ¿Sabes si tiene novia?

—No creo.

—¿Lo encuentras atractivo?

—Es guapo, pero no sexy.

Toni sonrió.

—Exacto. ¿Dirías que hay algo raro en él?

—No.

Toni notó cierta vacilación en su tono de voz y guardó silencio, dándole tiempo. A su lado, Elliot hablaba con alguien, preguntando por Michael Ross o por su madre.

Al cabo de unos segundos, Monica añadió:

—Quiero decir… que alguien viva solo no significa que esté como para encerrarlo, ¿verdad?

Mientras tanto, Elliot comentaba:

—Qué extraño. Perdone que le haya molestado a estas horas.

Lo poco que había logrado oír de aquella conversación telefónica despertó la curiosidad de Toni, que decidió poner fin a su propia llamada.

—Gracias de nuevo, Monica. Espero que puedas volver a dormirte.

—Mi marido es médico de familia —repuso—. Estamos acostumbrados a recibir llamadas a horas intempestivas.

Toni colgó.

—Michael Ross tuvo tiempo de sobra para abrir la cámara refrigeradora —afirmó—. Y vive solo. —Miró a Elliot—. ¿Has podido localizar a su madre?

—El número que tenemos es de una residencia de la tercera edad —contestó Elliot. Parecía asustado—. La señora Ross murió el invierno pasado.

—Mierda —dijo Toni.

03.00

Potentes focos de seguridad iluminaban las torres y tejados del Kremlin. El termómetro marcaba cinco bajo cero, pero el cielo estaba despejado y no nevaba. El edificio principal daba a un jardín victoriano, con árboles y arbustos señoriales. La luna, apenas mellada, bañaba con su luz grisácea las ninfas desnudas que retozaban en las fuentes secas bajo la atenta mirada de los dragones de piedra.

Un rugido de motores rompió el silencio en el momento en que dos furgonetas salieron del garaje. Ambas llevaban pintado sobre el chasis el icono internacional del peligro biológico: cuatro círculos negros entrelazados sobre un fondo de color amarillo intenso. El vigilante que montaba guardia a la salida del complejo ya había levantado la barrera. Los vehículos salieron en dirección al sur a una velocidad vertiginosa.

Toni Gallo iba al volante de la primera furgoneta, que conducía como si fuera su Porsche, aprovechando todo el ancho de la calzada, pisando a fondo el acelerador, cogiendo las curvas a toda velocidad. Temía que fuera demasiado tarde. En la furgoneta, además de ella, iban tres hombres entrenados en tareas de descontaminación. El segundo vehículo era una unidad móvil de bioseguridad en la que viajaban un ATS, que conducía, y una médica, Ruth Solomons, que ocupaba el asiento contiguo.

Toni temía estar equivocada, pero le aterraba la idea de tener razón.

Había activado la alerta roja sin más justificación que una sospecha. El fármaco desaparecido podía haber sido legítimamente utilizado por un científico que sencillamente se había olvidado de crear la entrada correspondiente en el registro, tal como sostenía Howard McAlpine. Era posible que Michael Ross hubiese decidido alargar sus vacaciones sin permiso, y lo de su madre podía no haber sido más que un malentendido. Si así fuera, no tardarían en acusarla de haber sacado las cosas de madre, tal como cabía esperar de una histérica, añadiría James Elliot. Quizá encontrara a Michael Ross durmiendo sano y salvo en su cama, con el teléfono desconectado, y en ese caso Toni se estremecía solo de pensar en lo que le diría a su jefe, Stanley Oxenford, a la mañana siguiente.

Pero si resultaba que estaba en lo cierto, todo sería mucho peor.

Un empleado se había ausentado sin permiso. Había mentido sobre su paradero, y las muestras de un nuevo fármaco habían desaparecido de la cámara de seguridad. ¿Habría hecho Michael Ross algo que lo había expuesto al riesgo de contraer una infección mortal? El fármaco seguía en fase de prueba, y no era efectivo contra todos los virus, pero seguramente él habría pensado que era mejor que nada. Cualesquiera que fueran sus intenciones, había querido asegurarse de que nadie lo buscaría durante un par de semanas, y por eso había dicho que se marchaba a Devon, a visitar a su difunta madre.

Monica Ansari había dicho: «El hecho de que alguien viva solo no significa que esté como para encerrarlo, ¿verdad?», una de esas frases que quieren decir todo lo contrario de lo que aparentan. La bioquímica había notado algo extraño en Michael, por más que su mente científica y racional se resistiera a confiar en una simple intuición.

Toni, en cambio, creía que nunca había que hacer caso omiso de la intuición.

Apenas se atrevía a pensar en las consecuencias que podía tener la posible propagación del Madoba-2, un virus muy infeccioso que se transmitía rápidamente a través de la tos y los estornudos, y que además era letal. Un escalofrío de pavor recorrió su columna vertebral, y pisó a fondo el acelerador.

La carretera estaba desierta, y no tardaron más de veinte minutos en llegar a la aislada casa de Michael Ross. La entrada no estaba claramente señalada, pero Toni la recordaba. Enfiló el corto camino que conducía al chalet de paredes de piedra, que apenas sobresalía por encima del muro del jardín. La casa estaba a oscuras. Lucy detuvo la furgoneta junto a un Volkswagen Golf, probablemente el de Michael, y presionó el claxon con fuerza.

No hubo respuesta. No se encendió ninguna luz, nadie abrió una puerta o ventana. Lucy apagó el motor. Silencio.

Si Michael se había marchado, ¿por qué seguía allí su coche?

—Las escafandras, caballeros —recordó.

Todos los presentes se enfundaron sus trajes aislantes de color naranja, incluido el equipo médico de la segunda furgoneta. Hacerlo no era tarea fácil. Los trajes estaban confeccionados con un plástico pesado que no cedía ni se doblaba fácilmente, y se cerraban con una cremallera especial que los hacía herméticos. Se ayudaron unos a otros a fijar los guantes a las muñecas con cinta adhesiva, y por último embutieron los pies en botas de goma.

Los trajes aislaban completamente a sus portadores, que respiraban a través de un filtro HEPA —un potente purificador del aire— gracias a un ventilador eléctrico alimentado por las pilas alojadas en el cinturón del traje. El filtro impedía la entrada de cualquier partícula de aire respirable que pudiera contener bacterias y virus. También eliminaba todos los olores, excepto

los más fuertes. El ventilador producía un murmullo continuo que algunas personas encontraban agobiante. Unos auriculares con micrófono acoplados al casco les permitían comunicarse entre sí y con la centralita del Kremlin a través de una frecuencia interna.

Cuando todos estuvieron listos, Toni se volvió de nuevo hacia la casa. Si alguien se asomara a una ventana en aquel momento, y viera a siete personas con trajes aislantes de color naranja, pensaría que se hallaba ante un grupo de alienígenas.

Pero si había alguien allí dentro, no estaba mirando por ninguna de las ventanas.

—Yo entraré primero —anunció Toni.

Se dirigió a la puerta principal, caminando con paso rígido y torpe a causa del traje aislante. Llamó al timbre y a la puerta. Al cabo de unos instantes, rodeó el edificio por uno de los lados. En la parte trasera de la casa había un jardín bien cuidado y un cobertizo de madera. La puerta trasera no estaba cerrada con llave, así que entró. Recordó que había estado en aquella cocina mientras Michael preparaba un té. Avanzó rápidamente por la casa, encendiendo las luces a su paso. Los Rembrandt seguían en la pared de la sala de estar. La casa estaba limpia, ordenada y desierta.

Habló con los demás a través del micrófono.

—No hay nadie —dijo, y ella misma se percató del desaliento que transmitía su voz.

¿Por qué se había ido Michael sin cerrar la puerta? Quizá porque no pensaba volver jamás.

Aquello era un desastre. Si Michael hubiera estado allí, el misterio podía haberse resuelto rápidamente. Ahora tendrían que ponerse a buscarlo, y podía estar en cualquier rincón del mundo. No había manera de saber cuánto tardarían en encontrarlo. Toni pensó con terror en los días —o quizá incluso semanas— de nervios y ansiedad que se avecinaban.

Volvió a salir al jardín. Por si acaso, intentó abrir la puerta

del cobertizo, que tampoco estaba cerrada con llave. Nada más abrir, percibió el rastro de un olor, un olor desagradable pero vagamente familiar. Debía de ser un olor muy fuerte, se dijo de pronto, para traspasar el filtro del traje. «Sangre», pensó. El cobertizo olía como un matadero.

—Dios mío —murmuró.

Ruth Solomons, la médica, la oyó y preguntó:

—¿Qué pasa?

—Un segundo. —En el interior del pequeño habitáculo de madera, que no tenía ninguna ventana, reinaba la más completa oscuridad. Toni buscó a tientas hasta dar con un interruptor. Cuando se encendió la luz, soltó un grito de horror.

Los demás rompieron a hablar al unísono, preguntando qué ocurría.

—¡Venid enseguida! —dijo Toni—. Al cobertizo del jardín. Ruth primero.

Michael Ross yacía en el suelo, boca arriba. Sangraba por todos los orificios del cuerpo: ojos, nariz, boca, orejas. La sangre formaba un charco a su alrededor en el suelo de madera. Toni no necesitaba a la médica para saber que Michael tenía una hemorragia múltiple, uno de los síntomas típicos del Madoba-2 y de otras infecciones similares. En aquel momento su cuerpo era sumamente peligroso, como una bomba sin detonar repleta del virus letal. Pero estaba vivo. El pecho se le movía arriba y abajo, y de su boca brotaba un débil sonido similar a un gorgoteo. Toni se agachó, apoyando las rodillas en el pegajoso charco de sangre fresca, y lo observó atentamente.

—¡Michael! —llamó a voz en grito para hacerse oír a través de la pantalla del casco—. ¡Soy Toni Gallo, del laboratorio!

Un destello de lucidez iluminó sus ojos inyectados de sangre. Abrió la boca y mascolló algo.

—¿Qué? —gritó Toni, y se acercó más.

—No hay cura —dijo él. Y entonces vomitó. Un chorro de líquido negro brotó de su boca, salpicando la pantalla del cas-

23

co de Toni, que saltó hacia atrás y gritó aterrada, aunque sabía perfectamente que el traje la protegía.

Alguien la apartó, y Ruth Solomons se agachó junto a Michael.

—El pulso es muy débil —dijo la médica. Abrió la boca de Michael y, con sus dedos enguantados, limpió parte de la sangre y el vómito que le obstruían la garganta—. ¡Necesito un laringoscopio, deprisa!

Segundos después, un ATS entró corriendo con el instrumento requerido. Ruth lo introdujo en la boca de Michael, despejándole la garganta para que pudiera respirar mejor.

—Traed la camilla de aislamiento, cuanto antes.

Ruth abrió su maletín médico y sacó una jeringa ya cargada, con morfina y un coagulante sanguíneo, supuso Toni. Ruth hundió la aguja en el cuello de Michael y accionó el émbolo. Cuando sacó la jeringa, Michael empezó a sangrar copiosamente por el pequeño orificio.

Toni se sentía abrumada por el dolor. Recordó a Michael caminando por el Kremlin, sentado en su casa bebiendo té, conversando animadamente sobre sus grabados... y la visión de aquel cuerpo, más muerto que vivo, se le hizo más dolorosa y trágica aún.

—Vale —dijo Ruth—. Vamos a sacarlo de aquí.

Los dos ATS levantaron a Michael y lo trasladaron hasta una camilla envuelta en una tienda de plástico transparente. Deslizaron al enfermo por la apertura circular situada en un extremo de la camilla, la sellaron y cruzaron el jardín de Michael empujando la camilla.

Antes de subir a la ambulancia, tenían que descontaminarse a sí mismos y la camilla. Uno de los hombres del equipo de Toni ya había sacado una tina de plástico poco profunda, similar a una piscina inflable para niños. La doctora Solomons y los ATS se turnaron para introducirse en la tina y dejarse rociar con un poderoso desinfectante que destruía cualquier virus oxidando su proteína.

Toni observaba, consciente de que cada segundo que pasaba reducía las posibilidades de supervivencia de Michael, pero también de que el procedimiento de descontaminación debía respetarse escrupulosamente para prevenir otras muertes. Le consternaba el hecho de que un virus mortal hubiera salido de su laboratorio. Nunca había ocurrido algo así en toda la historia de Oxenford Medical. Poco consuelo le brindaba ahora el saber que estaba en lo cierto al reaccionar como reaccionó ante la desaparición de los fármacos, y que sus compañeros se equivocaban al restarle importancia. Su misión era impedir que ocurrieran aquella clase de cosas y había fallado. ¿Moriría el pobre Michael a consecuencia de ello? ¿Morirían más personas?

Los ATS subieron la camilla a la ambulancia. La doctora Solomons se subió también de un salto a la parte trasera del vehículo, con su paciente. Cerraron las puertas de la ambulancia apresuradamente, arrancaron a toda velocidad y se perdieron en la noche.

—Mantenme al corriente de lo que pase, Ruth —dijo Toni—. Puedes llamarme directamente al intercomunicador.

La voz de Ruth empezaba a perderse en la distancia.

—Ha entrado en coma —anunció.

Añadió algo más, pero ya estaba fuera de cobertura, y las palabras llegaron indescifrables a los oídos de Toni antes de que su voz se apagara por completo.

Toni se sacudió para quitarse de encima aquella lúgubre apatía. Tenían mucho trabajo por delante.

—Vamos a hacer limpieza —dijo.

Uno de los hombres cogió un rollo de cinta amarilla que llevaba impresas las palabras «Peligro biológico. No cruzar la línea» y empezó a rodear con ella toda la propiedad, incluyendo la casa, el cobertizo, el jardín y el coche de Michael. Por suerte, las casas más cercanas estaban lo bastante lejos como para no constituir motivo de preocupación. Si Michael hubiera vivido en un bloque de apartamentos con conductos de ventilación colectivos, habría sido demasiado tarde para descontaminar la zona.

Los demás sacaron de la furgoneta rollos de bolsas de basura, fumigadores repletos de desinfectante, cajas de paños de limpieza y grandes bidones de plástico blanco. Había que pulverizar y limpiar cada palmo de superficie. Los objetos difíciles de limpiar o de valor, como las joyas, se aislarían en los bidones y se llevarían al Kremlin, donde se esterilizarían en el interior de un autoclave mediante vapor de alta presión. Todo lo demás se aislaría en bolsas dobles y se destruiría en el incinerador de desechos clínicos situado debajo del laboratorio NBS4.

Toni pidió a uno de los hombres que la ayudara a limpiar el vómito negro de Michael de su traje y que la rociara con líquido desinfectante. Hubo de reprimir el impulso de quitarse el traje mancillado.

Mientras los hombres limpiaban, ella se dedicó a inspeccionar la casa en busca de alguna pista sobre el porqué de todo aquello. Tal como temía, Michael había robado el fármaco experimental porque sabía o sospechaba que se había infectado con el Madoba-2. Pero ¿qué había hecho para exponerse al virus?

En el cobertizo había una vitrina de cristal con un extractor de aire acoplado, en lo que parecía una improvisada cabina de seguridad biológica. Toni apenas se había fijado en ella antes porque Michael había acaparado toda su atención, pero ahora se percató de que había un conejo muerto en su interior. Parecía haber muerto de la misma enfermedad que había contraído Michael. ¿Habría salido del laboratorio?

Junto al conejo había un cuenco de agua con una etiqueta que ponía «Joe». Era un detalle significativo. El personal del laboratorio rara vez ponía nombres a las criaturas con las que trabajaba. Se mostraban amables con los sujetos de sus experimentos, pero no se podían permitir el lujo de encariñarse con animales a los que debían sacrificar. Sin embargo, Michael había dado una identidad a aquel animal y lo trataba como a una mascota. ¿Acaso su trabajo le generaba un sentimiento de culpa?

Toni salió del cobertizo. Un coche patrulla estaba aparcando

junto a la furgoneta. Los había estado esperando. De acuerdo con el Plan de actuación para incidentes graves que ella misma había desarrollado, los guardias de seguridad del Kremlin habían llamado a Inverburn, a la jefatura de la policía regional escocesa, para notificarles la activación de la alerta roja. Habían venido a comprobar hasta qué punto había realmente una crisis.

Toni también había sido policía. De hecho, hasta hacía dos años, no había sido otra cosa. Durante la mayor parte de su carrera había sido la niña mimada del cuerpo: había ascendido rápidamente en la jerarquía policial, sus superiores la exhibían ante los medios de comunicación como el nuevo prototipo del policía moderno y todas las quinielas la señalaban como la primera mujer llamada a ocupar el puesto de inspector jefe de policía en Escocia. Fue entonces cuando tuvo un enfrentamiento con su jefe a raíz de un tema delicado, el racismo en el cuerpo. Él sostenía que el racismo no estaba institucionalizado en la policía, mientras que ella afirmaba que los agentes ocultaban de modo sistemático los incidentes racistas, lo que equivalía a institucionalizar el racismo. La discusión se filtró a un periódico, Toni se negó a retractarse de algo en lo que creía, y finalmente se vio obligada a presentar la dimisión.

En aquel entonces, vivía con Frank Hackett, otro agente de policía. Llevaban juntos ocho años, aunque nunca se habían casado. Cuando Toni cayó en desgracia, él la abandonó. Aún no se había recuperado del golpe.

Dos jóvenes agentes, un hombre y una mujer, salieron del coche patrulla. Toni conocía a la mayor parte de los policías locales de su propia quinta, y algunos de los veteranos se acordaban de su difunto padre, el sargento Antonio Gallo, inevitablemente conocido por todos como Tony el Español. Sin embargo, no reconoció a ninguno de los dos agentes.

—Jonathan, ha llegado la policía —dijo por el micrófono del intercomunicador—. Por favor, ¿podrías descontaminarte y salir a hablar con ellos? Tú solo diles que hemos comprobado

el hurto de un virus del laboratorio. Ellos llamarán a Jim Kincaid, y yo le pondré al corriente de todo en cuanto llegue.

El comisario Kincaid era el responsable de la llamada QBRN, la brigada especial para incidentes químicos, biológicos, radiológicos y nucleares. Había trabajado con Toni en la elaboración del plan de seguridad. Entre ambos, pondrían en marcha una respuesta meticulosa y discreta a la crisis desatada.

Toni pensó que, cuando Kincaid llegara, le gustaría poder ofrecerle alguna información sobre Michael Ross. Entró en la casa. Michael había convertido una de las habitaciones en su estudio. En una mesita auxiliar descansaban tres fotografías enmarcadas de su madre: en la primera era una esbelta adolescente enfundada en un jersey ceñido, en la segunda una madre feliz que sostenía a un bebé muy parecido a Michael, y en la tercera tendría ya sesenta y tantos años y posaba para la cámara con un orondo gato blanquinegro sobre el regazo.

Toni se sentó al escritorio de Michael y leyó sus mensajes de correo electrónico, aporreando el teclado torpemente con sus manos enguantadas. Había encargado un libro titulado *Ética animal* en Amazon. También había preguntado por cursos universitarios sobre filosofía moral. Toni consultó el historial de su navegador de Internet y descubrió que había visitado recientemente páginas relacionadas con los derechos de los animales. Era evidente que le inquietaban las implicaciones morales de su trabajo. Pero al parecer nadie en Oxenford Medical se había percatado de que no se encontraba a gusto.

No pudo evitar solidarizarse con él. Cada vez que veía un beagle o un hámster encerrado en una jaula, deliberadamente inoculado con alguna enfermedad que los científicos estaban estudiando, sentía una punzada de compasión. Pero entonces recordaba la muerte de su padre. Le habían diagnosticado un tumor cerebral a los cincuenta y pocos años y había muerto sumido en la perplejidad, la humillación y el dolor. La enfermedad que había acabado con su vida podía llegar a curarse algún día gracias

a los experimentos realizados con cerebros de monos. En su opinión, la investigación con animales era una triste necesidad.

Michael conservaba sus documentos personales perfectamente ordenados en un archivador de cartón: facturas, garantías, extractos bancarios, manuales de instrucciones. En una carpeta titulada «Asociaciones» Toni encontró el comprobante de su ingreso en una organización llamada Amigos de los Animales. Todo empezaba a encajar.

El trabajo palió su angustia. Siempre se le habían dado bien las tareas de investigación. Abandonar la policía había sido un duro golpe. Era agradable volver a echar mano de sus antiguas habilidades y comprobar que conservaba su olfato.

En un cajón encontró la libreta de direcciones y la agenda de Michael. En esta última, las dos últimas semanas aparecían en blanco. Cuando se disponía a abrir la libreta de direcciones, una ráfaga de luz azul llamó su atención desde la calle, y al mirar por la ventana vio un Volvo gris con lanzadestellos en el techo. Dio por sentado que sería Jim Kincaid.

Toni salió a la calle y pidió a un miembro de su equipo que la descontaminara. Luego se quitó el casco para hablar con el comisario. Sin embargo, el hombre que salió del Volvo no era Jim. Cuando la luz de la luna incidió en su rostro, Toni vio que se trataba del comisario Frank Hackett, su ex. Se llevó un buen chasco. Aunque había sido él quien había puesto fin a su relación, Frank siempre se comportaba como si fuera el gran perjudicado.

Toni decidió mostrarse tranquila, amistosa y profesional.

Frank Hackett se apeó del coche y avanzó hacia ella.

—Por favor, no cruces la línea —le advirtió ella—. Ya salgo yo.

No bien lo había dicho se dio cuenta de que había metido la pata. Él era el agente de policía y ella la civil, así que para Frank lo lógico sería que él diera las órdenes, no al revés. Su gesto ceñudo indicó a Toni que había acusado el golpe. Intentando mostrarse más amable, añadió:

—¿Cómo estás, Frank?

—¿Qué ha pasado aquí?

—Al parecer, un técnico del laboratorio ha contraído un virus. Acabamos de llevárnoslo en una ambulancia de aislamiento. Estamos descontaminando su casa. ¿Dónde está Jim Kincaid?

—De vacaciones.

—¿Dónde? —Toni tenía la esperanza de poder localizar a Jim y hacer que volviera para hacerse cargo de aquella crisis.

—En Portugal. Su esposa y él tienen un apartamento en multipropiedad allí.

«Lástima», pensó Toni. A diferencia de Frank, Kincaid tenía experiencia en accidentes biológicos.

—No sufras —dijo Frank, como si le hubiera leído el pensamiento. Sostenía un grueso fajo de fotocopias—. He traído el protocolo. —Aquel era el plan que Toni y Kincaid habían consensuado, y era evidente que Frank se lo había estado leyendo mientras esperaba—. Lo primero que hay que hacer es aislar la zona —añadió, mirando a su alrededor.

Toni ya había aislado la zona, pero no dijo nada. Frank necesitaba afirmarse.

Llamó a dos agentes uniformados que esperaban en el coche patrulla.

—¡Eh, vosotros dos! Llevad el coche hasta la entrada de la propiedad y no dejéis pasar a nadie sin consultármelo.

—Buena idea —apuntó Toni, aunque en realidad no serviría de nada hacerlo.

Frank consultaba el protocolo.

—Luego tenemos que asegurarnos de que nadie abandone la escena.

Toni asintió.

—No hay nadie aquí excepto los miembros de mi equipo, y todos llevan puestos trajes de seguridad biológica.

—No me gusta este protocolo. Pone a un puñado de civiles al frente de la escena del crimen.

—¿Qué te hace pensar que estás ante una escena del crimen?

—Alguien ha robado muestras de un fármaco.

—Sí, pero no las robó de aquí.

Frank hizo caso omiso de su observación.

—Por cierto, ¿cómo se las arregló vuestro hombre para contraer el virus? Todos vosotros usáis esos trajes en el laboratorio, ¿no?

—Eso es algo que la consejería de Salud Pública deberá determinar —contestó Toni en tono evasivo—. De nada sirve especular.

—¿Había algún animal aquí cuando llegasteis?

Toni dudó unos segundos, y eso fue cuanto necesitó Frank, que si por algo era un buen policía era porque no se le escapaba una.

—¿Así que un animal salió del laboratorio e infectó al técnico mientras este trabajaba sin traje de aislamiento?

—No sé qué ocurrió, y no quiero que empiecen a circular rumores sin fundamento. ¿Podríamos concentrarnos en la salud pública, al menos de momento?

—A la orden. Pero la salud pública no es lo único que te preocupa. También quieres proteger a la empresa y a tu querido profesor Oxenford.

Toni se preguntó por qué había elegido aquel calificativo para el profesor, pero antes de que pudiera reaccionar empezó a sonar un teléfono dentro de su casco.

—Tengo una llamada —le dijo a Frank—. Perdona.

Sacó el intercomunicador del casco y se lo puso. Volvió a sonar el tono de llamada, luego un silbido que indicaba el establecimiento de la comunicación, y entonces oyó la voz de un guardia de seguridad que le hablaba desde la centralita del Kremlin.

—La doctora Solomons para la señora Gallo.

—¿Sí? —dijo Toni.

La doctora se puso al teléfono.

—Michael ha muerto.

Toni cerró los ojos.

—Dios, Ruth, cuánto lo siento.

—Habría muerto aunque lo hubiéramos encontrado veinticuatro horas antes. Estoy casi segura de que tenía el Madoba-2.

—Hemos hecho cuanto hemos podido —dijo Toni, la voz embargada.

—¿Tienes idea de cómo ha podido pasar?

Toni no quería revelar mucha información delante de Frank.

—Estaba preocupado por la crueldad hacia los animales, y creo que seguía afectado por la muerte de su madre, hace un año.

—Pobre chico.

—Ruth, tengo aquí a la policía. Luego te llamo.

—Vale.

La comunicación se cortó. Toni se quitó el intercomunicador.

—Así que ha muerto —observó Frank.

—Se llamaba Michael Ross, y al parecer contrajo un virus llamado Madoba-2.

—¿Qué clase de animal encontrasteis en la casa?

Sin apenas pensarlo, Toni decidió tender una pequeña trampa a Frank:

—Un hámster —dijo—. Se llamaba Fluffy.

—¿Es posible que haya más personas infectadas?

—Esa es la gran pregunta. Michael vivía solo en esta casa. No tenía familia y muy pocas amistades. Cualquiera que lo hubiera visitado antes de que enfermara estaría a salvo, a menos que hiciera algo muy íntimo, como compartir una aguja hipodérmica. Así que existen bastantes posibilidades de que el virus no se haya propagado. —Toni estaba minimizando deliberadamente la gravedad de la situación. Si su interlocutor hubiera sido Kincaid, habría sido más sincera, pues sabía que él no haría cundir el pánico. Con Frank era distinto—. Pero evidentemente nuestra prioridad debe ser establecer contacto con to-

das las personas a las que Michael pueda haber visto en los últimos dieciséis días.

Frank intentó un nuevo acercamiento.

—Te he oído decir que estaba preocupado por la crueldad hacia los animales. ¿Pertenecía a alguna asociación de defensa de los animales?

—Sí, a Amigos de los Animales.

—¿Cómo lo sabes?

—He echado un vistazo a sus objetos personales.

—Eso es trabajo de la policía.

—Estoy de acuerdo, pero tú no puedes entrar en la casa.

—Podría ponerme uno de esos trajes.

—No se trata solo del traje. Tienes que poseer formación específica sobre cómo proceder en caso de accidente biológico para poder ponerte un traje de aislamiento.

Frank volvía a dar señales de enfado.

—¡Entonces sácame las cosas para que las vea!

—¿Por qué no hago que alguien de mi equipo te envíe todos sus documentos por fax? También podríamos descargar todo el disco duro de su ordenador desde Internet.

—¡Quiero los originales! ¿Qué tratas de ocultarme?

—Nada, te lo prometo. Pero tenemos que descontaminar todo lo que hay en la casa, ya sea con líquido desinfectante o con vapor a alta presión. Ambos procesos destruyen el papel, y podrían dañar el ordenador.

—Voy a hacer cambiar este protocolo. Me pregunto si el inspector jefe está al tanto del gol que Kincaid se ha dejado colar.

Toni empezaba a estar harta. Eran las tantas de la madrugada, se enfrentaba a una crisis de las gordas y para colmo tenía que intentar no herir los sentimientos de un ex amante resentido.

—Ay, Frank, por el amor de Dios… puede que tengas razón, pero esto es lo que hay, así que podríamos intentar olvidar el pasado y trabajar en equipo, ¿no crees?

—Tu idea del trabajo en equipo es que todo el mundo haga lo que tú dices.

Toni soltó una carcajada.

—Vale. ¿Cuál crees que debería ser nuestro siguiente paso?

—Informaré a la consejería de Salud Pública, que según el protocolo es la que debe llevar la voz cantante. Me imagino que en cuanto hayan localizado a su asesor en materia de peligro biológico, querrán concertar una reunión aquí con él a primera hora de la mañana. Mientras tanto, deberíamos empezar a buscar a todo aquel que pueda haber estado en contacto con Michael Ross. Haré que un par de agentes empiece a llamar a todos los teléfonos de esa libreta de direcciones. Sugiero que te encargues de interrogar a los empleados del Kremlin. Lo ideal sería disponer de esa información cuando nos reunamos con los de la consejería de Salud Pública.

—De acuerdo. —Toni dudó un instante. Quería preguntarle algo a Frank. Su mejor amigo era Carl Osborne, periodista de una cadena de televisión local que valoraba más el impacto de las noticias que la precisión informativa. Si Carl se enteraba de aquello, podía organizar un lío formidable.

Toni sabía que la forma de sacarle algo a Frank era hablándole con toda naturalidad, sin parecer autoritaria ni necesitada.

—Hay un apartado del protocolo que debo comentarte —empezó—. Dice que no se harán declaraciones a la prensa sin antes hablar con todas las partes interesadas, lo que incluye la policía, la consejería de Salud Pública y la empresa.

—Por mí, perfecto.

—Te lo comento porque esto no tiene por qué convertirse en motivo de alarma para la población. Lo más probable es que nadie se halle en peligro.

—Bien.

—No queremos ocultar información, pero las declaraciones deben ser muy medidas y transmitir tranquilidad. No tiene por qué cundir el pánico.

Frank esbozó una sonrisa burlona.

—¿Temes que empiecen a circular artículos sensacionalistas sobre un grupo de hámsters asesinos que asolan Escocia?

—Estás en deuda conmigo, Frank. Espero que lo recuerdes.

La sonrisa desapareció del rostro de Frank.

—Yo a ti no te debo nada.

Toni bajó la voz, aunque no había nadie cerca.

—¿Ya te has olvidado de Johnny Kirk, el Granjero?

Kirk era un traficante de cocaína a gran escala. Había nacido en el conflictivo barrio de Glasgow conocido como Garscube Road y nunca había visto una granja en su vida, pero se había ganado ese apodo debido a las enormes botas de caucho verde que siempre llevaba puestas para mitigar el dolor de los callos que tenía en los pies. Frank había logrado reunir pruebas suficientes para llevarlo ante los tribunales. Durante el juicio, por casualidad, Toni había encontrado una prueba que podía haber ayudado a la defensa. Se lo comentó a Frank, pero este nunca llegó a informar al tribunal. Johnny era a todas luces culpable y Frank había conseguido que lo enviaran a la cárcel, pero si la verdad salía a la luz algún día su carrera se iría al garete.

—¿Me estás amenazando con sacar eso otra vez si no hago lo que quieres? —replicó Frank, visiblemente irritado.

—No, solo te recuerdo que cuando necesitaste que yo guardara silencio sobre algo, lo hice.

Frank volvió a cambiar de actitud. Por un momento había llegado a parecer asustado, pero ahora volvía a ser el mismo Frank arrogante de siempre.

—Todos nos saltamos las reglas de vez en cuando. Es ley de vida.

—Claro. Y yo te estoy pidiendo que no filtres esto a tu amigo Carl Osborne, ni a nadie de la prensa.

Frank sonrió.

—Toni, por Dios —dijo, fingiendo una indignación que estaba lejos de sentir—. Yo nunca haría algo así.

07.00

Kit Oxenford se despertó temprano, sintiéndose expectante y angustiado a la vez. Era una sensación extraña.

Se disponía a asaltar Oxenford Medical.

La sola idea lo llenaba de euforia. Sería su mejor jugada de todos los tiempos. Pasaría a la posteridad bajo titulares del tipo «El crimen perfecto». Mejor aún, le permitiría vengarse de su padre. La empresa se vendría abajo y Stanley Oxenford acabaría arruinado. De algún modo, la certeza de que el viejo nunca llegaría a enterarse de quién le había hecho aquello le generaba más placer aún. Sería una satisfacción secreta que Kit podría saborear durante el resto de su vida.

Pero Kit también se notaba angustiado, algo poco habitual en él. No era muy dado a las cavilaciones. Fuera cual fuese el lío en que estuviera metido, por lo general le bastaba con un poco de labia para salir indemne. Rara vez hacía planes.

Aquello sí lo había planeado. Quizá fuera ese el problema.

Se quedó en la cama con los ojos cerrados, pensando en los obstáculos que debía superar.

Primero, estaban los elementos físicos de seguridad que rodeaban el Kremlin: la doble valla, el alambre de espino, las luces, las alarmas contra intrusos. Esas alarmas estaban protegidas por interruptores antisabotaje, sensores de impactos y complejas redes eléctricas capaces de detectar el menor cortocircuito.

Las alarmas estaban directamente conectadas con el cuartel general de la policía regional, situado en Inverburn, a través de una línea telefónica que el sistema comprobaba de forma rutinaria para asegurar su correcto funcionamiento.

Ninguna de todas esas medidas de seguridad iba a impedir que Kit y sus compinches entraran en los laboratorios.

Luego estaban los guardias, que supervisaban las zonas más importantes a través de un circuito cerrado de cámaras de televisión que barrían el recinto cada hora. Los monitores estaban equipados con interruptores polarizados de alta seguridad capaces de detectar cualquier cambio en el equipo, como por ejemplo si alguien reemplazara la señal de una de las cámaras por la de un aparato de vídeo.

Kit también había pensado en la manera de sortear ese obstáculo.

Por último, estaba el complejo sistema de control de acceso, que incluía tarjetas magnéticas con la foto del usuario autorizado y un chip con pormenores de su huella digital.

Burlar el sistema no era tarea sencilla, pero Kit sabía cómo hacerlo.

Era analista de sistemas y había sido el primero de su promoción, pero contaba con una ventaja todavía más importante: había diseñado el software que controlaba todo el sistema de seguridad del Kremlin. Era obra suya de principio a fin. Había hecho un trabajo magnífico para el ingrato de su padre, y el sistema era prácticamente inexpugnable para cualquier intruso, pero Kit conocía sus secretos.

Hacia la medianoche de aquel día, entraría en el templo sagrado, el laboratorio NBS4, el lugar más seguro de toda Escocia. Con él entrarían su cliente, un londinense discretamente amenazador llamado Nigel Buchanan, y dos colaboradores. Una vez dentro, Kit abriría la cámara refrigerada con un sencillo código de cuatro dígitos. Entonces Nigel podría robar las muestras del nuevo y precioso fármaco antiviral de Stanley Oxenford.

Las muestras no seguirían en su poder mucho tiempo. Nigel tenía un plazo de entrega muy ajustado. A las diez de la mañana del día siguiente, día de Navidad, tenía que hacérselas llegar al cliente. Kit no conocía el motivo del plazo límite. Tampoco sabía quién era el cliente, aunque lo suponía. Tenía que ser alguna multinacional farmacéutica. Disponer de una muestra para analizar les ahorraría años de investigación. Podían fabricar su propia versión del fármaco en cuestión en lugar de pagar millones a Oxenford a cambio de una licencia de patente.

Era un fraude en toda regla, pero cuando había tanto dinero en juego eran pocos los que conservaban sus escrúpulos. Kit imaginaba al distinguido presidente de la multinacional en cuestión, con su pelo plateado y su traje de raya diplomática, preguntando con la mayor de las hipocresías: «¿Puede usted asegurarme sin sombra de duda que ningún empleado de nuestra empresa ha violado la ley para obtener esta muestra?».

En opinión de Kit, lo mejor de su plan era que la intrusión pasaría desapercibida hasta mucho después de que Nigel y él hubieran abandonado el Kremlin. Estaban a martes, día de Nochebuena. Los dos días siguientes serían festivos. Como muy pronto, la alarma saltaría el viernes, cuando uno o dos científicos adictos al trabajo se presentaran en el laboratorio. Pero había bastantes probabilidades de que nadie se percatara del robo entonces, y menos durante el fin de semana, lo que significaba que Kit y su banda tenían hasta el lunes de la semana siguiente para borrar las huellas de su paso por el Kremlin. Era más que suficiente.

Pero entonces, ¿por qué se sentía tan asustado? Le vino a la mente el rostro de Toni Gallo, la jefa de seguridad nombrada por su padre. Era una pelirroja pecosa, muy atractiva si a uno le iban las mujeres atléticas, aunque tenía demasiada personalidad para el gusto de Kit. ¿Era ella el motivo de sus temores? En el pasado la había subestimado, y el resultado había sido nefasto.

Pero ahora tenía un plan perfecto.

—Genial —dijo en voz alta, intentando convencerse a sí mismo.

—¿Qué es genial? —preguntó una voz femenina a su lado.

Kit se sobresaltó. Había olvidado que no estaba solo. Abrió los ojos. El piso estaba oscuro como boca de lobo.

—¿Qué es genial? —insistió la misma voz.

—Tu forma de bailar —contestó él, improvisando. La había conocido la noche anterior en una discoteca.

—Tú tampoco lo haces nada mal —repuso ella con un fuerte acento de Glasgow—. Mueves los pies que da gusto.

Kit se estrujó la sesera intentando recordar su nombre.

—Maureen... —dijo. Con semejante nombre, solo podía ser católica. Se volvió sobre un costado y la rodeó con el brazo mientras trataba de recordar su aspecto. Tenía buenas curvas. No le gustaban las chicas demasiado delgadas. Maureen se pegó a él de buen grado. ¿Rubia o morena?, se preguntó. Tenía su morbo, montárselo con una chica sin saber qué aspecto tenía. Se disponía a acariciarle los senos cuando recordó qué día era, y las ganas se le pasaron de golpe—. ¿Qué hora es? —preguntó.

—Es hora de follar —contestó Maureen, expectante.

Kit se apartó de ella. El reloj digital del aparato de música señalaba las 07.10.

—Tengo que levantarme —dijo—. Me espera un día movidito.

Quería llegar a casa de su padre a tiempo para almorzar. Iba a verlo con el pretexto de celebrar el día de Navidad, pero en realidad lo hacía para robar algo que necesitaba para ejecutar su plan aquella misma noche.

—¿Cómo puedes estar tan ocupado en Nochebuena?

—A lo mejor es que soy Santa Claus. —Kit se sentó en el borde de la cama y encendió la luz.

Maureen no ocultó su decepción:

—Bueno, pues este duende va a seguir durmiendo un poco más, si a Santa Claus no le importa —replicó, malhumorada.

Kit se volvió para mirarla, pero la chica se había tapado la cabeza con el edredón. Seguía sin saber qué aspecto tenía.

Se encaminó desnudo a la cocina y empezó a preparar café. Su loft estaba dividido en dos grandes zonas. Por un lado se hallaba el salón con cocina americana y por el otro la habitación. El salón estaba repleto de aparatos electrónicos: una gran pantalla plana de televisión, un avanzado sistema de sonido y una pila de ordenadores y accesorios conectados entre sí por una maraña de cables. Kit siempre había disfrutado descubriendo el modo de burlar los sistemas de seguridad de los ordenadores ajenos. Sabía que la única forma de llegar a ser un experto en seguridad de software era convertirse primero en un hacker.

Mientras trabajaba para su padre en el diseño e instalación del sistema de seguridad del NBS4, había puesto en marcha uno de sus mejores chanchullos. Con la ayuda de Ronnie Sutherland, a la sazón jefe de seguridad de Oxenford Medical, había ideado una forma de desviar dinero de la compañía. Había manipulado el software de contabilidad para que, al sumar una serie de facturas de los proveedores habituales, el ordenador añadiera un uno por ciento al total, y luego hiciera una transferencia de esa cantidad a la cuenta de Ronnie mediante una transacción que no constaba en ningún informe o extracto. El plan dependía de que a nadie se le ocurriera comprobar los cálculos del ordenador, y nadie lo había hecho hasta que un día Toni Gallo había visto a la mujer de Ronnie aparcando un flamante Mercedes cupé delante del Marks & Spencer's de Inverburn.

La empecinada insistencia con la que Toni había investigado el asunto había asombrado y aterrado a Kit. Una vez descubierta la discrepancia, no pararía hasta dar con la causa. Sencillamente nunca se rendía. Peor aún, cuando averiguara lo que estaba pasando, nada en el mundo le impediría contárselo al jefe, que no era otro que su padre. Kit le había suplicado que no le diera semejante disgusto al viejo. Había intentado convencerla

de que, en su ira, Stanley Oxenford la despediría a ella, no a su propio hijo. Como último recurso, había apoyado una mano en su cadera, le había dedicado su mejor sonrisa de chico malo y le había dicho en un tono explícitamente sexual: «Tú y yo deberíamos ser amigos, no enemigos». Pero todo había sido en vano.

Kit no había encontrado otro empleo desde que su padre lo había despedido. Por desgracia, tampoco había abandonado el juego. Ronnie le había abierto las puertas de un casino ilegal donde había conseguido que le concedieran un crédito ilimitado, sin duda porque su padre era un científico famoso y millonario. Kit intentaba no pensar en la cantidad de dinero que ahora debía. La cifra lo hacía temblar de pánico y despreciarse a sí mismo hasta el punto de que lo único que quería era tirarse desde el Forth Bridge. Pero la recompensa por el trabajo de aquella noche le permitiría saldar totalmente su deuda y volver a empezar de cero.

Se llevó la taza de café al cuarto de baño y se miró en el espejo. Años atrás había formado parte del equipo olímpico británico de deportes de invierno, y se pasaba todos los fines de semana esquiando o entrenando. Entonces estaba en perfecta forma y no le sobraba un solo gramo, pero ahora se notaba las carnes un poco blandas. «Estás echando barriga», se dijo a sí mismo. Pero seguía conservando su grueso pelo negro, que le caía sobre la frente prestándole un indudable atractivo. Su rostro acusaba la tensión del momento. Ensayó su expresión a lo Hugh Grant: con la cabeza ligeramente baja en señal de timidez, miró hacia arriba por el rabillo de los ojos azules al tiempo que esbozaba una sonrisa irresistible. Sí, todavía sabía hacerlo. Toni Gallo quizá fuera inmune a sus encantos, pero la noche anterior Maureen había caído rendida ante ellos.

Mientras se afeitaba, encendió la tele del cuarto de baño. Estaban poniendo un informativo local. El primer ministro británico había llegado a su distrito electoral escocés para pasar la

Navidad. El Glasgow Rangers había pagado nueve millones de libras por un delantero llamado Giovanni Santangelo. «Nada como un escocés de pura cepa», ironizó Kit para sus adentros. El tiempo iba a seguir frío pero despejado. Una fuerte tormenta de nieve procedente del mar de Noruega se desplazaba hacia el sur, pero se esperaba que pasara de largo frente a la costa occidental de Escocia. Entonces vino la noticia local que heló la sangre de Kit.

Oyó la voz familiar de Carl Osborne, célebre presentador de la televisión escocesa conocido por su estilo sensacionalista. Kit volvió los ojos hacia la pantalla y vio el mismo edificio que pensaba robar aquella noche. Osborne informaba en directo desde el exterior de Oxenford Medical. Aún no había amanecido, pero los poderosos focos de seguridad iluminaban la recargada arquitectura victoriana. «¿Qué demonios ha pasado?», se preguntó Kit.

Entonces Osborne dijo:

—Justo aquí, en el edificio que ven ustedes a mis espaldas, al que los lugareños se refieren como «el castillo de Frankenstein», los científicos experimentan con algunos de los virus más peligrosos del mundo.

Kit nunca había oído a nadie referirse así a los laboratorios. Osborne se lo estaba inventando. El apodo del edificio era «el Kremlin».

—Pero hoy, en lo que algunos observadores no dudan en calificar como una venganza de la madre naturaleza ante la osadía del hombre, un joven técnico del laboratorio ha muerto a causa de uno de esos virus.

Kit dejó a un lado la maquinilla de afeitar. Aquello supondría un serio revés para Oxenford Medical, se percató al instante. En otras circunstancias se habría regocijado con las desgracias de su padre, pero en aquel momento estaba más preocupado por el efecto que aquella noticia podía tener en sus propios planes.

—Michael Ross, un técnico de treinta y un años, ha caído

fulminado por un virus conocido como Ébola, nombre de la aldea africana donde se cree que empezó a propagarse. Esta terrible enfermedad causa la aparición de dolorosos forúnculos purulentos por todo el cuerpo de las víctimas.

Kit estaba bastante seguro de que Osborne no sabía de qué hablaba, pero los telespectadores se lo creerían a pies juntillas. Así era el sensacionalismo televisivo. Pero ¿podía la muerte de Michael Ross perjudicar los planes de Kit?

—Oxenford Medical siempre ha asegurado que sus investigaciones no suponen amenaza alguna para la población ni para su entorno natural, pero la muerte de Michael Ross pone esa afirmación en entredicho.

Osborne llevaba puesto un grueso anorak y un gorro de lana, y daba la impresión de no haber dormido demasiado la noche anterior. Alguien lo había despertado en plena madrugada con una primicia, supuso Kit.

—Es posible que Ross fuera mordido por un animal que robó del laboratorio y se llevó a su casa, a pocos kilómetros de aquí —prosiguió Osborne.

—Oh, no —se lamentó Kit. Aquello iba de mal en peor. No quería ni pensar en lo que pasaría si se viera obligado a abandonar su plan. No lo soportaría.

—¿Trabajaba Michael Ross a solas o formaba parte de un grupo organizado que puede intentar robar más animales infectados de los laboratorios de alta seguridad de Oxenford Medical? ¿Nos enfrentamos a la posibilidad de que perros y conejos aparentemente inofensivos campen a sus anchas por Escocia propagando un virus mortal? De momento, no hay respuesta oficial por parte de Oxenford Medical.

Al margen de lo que pudieran o no decir, Kit sabía perfectamente qué estarían haciendo los responsables del Kremlin: redoblando las medidas de seguridad a toda prisa. Toni Gallo ya estaría allí, asegurándose de que los procedimientos se seguían a rajatabla, comprobando alarmas y cámaras, impartiendo órde-

nes a los guardias de seguridad. Aquello era lo peor que podía pasarle a Kit en aquel momento. Estaba indignado.

—¿Por qué tengo tan mala pata? —se preguntó en voz alta.

—Sea como fuere —añadió Carl Osborne—, todo apunta a que Michael Ross perdió su vida por defender la de un hámster llamado Fluffy.

Su tono de voz era tan trágico que Kit casi esperaba ver a Osborne secándose una lagrimita, pero no llegó a tanto.

Entonces intervino la presentadora del informativo, una atractiva rubia con el pelo cardado:

—Carl, ¿ha hecho Oxenford algún comentario en torno a este lamentable suceso?

—Sí. —Carl consultó un cuaderno de notas—. Han dicho que lamentan profundamente la muerte de Michael Ross, pero afirman que nadie más se verá afectado por el virus. No obstante, han manifestado interés por hablar con cualquier persona que haya visto a Ross en los últimos quince días.

—Es posible que las personas que han estado en contacto con él hayan contraído el virus.

—Sí, y quizá hayan infectado a otros. Así que la afirmación de la empresa de que nadie más está infectado suena más a una esperanza bienintencionada que a una aseveración con base científica.

—Se trata, sin duda, de una noticia inquietante —concluyó la presentadora, volviéndose de nuevo hacia la cámara—. Nos la ha contado Carl Osborne. Y ahora, el fútbol.

Enfurecido, Kit cogió el mando a distancia e intentó apagar la tele, pero estaba tan nervioso que aporreaba los botones equivocados. Al final tiró del cable y arrancó la clavija del enchufe. Tenía ganas de arrojar el aparato por la ventana. Aquello era un desastre.

Los apocalípticos augurios de Osborne sobre la posible propagación del virus podían no ser ciertos, pero de lo que no cabía duda era que las medidas de seguridad en el Kremlin

serían más estrictas que nunca. Aquella noche era el peor momento imaginable para intentar asaltar Oxenford Medical. Kit tendría que cancelar la operación. Era un jugador nato: si tenía una buena mano, se lanzaba al todo o nada, pero sabía que cuando las cartas no le favorecían lo mejor que podía hacer era retirarse.

«Por lo menos no tendré que pasar la Navidad con mi padre», pensó con amargura.

Quizá pudiera llevar a cabo su plan más adelante, cuando las aguas hubieran vuelto a su cauce y la seguridad en Oxenford Medical a su nivel normal. Tal vez lograra convencer a su cliente de que lo mejor era posponer el plazo de entrega. Kit se estremeció al pensar en la enorme suma de dinero que seguía debiendo. Pero no tenía sentido seguir adelante cuando las posibilidades de fracaso eran tan abrumadoras.

Salió del cuarto de baño. El reloj del aparato de música señalaba las 07.28. Era pronto para llamar, pero se trataba de algo urgente. Descolgó el auricular y marcó un número.

Contestaron enseguida.

—¿Sí? —se limitó a decir una voz masculina.

—Soy Kit. ¿Está el jefe?

—¿Qué quieres?

—Necesito hablar con él. Es importante.

—Aún no se ha levantado.

—Mierda. —Kit no quería dejar recado. Y, pensándolo bien, tampoco quería que Maureen oyera lo que tenía que decir—. Dile que voy a ir a verle —anunció, y colgó sin esperar respuesta.

07.30

Toni Gallo estaba convencida de que a la hora de comer la habrían puesto en la calle.

Echó un vistazo a su despacho. No llevaba allí mucho tiempo. Apenas había empezado a hacerlo suyo. Sobre el escritorio había una foto suya con su madre y su hermana Bella. La habían sacado hacía unos pocos años, antes de que su madre enfermara. Junto a la fotografía descansaba su viejo y maltrecho diccionario. La ortografía nunca había sido su fuerte. Justo la semana anterior había colgado en la pared una foto tomada diecisiete años atrás en la que Toni aparecía con su uniforme de policía, joven y ambiciosa.

No podía creer que se había vuelto a quedar sin trabajo.

Ahora sabía lo que Michael Ross había hecho. Había concebido un ingenioso y complejo plan para burlar todos los controles de seguridad. Había encontrado los puntos flacos del sistema y los había aprovechado. Nadie tenía la culpa, excepto ella.

Dos horas antes, cuando había llamado a Stanley Oxenford, presidente y principal accionista de Oxenford Medical, aún no lo sabía.

Habría dado cualquier cosa por no tener que hacer aquella llamada. Tenía que darle la peor noticia imaginable y asumir la responsabilidad de lo ocurrido. Se armó de valor para enfren-

tarse a la decepción, indignación o quizá incluso la furia de su jefe.

—¿Te encuentras bien? —le había preguntado él.

Toni estuvo a punto de romper a llorar. Ni en sueños se le habría ocurrido pensar que lo primero que haría Stanley Oxenford sería interesarse por su bienestar. No merecía tanta amabilidad.

—Estoy bien —había contestado—. Todos nos pusimos los trajes de buzo antes de entrar en la casa.

—Pero estarás agotada.

—Eché una cabezadita a eso de las cinco.

—Bien —dijo Stanley, y siguió adelante sin más preámbulos—. Conozco a Michael Ross. Es un tipo tranquilo, treinta y pico años, lleva bastante tiempo con nosotros, es un técnico con experiencia. ¿Cómo demonios ha podido pasar algo así?

—He encontrado un conejo muerto en el cobertizo de su jardín. Creo que se llevó a casa una cobaya del laboratorio, y que esta le mordió.

—Lo dudo —objetó Stanley en tono seco—. Lo más probable es que se cortara con un cuchillo contaminado. Hasta el científico más experimentado puede volverse negligente. Seguramente el conejo es una mascota normal y corriente que se murió de hambre después de que Michael cayera enfermo.

Toni deseó poder fingir que creía en su teoría, pero debía informar a su jefe de los hechos.

—Encontré al animal en una improvisada cabina de bioseguridad —observó.

—Aun así, lo dudo. Michael no puede haber trabajado solo en el NBS4. Incluso si su acompañante no estaba mirando, hay cámaras de televisión en cada sala del laboratorio. No podía haber robado un conejo sin que quedara registrado en los monitores. Y luego se habría encontrado con varios guardias de seguridad al salir, y ellos lo habrían pillado si hubiera intentado llevarse un co-

nejo. Además, a la mañana siguiente los científicos que trabajan en el laboratorio se habrían dado cuenta enseguida de que faltaba un animal. Quizá no sepan distinguir a unos conejos de otros, pero seguro que saben cuántos forman parte del experimento.

Era muy pronto, pero su cerebro se había puesto en marcha como el motor de su Ferrari, pensó Toni. Sin embargo, se equivocaba.

—He sido yo la que ha montado todos esos controles de seguridad —señaló—, y te aseguro que no existe el sistema perfecto.

—En eso tienes toda la razón, desde luego. —Si se le daban argumentos de peso, Stanley era capaz de recapacitar y cambiar de opinión con sorprendente facilidad—. Supongo que tenemos la grabación en vídeo de la última vez que Michael estuvo en el NBS4.

—Es el siguiente paso en mi lista de comprobaciones.

—Llegaré ahí a eso de las ocho. Confío en que para entonces puedas darme algunas respuestas.

—Una cosa más. En cuanto empiece a llegar el personal, los rumores correrán como la pólvora. ¿Puedo decirles que harás una declaración oficial?

—Buena idea. Reúnelos a todos en el vestíbulo principal, pongamos... a las nueve y media.

El gran vestíbulo de acceso a la antigua mansión era la mayor estancia del edificio, y el lugar elegido habitualmente para las reuniones multitudinarias.

Toni había convocado en su despacho a Susan Mackintosh, una de las guardias de seguridad. Era una atractiva joven de veintipocos años que lucía un corte de pelo masculino y un piercing en la ceja. Susan se fijó enseguida en la foto que colgaba de la pared.

—Te sienta bien el uniforme —dijo.

—Gracias. Sé que falta poco para que se acabe tu turno, pero necesito a una mujer para esto.

Susan enarcó una ceja con coquetería.

—A mí me pasa a todas horas.

Toni recordó la fiesta de Navidad de la empresa, el viernes anterior. Susan se había presentado vestida como John Travolta en la película *Grease*, con el pelo engominado, pantalones de pitillo y zapatones con suela de caucho, y la había invitado a bailar. Toni le había sonreído amablemente y había dicho:

—Creo que no.

Un poco más tarde, después de haber tomado unas cuantas copas más, Susan le había preguntado si se acostaba con hombres.

—No tanto como me gustaría —había contestado ella.

Toni se sentía halagada por el hecho de que una chica tan joven y guapa se sintiera atraída por ella, pero había fingido no darse cuenta.

—Necesito que retengas a todos los empleados en cuanto lleguen. Coloca un escritorio en el vestíbulo principal y no los dejes ir a sus despachos o laboratorios hasta que hayas hablado con ellos.

—¿Qué les digo?

—Diles que alguien ha violado el sistema de seguridad, y que el profesor Oxenford los pondrá al corriente de todo esta misma mañana. Procura tranquilizarlos, pero no entres en detalles. Eso es cosa de Stanley.

—Vale.

—Pregúntales cuándo vieron a Michael Ross por última vez. Los hay que ya contestaron a esa pregunta anoche, por teléfono, pero solo los que tienen permiso para entrar en el NBS4, y no pasa nada por volver a preguntárselo. Si alguien vio a Michael después de que se marchara de aquí hace dos semanas, comunícamelo enseguida.

—Muy bien.

Toni quería hacerle una pregunta un tanto delicada pero no acababa de atreverse, hasta que se decidió y la soltó sin preámbulo alguno:

—¿Crees que Michael era gay?

—No. Si lo era, lo llevaba muy en secreto.

—¿Estás segura?

—Inverburn es una ciudad pequeña. Hay dos bares gay, una discoteca, un par de restaurantes, una iglesia... Conozco todos esos sitios y nunca lo vi en ninguno de ellos.

—De acuerdo. Espero no haberte molestado al dar por sentado que tú lo sabrías, solo porque...

—No pasa nada. —Susan sonrió, y mirando a Toni directamente a los ojos, añadió—: Tendrás que esforzarte bastante más para ofenderme.

—Gracias.

Habían transcurrido casi dos horas desde aquella conversación. Toni había pasado la mayor parte de ese tiempo viendo las imágenes en vídeo de la última visita de Michael Ross al NBS4. Ahora tenía las respuestas que Stanley quería. Iba a decirle lo que había ocurrido, y entonces seguramente él le pediría que presentara la dimisión.

Recordó su primera reunión con Stanley. Había coincidido con el bajón más fuerte de toda su vida. Se hacía pasar por una consultora de seguridad independiente, pero no tenía un solo cliente. Frank, su compañero desde hacía ocho años, la había abandonado y su madre se estaba volviendo senil. Se sentía como Job después de que Dios le hubiera vuelto la espalda.

Stanley la había llamado a su despacho y le había ofrecido un contrato a corto plazo. Había inventado un fármaco tan valioso que temía ser víctima de espionaje industrial, y quería que ella se encargara de impedirlo. Toni no le había dicho que en realidad aquel era su primer encargo.

Tras peinar las instalaciones en busca de micrófonos ocultos, había comprobado que ciertos empleados clave no estuvieran viviendo por encima de sus posibilidades. Nadie estaba espiando a Oxenford Medical, pero para su asombro Toni descubrió que el hijo de Stanley, Kit, robaba dinero a la empresa.

No podía creerlo. Kit le había parecido encantador y poco de fiar, pero ¿qué clase de hombre robaría a su propio padre? «El viejo se lo puede permitir, tiene dinero de sobra», se había limitado a decir Kit. Y Toni sabía, por su experiencia en la policía, que no había nada de profundo en la maldad. Los delincuentes no eran más que gente superficial y avariciosa que justificaba sus actos con excusas baratas.

Kit había intentado convencerla para que echara tierra sobre el asunto. Le había prometido que no volvería a hacerlo si ella le guardaba el secreto. Toni había sentido la tentación de ceder. No quería tener que decirle a un hombre que acababa de perder a su esposa que su hijo era un ladrón. Pero guardar silencio habría sido indecente por su parte.

Así que al final había hecho acopio de valor y se lo había contado todo a Stanley.

Nunca olvidaría la expresión de su rostro. Stanley palideció, torció el gesto y de sus labios brotó un gemido, como si un súbito dolor le traspasara las entrañas. En aquel momento, mientras Stanley Oxenford luchaba por dominar sus emociones, Toni se percató a la vez de su fuerza y su fragilidad, y se sintió fuertemente atraída por él.

Había hecho lo correcto diciéndole la verdad. Su integridad se había visto recompensada. Stanley había despedido a Kit y había ofrecido a Toni un puesto fijo. Siempre estaría en deuda con él. Le había jurado lealtad y estaba decidida a recompensar la confianza que había depositado en ella.

Desde entonces, la vida había vuelto a sonreírle. Stanley no tardó en ascenderla del puesto de jefe de seguridad a subdirectora de Oxenford Medical, con el correspondiente aumento de sueldo. Toni se había comprado un Porsche rojo.

Un día, tras mencionar que solía jugar al squash con el equipo nacional de la policía, Stanley la había retado a una partida en la pista de la empresa. Toni le había ganado, pero por los pelos, y a partir de entonces habían empezado a jugar todas las

semanas. Stanley estaba en forma y golpeaba la pelota con más fuerza, pero ella tenía veinte años menos y buenos reflejos. De vez en cuando Stanley conseguía alguna victoria, sobre todo cuando Toni perdía la concentración, pero por lo general era ella quien ganaba.

Con el tiempo, fue conociéndolo mejor. Stanley era astuto y asumía riegos que a menudo le recompensaban con creces. Era competitivo, pero sabía perder con elegancia. La mente rápida de Toni era como la horma de su zapato, y ella disfrutaba con el toma y daca del juego dialéctico. Cuanto más lo conocía, más lo apreciaba. Hasta que, un buen día, se dio cuenta de que no era solo aprecio lo que sentía por él. Había algo más.

Ahora sentía que lo peor de perder su trabajo sería no poder seguir viéndolo.

Estaba a punto de bajar hacia el vestíbulo principal para ir a su encuentro cuando sonó el teléfono de su despacho.

Una voz de mujer con acento del sur dijo:

—Soy Odette.

—¡Hola! —saludó Toni, alegrándose de oír su voz. Odette Cressy era agente de la policía londinense. Se habían conocido en un curso en Hendon cinco años atrás. Tenían la misma edad. Odette estaba soltera y, desde que Toni había roto con Frank, se habían ido de vacaciones juntas dos veces. De no ser porque vivían tan lejos una de la otra, habrían sido amigas íntimas. Aun así, se hablaban por teléfono un par de veces al mes.

—Te llamo por lo del virus —dijo Odette.

—¿Qué interés puede tener para vosotros? —Toni sabía que Odette estaba en la brigada antiterrorista—. Supongo que no debería preguntarte eso.

—Exacto. Solo te diré que la palabra Madoba-2 ha hecho saltar la alarma por aquí. Imagínate el resto.

Toni frunció el ceño. Como ex policía, no le costaba imaginar lo que estaba pasando. El servicio de inteligencia habría informado a Odette de que había un grupo terrorista intere-

sado en obtener el Madoba-2. Quizá algún sospechoso lo hubiera mencionado durante un interrogatorio, o tal vez la palabra hubiera surgido en una conversación pinchada, o alguien cuyas líneas de teléfono estaban bajo vigilancia la había tecleado en un buscador de Internet. Si se extraviaba una muestra del virus, la brigada antiterrorista sospecharía automáticamente que había sido robada por un grupo de fanáticos.

—No creo que Michael Ross fuera un terrorista —observó Toni—. Para mí que sencillamente se encariñó con una cobaya del laboratorio.

—¿Y qué me dices de sus amistades?

—He encontrado su libreta de direcciones, y la policía de Inverburn está comprobando los nombres que aparecen en ella.

—¿Te has quedado una copia?

Estaba sobre su escritorio.

—Te la puedo enviar por fax ahora mismo.

—Gracias, eso me ahorrará tiempo. —Toni apuntó el número de teléfono que le cantó Odette—. ¿Qué tal te va con el guaperas de tu jefe?

Toni no había dicho a nadie lo que sentía por Stanley, pero Odette parecía leerle los pensamientos.

—No me gusta mezclar el placer con los negocios, ya lo sabes. De todas formas, hace poco que se murió su mujer...

—Dieciocho meses, si no recuerdo mal.

—Lo que no es mucho después de casi cuarenta años de matrimonio. Además, está muy unido a sus hijos y nietos, que seguramente odiarían a muerte a cualquiera que intentara reemplazar a su difunta esposa.

—¿Sabes qué es lo bueno de montártelo con un hombre mayor? Que están tan preocupados por el hecho de que ya no son jóvenes y vigorosos que se esfuerzan el doble por complacerte.

—Si tú lo dices...

—¿Y qué más te iba a decir?... Ah, sí, casi se me olvida...

Ja, ja, además resulta que es millonario. Escucha, solo te digo una cosa: si al final decides que no quieres nada con él, preséntamelo. Mientras tanto, tenme al corriente de todo lo que averigües sobre Michael Ross.

—Descuida. —Toni colgó y miró por la ventana. El Ferrari F50 azul oscuro de Stanley Oxenford acababa de detenerse en la plaza de aparcamiento reservada para el presidente de la empresa. Toni puso la copia de la libreta de direcciones de Michael en la bandeja del fax y marcó el número que Odette le había dado.

Luego, sintiéndose como un reo a punto de oír sentencia, salió al encuentro de su jefe.

08.00

El vestíbulo principal recordaba la nave de una iglesia, con sus altas ventanas en forma de arco por las que el sol se colaba y dibujaba caprichosas formas en el suelo de piedra. Dominaba la estancia una imponente bóveda de abanico con exuberantes nervaduras de madera. En medio de aquel espacio etéreo descansaba, en flagrante incoherencia, un moderno mostrador de recepción, alto y de forma ovalada, en cuyo interior había un guardia de seguridad uniformado.

Stanley Oxenford entró por la puerta principal. Era un hombre alto de sesenta años, con abundante pelo gris y ojos azules. No parecía un científico: no tenía calva, no caminaba encorvado, no usaba gafas. Toni pensó que más bien parecía la clase de actor que encarnaría a un general en una película sobre la Segunda Guerra Mundial. Vestía con elegancia sin parecer acartonado. Aquel día, se había puesto un traje de suave tweed gris con chaleco a juego, una camisa azul claro y —quizá en señal de duelo— una corbata de punto negra.

Susan Mackintosh había colocado una mesa de caballetes cerca de la puerta principal. En cuanto Stanley entró se dirigió a él. Este contestó brevemente a sus preguntas y luego se volvió hacia Toni.

—Bien pensado, esto de interrogar a todo el que entra por la puerta y preguntarle cuándo vio a Michael por última vez.

—Gracias. —«Algo he hecho bien», pensó Toni.

—¿Qué pasa con los que siguen de vacaciones? —prosiguió Stanley.

—Esta mañana los llamaremos a todos.

—Bien. ¿Has averiguado qué pasó?

—Sí. Yo estaba en lo cierto y tú estabas equivocado. Fue el conejo.

Pese a lo trágico de las circunstancias, Stanley esbozó una sonrisa. Le gustaba que lo desafiaran, sobre todo si quien lo hacía era una mujer atractiva.

—¿Cómo lo sabes?

—Por las imágenes del vídeo. ¿Quieres verlas?

—Sí.

Enfilaron un amplio pasillo revestido con paneles de roble tallado y luego tomaron un pasaje lateral que los condujo hasta la Unidad Central de Monitorización, más conocida como sala de control. Desde allí se supervisaba la seguridad del edificio. En tiempos había albergado una sala de billar, pero las ventanas se habían tapiado por motivos de seguridad y se había construido un falso techo que ocultaba una intrincada maraña de cables. Una de las paredes de la habitación permanecía oculta tras una serie de pantallas de televisión que mostraban las zonas clave de los laboratorios, incluyendo todas y cada una de las salas del NBS4. Sobre una larga mesa se alineaban pantallas táctiles que permitían controlar las alarmas. Miles de mandos electrónicos controlaban la temperatura, la humedad y los sistemas de tratamiento del aire en todos los laboratorios. Si una puerta permanecía abierta demasiado tiempo, la alarma se disparaba automáticamente. Frente a la terminal de trabajo que daba acceso al ordenador central de seguridad había un guardia con el uniforme impecablemente planchado.

—Este sitio ha mejorado mucho desde la última vez que estuve aquí —comentó Stanley, sorprendido.

Cuando Toni se había hecho cargo de la seguridad, la sala de control era una leonera repleta de tazas de café usadas, diarios viejos, bolígrafos rotos y tupperwares con restos de comida. Ahora estaba limpio y ordenado, sin nada sobre el escritorio excepto el archivo que el guardia estaba revisando. Toni se alegró de que Stanley se percatara del cambio.

Este echó un vistazo a la estancia contigua, fuertemente iluminada, que en tiempos había sido la sala de armas de la mansión y que ahora albergaba toda suerte de dispositivos de apoyo, incluida la unidad central de procesamiento del sistema telefónico. Cada uno de los miles de cables que allí se veían estaba claramente identificado mediante etiquetas indelebles y claras que permitían minimizar el tiempo de inactividad en caso de fallo técnico. Stanley asintió en señal de aprobación.

Todo aquello estaba muy bien, pensó Toni, pero Stanley ya sabía que se le daban bien las tareas de organización. La parte más importante de su trabajo era asegurarse de que nada peligroso salía del NBS4, y en eso había fallado.

Había momentos en los que no tenía ni idea de lo que estaba pensando Stanley, y aquel era uno de esos momentos. ¿Lamentaba la muerte de Michael Ross, temía por el futuro de la empresa o estaba furioso por el fallo de seguridad? Si así fuera, ¿la pagaría con ella, con el fallecido o con Howard McAlpine? Cuando Toni le enseñara lo que Michael había hecho, ¿la felicitaría por su rápida deducción o la despediría por haber consentido que ocurriera?

Se sentaron juntos delante de una pantalla, y Toni tecleó las instrucciones necesarias para reproducir las imágenes que quería enseñarle. La potente memoria del ordenador almacenaba las imágenes de veintiocho días consecutivos antes de borrarlas. Toni conocía el programa como la palma de su mano y lo manejaba con soltura.

Estando allí, sentada junto a Stanley, le vino a la memoria un absurdo recuerdo de cuando tenía catorce años. Había ido

al cine con su novio y le había consentido que deslizara la mano por debajo de su jersey. El recuerdo le produjo una sensación de bochorno y se sintió ruborizar. Deseó que Stanley no se diera cuenta.

En la pantalla apareció la imagen de Michael llegando a la entrada del recinto y enseñando su pase al guardia de turno.

—La fecha y hora figuran a pie de pantalla —explicó Toni—. Eran las 14.27 del ocho de diciembre. —Toni tecleó nuevas instrucciones y la pantalla mostró un Volkswagen Golf de color verde deteniéndose en una plaza de aparcamiento. Un hombre delgado se apeó del coche y sacó una bolsa de deporte del asiento trasero—. Fíjate en esa bolsa —señaló Toni.

—¿Por qué?

—Hay un conejo en su interior.

—¿Cómo puede ser?

—Supongo que está sedado, y seguramente atado con firmeza. Recuerda que Michael Ross llevaba años trabajando con animales de laboratorio. Sabía cómo tenerlos tranquilos.

La siguiente secuencia mostraba a Michael enseñando su pase de nuevo en recepción. Una atractiva mujer paquistaní de unos cuarenta años entró en el vestíbulo principal.

—Esa es Monica Ansari —dijo Stanley.

—Era su compañera ese día. Tenía que entrar a trabajar con los cultivos de tejidos, y él iba a hacer un chequeo rutinario de los animales.

Ambos enfilaron el pasillo que Toni y Stanley habían recorrido poco antes, pero en lugar de doblar a la altura de la sala de control siguieron de largo hasta la puerta del fondo. Era una puerta idéntica a todas las demás del edificio, con cuatro entrepaños y un pomo de cobre, salvo que por dentro era de acero. En la pared adyacente colgaba el símbolo internacional de peligro biológico, en amarillo y negro.

La doctora Ansari sostuvo una tarjeta de plástico ante el lector de bandas magnéticas y luego apoyó el índice de la mano

izquierda en una pequeña pantalla. Hubo una pausa, mientras el ordenador comprobaba que su huella coincidía con la información del microchip incorporado a la tarjeta magnética. Así se aseguraban de que ninguna persona sin autorización utilizaba una tarjeta extraviada o robada. Mientras esperaba, la doctora Ansari miró a la cámara de televisión y remedó un saludo militar. Luego la puerta se abrió y cruzó el umbral, seguida por Michael.

Otra cámara los mostraba ahora en el interior de un pequeño vestíbulo. En la pared, una hilera de cuadrantes permitía controlar la presión atmosférica en el interior del laboratorio. Cuanto más se adentraba uno en el NBS4, más baja era la presión atmosférica. Este gradiente aseguraba que cualquier fuga de aire se produciría de fuera adentro, no al revés. Desde el vestíbulo, se dirigieron cada uno a sus respectivos vestuarios.

—Aquí es cuando saca el conejo de la bolsa —observó Toni—. Si su compañero de aquel día hubiese sido un hombre, el plan no habría funcionado. Pero le había tocado Monica y, huelga decirlo, no hay cámaras en los vestuarios.

—Maldita sea, no podemos poner cámaras de seguridad en los vestuarios —protestó Stanley—. Nadie querría trabajar aquí.

—Exacto —asintió Toni—. Tendremos que pensar en otra cosa. Mira esto.

La siguiente toma provenía de una cámara situada en el interior del laboratorio y mostraba varias jaulas de conejos superpuestas y cubiertas por una funda de plástico aislante transparente. Toni congeló la imagen.

—¿Podrías explicarme a qué se dedican exactamente los científicos en este laboratorio?

—Claro. Nuestro nuevo fármaco combate eficazmente muchos virus, pero no todos. En este experimento lo estábamos probando contra el Madoba-2, una variante del Ébola que causa una fiebre hemorrágica letal en los conejos y los seres humanos. Primero inoculamos el virus a dos grupos de conejos, y luego inyectamos el fármaco a uno de esos grupos.

—¿Qué habéis descubierto?

—Que en el caso de los conejos el fármaco no vence al Madoba-2. Ha sido un pequeño chasco, y es casi seguro que tampoco podrá curar este tipo de virus en los humanos.

—Pero eso no lo sabíais hace dieciséis días.

—Exacto.

—En tal caso, creo que entiendo qué estaba intentando hacer Michael.

Toni presionó una tecla para descongelar la imagen. Una silueta enfundada en un traje de aislamiento azul claro y casco con pantalla entró en el campo visual y se detuvo junto a la puerta para embutir los pies en un par de botas de goma. Luego estiró el brazo para coger una manguera amarilla enroscada sobre sí misma que colgaba del techo y la conectó a una entrada de aire acoplada a su cinturón. La manguera empezó a bombear aire y el traje se fue inflando hasta parecer el muñeco de Michelin.

—Ese es Michael —informó Toni—. Se cambió antes que Monica, así que de momento está solo en el laboratorio.

—No debería pasar, pero pasa —observó Stanley—. La regla de las dos personas se respeta, pero no en todo momento. *Merda.* —Stanley tenía la costumbre de decir palabrotas en italiano, lengua que había aprendido de su mujer. Toni hablaba español, y por lo general entendía lo que él decía.

En la pantalla, Michael se acercó a las jaulas de los conejos, moviéndose con deliberada lentitud en el incómodo traje de aislamiento. Le daba la espalda a la cámara y, por unos instantes, el traje inflado ocultó lo que estaba haciendo. Luego se apartó de las jaulas y dejó caer algo sobre una de las mesas de acero inoxidable del laboratorio.

—¿Has notado algo raro? —preguntó Toni.

—No.

—Tampoco lo hicieron los guardias de seguridad que controlaban los monitores. —Toni trataba de defender a su gente.

Si Stanley no había visto lo que había pasado, difícilmente podría culpar a los guardias por no haberlo hecho——. Vuelve a mirar la secuencia. ——Toni retrocedió un par de minutos y congeló la imagen en el momento en que Michael entraba en escena——. Hay un conejo en esa jaula de arriba a la derecha.

——Sí, lo veo.

——Fíjate bien en Michael. Lleva algo debajo del brazo.

——Sí… envuelto en la misma tela azul de los trajes.

Toni pasó las imágenes deprisa y volvió a detenerse en el preciso instante en que Michael se apartaba de las jaulas.

——¿Cuántos conejos ves ahora en la jaula de arriba a la derecha?

——Dos, maldita sea. ——Stanley no daba crédito a sus ojos——. Creía que tu teoría era que Michael se había llevado un conejo del laboratorio. ¡Lo que me acabas de enseñar es cómo introduce uno!

——Un sustituto. De lo contrario, sus compañeros se habrían dado cuenta de que faltaba un conejo.

——Vale, pero entonces ¿por qué lo hace? ¡Para salvar a un conejo, tiene que condenar a otro a una muerte segura!

——Suponiendo que pensara de modo coherente, y quizá sea mucho suponer, me imagino que creería que el conejo al que salvó tenía algo especial.

——Por el amor de Dios, todos los conejos son iguales.

——No para Michael, sospecho.

Stanley asintió.

——Tienes razón. Quién sabe qué le estaría pasando por la cabeza a estas alturas del campeonato.

Toni volvió a avanzar las imágenes.

——Cumplió con sus funciones como de costumbre: comprobó que hubiera agua y comida en las jaulas, se aseguró de que los animales siguieran vivos y fue tachando las tareas realizadas de su lista. Monica entró poco después, pero se fue a un laboratorio aparte, a trabajar en sus cultivos de tejidos, así que

no podía verlo. Michael se fue a la sala contigua, al laboratorio principal, para ocuparse de los macacos y luego regresó. Ahora fíjate bien.

Michael desconectó su manguera de aire, como era natural antes de trasladarse de una sala a otra dentro del NBS4. El traje retenía aire fresco suficiente para tres o cuatro minutos, y si empezaba a agotarse la pantalla del casco se empañaba, advirtiendo así al usuario. Michael entró en la pequeña habitación que albergaba la cámara refrigeradora, donde se conservaban las muestras vivas de virus. Al ser la zona más segura de todo el edificio, era asimismo el lugar donde se guardaban todas las existencias del valiosísimo nuevo fármaco antiviral. Michael marcó una combinación de números en el panel digital de la cámara refrigeradora. Gracias a la cámara de seguridad instalada en el interior de la misma, vieron cómo seleccionaba dos dosis de fármaco antiviral, previamente medidas e introducidas en jeringas desechables.

—Supongo que la dosis pequeña debía de ser para el conejo, y la grande para él —puntualizó Toni—. Al igual que tú, esperaba que el fármaco resultara eficaz para combatir el Madoba-2. Tenía intención de curar al conejo y de paso inmunizarse a sí mismo.

—Los guardias podían haber visto cómo se llevaba el fármaco de la cámara.

—Pero no tenía por qué parecerles sospechoso. Michael tenía permiso para manipular su contenido.

—Podían haberse dado cuenta de que no apuntaba nada en el libro de registro.

—Quizá, pero recuerda que hay un solo guardia para treinta y siete pantallas, y no tienen experiencia en procedimientos de laboratorio.

Stanley masculló algo ininteligible.

—Michael debió pensar que nadie se daría cuenta de la discrepancia hasta la auditoría anual, y que incluso entonces la

achacarían a un error administrativo. No sabía que yo planeaba hacer una inspección aleatoria.

En la pantalla de televisión, Michael cerró la cámara refrigeradora y volvió al laboratorio de los conejos, donde volvió a conectarse a la manguera.

—Ha terminado sus tareas —explicó Toni—. Ahora vuelve a las jaulas de los conejos. —Una vez más, la espalda de Michael no permitía ver lo que estaba haciendo—. Aquí es cuando saca a su conejo preferido de la jaula. Creo que lo mete en un traje hecho a medida para él, seguramente a partir de otro viejo.

Michael se volvió a medias, ofreciendo su perfil izquierdo a la cámara. Mientras se dirigía a la salida parecía llevar algo debajo del brazo derecho, pero no se veía con claridad.

Todo el que salía del NBS4 tenía que pasar por una ducha química que descontaminaba el traje, y luego darse una ducha normal antes de vestirse.

—El traje habría protegido al conejo de la ducha química —observó Toni—. Supongo que después tiraría el traje del conejo al incinerador. La ducha de agua no podía hacer ningún daño al animal. Luego, en el vestuario, metería al conejo en la bolsa de deporte. Cuando salió del edificio, los guardias lo vieron con la misma bolsa con la que había entrado, y no sospecharon nada.

Stanley se recostó en su silla.

—Maldita sea —dijo—. Habría jurado que era imposible.

—Se llevó el conejo a casa. Creo que el animal pudo morderle cuando le inyectó el fármaco. Entonces se lo inyectó a sí mismo pensando que estaría a salvo. Pero se equivocó.

Stanley parecía abatido.

—Pobre chico —se lamentó—. Pobre insensato.

—Ahora ya sabes tanto como yo —concluyó Toni. Lo observaba, a la espera del veredicto. ¿Habría llegado a su fin aquella etapa de su vida? ¿La pondría de patitas en la calle en plena Navidad?

Stanley la miró con franqueza.

—Hay una medida de seguridad obvia que habría impedido que esto ocurriera.

—Lo sé —se adelantó ella—. Registrar los objetos personales de todo el que entra y sale del NBS4.

—Exacto.

—He dado orden de que se haga desde esta mañana.

—A buenas horas.

—Lo siento —se disculpó Toni. Seguro que la echaba, lo veía claro—. Me pagas para impedir que ocurran estas cosas. Te he fallado. Supongo que querrás que dimita.

Stanley parecía irritado.

—El día que quiera despedirte, lo sabrás enseguida.

Toni se lo quedó mirando de hito en hito. ¿La había indultado?

El rostro de Stanley se destensó.

—De acuerdo, eres una persona concienzuda y te sientes responsable de lo ocurrido, aunque ni tú ni nadie más podía haber previsto algo así.

—Podía haber establecido el control obligatorio de los objetos personales.

—Seguramente yo lo habría vetado, con el argumento de que molestaría al personal.

—Ah.

—Así que te lo diré una sola vez. Desde que has entrado a trabajar aquí, este lugar es más seguro que nunca. Eres condenadamente buena, y no pienso dejarte escapar. Así que, por favor, basta ya de flagelarte.

De pronto, Toni se sintió desfallecer de alivio.

—Gracias —acertó a decir.

—Tenemos por delante un día de mucho ajetreo, así que pongámonos manos a la obra cuanto antes.

Stanley salió de la habitación.

Toni cerró los ojos y suspiró de alivio. Se había salvado. «Gracias», pensó.

Miranda Oxenford pidió un capuchino vienés coronado por una pirámide de nata montada. En el último momento, pidió también un trozo de pastel de zanahoria. Metió el cambio como pudo en el bolsillo de la falda y llevó su desayuno hasta la mesa donde su delgada hermana Olga la esperaba sentada ante un doble exprés y un cigarrillo. El local estaba decorado con guirnaldas de papel y un árbol de Navidad titilaba por encima de la tostadora eléctrica, pero alguien con un aguzado sentido irónico había puesto los Beach Boys como música ambiental, y sonaba «Surfin' USA».

Miranda solía coincidir con Olga a primera hora de la mañana en aquella cafetería de Sauciehall Street, en el centro de Glasgow. Ambas trabajaban en las inmediaciones. Miranda era la directora ejecutiva de una agencia de colocación de personal especializada en informática y tecnologías de la información, y Olga era abogada. A ambas les gustaba tomarse cinco minutos para poner los pensamientos en orden antes de entrar a trabajar.

No parecían hermanas, pensó Miranda, mirándose de reojo en el espejo. Ella era baja de estatura, tenía el pelo rubio y ensortijado y una silueta más bien rechoncha. Olga, por el contrario, era alta como su padre y había heredado las cejas negras de la madre de ambas, italiana de nacimiento, a la que todos conocían en vida como *mamma* Marta. Olga lucía un traje sastre

gris oscuro y unos zapatos de puntera afilada con los que bien podría haber encarnado a Cruella de Vil. Seguramente el jurado temblaba solo de verla.

Miranda se quitó el abrigo y la bufanda. Llevaba una falda plisada y un jersey con pequeñas flores bordadas. Se vestía para ganarse a las personas, no para intimidarlas. Mientras tomaba asiento, Olga dijo:

—¿Trabajas en Nochebuena?

—Solo una hora —respondió Miranda—. Más que nada para asegurarme de que no queden demasiados temas pendientes estos días de fiesta.

—Lo mismo me pasa a mí.

—¿Te has enterado? Uno de los técnicos del Kremlin se ha muerto de un virus —dijo Miranda.

—Pues no podía haber elegido mejor fecha —ironizó Olga.

Su hermana podía llegar a parecer cruel, pero en el fondo no lo era, pensó Miranda.

—Lo he oído por la radio. Aún no he hablado con papá, pero parece ser que el pobre chico se encariñó con un hámster del laboratorio y se lo llevó a casa.

—¿Y qué hizo con él, tirárselo?

—Lo más probable es que el hámster le mordiera. Vivía solo, así que nadie pudo acudir en su ayuda. Pero por lo menos eso significa que es poco probable que infectara a nadie más. De todas formas, es una desgracia para papá. No lo dirá, pero seguro que se siente responsable de lo ocurrido.

—Debería haber elegido una rama científica menos peligrosa, como las armas atómicas o algo así.

Miranda sonrió. Aquella mañana se alegraba especialmente de ver a Olga y poder hablar con ella a solas un momento. La familia al completo se reuniría en Steepfall, la casa paterna, para pasar la Navidad. Miranda acudiría a la cita con su prometido, Ned Hanley, y quería asegurarse de que Olga lo trataría bien, pero no se atrevía a abordar el tema de forma directa:

—Espero que esto no nos estropee las fiestas. Me hace mucha ilusión. ¿Sabes que va a venir Kit?

—Qué gran honor por parte de nuestro hermanito. Estoy conmovida.

—No iba a venir, pero yo lo convencí.

—Papá estará contento —observó Olga con un punto de sarcasmo.

—Pues sí que lo estará —repuso Miranda en tono de reproche—. Sabes lo que le dolió tener que despedir a Kit.

—Sé que nunca lo había visto tan enfadado. Pensé que iba a matar a alguien.

—Pero luego lloró.

—Yo no lo vi.

—Ni yo tampoco. Me lo dijo Lori. —Lori era el ama de llaves de Stanley—. Pero ahora quiere hacer las paces con él y olvidar lo que pasó.

Olga aplastó el cigarrillo en el cenicero.

—Lo sé. La generosidad de papá no tiene límites. ¿Kit ha encontrado trabajo?

—No.

—¿No puedes buscarle algo? Es tu campo, y él es bueno.

—Ahora mismo la cosa está muy floja. Además, la gente sabe que su padre lo puso de patitas en la calle.

—¿Ha dejado el juego?

—Supongo que sí. Prometió a papá que lo haría, y además no tiene dinero.

—Papá pagó sus deudas, ¿verdad?

—No creo que eso sea asunto nuestro.

—Venga ya, Mandy —replicó Olga, llamando a su hermana por el diminutivo que usaba de niña—. ¿Cuánto?

—Mejor pregúntaselo a papá, o a Kit.

—¿Diez mil libras?

Miranda apartó la mirada.

—¿Más todavía? ¿Veinte mil?

—Cincuenta —susurró Miranda.

—¡La madre que lo parió! ¿Ese pequeño cabrón se ha pulido cincuenta mil libras de nuestra herencia? Ya verás cuando lo vea.

—Bueno, basta ya de hablar de Kit. Esta Navidad vas a poder conocer mucho mejor a Ned. Quiero que lo trates como a uno más de la familia.

—A estas alturas del campeonato, Ned ya tendría que ser uno más de la familia. ¿Cuándo os casáis? Sois demasiado mayores para un noviazgo a la antigua. Además, ya habéis estado casados los dos, así que tampoco tenéis que ahorrar para el ajuar ni nada por el estilo.

Aquella no era la respuesta que Miranda estaba esperando. Quería que Olga se mostrara amable con Ned.

—Ya sabes cómo es Ned —contestó en tono evasivo—. Vive en su propio mundo.

Ned era editor del *Glasgow Review of Books*, una prestigiosa publicación de cultura y política, pero no era el más pragmático de los hombres.

—No sé cómo lo aguantas. Yo no soporto la indecisión.

La conversación no estaba tomando el rumbo que Miranda había deseado.

—Después de Jasper, es una bendición del cielo, créeme.
—El primer marido de Miranda era un bravucón y un tirano. Ned era todo lo contrario, y esa era una de las razones por las que lo quería—. Ned nunca será lo bastante organizado para intentar controlar mi vida. Bastante le cuesta recordar qué día es.

—Aun así, te las arreglaste perfectamente sin un hombre durante cinco años.

—Es verdad, y estaba orgullosa de mí misma, sobre todo cuando vino el bache económico y dejaron de pagarme aquellas primas tan grandes.

—¿Y para qué quieres a otro hombre?

—Pues… ya sabes…

—¿Te refieres al sexo? ¿Por Dios, no has oído hablar de los vibradores?

Miranda soltó una tímida risita.

—No es lo mismo.

—No, desde luego. El vibrador es más grande, más duro y más fiable. Además, cuando has terminado puedes volver a dejarlo en la mesilla de noche y olvidar que existe.

Miranda empezaba a sentirse agredida, como solía pasar cuando hablaba con su hermana.

—Ned es muy bueno con Tom —observó. Se refería a su hijo de once años—. Jasper apenas hablaba con Tom, a no ser para darle órdenes. Ned se interesa por él, le hace preguntas y lo escucha.

—Hablando de hijastros, ¿qué tal se lleva Tom con Sophie? —Ned también tenía una hija de su matrimonio anterior, una adolescente de catorce años.

—Va a venir a Steepfall. La iré a recoger más tarde. Tom ve a Sophie como los griegos veían a los dioses: seres sobrenaturales y muy peligrosos a menos que se les apacigüe con sacrificios constantes. Siempre le está ofreciendo golosinas, aunque a ella le gustaría más que le ofreciera tabaco. Está delgada como un palillo, y dispuesta a morir con tal de seguir así.

Miranda lanzó una elocuente mirada al paquete de Marlboro Light de su hermana Olga.

—Todos tenemos nuestras debilidades —se excusó esta—. Anda, come un poco más de pastel de zanahoria.

Miranda dejó el tenedor en el plato y bebió un sorbo de café.

—Sophie puede llegar a ser difícil, pero no es culpa suya. Su madre no puede ni verme, y es normal que la niña imite su actitud.

—Apuesto a que Ned prefiere dejar el problema en tus manos.

—No me importa.

—Ahora que está viviendo en tu piso, pagará una parte del alquiler, supongo.

—No se lo puede permitir. En la revista le dan una miseria, y todavía tiene que acabar de pagar la hipoteca de la casa en la que vive su ex. No le hace ninguna gracia depender económicamente de mí, eso te lo puedo asegurar.

—No imagino por qué no. Puede echar un polvo siempre que le apetezca, te tiene a ti para ocuparte de su problemática hija y vive en tu piso de gorra.

Miranda se sintió dolida.

—Eres un poco dura, ¿no crees?

—No deberías haber dejado que se mudara a tu piso sin antes haber fijado una fecha para la boda.

Miranda pensaba lo mismo, pero no iba a reconocerlo ante su hermana.

—Lo que pasa es que Ned cree que todos deberíamos darnos un poco más de tiempo para acostumbrarnos a la idea de volver a estar casados.

—¿Todos, quiénes?

—Pues… Sophie, para empezar.

—Y ella no hace más que repetir las actitudes de su madre, tú misma lo has dicho. Así que lo que estás diciendo es que Ned no se casará contigo hasta que su ex le dé permiso.

—Olga, por favor, quítate la toga de abogada cuando hables conmigo.

—Alguien tiene que decirte estas cosas.

—Sí, pero tú lo simplificas todo demasiado. Ya sé que es deformación profesional, pero yo soy tu hermana, no un testigo de cargo.

—Perdón por abrir la boca.

—No, si en el fondo me alegro de que lo hayas hecho, porque ese es justo el tipo de cosas que no quiero que digas delante de Ned. Es el hombre al que quiero, y voy a casarme con él, así que lo único que te pido es que seas amable con él estas navidades.

—Haré todo lo que pueda —repuso Olga sin demasiado afán.

Miranda quería que su hermana entendiera lo importante que era para ella.

—Necesito que vea que podemos construir una nueva familia juntos, él y yo, para nosotros y los chicos. Te estoy pidiendo que me ayudes a convencerlo de que podemos hacerlo.

—Vale, vale. De acuerdo.

—Si todo va bien esta Navidad, creo que podremos fijar una fecha para la boda.

Olga tocó la mano de Miranda.

—He captado el mensaje. Sé lo mucho que esto significa para ti. Me portaré bien.

Miranda había dejado clara su postura. Complacida, centró su atención en otro tema espinoso.

—Espero que todo vaya bien entre papá y Kit.

—Yo también, pero ahí no hay mucho que podamos hacer tú y yo.

—Kit me llamó hace unos días. No sé por qué, pero está empeñado en dormir en el chalet de invitados cuando vayamos a Steepfall.

Olga torció el gesto.

—¿Por qué se tiene que quedar él solo en el chalet? ¡Eso significa que nosotras tendremos que dormir apretujadas con Ned y Hugo en dos cuartuchos de la casa vieja!

Miranda contaba con la oposición de Olga en este punto.

—Ya sé que se pasa un poco, pero le he dicho que por mí no hay problema. Bastante me costó convencerlo para que viniera. No quería darle una excusa para echarse atrás.

—Es un egoísta de mierda. ¿Qué explicación te dio?

—No se la pedí.

—Pues yo sí lo haré. —Olga sacó el móvil de la cartera y marcó un número.

—No hagas un drama de esto —le rogó Miranda.

—Solo quiero preguntárselo —replicó Olga, y volviéndose hacia el aparato, dijo—: Oye, Kit, ¿qué es eso de que tú te

quedas en el chalet? No crees que es un poco… —Hubo una pausa—. Ah. ¿Por qué no? Ya veo… pero ¿por qué no…? —Olga enmudeció de pronto, como si él le hubiera colgado el teléfono.

Miranda pensó, muy a su pesar, que sabía lo que Kit acababa de decir.

—¿Qué pasa?

Olga volvió a guardar el teléfono en su bolso.

—No hará falta discutir por el chalet. Kit ha cambiado de planes. No va a venir a Steepfall.

09.00

Las instalaciones de Oxenford Medical estaban completamente sitiadas. Periodistas, fotógrafos y equipos de televisión se agolpaban por fuera de la verja, acosando a los empleados que se dirigían a sus puestos de trabajo, arracimándose en torno a sus coches y bicicletas, plantándoles cámaras y micrófonos ante las narices, haciéndoles preguntas a voz en grito. Los guardias de seguridad intentaban por todos los medios apartar a los periodistas del flujo habitual de vehículos para evitar accidentes, pero estos no parecían demasiado interesados en colaborar con ellos. Para colmo, un grupo de defensa de los derechos de los animales había aprovechado la oportunidad para organizar una manifestación ante la verja. Allí estaban, agitando pancartas y coreando consignas de protesta ante las cámaras, que a falta de algo mejor se centraban en los manifestantes. Toni Gallo contemplaba la escena con una mezcla de irritación e impotencia.

Estaba en el despacho de Stanley Oxenford, una gran habitación esquinera que en tiempos había albergado el dormitorio principal de la casa. A Stanley le gustaba mezclar lo antiguo y lo moderno en su lugar de trabajo: el ordenador descansaba sobre un escritorio de madera con el tablero rayado por el uso que lo acompañaba desde hacía treinta años, y en una mesa auxiliar había un microscopio óptico de los años sesenta que aún utilizaba de tarde en tarde. Aquellos días, el micros-

copio estaba rodeado de tarjetas de Navidad, una de ellas de Toni. Sobre la pared, un grabado victoriano de la tabla periódica de los elementos colgaba junto a la foto de una deslumbrante joven de pelo oscuro vestida de novia. Era su difunta esposa, Marta.

Stanley hablaba a menudo de ella.

«Frío como una iglesia, como solía decir Marta», «Marta y yo solíamos ir a Italia cada dos años», «A Marta le encantaban los lirios». Pero solo en una ocasión había hablado de sus sentimientos hacia ella, el día en que Toni le había dicho lo hermosa que se veía en aquella fotografía.

—El dolor se hace más soportable, pero no desaparece —había confesado Stanley—. Creo que la seguiré llorando todos y cada uno de los días que me quedan de vida.

Al escucharlo, Toni se había preguntado si alguien la querría alguna vez del modo en que Stanley había querido a Marta.

Ahora Stanley estaba de pie junto a Toni, frente a la ventana, y sus hombros se rozaban. Observaban desolados cómo un número creciente de Volvo y Subaru aparcaba en la zona ajardinada que rodeaba el recinto de Oxenford Medical, engrosando una multitud cada vez más ruidosa y agresiva.

—Lamento mucho todo esto —se disculpó Toni, desolada.

—No es culpa tuya.

—Ya sé que no quieres que me flagele, pero yo dejé que se nos colara un conejo debajo de mis narices, y encima el capullo de mi ex ha filtrado la historia a Carl Osborne, el reportero de la tele.

—Deduzco que no te llevas demasiado bien con él.

Toni nunca había hablado abiertamente del tema con Stanley, pero ahora Frank se había inmiscuido en su vida profesional, y agradeció la oportunidad de explicarlo.

—De verdad que no sé por qué me odia. Yo nunca lo aparté de mi lado. Fue él quien me dejó, y lo hizo en el momento en que más necesitaba su ayuda. Creía que ya me había castigado

bastante por lo que hice mal, fuera lo que fuese, pero ahora me sale con esto.

—A mí no me parece tan extraño. Seguramente no puede mirarte a la cara sin sentir remordimientos. Es verte y recordar lo débil y cobarde que fue cuando tú más lo necesitabas.

Toni nunca había pensado en Frank de ese modo, pero de pronto su comportamiento parecía cobrar sentido. Sintió una cálida sensación de gratitud. Procurando no descubrir demasiado sus sentimientos, dijo:

—No está mal visto.

Stanley se encogió de hombros.

—Nunca perdonamos a aquellos a los que hemos fallado.

Toni sonrió ante la paradoja. Stanley no solo era bueno desentrañando la naturaleza de los virus, sino también de las personas.

Descansó una mano suavemente sobre el hombro de Toni en un gesto tranquilizador. ¿O acaso era algo más? Stanley rara vez establecía contacto físico con sus empleados. Toni había notado su tacto exactamente tres veces en el año que llevaba trabajando para él. Le había estrechado la mano cuando habían firmado el contrato inicial, cuando él la había incorporado a la plantilla fija de la empresa y cuando la había ascendido. En la fiesta de Navidad, Stanley había bailado con su secretaria, Dorothy, una mujer fornida que desprendía el aire maternal y eficiente de una atenta mamá ganso. Aparte de ella, Stanley no había bailado con nadie más. Toni habría querido sacarlo a bailar, pero temía que sus sentimientos resultaran demasiado evidentes. Más tarde lamentaría no haberse mostrado más desinhibida, como Susan Mackintosh.

—Puede que Frank no haya filtrado la historia solo para fastidiarte —apuntó Stanley—. Sospecho que lo habría hecho de todas formas. No me cabe duda de que Osborne sabrá agradecérselo hablando favorablemente de la policía de Inverburn en general y del comisario Frank Hackett en particular.

Toni notaba el calor que transmitía la mano de Stanley a través de su blusa de seda. ¿Sería aquel un gesto casual, hecho sin pensar? Toni experimentó una vez más la familiar frustración de no saber qué le estaría pasando por la cabeza. Se preguntó si notaría el tirante de su sostén. Deseó que no se diera cuenta de lo mucho que le gustaba que la tocara.

No estaba segura de que Stanley estuviera en lo cierto respecto a Frank y Carl Osborne.

—Es generoso por tu parte verlo de ese modo —observó.

De todas formas, decidió asegurarse de que la empresa no salía perjudicada por culpa de Frank.

Alguien llamó a la puerta, y Cynthia Creighton, la relaciones públicas de la empresa, entró en el despacho. Stanley apartó rápidamente la mano del hombro de Toni.

Cynthia era una mujer delgada de cincuenta años que lucía falda de tweed y medias de punto. Era una auténtica santa. En cierta ocasión, Toni había hecho reír a Stanley diciendo que Cynthia era la clase de persona que se hacía su propio muesli. Por lo general parecía insegura, pero ahora estaba al borde de un ataque de nervios. Tenía el pelo alborotado, la respiración acelerada y hablaba demasiado deprisa.

—¡Esa gente me ha zarandeado! —declaró—. ¡Qué bestias! ¿Dónde está la policía?

—Hay un coche patrulla de camino —informó Toni—. Debería llegar en diez o quince minutos.

—Pues tendrían que detener a toda esa gentuza.

Toni se percató con gran pesar de que Cynthia no estaba a la altura de la crisis. Su principal cometido era administrar un pequeño presupuesto destinado a obras de caridad, a conceder ayudas a equipos de fútbol escolar y a carreras benéficas, con tal de que el nombre de Oxenford Medical apareciera a menudo en el *Inverburn Courier* relacionado con asuntos que nada tenían que ver con virus ni experimentos con animales. Era un trabajo importante y Toni lo sabía, pues los lectores creían en la pren-

sa local, mientras que desconfiaban de los diarios nacionales. De esta manera, la sutil publicidad que Cynthia se encargaba de hacer en nombre de la empresa la inmunizaba contra los virulentos y alarmistas artículos de Fleet Street,* capaces de comprometer cualquier proyecto científico. Pero Cynthia nunca se las había tenido que ver con la jauría enfurecida en que se podía convertir la prensa británica, y estaba demasiado afectada para tomar las decisiones correctas.

Stanley estaba pensando exactamente lo mismo.

—Cynthia, quiero que Toni y tú os enfrentéis a esto juntas —dijo—. Ella tiene experiencia en tratar con los medios de comunicación.

Cynthia parecía aliviada y agradecida.

—¿De verdad?

—Estuve un año destinada en la oficina de prensa de la policía, aunque nunca me tocó llevar un asunto tan grave como este.

—¿Qué crees que debemos hacer?

—Bueno… —Toni no creía estar capacitada para hacerse con el mando de la situación, pero aquello era una emergencia, y al parecer era la mejor candidata disponible. Decidió atenerse a los principios básicos—. Hay una regla de oro para tratar con los medios. —Quizá fuera demasiado simple para aquella situación, pensó, pero se abstuvo de decirlo—. Primero, decidimos cuál es nuestro mensaje. Segundo, nos aseguramos de que es verdad, para no tener que desdecirnos más adelante. Tercero, repetimos ese mensaje una y otra vez.

—Mmm… —Stanley parecía escéptico, pero no daba la impresión de tener una idea mejor.

—¿Crees que deberíamos pedir disculpas? —preguntó Cynthia.

—No —se apresuró a contestar Toni—. Lo interpretarían

* Calle de Londres donde estaba la sede de importantes periódicos. (N. de la T.)

como la confirmación de que hemos sido descuidados. Y eso no es verdad. Nadie es perfecto, pero el sistema de seguridad de Oxenford Medical es irreprochable.

—¿Ese es nuestro mensaje? —preguntó Stanley.

—No creo. Parecería que estamos a la defensiva. —Toni reflexionó unos instantes—. Deberíamos empezar diciendo que lo que hacemos aquí es de vital importancia para el futuro de la humanidad. No, eso suena demasiado apocalíptico. La labor de investigación médica que aquí llevamos a cabo nos permitirá salvar vidas en el futuro, eso suena mejor. Y esa investigación entraña ciertos riesgos, pero nuestro sistema de seguridad es todo lo infalible que puede llegar a ser cualquier cosa creada por el hombre. Lo cierto es que muchas personas morirían innecesariamente si cesáramos nuestra actividad.

—Eso me gusta —aplaudió Stanley.

—¿Es verdad?

—Sin duda. Cada año un nuevo virus se propaga desde China y mata a miles de personas. Nuestro fármaco salvará sus vidas.

Toni asintió.

—Eso es perfecto. Sencillo y contundente.

Stanley seguía sin tenerlas todas consigo.

—¿Cómo nos las vamos a arreglar para hacer llegar el mensaje?

—Creo que deberías convocar una rueda de prensa para dentro de un par de horas. Hacia mediodía, las redacciones estarán buscando un nuevo enfoque para la noticia, así que se alegrarán de poder sacar algo más de nosotros. Y la mayoría de la gente que se ha apiñado ahí fuera se marchará en cuanto eso haya ocurrido. Sabrán que es poco probable que se produzcan más novedades, y quieren irse a casa para celebrar la Navidad como el resto de los mortales.

—Espero que estés en lo cierto —observó Stanley—. Cynthia, ¿te encargas de los preparativos, por favor?

Cynthia seguía algo desorientada.

—Pero… ¿qué debo hacer?

Toni asumió el mando.

—Daremos la rueda de prensa en el vestíbulo principal. Es el único sitio lo bastante grande para hacerlo, y ya se están colocando las sillas para el comunicado que el profesor Oxenford dará a las nueve y media ante los empleados. Lo primero que debes hacer es decirle a toda esa gente de ahí fuera que habrá una rueda de prensa. Eso les dará algo con lo que acallar a sus editores, y puede que los tranquilice un poco. Luego llama a la Asociación de Prensa y a Reuters y pídeles que hagan circular la convocatoria, y que informen a cualquier medio de comunicación que todavía no haya mandado a nadie.

—Bien —dijo Cynthia sin demasiada convicción—, bien.

Luego se dio la vuelta y salió del despacho. Toni se dijo que no debía perderla de vista durante demasiado tiempo.

En cuanto Cynthia salió, Dorothy llamó a Stanley por el interfono y dijo:

—Laurence Mahoney, de la embajada de Estados Unidos en Londres, por la línea uno.

—Me acuerdo de él —comentó Toni—. Estuvo aquí hace unos meses. Le di una vuelta por las instalaciones.

El ejército estadounidense financiaba buena parte de la investigación de Oxenford Medical. El ministerio de Defensa de dicho país estaba muy interesado en el nuevo fármaco antiviral de Stanley, que prometía ser un poderoso recurso contra las armas biológicas. Stanley había tenido que recabar fondos para costear el largo proceso de experimentación, y el gobierno estadounidense no había dudado en invertir en su proyecto. Mahoney era el encargado de mantener las cosas bajo control en nombre del ministerio de Defensa.

—Dame un segundo, Dorothy. —En lugar de descolgar el teléfono, Stanley se volvió hacia Toni y dijo—: Mahoney es más importante para nosotros que todos los medios de comunica-

ción británicos juntos. No quiero hablar con él así, en frío. Necesito saber qué tal se lo ha tomado, para poder pensar en la mejor forma de abordar la cuestión.

—¿Quieres que le dé largas?

—Intenta averiguar por dónde van los tiros.

Toni cogió el auricular y presionó un botón.

—Hola, Larry. Soy Toni Gallo, nos conocimos en septiembre. ¿Cómo estás?

Mahoney era un secretario de prensa con malas pulgas y voz quejumbrosa que siempre le recordaba al Pato Donald.

—Preocupado —contestó.

—¿Por qué?

—Esperaba poder hablar con el profesor Oxenford —repuso en tono cortante.

—Y él está deseando hablar contigo. Lo hará en cuanto tenga ocasión —dijo Toni, tratando de sonar lo más sincera posible—. Ahora mismo está reunido con el subdirector. —En efecto, Stanley estaba sentado en el borde de su propio escritorio, observándola con una expresión en el rostro que podía ser afectuosa o simplemente atenta. Sus miradas se cruzaron y Toni apartó los ojos—. Te llamará en cuanto haya podido hacerse una idea más precisa de lo ocurrido, seguramente antes del mediodía.

—¿Cómo demonios has dejado que ocurriera algo así?

—El joven que ha muerto se llevó un conejo del laboratorio a escondidas, en una bolsa de deporte. A partir de ahora haremos un control exhaustivo de todos los bultos que entren o salgan del NBS4 para asegurarnos de que no vuelve a pasar.

—Lo que me preocupa es la mala publicidad que esto representa para el gobierno estadounidense. No queremos que nos culpen de la propagación de un virus mortal entre la población escocesa.

—No hay ningún peligro de que eso ocurra —dijo Toni, cruzando los dedos.

—¿Alguno de los medios locales ha sacado a relucir el hecho de que esta investigación se hace con fondos estadounidenses?

—No.

—Lo harán antes o después.

—Estaremos preparados para contestar a cualquier pregunta que hagan sobre el tema.

—La línea argumental que más daño puede hacernos, a nosotros, y a vosotros, es la que sostiene que esta investigación se hace en suelo escocés porque los estadounidenses pensamos que es demasiado peligrosa para hacerla en nuestro país.

—Gracias por la advertencia. Creo que tenemos una respuesta muy convincente para rebatir ese argumento. Al fin y al cabo, el fármaco lo inventó el profesor Oxenford aquí mismo, en Escocia, así que lo lógico es que se experimente aquí.

—Lo único que trato de evitar es que lleguemos a un punto en el que la única manera de probar nuestra buena voluntad sea trasladar la investigación a Fort Detrick.

Toni se quedó sin palabras. Fort Detrick, en la ciudad de Frederick, estado de Maryland, era el Centro de Investigación de Enfermedades Infecciosas del ejército estadounidense. ¿Cómo podía trasladarse allí el proyecto? Eso significaría el fin del Kremlin. Tras una larga pausa, Toni dijo:

—No hemos llegado a ese punto, ni mucho menos —aseguró, deseando que se le ocurriera una expresión más contundente.

—Eso espero, la verdad. Dile a Stanley que me llame cuanto antes.

—Gracias, Larry. —Toni colgó el teléfono y se volvió hacia Stanley—. No pueden trasladar el proyecto a Fort Detrick, ¿verdad que no?

Stanley estaba pálido.

—En el contrato no consta ninguna disposición que así lo indique, desde luego —empezó—. Pero estamos hablando del gobierno del país más poderoso del mundo, y puede hacer

cualquier cosa que se le antoje. ¿Qué podría hacer yo, llegado el caso? ¿Demandarlos? Me pasaría el resto de la vida en los tribunales, suponiendo que pudiera permitírmelo.

Toni se estremeció al comprobar que Stanley también era vulnerable. Él, que siempre conservaba la calma, que tranquilizaba a los demás y siempre sabía cómo solucionar un problema. De pronto, parecía asustado. Toni reprimió el impulso de abrazarlo.

—¿Crees que lo harían?

—Estoy seguro de que los microbiólogos de Fort Detrick preferirían llevar las riendas de la investigación, si pudieran.

—¿Y eso dónde te dejaría a ti?

—En la bancarrota.

—¿Qué? —Toni estaba consternada.

—Lo he invertido todo en el nuevo laboratorio —confesó Stanley—. He pedido un crédito personal de un millón de libras. En principio, el contrato con el ministerio de Defensa estadounidense me permitiría cubrir el coste del laboratorio en un plazo de cuatro años. Pero como les dé por echarse atrás ahora, no tengo manera de pagar las deudas, ni las mías ni las de la empresa.

Toni no daba crédito a sus oídos. ¿Cómo era posible que de golpe y porrazo todo el futuro de Stanley —por no mencionar el suyo propio— colgara de un hilo?

—Pero el nuevo fármaco vale millones.

—Los valdrá, a la larga. Estoy seguro de su valor científico, y por eso me dejé empeñar de esta manera. Pero nunca se me ocurrió que el proyecto pudiera venirse abajo por algo tan banal como la mala publicidad.

Toni puso una mano sobre su brazo.

—Y todo porque una estrella de la tele con cerebro de mosquito necesitaba una buena primicia —apostilló Toni—. No me lo puedo creer.

Stanley dio unas palmaditas en la mano que descansa-

ba sobre su brazo, y luego apartó su propia mano y se levantó.

—De nada sirve quejarnos. Lo que hay que hacer es encontrar el modo de salir de esta.

—Claro. Los empleados te esperan. ¿Estás listo?

—Sí. —Salieron de su despacho juntos—. Así me voy curtiendo para la rueda de prensa.

Cuando pasaban por delante del escritorio de Dorothy, esta levantó la mano para detenerlos.

—Un momento, por favor —dijo por el auricular. Luego presionó un botón y se dirigió a Stanley—: Es el primer ministro escocés —anunció—. En persona —añadió, a todas luces impresionada—. Quiere hablar con usted.

—Baja tú al vestíbulo y entretenlos —dijo Stanley a Toni—. Iré tan pronto como pueda.

Dicho lo cual, volvió a entrar en su despacho.

Kit Oxenford llevaba más de una hora esperando a Harry McGarry.

McGarry, más conocido por todos como Harry Mac, había nacido en Govan, un barrio obrero de la ciudad de Glasgow, y se había criado en un humilde bloque de viviendas cercano a Ibrox Park, cuna de los Rangers, el equipo de fútbol protestante de la ciudad. Con los beneficios que extraía del tráfico de drogas, el juego ilegal, el robo y la prostitución, había logrado mudarse a Dumbreck, al otro lado de Paisley Road. Físicamente, seguía a poco más de un kilómetro de su antiguo barrio, pero el cambio suponía un gran salto en la escala social. Ahora vivía en un amplio chalet de nueva planta con todas las comodidades, incluida piscina.

La casa estaba decorada como un hotel de lujo, con réplicas de muebles de época y litografías enmarcadas en las paredes, pero sin ningún toque personal: ni fotos de familiares, ni objetos de adorno, ni flores, ni mascotas. Kit esperaba nervioso en el amplio vestíbulo, los ojos puestos en el papel pintado a rayas amarillas o las afiladas patas de alguna mesa, observado de cerca por un guardaespaldas sobrado de carnes que lucía un traje negro de mala calidad.

El imperio de Harry Mac abarcaba todo el territorio escocés y el norte de Inglaterra. Trabajaba con su hija, Diana, a la

que siempre llamaba Daisy,* lo que no dejaba de ser irónico, teniendo en cuenta que era todo un ejemplo de violencia y sadismo.

Harry era el propietario del casino ilegal en el que Kit solía jugar. En Gran Bretaña, los establecimientos de juego autorizados estaban sometidos a una serie de medidas restrictivas que limitaban sus beneficios: no podían cargar un porcentaje sobre las apuestas ni cobrar una tarifa fija por el uso de las mesas de juego, no se admitían propinas, no se podía beber alcohol en las mesas de juego y había que ser socio del casino desde hacía por lo menos veinticuatro horas para poder jugar. Harry hacía caso omiso de las leyes, y a Kit le gustaba el ambiente clandestino del juego ilegal.

Kit estaba convencido de que la mayor parte de los jugadores eran estúpidos. Y la gente que controlaba los casinos no era mucho más brillante. Un jugador inteligente tenía todas las de ganar. En el caso del blackjack había una forma correcta de jugar todas las manos —el denominado «sistema básico»— que él dominaba a la perfección. Luego, mejoraba sus probabilidades memorizando las cartas que iban saliendo del juego de seis barajas. Empezando de cero, sumaba un punto por cada carta baja —el dos, el tres, el cuatro, el cinco y el seis— y lo restaba por cada carta alta: el diez, la jota, la reina, el rey y el as. No contaba el siete, el ocho ni el nueve. Cuando el número resultante era positivo, significaba que la pila de naipes restante contenía más cartas altas que bajas, así que tenía bastantes posibilidades de sacar un diez. Un número negativo le permitía albergar esperanzas de sacar una carta baja. Conociendo las probabilidades, sabía cuándo apostar fuerte y cuándo no.

Pero Kit había tenido una mala racha más prolongada de lo habitual, y cuando su deuda alcanzó las cincuenta mil libras, Harry quiso cobrar.

Kit había acudido a su padre y, en lo que sin duda habría

* «Margarita» en inglés. (N. de la T.)

sido para él una experiencia humillante, le había suplicado que saldara su deuda. Poco antes, cuando Stanley lo había despedido, Kit lo había acusado de no preocuparse por él, pero entonces se había visto obligado a reconocer la verdad: su padre sí lo quería. De hecho, estaba dispuesto a hacer casi cualquier cosa por él, y Kit lo sabía perfectamente. Su farsa había quedado al descubierto, dejándolo a la altura del betún, pero había valido la pena. Stanley había pagado.

Kit había prometido no volver a las andadas y lo había dicho en serio, pero la tentación pudo más que él. Era una locura, una enfermedad, era vergonzoso y humillante, pero era lo más excitante del mundo, y no podía resistirse.

Cuando su deuda volvió a alcanzar las cincuenta mil libras, recurrió de nuevo a su padre, pero esta vez Stanley se negó a hacerse cargo de la deuda.

—No tengo tanto dinero —le había dicho—. A lo mejor podría pedirlo prestado, pero ¿de qué serviría? Lo perderías y acabarías volviendo a por más hasta arruinarnos a los dos.

Kit lo había acusado de no tener corazón, de ser un avaricioso. Lo llamó usurero, tacaño y judío de mierda, juró que nunca volvería a dirigirle la palabra. Sus palabras habían hecho mella —siempre podía herir a su padre, eso lo sabía—, pero Stanley se había mantenido firme.

Llegados a este punto, Kit habría hecho bien en abandonar el país.

Soñaba con marcharse a Italia e instalarse en la ciudad natal de su madre, Lucca. La familia la había visitado varias veces durante su infancia, antes de que los abuelos se murieran. Era una hermosa ciudad amurallada, antigua y pacífica, con pequeñas plazas en las que se podía tomar un exprés a la sombra. Kit chapurreaba el italiano, pues *mamma* Marta se dirigía a sus hijos en esta lengua cuando eran pequeños. Podía alquilar una habitación en una de aquellas antiguas casas señoriales y trabajar ayudando a la gente con sus problemas informáticos, algo que para él era como

coser y cantar. Creía que podía ser muy feliz llevando una vida así.

Pero en lugar de marcharse a Italia había intentado recuperar jugando el dinero que debía. Con eso, su deuda se había elevado a un cuarto de millón.

Por esa cantidad de dinero, Harry Mac lo habría perseguido hasta el fin del mundo. Pensó en suicidarse, y llegó incluso a estudiar los rascacielos del centro de Glasgow, preguntándose si podría llegar hasta la azotea de uno de ellos para lanzarse al vacío.

Tres semanas atrás, lo habían citado en aquella casa. Había sentido un pánico atroz. Estaba seguro de que iban a darle una paliza. Cuando lo guiaron hasta el salón, con sus sofás de seda amarilla, se había preguntado cómo se las arreglarían para impedir que la sangre manchara las tapicerías.

—Tengo aquí a un caballero que desea hacerte una pregunta —le había dicho Harry. Kit no podía imaginar qué clase de pregunta podría querer hacerle ninguno de los amigos de Harry, a no ser «¿Dónde está el puto dinero?».

El caballero en cuestión era Nigel Buchanan, un tipo de cuarenta y pocos años y aspecto reservado que lucía ropa informal de aspecto caro: chaqueta de cachemira, pantalones de sport oscuros y camisa con el cuello desabrochado.

—¿Puedes colarme en el Nivel Cuatro de Oxenford Medical?

Había otras dos personas en el salón amarillo en aquel momento. Una de ellas era Daisy, una chica musculosa de unos veinticinco años con la nariz rota, piel acneica y un piercing en el labio inferior. Llevaba puestos unos guantes de piel. La otra persona era Elton, un apuesto hombre negro más o menos de la misma edad que Daisy, al parecer compañero de Nigel.

Kit se sintió tan aliviado de saber que no le iban a pegar una paliza que habría accedido a cualquier cosa.

Nigel le ofreció una recompensa de trescientas mil libras por el trabajo de una noche.

Kit no podía creer que tuviera tanta suerte. Aquella canti-

dad sería suficiente para pagar sus deudas y más. Podía abandonar el país. Podía irse a Lucca y convertir su sueño en realidad. Se sentía exultante. Todos sus problemas se habían resuelto como por arte de magia.

Más tarde, Harry le había hablado de Nigel en tono encomiástico. Al parecer, era un ladrón profesional que solo robaba por encargo y tras haber acordado el precio.

—Es el mejor —dijo Harry—. ¿Que quieres comprar un cuadro de Miguel Ángel? Ningún problema. ¿Una ojiva nuclear? Él te la consigue, siempre que puedas permitírtelo. ¿Te acuerdas de Shergar, el caballo de carreras al que secuestraron? Ahí estaba Nigel. —Y añadió—:Vive en Liechtenstein —como si Liechtenstein fuera un lugar de residencia más exótico que Marte.

Kit había pasado las siguientes tres semanas planeando el robo del fármaco antiviral. Había sentido alguna que otra punzada de culpa mientras perfeccionaba el plan para robar a su padre, pero por encima de todo experimentaba un profundo regocijo ante la oportunidad de vengarse de papá, que primero lo había despedido y luego se había negado a salvarlo de las garras de los matones. Y de paso le metería el dedo en el ojo a Toni Gallo.

Nigel había repasado el plan con él punto por punto, cuestionándolo todo. A veces consultaba a Elton, que estaba a cargo del equipo logístico, en especial de los vehículos. Kit tenía la impresión de que era un valioso experto en cuestiones técnicas que había trabajado con Nigel en ocasiones anteriores. Daisy se uniría a ellos en el momento de la incursión, en teoría para asegurar un plus de fuerza bruta en caso de necesidad, aunque Kit sospechaba que su verdadero propósito era arrebatarle las 250.000 libras que debía a su padre en cuanto cobrara de Nigel.

Kit había propuesto que se dieran cita en un aeródromo abandonado cerca del Kremlin. Nigel miró a Elton.

—Eso está bien —aprobó este. Hablaba con un marcado acento londinense—. Podríamos quedar allí con el comprador más tarde. Puede que quiera venir en avión.

Al final, para alegría de Kit, Nigel había declarado que su plan era brillante.

Ahora, se veía en el penoso deber de decirle a Harry que tenían que cancelarlo todo. Estaba destrozado. En su interior se mezclaban la decepción, el abatimiento y el miedo.

Finalmente lo llevaron hasta Harry. Nervioso, siguió los pasos del guardaespaldas y cruzó el cuarto de la lavadora, situado en la parte trasera de la casa, hasta salir al exterior. Desde allí, el guardaespaldas lo guió hasta el pabellón de la piscina, construido a imagen y semejanza de un invernadero eduardiano, con azulejos vidriados en tonos oscuros y mortecinos. La propia piscina era de un desagradable verde oscuro. Algún interiorista había aconsejado aquello, adivinó Kit, y Harry le había dado su aprobación sin ni siquiera mirar los planos.

Harry era un hombre bajo y fornido de cincuenta años, con la piel grisácea de un fumador empedernido. Estaba sentado a una mesa de hierro forjado, envuelto en un albornoz púrpura de rizo americano, tomando café solo en una pequeña taza de porcelana y leyendo el *Sun*. El diario estaba abierto por la página de los horóscopos. Daisy estaba en el agua, nadando infatigablemente de un lado a otro de la piscina. Kit se sobresaltó al ver que iba completamente desnuda, a no ser por los guantes de submarinista. Siempre llevaba guantes.

—No necesito verte, chaval —dijo Harry—. No quiero verte. No sé nada de ti ni de lo que vas a hacer esta noche. Y nunca he conocido a nadie llamado Nigel Buchanan. ¿Vas pillando la indirecta?

No ofreció a Kit una taza de café.

El ambiente era bochornoso. Kit lucía su mejor traje de lana de mohair en tono azul de Prusia sobre una camisa blanca con el cuello desabrochado. Le costaba trabajo respirar y notaba una

incómoda sensación de humedad en la piel. Se dio cuenta de que había roto alguna regla sagrada del protocolo criminal al acudir a Harry el mismo día del robo, pero no tenía alternativa.

—Necesitaba hablar contigo —dijo—. ¿No has visto las noticias?

—¿Y qué si lo he hecho?

Kit reprimió un gesto de irritación. Los hombres como Harry jamás reconocían que ignoraban algo, por insignificante que fuera.

—Se ha montado una buena en Oxenford Medical —le informó Kit—. Uno de los técnicos de laboratorio se ha muerto de un virus.

—¿Y qué quieres que haga yo, enviarle un ramo de flores?

—Habrán extremado las medidas de seguridad. Hoy es el peor día imaginable para entrar a robar en el laboratorio. En condiciones normales ya es bastante difícil. Tienen un sistema de alarmas supercomplicado y la tía que han puesto al frente de la seguridad es un hueso duro de roer.

—Pero qué quejica eres.

Harry no lo había invitado a tomar asiento, así que Kit se apoyó en el respaldo de una silla, sintiéndose fuera de lugar.

—Hay que cancelar el golpe.

—Deja que te explique algo. —Harry sacó un cigarrillo de un paquete que descansaba sobre la mesa y lo encendió con un mechero de oro. A la primera calada tuvo un ataque de tos, una tos cavernosa que parecía brotarle del fondo de los pulmones. Cuando se le pasó, escupió en la piscina y le dio un sorbo al café antes de proseguir—: Para empezar, yo he dado mi palabra de que el plan se llevará a cabo. Puede que eso no signifique nada para ti, siendo como eres un hijo de papá, pero cuando un hombre hecho y derecho dice que algo va a ocurrir y luego no ocurre, queda como un perfecto imbécil.

—Sí, pero…

—Ni se te ocurra interrumpirme.

Kit enmudeció.

—En segundo lugar, Nigel Buchanan no es un colgado cualquiera que decide entrar a robar en el Woolworth's de la esquina. Es una leyenda viva, y más importante aún, se relaciona con gente muy respetada en Londres. Cuando tratas con gente de ese nivel, lo último que quieres es quedar como un imbécil.

Hizo una pausa, como retando a Kit a llevarle la contraria. Este no abrió la boca. ¿Cómo había llegado a involucrarse con semejante gentuza? Se había metido en la boca del lobo y ahora estaba completamente paralizado, esperando a que la jauría se cebara con él.

—Y en tercer lugar, me debes un cuarto de millón. Nadie me ha debido tanto dinero durante tanto tiempo sin tener que comprarse unas muletas. No sé si me explico.

Kit asintió en silencio. Estaba tan asustado que creía que iba a vomitar.

—Así que no me vengas con que hay que cancelar el golpe.

Harry cogió el *Sun*, dando por finalizada la conversación.

Kit se obligó a romper su mutismo.

—Quería decir posponer, no cancelar —aventuró—. Podemos hacerlo otro día, cuando haya pasado todo este follón.

Harry no apartó la mirada del diario.

—A las diez de la mañana del día de Navidad, eso es lo que dijo Nigel. Y yo quiero mi dinero.

—¡Es absurdo hacerlo sabiendo que nos van a coger! —replicó Kit, desesperado. Harry no respondió—. Todos podemos esperar un poquito, ¿no? —Era como hablarle a una pared—. Más vale tarde que nunca.

Harry miró fugazmente hacia la piscina, haciendo una seña. Daisy debía de estar atenta a todos sus gestos, pues salió del agua al instante. No se quitó los guantes. Tenía hombros y brazos fornidos. Sus senos rasos apenas se movían mientras caminaba. Kit se fijó en que tenía un tatuaje en un pecho y un piercing

en el pezón del otro. Cuando se acercó más, se dio cuenta de que iba afeitada de la cabeza a los pies. Tenía el vientre plano, los muslos delgados y el pubis prominente. Cada detalle de su cuerpo estaba expuesto a la vista, no solo de Kit, sino también de su padre, si es que este se molestaba en mirar. Kit se sintió incómodo.

Harry seguía impasible.

—Kit quiere que esperemos para cobrar el dinero que nos debe, Daisy. —Se levantó y ciñó el cinturón del albornoz—. Explícale qué opinamos nosotros al respecto. Yo estoy demasiado cansado.

Harry se colocó el periódico debajo del brazo y se fue.

Daisy cogió a Kit por las solapas de su mejor traje.

—Escucha —suplicó él—, solo quiero asegurarme de que esto no sea un desastre para todos.

Daisy lo zarandeó bruscamente. Kit perdió el equilibrio y se habría caído al suelo si ella no lo hubiera impedido. Entonces lo arrojó a la piscina.

Kit se llevó un buen susto, pero si lo peor que le hacía Daisy era estropear su mejor traje, se consideraría un hombre afortunado. Entonces, justo cuando sacaba la cabeza del agua, ella saltó sobre él, golpeándole la espalda con las rodillas. Kit gritó de dolor y tragó agua mientras volvía a sumergirse en contra de su voluntad.

Estaban en la parte menos profunda de la piscina. Cuando sus pies tocaron el fondo, Kit intentó incorporarse, pero el brazo de Daisy le sujetó la cabeza y volvió a perder el equilibrio. Entonces ella lo sujetó boca abajo, obligándole a mantener la cabeza sumergida.

Kit contuvo la respiración, esperando que Daisy le asestara un puñetazo o algo similar, pero nada ocurrió. Angustiado por la falta de aire, empezó a forcejear, intentando zafarse, pero ella era más fuerte que él. Furioso, la emprendió a patadas y manotazos que no eran sino débiles aspavientos debajo del agua. Se

sentía como un niño con un berrinche que se debatía impotente mientras su madre lo sujetaba.

Su necesidad de aire era ahora desesperada, y procuró no dejarse vencer por el pánico mientras reprimía el impulso de abrir la boca para respirar. Se dio cuenta de que Daisy lo sujetaba con el brazo izquierdo y se apoyaba en una rodilla, por lo que su propia cabeza apenas asomaba por encima del agua. Kit se quedó inmóvil, para que sus pies flotaran hacia abajo, pensando que quizá así Daisy creería que había perdido el conocimiento. Sus pies tocaron el fondo de la piscina, pero ella no aflojó la presión. Entonces afianzó bien los pies y se impulsó hacia arriba con todas sus fuerzas en un desesperado intento de desplazarla. Pero Daisy apenas se movió, y se limitó a sujetarlo con más fuerza. Era como si alguien le exprimiera la cabeza con unas tenazas de acero.

Kit abrió los ojos debajo del agua. Tenía la barbilla aplastada contra las huesudas costillas de Daisy. Ladeó un poco la cabeza, abrió la boca y le hincó los dientes con todas sus fuerzas. Notó que se estremecía, y la mano que le sujetaba la cabeza aflojó un poco. Kit apretó las mandíbulas, intentando traspasar con los dientes el pliegue de piel que había aprisionado. Entonces sintió la mano enguantada de Daisy en el rostro y sus dedos presionándole los ojos. Retrocedió instintivamente, relajando las mandíbulas y soltando la presa.

El pánico se adueñó de él. No podía contener la respiración por mucho más tiempo. Su cuerpo privado de oxígeno lo obligó a abrir la boca en busca de aire, y el agua encharcó sus pulmones. Empezó a toser y a vomitar al mismo tiempo. Con cada nuevo espasmo, el agua entraba a borbotones por su garganta. Supo que no tardaría en morir.

Entonces Daisy pareció ceder un poco. Tiró con fuerza de su cabeza hasta sacarla del agua. Kit abrió la boca e inspiró una bocanada de aire, de bendito aire puro, que le hizo expulsar un chorro de agua de los pulmones. Entonces, antes de que pudiera

volver a inspirar, ella le hundió de nuevo la cabeza, y en lugar de aire tragó agua.

El pánico se convirtió en algo peor. Desesperado, Kit se debatía con todas sus fuerzas. El terror le dio nuevos bríos y Daisy hubo de emplearse a fondo para sujetarlo, pero no logró sacar la cabeza del agua. Ya no intentaba mantener la boca cerrada, sino que dejaba que el agua lo inundara. Cuanto antes se ahogara, antes se acabaría aquel suplicio.

Daisy volvió a sacar su cabeza del agua.

Kit escupió agua e inspiró una preciosa bocanada de aire. Luego su cabeza volvió a sumergirse.

Gritó, pero de su boca no brotó sonido alguno. Sus forcejeos se debilitaron. Sabía que Harry no quería que Daisy lo matara, pues eso daría al traste con el plan, pero Daisy no parecía demasiado cuerda, y todo hacía pensar que se le estaba yendo la mano. Kit decidió que iba a morir. Sus ojos abiertos no veían más que un borrón verdoso. Entonces todo empezó a oscurecerse, como si anocheciera de pronto.

Y al fin perdió el conocimiento.

10.00

Ned no sabía conducir, así que Miranda se sentó al volante del Toyota Previa. Su hijo Tom iba sentado en el asiento de atrás con la Game Boy. Habían abatido la última fila de asientos para hacer sitio a una pila de regalos envueltos en papel rojo y dorado y atados con cinta verde.

Mientras se alejaban de las casas adosadas de estilo georgiano cercanas a Great Western Road donde Miranda tenía su piso, empezó a nevar ligeramente. Se había desatado una tormenta sobre el mar, hacia el norte, pero los meteorólogos aseguraban que pasaría de largo por Escocia.

Miranda se sentía satisfecha. Se dirigía a la casa paterna junto a los dos hombres de su vida para pasar la Navidad en familia. Le vino a la mente la época en que, como ahora, cogía el coche y volvía a casa desde la universidad para celebrar las fiestas soñando con la comida casera, los cuartos de baño limpios, las sábanas planchadas y el sentirse querida y cuidada.

Su primer destino era el barrio de la periferia donde vivía la ex mujer de Ned. Tenían que pasar a recoger a su hija, Sophie, antes de seguir hacia Steepfall.

La consola de Tom emitía una melodía descendente, lo que seguramente indicaba que se había estrellado con su nave espacial, o que un gladiador lo había decapitado. El chico suspiró y dijo:

—He visto en una revista de coches unas pantallas superguays que se ponen en los reposacabezas para que la gente que va detrás pueda ver pelis y todo eso.

—Un accesorio realmente indispensable —ironizó Ned con una sonrisa.

—Deben de costar un ojo de la cara —apuntó Miranda.

—No creas —repuso Tom.

Miranda lo miró por el espejo retrovisor.

—¿Cuánto?

—No lo sé, es solo que no parecían demasiado caras, ya sabes.

—¿Por qué no averiguas el precio, y veremos si nos podemos permitir una pantalla de esas?

—¡Vale, genial! Y si es demasiado cara para ti, se la pediré al abuelo.

Miranda sonrió. Nada como pillar al abuelo de buenas para conseguir cualquier cosa.

Miranda siempre había albergado la esperanza de que Tom heredara el talento científico de su abuelo. Por el momento, nada permitía adivinarlo. Era buen estudiante, pero no sobresaliente. Miranda tampoco estaba segura de saber en qué consistía exactamente el talento de su padre. Era un brillante microbiólogo, por supuesto, pero había algo más. En parte la imaginación para adivinar en qué dirección avanzaría el progreso, en parte la capacidad de liderazgo para ilusionar a un grupo de científicos y animarlos a trabajar en equipo. ¿Cómo saber si un chico de once años poseía ese tipo de habilidades? Mientras tanto, nada atrapaba la atención de Tom como un nuevo juego de ordenador.

Miranda puso la radio. Había un coro cantando un villancico.

—Si vuelvo a escuchar «Away in a Manger» una vez más, me veré obligado a suicidarse empalándome a mí mismo en un árbol de Navidad —rezongó Ned. Miranda cambió de emiso-

ra y dio con John Lennon cantando «War is Over». Ned gimió y dijo—: ¿Sabías que en el infierno suenan villancicos durante todo el año? Es un hecho conocido.

Miranda soltó una carcajada. Segundos después encontró una emisora de música clásica en la que sonaba un trío de piano.

—¿Qué te parece esto?

—Haydn. Perfecto.

Ned se comportaba como un cascarrabias ante todo lo relacionado con la cultura popular. Era algo que formaba parte de su pose de intelectual, como el hecho de no saber conducir. A Miranda le daba igual. Tampoco le gustaban la música pop, los culebrones y las reproducciones baratas de cuadros famosos. Pero sí los villancicos.

Aceptaba las rarezas de Ned, pero la conversación de aquella mañana con Olga le había dado que pensar. ¿Era Ned una persona débil? A veces desearía que se mostrara más firme y enérgico. Su ex marido, Jasper, lo era en exceso, pero a veces Miranda añoraba el tipo de relación sexual que había tenido con él. Jasper era egoísta en la cama, la poseía sin delicadeza alguna, sin pensar en otra cosa que en su propio placer; y para su vergüenza, Miranda había descubierto que eso la hacía sentirse liberada y le permitía disfrutar a sus anchas. Con el tiempo, la pasión de aquellos encuentros se había ido apagando y ella había terminado harta de su egoísmo y su nula consideración por nada que no fuera él mismo. No obstante, deseaba que Ned pudiera comportarse así de vez en cuando.

Sus pensamientos se volvieron hacia Kit. Estaba desolada por el hecho de que se hubiera echado atrás. Se había esforzado mucho para convencerlo de que se uniera al resto de la familia en Navidad. Había acabado cediendo tras negarse en un principio, así que tampoco le sorprendía demasiado que hubiera vuelto a cambiar de idea. De todas formas era un golpe duro, pues Miranda deseaba con todas sus fuerzas ver a la familia reunida, como ocurría casi siempre en Navidad hasta la muerte de

la *mamma*. El distanciamiento entre papá y Kit la asustaba. El que hubiera ocurrido tan poco tiempo después de la muerte de su madre hacía que la familia pareciera peligrosamente frágil. Y si su familia era vulnerable, ¿de qué podía estar segura?

Tomó una calle flanqueada por pequeñas casas de piedra adosadas, construidas en la era industrial para albergar a los obreros, y aparcó delante de una vivienda algo más grande que las demás que bien podía haber pertenecido a un capataz de la época. Ned había vivido allí con Jennifer hasta que se habían separado, dos años antes. Habían reformado la casa con gran sacrificio, y Ned aún seguía pagando las obras. Cada vez que Miranda pasaba por aquella calle se enfurecía al recordar la cantidad de dinero que le pasaba a su ex mujer.

Puso el freno de mano pero dejó el motor en marcha. Tom y ella se quedaron en el coche mientras Ned enfilaba el camino de acceso a la casa. Miranda nunca había estado en aquella casa. Aunque Ned había abandonado el hogar conyugal antes de conocerla, Jennifer se comportaba como si ella fuera la culpable de que su matrimonio se viniera abajo. Evitaba verla, le hablaba en un tono cortante por teléfono y según su hija Sophie, que no conocía el significado de la palabra discreción, se refería a ella como «esa vaca burra» delante de sus amigas. Jennifer, por su parte, era delgada como un palillo y tenía una gran nariz aguileña.

Sophie, una adolescente de catorce años ataviada con vaqueros y un jersey ajustado, salió a abrir la puerta. Ned la besó y pasó al interior de la casa.

En la radio del coche sonaba una de las *Danzas eslavas* de Dvořák. En el asiento trasero, la Game Boy de Tom pitaba a intervalos irregulares. Fuera, las ráfagas de nieve azotaban el coche. Miranda subió la calefacción. Ned salió de la casa con cara de pocos amigos.

Se acercó a la ventanilla de Miranda.

—Jennifer ha salido —dijo—. Sophie ni siquiera ha empe-

zado a preparar la maleta. ¿Puedes venir y echarle una mano?

—Francamente, Ned, no creo que deba —contestó Miranda contrariada. No le apetecía lo más mínimo entrar en la casa en ausencia de Jennifer.

Ned parecía desesperado.

—Si quieres que te diga la verdad, no estoy seguro de saber qué necesita una chica cuando se va de viaje.

Miranda no lo puso en duda. Para Ned, hacer su propia maleta era todo un reto. Nunca lo había hecho mientras vivía con Jennifer. Cuando Miranda y él estaban a punto de irse de vacaciones juntos por primera vez —una visita a los museos de Florencia— ella se había negado por principio a hacerle la maleta y él se había visto obligado a aprender. Sin embargo, en los viajes siguientes —un fin de semana en Londres, cuatro días en Viena—, ella se había encargado de revisar su equipaje, y siempre descubría que había olvidado algo importante. Hacer la maleta de otra persona era algo que estaba más allá de sus posibilidades.

Miranda suspiró y apagó el motor.

—Tom, tú también tendrás que venir.

La decoración de la casa era todo un acierto, pensó Miranda mientras entraba en el vestíbulo. Jennifer tenía buen ojo. Había combinado muebles rústicos sencillos con telas coloridas, tal como lo habría hecho cien años atrás la hacendosa esposa de un capataz. Las tarjetas de Navidad se alineaban sobre la repisa de la chimenea, pero al parecer no habían puesto árbol.

Le resultaba extraño pensar que Ned había vivido allí y que había vuelto a aquella casa día tras día al finalizar la jornada laboral, tal como ahora volvía a su propio piso. Había escuchado las noticias en la radio, se había sentado a cenar, había leído novelas rusas, se había lavado los dientes con gesto ausente y se había metido en la cama del mismo modo maquinal para estrechar a otra mujer entre sus brazos.

Sophie estaba en el salón, tumbada en un sofá delante de la

televisión. Lucía un piercing de bisutería barata en el ombligo. Miranda reconoció el olor a tabaco.

—Sophie —dijo Ned—, Miranda te ayudará a hacer la maleta, ¿vale, tesoro? —Había en su voz un tono de súplica que hizo que Miranda sintiera vergüenza ajena.

—Estoy viendo una peli —replicó la joven, enfurruñada.

Miranda sabía que Sophie no reaccionaría con súplicas, sino con firmeza. Cogió el mando a distancia y apagó la televisión.

—Enséñame tu habitación, por favor —dijo en un tono que no admitía réplica.

Sophie parecía indignada.

—Date prisa, no tenemos mucho tiempo.

Sophie se levantó a regañadientes y se encaminó lentamente a la habitación. Miranda la siguió escaleras arriba hasta un dormitorio de aspecto caótico decorado con pósters de adolescentes que lucían extraños cortes de pelo y pantalones ridículamente anchos.

—Vamos a pasar cinco días en Steepfall, así que para empezar necesitas diez bragas.

—No tengo tantas.

Miranda no se lo creía, pero le dijo:

—Entonces nos llevaremos las que tengas, y podrás ir lavándolas tú misma.

Sophie estaba de pie en medio de la habitación, y había un aire desafiante en su hermoso rostro.

—Venga —dijo Miranda—. Yo no soy tu criada. Saca unas cuantas bragas.

La miró a los ojos. Sophie no pudo sostener su mirada. Bajó la vista, se dio la vuelta y abrió el cajón superior de una cómoda. Estaba repleto de ropa interior.

—Saca también cinco sostenes —ordenó Miranda.

Sophie empezó a sacar las prendas.

«Crisis superada», pensó Miranda. Abrió la puerta del armario.

—Vas a necesitar un par de vestidos para cenar. —Sacó un vestido rojo con tirantes finos, demasiado sexy para una adolescente de catorce años—. Este es bonito —mintió.

Sophie se relajó un poco.

—Es nuevo.

—Deberíamos envolverlo para que no se arrugue. ¿Sabes si hay papel de seda?

—En un cajón de la cocina, creo.

—Yo iré a por él. Tú, mientras, busca un par de vaqueros limpios.

Miranda bajó las escaleras, sintiendo que empezaba a encontrar el punto justo entre la amabilidad y la autoridad en su relación con Sophie. Ned y Tom estaban en el salón, viendo la tele. Miranda entró en la cocina y le preguntó elevando la voz:

—Ned, ¿sabes dónde está el papel de seda?

—Lo siento, no tengo ni idea.

—No sé por qué me molesto en preguntártelo —farfulló Miranda, y empezó a abrir cajones.

Al final encontró un poco de papel de seda en el fondo de un aparador, junto con varios objetos de costura. Tuvo que arrodillarse en el suelo embaldosado para sacar el fajo de papel de debajo de una caja de cintas. Le costó trabajo hurgar en el interior del mueble, y notó como la sangre se le agolpaba en la cabeza. «Esto es ridículo —pensó—. Solo tengo treinta y cinco años, debería poder agacharme sin esfuerzo. Tengo que perder cinco kilos. Adiós a las patatas asadas con el pavo de Navidad.»

Mientras sacaba el papel de seda del aparador, se abrió la puerta trasera y se oyeron pasos de mujer. Miranda levantó los ojos y se encontró con Jennifer.

—¿Qué demonios crees que estás haciendo? —preguntó esta. Era una mujer menuda, pero se las arreglaba para parecer temible, con su ancha frente y la prominente nariz. Iba muy elegante, con un traje sastre entallado y botas de tacón.

Miranda se incorporó, jadeando ligeramente. Para su ver-

güenza, notó que una gota de sudor le resbalaba por el cuello.

—Estaba buscando papel de seda.

—Eso ya lo veo. Quiero saber qué haces en mi casa, para empezar.

Ned apareció en el umbral de la puerta.

—Hola, Jenny. No te he oído entrar.

—Salta a la vista que no te ha dado tiempo de hacer sonar la alarma —replicó con sarcasmo.

—Lo siento —dijo él—, pero le he pedido a Miranda que entrara y…

—¡Pues no tendrías que haberlo hecho! —interrumpió Jennifer—. No quiero a tus mujeres en mi casa.

Lo había dicho como si Ned tuviera un harén, cuando lo cierto era que solo había salido con dos mujeres desde que había roto con ella. Con la primera solo había quedado una vez, y la segunda había sido Miranda. Pero habría parecido infantil recordárselo en aquel momento. En lugar de eso, Miranda dijo:

—Solo intentaba ayudar a Sophie.

—Mi hija es cosa mía. Por favor, vete de mi casa.

Ned intervino:

—Lo siento si te hemos asustado, Jenny, pero…

—No te molestes en pedir disculpas, solo sácala de aquí.

Miranda se puso roja como un tomate. Nadie había sido tan grosero con ella en toda su vida.

—Será mejor que me vaya —musitó.

—Eso es —repuso Jennifer.

—Saldré con Sophie tan pronto como pueda —dijo Ned.

Miranda estaba tan enfurecida con él como con Jennifer, aunque todavía no sabía muy bien por qué. Se encaminó el vestíbulo.

—Puedes usar la puerta de atrás —le espetó Jennifer.

Para su vergüenza, Miranda dudó un segundo. Miró a Jennifer y vio en su rostro un amago de sonrisa. Eso le dio el valor que necesitaba.

—No lo creo —respondió serenamente. Y siguió caminando hasta la puerta delantera.

—Tom, nos vamos —dijo, alzando la voz.

—¡Un segundo! —contestó el niño a voz en grito.

Miranda entró en el salón, donde su hijo estaba viendo la tele. Lo cogió por la muñeca, lo obligó a levantarse y lo sacó a rastras.

—¡Me haces daño! —protestó.

Miranda salió dando un portazo.

—La próxima vez, ven cuando te llame.

Cuando se subió al coche, tenía ganas de llorar. Ahora tenía que quedarse allí esperando, como una criada, mientras Ned estaba en la casa con su ex mujer. ¿Habría planeado Jennifer aquella escenita solo para humillarla? Era posible. Ned se había comportado como un verdadero calzonazos. Ahora sabía por qué estaba tan furiosa con él. Había consentido que Jennifer la insultara sin decir una sola palabra en su defensa. Lo único que hacía era disculparse una y otra vez. ¿Y por qué? Si Jennifer se hubiera molestado en prepararle el equipaje a su hija, o si por lo menos la hubiera puesto a ella a hacerlo, Miranda no habría tenido que entrar en la casa. Y lo peor de todo era que se había desquitado con su hijo. Debería haberle gritado a Jennifer, no a Tom.

Lo miró por el espejo retrovisor.

—Tommy, siento haberte hecho daño —dijo.

—No pasa nada —contestó el chico sin apartar los ojos de la Game Boy—. Siento no haber venido cuando me has llamado.

—Entonces estamos en paz —concluyó Miranda.

Una lágrima rodó por su mejilla, y la secó rápidamente.

11.00

—Los virus matan a miles de personas todos los días —empezó Stanley Oxenford—. Cada diez años, aproximadamente, una epidemia de gripe mata a cerca de veinticinco mil personas en el Reino Unido. En 1918, la gripe causó más bajas que la Primera Guerra Mundial. En el año 2002, tres millones de personas murieron a causa del sida, provocado por el virus de inmunodeficiencia humano. Y los virus están presentes en el diez por ciento de los casos de cáncer.

Toni escuchaba atentamente, sentada junto a él en el vestíbulo principal, bajo las vigas barnizadas de la bóveda neogótica. Stanley parecía tranquilo y dueño de sí mismo, pero ella lo conocía lo bastante bien para percibir el temblor apenas audible que la tensión imprimía a su voz. La amenaza de Laurence Mahoney le había sentado como un mazazo, y el temor a perder cuanto tenía era tan grande que a duras penas lograba ocultarlo bajo aquella apariencia de serenidad.

Observó los rostros de los periodistas allí congregados. ¿Escucharían lo que tenía que decirles y comprenderían la importancia de su trabajo? Conocía bien a los periodistas. Algunos eran inteligentes, muchos estúpidos. Unos pocos creían en la verdad, pero la mayoría se limitaba a escribir la historia más sensacionalista que podía sin pillarse demasiado los dedos. Le indignaba que tuvieran en sus manos el destino de un hombre

como Stanley. Sin embargo, el poder de los tabloides era un hecho indiscutible de la vida moderna. Si un número suficiente de aquellos gacetilleros decidía retratar a Stanley como un científico loco en su castillo de Frankenstein, los estadounidenses podrían sentirse lo bastante incómodos con la situación para retirarle su apoyo económico.

Y eso sería trágico, no solo para Stanley, sino para la toda humanidad. Sin duda, otra persona se encargaría de concluir el proceso de experimentación del fármaco antiviral, pero un Stanley arruinado y destrozado no podría inventar más panaceas. Toni pensó con rabia que le gustaría abofetear la cara de tontos de los periodistas y decirles: «¡Eh, despertad, también es vuestro futuro el que está en juego!».

—Los virus forman parte de la vida, pero no tenemos por qué aceptarlos resignadamente —prosiguió Stanley. Toni admiraba su forma de hablar. Su voz sonaba ponderada y relajada a la vez. También utilizaba aquel tono cuando quería explicar algo a sus colegas más jóvenes. Por eso sus disertaciones sonaban más bien como una conversación amistosa—. Los científicos podemos vencer a los virus. Antes del sida, la enfermedad más temida por el hombre era la viruela, hasta que un científico llamado Edward Jenner descubrió la vacuna en el año 1796. Hoy la viruela se ha erradicado. Del mismo modo, la incidencia de la polio es nula en grandes zonas del mundo. Algún día derrotaremos a la gripe, el sida e incluso el cáncer, y lo harán científicos como nosotros, que trabajarán en laboratorios como este.

Una mujer levantó la mano y preguntó:

—¿A qué campo de investigación se dedican ustedes exactamente?

Toni se adelantó a Stanley:

—¿Le importaría identificarse, por favor?

—Edie McAllan, corresponsal para temas científicos del *Scotland on Sunday*.

Cynthia Creighton, que estaba sentada al otro lado de Stanley, tomó nota del nombre.

—Hemos desarrollado un fármaco antiviral —contestó Stanley—. No es algo frecuente. Existen muchos fármacos antibióticos, que eliminan a las bacterias, pero pocos atacan a los virus.

—¿Cuál es la diferencia? —preguntó un hombre, y añadió—: Clive Brown, del *Daily Record*.

El *Record* era un diario sensacionalista. Toni estaba satisfecha con el rumbo que iban tomando las preguntas. Quería que la prensa se concentrara en los aspectos científicos de la cuestión. Cuanto mejor entendieran lo que allí se hacía, menos probabilidades había de que publicaran disparates capaces de perjudicar a la empresa.

—Las bacterias o gérmenes —contestó Stanley— son seres diminutos que pueden observarse con un microscopio normal. Cada uno de nosotros es el anfitrión de millones de bacterias. Muchas de ellas son útiles, como por el ejemplo las que nos ayudan a digerir la comida o a deshacernos de las células cutáneas muertas. Unas pocas son causantes de enfermedades, y algunas de estas pueden tratarse con antibióticos. Los virus son seres vivos más pequeños y simples que las bacterias. Hace falta un microscopio de electrones para verlos. Los virus no se pueden reproducir a sí mismos, así que lo que hacen es apropiarse de la maquinaria bioquímica de una célula viva y obligarla a fabricar copias del virus. Ninguno de los virus conocidos posee utilidad alguna para el ser humano, y disponemos de pocas medicinas para combatirlos. Por eso, el descubrimiento de un nuevo fármaco antiviral es una gran noticia para la humanidad.

—Concretamente ¿qué virus combate vuestro fármaco? —preguntó Edie McAllan.

Otra pregunta científica. Toni empezaba a creer que la conferencia de prensa iba a ser exactamente lo que Stanley y ella deseaban que fuera. Reprimió su propio optimismo a regaña-

dientes. Sabía, por su experiencia en la oficina de prensa de la policía, que un periodista podía formular preguntas serias e inteligentes para luego volver a la redacción y escribir una sarta de infundios incendiarios. Incluso si el redactor de turno entregaba un artículo veraz y cabal, algún editor ignorante o irresponsable podía venir después y reescribirlo.

—Esa es la pregunta a la que intentamos dar respuesta —contestó Stanley—. Estamos experimentando el fármaco con una serie de virus para determinar su alcance.

—¿Incluye eso a los virus peligrosos? —preguntó Clive Brown.

—Sí —contestó Stanley—. Nadie está interesado en combatir a los virus inofensivos.

Se oyeron risas entre los periodistas. Era una respuesta ingeniosa a una pregunta tonta. Pero Brown parecía molesto, y Toni sintió que el corazón le daba un vuelco en el pecho. Un periodista humillado no se detendría ante nada para tomar revancha. Toni intervino rápidamente:

—Me alegro de que haya hecho esa pregunta, Clive —empezó, en un intento de apaciguarlo—. En Oxenford Medical aplicamos los máximos criterios de seguridad existentes a los laboratorios donde se utilizan materiales especiales. En el NBS4, cuyas siglas corresponden a Nivel de Bioseguridad Cuatro, el sistema de alarma está directamente conectado con la jefatura de la policía regional, situada en Inverburn. Hay guardias de seguridad custodiando los laboratorios veinticuatro horas al día, y esta mañana he dado orden de duplicar el número de efectivos. Como medida de precaución adicional, los guardias de seguridad no pueden acceder al NBS4, pero controlan cuanto ocurre en su interior a través de un circuito cerrado de cámaras de televisión.

Brown no parecía dispuesto a enterrar el hacha de guerra.

—Si vuestro sistema de seguridad es tan perfecto, ¿cómo se las arregló ese hámster para escapar del laboratorio?

Toni estaba preparada para aquella pregunta.

—Permítame algunas aclaraciones. En primer lugar, no se trataba de un hámster. Esa información se la habrá facilitado la policía, y no es correcta. —Toni había pasado información falsa a Frank para ponerlo a prueba, y este había caído en su trampa, delatándose como la fuente que había filtrado la noticia—. Por favor, recurran a nosotros para saber lo que ocurre aquí dentro. El animal en cuestión era un conejo, y desde luego no se llamaba Fluffy.

Una carcajada general acogió estas últimas palabras, y hasta Brown esbozó una sonrisa.

—En segundo lugar, alguien se llevó al conejo del laboratorio a escondidas en el interior de una bolsa de deportes, y esta misma mañana hemos establecido el registro obligatorio de todos los bultos a la entrada del NBS4 para asegurarnos de que no vuelva a ocurrir. En tercer lugar, yo no he dicho que nuestro sistema de seguridad sea perfecto. He dicho que aplicamos los máximos criterios de seguridad existentes. Es lo mejor que podemos hacer hoy por hoy los seres humanos.

—Entonces admiten ustedes que su laboratorio es una amenaza para los ciudadanos escoceses.

—De ningún modo. Están ustedes más seguros aquí de lo que estarían conduciendo por la M8 o viajando en avión desde Prestwick. Los virus matan a muchas personas todos los días, pero solo una persona ha muerto a causa de un virus procedente de nuestro laboratorio, y no era un ciudadano escocés de a pie, sino un empleado que quebrantó las reglas y puso su vida en peligro de forma consciente y deliberada.

En general, la rueda de prensa marchaba bastante bien, pensó Toni, atenta a la siguiente pregunta. Las cámaras de televisión filmaban sin cesar, los destellos de los flashes se sucedían y Stanley se expresaba como lo que era, un brillante científico con un fuerte sentido de la responsabilidad. Pero Toni temía que los noticiarios descartaran las imágenes desdramatizadoras de la

rueda de prensa en favor de los jóvenes que se habían congregado a las puertas de Oxenford Medical y que coreaban consignas en contra de la experimentación con animales. Deseaba poder ofrecer a los cámaras algo más interesante.

Carl Osborne, el amigo de Frank, tomó entonces la palabra. Era un hombre atractivo, más o menos de la misma edad que Toni, con rasgos de estrella del celuloide y un pelo demasiado rubio para ser natural.

—¿Exactamente qué clase de peligro suponía ese animal para los ciudadanos escoceses?

Esta vez fue Stanley quien contestó:

—El virus no es muy contagioso entre especies. Creemos que para que Michael se infectara el conejo tuvo que haberle mordido.

—¿Y si el conejo se hubiera escapado?

Stanley miró por la ventana. Caía una ligera nevada.

—Habría muerto congelado.

—Suponiendo que otro animal se lo hubiera comido, un zorro, por ejemplo, ¿es posible que lo hubiera infectado?

—No. Los virus se adaptan a un pequeño número de especies, por lo general una, a veces dos o tres. Que nosotros sepamos, este virus no puede infectar a los zorros, ni a ningún otro animal de la fauna autóctona escocesa. Solo a los humanos, los macacos y cierto tipo de conejos.

—Pero Michael podía haber contagiado a otras personas.

—Así es, a través de los estornudos. Esa era la posibilidad que más nos atemorizaba. Sin embargo, parece ser que Michael no vio a nadie durante la fase crítica de contagio. Ya nos hemos puesto en contacto con sus colegas y amigos. No obstante, les estaríamos agradecidos si pudieran ustedes transmitir a través de sus respectivos diarios y programas de televisión un llamamiento a cualquier persona que pudiera haber estado con él para que se ponga en contacto con nosotros lo antes posible.

—Quisiera aclarar que no estamos intentando restar impor-

tancia a este incidente —se apresuró a añadir Toni—. Lo ocurrido nos preocupa profundamente y, como he explicado, hemos redoblado las medidas de seguridad. Pero, al mismo tiempo, debemos intentar no sacar las cosas de quicio. —Decirle a un periodista que no sacara las cosas de quicio era como decirle a un abogado que no se mostrara belicoso, pensó con ironía—. La verdad es que la ciudadanía no ha estado en peligro en ningún momento.

Osborne aún no había terminado.

—Suponiendo que Michael se lo hubiera contagiado a un amigo, que a su vez se lo hubiera transmitido a otra persona... ¿cuántas personas podían haber muerto?

—No debemos lanzarnos a hacer conjeturas descabelladas que no nos llevarán a ninguna parte —contestó Toni—. El virus no se ha extendido. Ha muerto una sola persona. No debería haber muerto nadie, pero tampoco nos pongamos ahora a pensar en los cuatro jinetes del Apocalipsis. —No bien lo dijo, se arrepintió de haberlo hecho. Menuda estupidez. Seguro que alguien tendría la ocurrencia de citar sus palabras fuera de contexto, para que pareciera que estaba augurando el día del Juicio Final.

Osborne volvió a tomar la palabra:

—Tengo entendido que su proyecto se desarrolla gracias al apoyo económico del ejército estadounidense.

—Del ministerio de Defensa, sí —matizó Stanley—. Como es natural, están interesados en nuevas formas de combatir la guerra biológica.

—¿No es verdad que los americanos han querido que la experimentación se hiciera en Escocia porque creen que es demasiado peligrosa para llevarla a cabo en suelo estadounidense?

—Muy al contrario. La mayoría de los proyectos de este tipo se desarrollan en Estados Unidos, en el Centro para el Control de las Enfermedades de Atlanta, en el estado de Georgia, y en el Centro de Investigación de Enfermedades Infecciosas del ejército estadounidense, en Fort Detrick.

—Entonces ¿por qué se eligió Escocia?

—Porque el fármaco se descubrió aquí, en Oxenford Medical.

Toni decidió que lo más prudente era retirarse mientras la suerte les sonreía. Había llegado el momento de poner fin a la rueda de prensa.

—No quisiera dejarles con la palabra en la boca, pero sé que algunos de ustedes todavía tienen que cerrar la edición de mediodía —observó—. Se les entregará un dossier de prensa a cada uno, y Cynthia dispone de más ejemplares en caso de que los necesiten.

—Una última pregunta —apuntó Clive Brown, del *Record*—. ¿Qué opinión les merece la manifestación de ahí fuera?

Toni cayó en la cuenta de que aún no se le había ocurrido nada interesante que ofrecer a los cámaras del exterior.

Fue Stanley quien contestó:

—Proponen una respuesta simple a un problema ético complejo. Como la mayoría de las respuestas simples, la suya es equivocada.

Era la réplica correcta, pero sonaba un poco despiadada, así que Toni añadió:

—Y esperamos que no cojan la gripe.

Los periodistas todavía se reían cuando Toni se levantó para poner fin a la rueda de prensa. Entonces tuvo una idea. Llamó a Cynthia Creighton por señas y, dando la espalda a los presentes, le susurró en tono urgente:

—Necesito que bajes enseguida al comedor. Haz que dos o tres empleados salgan con bandejas de café y té caliente y las repartan entre los manifestantes.

—Qué amable por tu parte —comentó Cynthia.

Toni no estaba siendo amable. De hecho, estaba siendo cínica, pero no había tiempo para explicárselo.

—Tienen dos minutos para hacerlo —añadió—. ¡Venga, date prisa!

Cynthia se fue.

Toni se volvió hacia Stanley.

—Muy bien. Lo has hecho estupendamente.

Stanley sacó del bolsillo de la chaqueta un pañuelo rojo de lunares y se secó la frente con discreción.

—Espero que haya funcionado.

—Lo sabremos cuando veamos el telediario del mediodía. Ahora tendrías que irte, porque si no intentarán arrinconarte por todos los medios para conseguir una entrevista exclusiva. —Stanley estaba sometido a mucha presión, y ella quería protegerlo.

—Buena idea. De todas formas, tengo que irme a casa. —Stanley vivía en una antigua casa de campo levantada al borde de un precipicio, a unos ochos kilómetros del laboratorio—. Me gustaría llegar a tiempo para recibir a mi familia.

Toni se sintió decepcionada. Había dado por sentado que verían juntos la retransmisión de la rueda de prensa.

—De acuerdo —dijo—. Yo me encargo de comprobar el resultado.

—Por lo menos nadie me ha hecho la pregunta que más temía.

—¿Qué pregunta es esa?

—La tasa de supervivencia del Madoba-2.

—¿A qué te refieres?

—Por muy grave que sea una infección, normalmente hay unos pocos individuos que logran sobrevivirla. La tasa de supervivencia indica la peligrosidad de un virus.

—¿Y cuál es la tasa de supervivencia del Madoba-2?

—Cero —contestó Stanley.

Toni se lo quedó mirando fijamente, alegrándose de haber ignorado aquel dato hasta entonces.

Stanley miró por encima del hombro de Toni y asintió con la cabeza.

—Ahí viene Osborne.

—Yo me encargo de él. —Se volvió para cortarle el paso al periodista, y Stanley salió por una puerta lateral—. Hola, Carl. Confío en que tengas toda la información que necesitas.

—Eso creo. Me preguntaba cuál había sido el primer éxito de Stanley.

—Formaba parte del equipo que desarrolló el acyclovir.

—¿Qué es?

—Una crema para los herpes. Se comercializa con el nombre de Zovirax. Es un fármaco antiviral.

—¿De veras? Interesante.

Toni no creía que Carl estuviera realmente interesado en lo que ella le estaba explicando. Se preguntó qué tendría en mente.

—¿Podemos confiar en que harás un artículo sensato, que refleje la realidad sin exagerar el peligro?

—¿Quieres saber si hablaré de los cuatro jinetes del Apocalipsis?

Toni hizo una mueca.

—Fue una tontería por mi parte dar un ejemplo del tipo de hipérbole que pretendía evitar.

—No te preocupes, no pienso citarte.

—Gracias.

—No se merecen. Lo haría encantado, pero mis espectadores no tendrían ni la más remota idea de lo que significa. —Osborne cambió de tono—. Apenas te he visto desde que rompiste con Frank. ¿Cuánto tiempo ha pasado?

—Por Navidad hará dos años.

—¿Qué tal lo llevas?

—Ha habido momentos duros, la verdad. Pero las cosas empiezan a remontar, o al menos eso creía hasta hoy.

—Tendríamos que quedar un día de estos, y ponernos al día.

Toni no tenía ningunas ganas de intimar con Osborne, pero optó por la respuesta más cortés:

—Claro, por qué no.

Para su sorpresa, Carl Osborne le tomó la palabra.

—¿Te apetece salir a cenar?

—¿A cenar? —repuso ella.

—Sí.

—¿Te refieres a una cita?

—Sí.

Aquello era lo último que hubiera esperado de él.

—¡No! —contestó sin pensarlo. Entonces recordó lo peligroso que aquel hombre podía llegar a ser y trató de suavizar su rechazo—. Lo siento, Carl. Me has pillado por sorpresa. Te conozco desde hace tanto tiempo que sencillamente no puedo pensar en ti de ese modo.

—Podría hacer que cambiaras de opinión. —Parecía vulnerable como un adolescente—. Dame una oportunidad.

La respuesta seguía siendo no, pero Toni dudó un momento. Carl era guapo, encantador, solvente, una celebridad local. Cualquier soltera que rondara los cuarenta se arrojaría a sus brazos sin pestañear. Pero daba la casualidad de que no la atraía lo más mínimo. Aunque no se hubiera enamorado de Stanley, no se habría sentido tentada a salir con Carl. ¿Por qué?

No tardó más de un segundo en averiguar la respuesta. Carl carecía de integridad moral. Un hombre capaz de distorsionar la verdad con tal de conseguir un titular sensacionalista podía ser igual de mentiroso en otros aspectos de la vida. Eso no lo convertía en un monstruo; había bastantes hombres como él, y unas cuantas mujeres también. Pero Toni no se imaginaba manteniendo una relación íntima con alguien tan superficial. ¿Cómo podía nadie besar, confesar sus secretos, olvidar sus inhibiciones y abrir su cuerpo a una persona en la que no podía confiar? La sola idea le parecía repugnante.

—Me halagas —mintió—, pero la respuesta es no.

Osborne no parecía dispuesto a rendirse fácilmente.

—La verdad es que siempre me has gustado. No me digas que no lo sabías.

—Solías coquetear conmigo, pero lo hacías con la mayoría de las chicas.

—No era lo mismo.

—¿No estabas saliendo con aquella chica del tiempo? Creo que he visto alguna foto vuestra en el diario.

—¿Te refieres a Marnie? Lo nuestro nunca fue en serio. Lo hice más que nada por la publicidad.

El recuerdo pareció molestarlo, y Toni dedujo que la tal Marnie le había dado calabazas.

—Vaya, sí que lo siento —dijo Toni, intentando ser amable.

—Pues demuéstralo cenando conmigo esta noche. Tengo mesa reservada en La Chaumière.

Se refería a un restaurante de lo más selecto. Tendría la reserva hecha desde hacía tiempo, seguramente desde que salía con Marnie.

—Esta noche no puedo.

—No seguirás colgada de Frank, ¿verdad?

Toni rió con amargura.

—Lo hice durante un tiempo, tonta de mí, pero ya lo he superado. Completamente.

—¿Hay otra persona, entonces?

—No estoy saliendo con nadie.

—Pero hay alguien que te hace tilín. No será el bueno del profesor, ¿verdad?

—No seas ridículo —replicó Toni.

—No te estarás sonrojando, ¿verdad?

—Espero que no, aunque cualquier mujer lo haría si la sometieran a semejante interrogatorio.

—¡Dios santo, te gusta Stanley Oxenford! —Carl no sabía encajar el rechazo, y su rostro se torció en una mueca de rencor—. Stanley es viudo, ¿verdad? Sus hijos ya son mayores, y tendríais todo ese dinero solo para vosotros dos...

—Te estás poniendo desagradable, Carl.

—La verdad lo es a menudo. Te van los peces gordos, ¿eh?

Primero fue Frank, el agente de policía con la carrera más prometedora de la historia de la policía escocesa, y ahora un científico y millonario. ¡Menuda cazafortunas!

Toni tenía que poner fin a aquella conversación antes de que Carl la sacara de sus casillas.

—Gracias por haber venido a la rueda de prensa —dijo, alargando la mano, que él estrechó con gesto mecánico—. Adiós.

Se dio la vuelta y se alejó.

Estaba temblando de rabia. Carl Osborne había hecho que sus sentimientos más profundos sonaran indignos. Le apetecía estrangularlo, no salir con él. Intentó tranquilizarse. Tenía una crisis profesional entre manos, y no podía consentir que sus emociones interfirieran con el trabajo.

Se dirigió al mostrador de recepción situado junto a la puerta y habló con el jefe de seguridad, Steve Tremlett.

—Quédate aquí hasta que todos se hayan marchado, y asegúrate de que ninguno de ellos intenta visitar las instalaciones por su cuenta.

Un fisgón lo bastante determinado podría intentar acceder a las zonas de alta seguridad esperando a que pasara alguien con un pase para colarse sin ser visto.

—Descuida —dijo Steve.

Toni empezó a tranquilizarse. Se puso la chaqueta y salió fuera. La nieve caía con más fuerza, pero no le impedía ver la manifestación. Se acercó a la garita del guardia que custodiaba la verja. Tres empleados de la cantina repartían bebidas calientes. Los manifestantes habían dejado de corear consignas y agitar pancartas para charlar unos instantes entre sonrisas.

Y las cámaras los estaban enfocando.

«Todo ha salido a pedir de boca», pensó. Pero entonces ¿por qué se sentía tan abatida?

Volvió a su despacho. Cerró la puerta y se quedó inmóvil, saboreando aquel momento a solas. Había llevado bien la rue-

da de prensa, pensó. Había protegido a su jefe de Osborne, y la idea de repartir bebidas calientes entre los manifestantes había funcionado a la perfección. No sería prudente celebrarlo hasta haber visto las imágenes que retransmitían los telediarios, por supuesto, pero tenía la impresión de haber tomado las decisiones correctas.

Y entonces ¿por qué se sentía tan mal?

En parte se debía a Osborne. Un encuentro con él podía deprimir a cualquiera. Pero sobre todo, se dio cuenta, era por Stanley. Después de todo lo que había hecho por él aquella mañana, se había marchado sin apenas darle las gracias. En eso consistía ser el jefe, supuso. Y hacía mucho tiempo que sabía lo importante que era la familia para él. Ella, en cambio, no era más que una compañera de trabajo, valorada, apreciada, respetada… pero no querida.

El teléfono sonó. Toni se lo quedó mirando unos segundos, molesta por su alegre tintineo. No le apetecía hablar. Luego descolgó.

Era Stanley, que llamaba desde el coche.

—¿Por qué no te pasas por casa dentro de una hora, más o menos? Podríamos ver las noticias y conocer nuestro destino juntos.

El estado de ánimo de Toni cambió al instante. Se sentía como si de pronto hubiera salido el sol.

—Claro —contestó—. Me encantaría.

—Ya puestos, que nos crucifiquen juntos —añadió él.

—Sería un honor.

12.00

La nieve empezó a caer con más fuerza mientras Miranda se dirigía al norte. Grandes copos blancos se depositaban sobre la luna delantera del Toyota Previa, donde los limpiaparabrisas se encargaban de barrerlos hacia los lados. Miranda se vio obligada a reducir la marcha a causa de la escasa visibilidad. La nieve parecía insonorizar el coche y, aparte del ligero rumor de los neumáticos, no se oía nada excepto la música clásica que sonaba en la radio.

Dentro del coche, el ambiente no era precisamente festivo. En el asiento de atrás, Sophie iba escuchando su propia música por los auriculares, mientras Tom seguía absorto en el mundo de la Game Boy y sus intermitentes pitidos. Ned guardaba silencio, y de vez en cuando alzaba el dedo índice para dirigir la orquesta. Mientras él contemplaba la nieve y escuchaba el concierto de violoncelo de Elgar, Miranda observó su rostro sereno, la sombra de la barba, y concluyó que no tenía ni idea de lo mucho que la había decepcionado.

Ned intuía su enfado.

—Siento mucho que Jennifer se haya puesto así —se disculpó.

Miranda miró por el espejo retrovisor y vio que Sophie movía la cabeza al compás de la música que sonaba en su reproductor multimedia. Habiéndose asegurado de que la chica no podía oírla, dijo:

—Su grosería no tiene perdón.

—De verdad que lo siento —repitió él.

Era evidente que no sentía ninguna necesidad de explicar su propio comportamiento ni de pedir perdón por el mismo.

Miranda tenía que echar por tierra esa cómoda ilusión.

—No es la actitud de Jennifer la que me molesta —observó—, sino la tuya.

—Sé que ha sido un error invitarte a entrar en la casa sin que ella estuviera presente.

—No es eso. Todos nos podemos equivocar.

Ned parecía confuso e irritado.

—¿A qué te refieres, entonces?

—¡Por Dios Ned! ¡No has movido un dedo para defenderme!

—Creo que eres perfectamente capaz de hacerte valer por ti misma.

—¡No es eso lo que está en causa! Por supuesto que sé valerme por mí misma. No necesito que me protejan. Pero tú deberías haber salido en mi defensa.

—Cual caballero andante.

—¡Pues sí!

—Me ha parecido que era más importante intentar apaciguar los ánimos.

—Pues te has equivocado. Cuando el mundo se vuelve hostil, no quiero que te conviertas en árbitro imparcial de la situación, sino que te pongas de mi parte.

—Me temo que discutir no es lo mío.

—Ya —repuso ella, y ambos volvieron a su mutismo.

Avanzaban por una angosta carretera que discurría paralela a un brazo de mar. Dejaron atrás pequeñas granjas salpicadas de caballos que pacían abrigados bajo gruesas mantas y cruzaron aldeas con iglesias encaladas de blanco e hileras de casas levantadas a orillas del río. Miranda se sentía abatida. Incluso si los suyos acogían a Ned tal como ella les había pedido que hicieran, no estaba segura de querer casarse con un hombre tan

pusilánime. Llevaba tiempo deseando encontrar a alguien que fuera tierno, culto e inteligente, pero ahora se daba cuenta de que también quería que fuera fuerte. ¿Acaso pedía demasiado? Pensó en su padre. Siempre mostraba su cara más amable, rara vez se enfadaba, nunca se metía con los demás, pero nadie en su sano juicio lo habría tachado de débil.

A medida que se acercaban a Steepfall se fue sintiendo un poco más animada. Para llegar a la casa había que recorrer una larga carretera secundaria que serpenteaba entre árboles y luego emergía del bosque para bordear una lengua de tierra que se alzaba abruptamente sobre el mar.

Lo primero que avistó fue el garaje. La construcción, que quedaba a un lado de la carretera, era un antiguo establo reformado y dotado de tres puertas automáticas. Miranda pasó de largo y siguió en dirección a la casa.

Al ver la vieja casa de campo asomada a la costa, con sus gruesos muros de piedra, sus pequeñas ventanas y el empinado tejado de pizarra a dos aguas, los recuerdos de la niñez se agolparon en su mente. Había visto aquella casa por primera vez cuando tenía cinco años, y siempre que regresaba se convertía por unos instantes en una niña con calcetines blancos sentada al sol en los escalones de granito, jugando a ser maestra ante una clase compuesta por tres muñecas, dos conejillos de Indias encerrados en una jaula y un viejo perro soñoliento. La sensación era intensa pero fugaz. Por unos instantes, recordaba exactamente cómo se había sentido a los cinco años, pero intentar aferrarse al recuerdo era como pretender retener el humo entre los dedos.

El Ferrari azul oscuro de su padre estaba parado delante de la casa, donde siempre lo dejaba para que Luke, el encargado de mantenimiento y chico para todo, lo aparcara en el garaje. Era un coche peligrosamente veloz, obscenamente curvilíneo y absurdamente caro para el trayecto de ocho kilómetros que Stanley hacía a diario para ir al laboratorio. Aparcado allí, en lo alto de un inhóspito acantilado escocés, parecía tan fuera de

lugar como una cortesana con tacones en un corral enfangado. Pero su padre no tenía yate, ni bodega, ni caballos de carreras. No se iba a esquiar a Gstaad ni a jugar a Montecarlo. El Ferrari era su único capricho.

Miranda estacionó el monovolumen. Tom entró corriendo en la casa y Sophie lo siguió más despacio. Nunca había estado allí, aunque había coincidido con Stanley pocos meses antes, en la fiesta de cumpleaños de Olga. Miranda decidió olvidar lo sucedido con Jennifer, al menos de momento. Cogió la mano de Ned y se encaminaron juntos a la casa.

Entraron como siempre por la puerta de la cocina, situada en un costado de la casa. Dicha puerta daba a un pequeño recibidor con un armario donde se guardaban las botas de agua, y desde allí una segunda puerta permitía pasar a la espaciosa cocina propiamente dicha. Para Miranda, aquel era el momento que simbolizaba la vuelta a casa. Los efluvios familiares acudían en tropel a su memoria: el asado de la cena, el café molido, las manzanas y el persistente aroma de los cigarrillos franceses que *mamma* Marta solía fumar. Aquella casa representaba para ella el hogar por antonomasia, un lugar que ningún otro había podido desplazar en su recuerdo: ni el apartamento de Camden Town donde había corrido sus juergas juveniles, ni la moderna casa de extrarradio que había sido escenario de su efímero matrimonio con Jasper Casson, ni el piso en el barrio georgiano de Glasgow en el que había criado a Tom, primero a solas y más tarde con Ned.

Nellie, una caniche de color negro, se contoneaba loca de alegría y lamía a todo el mundo. Miranda saludó a Luke y Lori, la pareja filipina que estaba preparando el almuerzo.

—Su padre acaba de llegar. Ha subido a asearse —le informó Lori.

Miranda pidió a Tom y Sophie que pusieran la mesa. No quería que los chicos se sentaran delante de la tele y pasaran allí toda la tarde.

—Tom, enséñale a Sophie dónde está todo.

Tener algo que hacer ayudaría a Sophie a sentirse parte de la familia.

En la nevera había varias botellas del vino preferido de Miranda. Papá no apreciaba demasiado el vino, pero la *mamma* siempre tomaba una copita, y él se aseguraba de que nunca faltara en casa. Miranda abrió una botella y le sirvió una copa a Ned.

Aquello prometía, pensó Miranda, viendo a Sophie entretenida ayudando a Tom a sacar los cubiertos y a Ned saboreando una copa de Sancerre. Quizá aquella escena, y no la que había tenido lugar en casa de Jennifer, marcaría el tono general de las fiestas.

Si Ned iba a formar parte de la vida de Miranda, tenía que querer aquella casa y a la familia que había crecido entre sus paredes. Ya había estado allí antes, pero nunca se había llevado a Sophie ni se había quedado a pasar la noche, así que aquella era su primera visita de verdad. Por encima de todo, Miranda deseaba que pasara un buen rato y se llevara bien con todos.

Su ex marido, Jasper, nunca se había sentido a gusto en Steepfall. Al principio se había desvivido por caer en gracia a todo el mundo, pero en las visitas sucesivas se había mostrado ensimismado, y su retraimiento se convertía en irritación tan pronto abandonaban la casa. Parecía no soportar a Stanley y lo acusaba de ser autoritario, lo que era poco menos que ridículo, ya que este rara vez se tomaba la libertad de decirle a nadie lo que tenía que hacer, mientras que Marta era tan mandona que a veces la llamaban *mamma* Mussolini. Ahora, con la perspectiva del tiempo, Miranda se daba cuenta de que la presencia de otro hombre que la quería representaba una amenaza para el dominio que Jasper ejercía sobre ella. No podía mangonearla estando su padre cerca.

Sonó el teléfono. Miranda cogió la llamada desde el aparato supletorio colgado junto a la gran nevera.

—¿Sí?

—Miranda, soy Kit.

Se alegró de oír su voz.

—¡Hola, hermanito! ¿Cómo estás?

—Hecho polvo, la verdad.

—¿Qué te pasa?

—Me caí en una piscina. Es una larga historia. ¿Cómo va todo por ahí?

—Pues aquí nos tienes, bebiéndonos el vino de papá, deseando que estuvieras con nosotros.

—Pues al final voy a ir.

—¡Qué bien!

Miranda decidió no preguntarle qué le había hecho cambiar de idea. Seguramente le volvería a decir que era una larga historia.

—Estaré ahí en una hora, más o menos. Oye, ¿todavía me puedo quedar en el chalet de invitados?

—Seguro que sí. Papá tiene la última palabra, pero hablaré con él.

Mientras Miranda colgaba el teléfono, su padre entró en la cocina. Aún llevaba puesto el chaleco y los pantalones del traje, pero se había arremangado los puños de la camisa. Estrechó la mano de Ned y besó a Miranda y a los chicos.

—Has adelgazado, ¿no? —le preguntó Miranda.

—He vuelto a jugar al squash. ¿Quién ha llamado?

—Kit. Dice que al final va a venir.

Miranda escrutó el rostro de su padre en busca de una reacción.

—Me lo creeré cuando lo vea.

—Venga, papá… podrías mostrarte un poquito más entusiasta.

Stanley le dio unas palmaditas en la mano.

—Todos queremos a Kit, pero ya sabemos cómo es. Espero que venga, pero no cuento con ello. —Su tono era despreo-

cupado, pero Miranda sabía que intentaba ocultar un profundo disgusto.

—Se muere de ganas de quedarse en el chalet de invitados.

—¿Ha dicho por qué?

—No.

Entonces, Tom soltó:

—Seguramente se trae a su novia, y no quiere que oigamos sus gritos de placer.

Se hizo un silencio sepulcral en la cocina. Miranda estaba atónita. ¿De dónde habría sacado aquello? Tom tenía once años y nunca hasta entonces lo había oído hablar de sexo. Al cabo de unos instantes, todos rompieron a reír al unísono. Tom parecía avergonzado, y se excusó:

—Lo he leído en un libro.

Miranda llegó a la conclusión de que su hijo trataba de parecer mayor a los ojos de Sophie. Seguía siendo un niño, pero no por mucho tiempo.

—A mí me da igual dónde durmáis, ya lo sabes —apuntó Stanley, al tiempo que consultaba su reloj de muñeca—. Tengo que ver las noticias del mediodía.

—Siento mucho lo de ese chico que se ha muerto —dijo Miranda—. ¿Qué le llevó a hacer algo así?

—A todos se nos meten ideas absurdas en la cabeza de vez en cuando, pero una persona solitaria no tiene a nadie para decirle que se deje de locuras.

En ese momento se abrió la puerta y Olga entró en la cocina. Venía hablando, como siempre.

—¡Qué pesadilla de tiempo! Los coches derrapan que da gusto. ¿Es vino lo que estáis bebiendo? Ponedme una copa antes de que explote. Nellie, por favor, no me olisquees, entre los humanos eso se considera una vulgaridad. Hola, papá, ¿cómo estás?

—*Nella merda* —contestó él.

Miranda reconoció una de las expresiones típicas de su

madre. Con toda su ingenuidad, *mamma* Marta había supuesto que si decía palabrotas en italiano sus hijos no la entenderían.

—He oído lo del tipo que se ha muerto. ¿Te afecta mucho? —preguntó Olga.

—Lo sabremos cuando veamos las noticias.

Justo después de Olga entró su esposo, Hugo, un hombre menudo con un aire picarón no exento de encanto. Cuando besó a Miranda, sus labios se demoraron en la mejilla de esta un segundo más de la cuenta.

—¿Dónde le digo a Hugo que deje el equipaje? —preguntó Olga.

—Arriba —contestó Miranda.

—Deduzco que has reclamado para ti el chalet de invitados.

—No, se lo queda Kit.

—¡Venga ya! —protestó Olga—. ¿Esa gran cama de matrimonio, un baño estupendo y una barra americana, todo para una sola persona, mientras nosotros cuatro compartimos el viejo y diminuto baño de arriba?

—Él lo pidió expresamente.

—Bueno, pues yo también lo pido expresamente.

Miranda no pudo ocultar su indignación.

—Por el amor de Dios, Olga, podrías pensar en alguien más aparte de ti misma para variar. Sabes perfectamente que Kit no ha vuelto a pisar esta casa desde… desde que pasó todo aquello. Solo quiero asegurarme de que se sienta a gusto.

—O sea, que se queda la mejor habitación porque robó a papá, ¿es ese tu argumento?

—Ya vuelves a hablar como un abogado. Ahórrate toda esa jerga para tus eruditas amistades.

—Basta ya, chicas —intervino Stanley, empleando el mismo tono que utilizaba cuando discutían de pequeñas—. En este caso, creo que Olga tiene razón. Es egoísta por parte de Kit exigir el chalet de invitados para él solo. Miranda y Ned pueden dormir allí.

—Y así nadie tiene lo que quiere —puntualizó Olga.

Miranda suspiró. ¿Por qué se empeñaba Olga en discutir? Conocían de sobra a su padre. La mayor parte de las veces decía que sí a todo, pero cuando decía que no era imposible hacerle cambiar de idea. Quizá fuera indulgente, pero no se dejaba mangonear.

—Así aprenderás a no discutir —repuso Stanley.

—De eso nada. Llevas treinta años imponiéndonos esos juicios salomónicos, y todavía no hemos aprendido.

Stanley sonrió.

—En eso tienes razón. Mi forma de educaros ha sido equivocada desde el principio. ¿Crees que debo empezar de nuevo?

—Demasiado tarde.

—Menos mal.

Miranda solo esperaba que Kit no se enfadara hasta el punto de dar media vuelta. La discusión quedó zanjada en el momento en que entraron Caroline y Craig, los hijos de Hugo y Olga.

Caroline, que tenía diecisiete años, cargaba una jaula con varios ratones blancos. Nellie los olfateó con gran interés. Caroline se relacionaba con los animales como forma de evitar el trato con sus congéneres. Era una fase que atravesaban muchas chicas, pero Miranda opinaba que a sus diecisiete años ya se le debería haber pasado.

Craig, de quince años, cargaba dos bolsas de basura atiborradas de paquetes envueltos en papel de regalo. Había heredado la sonrisa traviesa de su padre y la elevada estatura de su madre. Dejó las bolsas en el suelo, saludó a la familia con gesto mecánico y se fue derecho a Sophie. Ya se conocían, recordó Miranda, de la fiesta de cumpleaños de Olga.

—¡Te has hecho un piercing en el ombligo! —exclamó el joven nada más verla—. ¡Qué pasada! ¿Te dolió?

Fue entonces cuando Miranda se dio cuenta de que había una desconocida en la habitación. La recién llegada se había detenido junto a la puerta que daba al vestíbulo, así que debía

haber entrado por la puerta delantera. Era alta, y tan atractiva que era imposible no fijarse en ella: pómulos altos, nariz ligeramente aguileña, exuberante melena cobriza y deslumbrantes ojos verdes. Llevaba un traje sastre de color marrón con rayas blancas que se veía algo arrugado, y el maquillaje aplicado con mano experta no alcanzaba a disimular las huellas de cansancio bajo sus ojos. Observaba con aire divertido la escena en la concurrida cocina. Miranda se preguntó cuánto tiempo llevaría allí.

Los demás también se fueron dando cuenta de su presencia, y poco a poco se hizo silencio en la habitación, hasta que al final Stanley se dio la vuelta.

—¡Ah, Toni! —exclamó, levantándose de un brinco, y Miranda se sorprendió de lo contento que parecía—. Gracias por venir. Chicos, os presento a una compañera, Antonia Gallo.

La aludida sonrió como si opinara que no había nada más maravilloso que una gran familia bulliciosa. Tenía una sonrisa amplia, generosa, y labios carnosos. Miranda cayó en la cuenta de que era la ex policía que había pillado a Kit robando a la empresa familiar. Y pese a ello, su padre parecía tenerla en gran estima.

Stanley los presentó a todos, y Miranda se percató del orgullo con que lo hacía.

—Toni, te presento a mi hija Olga, su marido Hugo y los hijos de ambos: Caroline es la de las mascotas, y Craig es el alto. Mi otra hija, Miranda, su hijo Tom, su prometido Ned y la hija de Ned, Sophie. —Toni miró uno por uno a los miembros de la familia, asintiendo con simpatía y lo que parecía sincero interés. No era fácil memorizar ocho nombres de golpe, pero Miranda sospechaba que los recordaría todos sin esfuerzo—. Ese que está pelando zanahorias es Luke, y en los fogones tenemos a Lori. Nellie, a la señorita no le apetece roer tu hueso de ternera, aunque estoy seguro de que tu generosidad la habrá conmovido.

—Encantada de conoceros a todos —dijo Toni. Sonaba sincera, aunque parecía estar sometida a una presión.

—Menudo día, ¿no? —apuntó Miranda—. Siento mucho lo del técnico que se ha muerto.

—Fue Toni quien lo encontró —apuntó Stanley.

—¡Qué horror!

Toni asintió.

—Estamos bastante seguros de que no infectó a nadie más, gracias a Dios. Ahora solo nos queda esperar que la prensa no nos crucifique.

Stanley consultó su reloj.

—Perdonad —dijo volviéndose hacia su familia—. Vamos a ver las noticias en mi estudio.

Sostuvo la puerta para que Toni saliera y se fueron los dos.

Los chicos empezaron a hablar de sus cosas y Hugo le comentó algo a Ned sobre la selección de rugby escocesa. Miranda buscó la mirada de Olga. Habían olvidado por completo la discusión de antes.

—Es muy guapa… —comentó con aire pensativo.

—Sí —asintió Olga—. ¿Qué edad le echas? Yo diría que es más o menos como yo.

—Treinta y siete, treinta y ocho, sí. Y papá está más delgado.

—Ya me he fijado.

—Nada como una crisis para unir a dos personas.

—¿Verdad que sí?

—¿Tú qué opinas?

—Lo mismo que tú.

Miranda apuró su copa de vino.

—Eso me parecía.

Toni se sentía abrumada por la escena que acababa de presenciar en la cocina: adultos y niños, sirvientes y mascotas, bebiendo vino y preparando la comida, discutiendo y haciendo bromas. Había sido como llegar a una fiesta estupenda en la que no conocía a nadie. Quería unirse a ellos, pero se sentía excluida. Aquella era la vida de Stanley, pensó. Él y su mujer habían construido aquella familia, aquel hogar, aquella calidez. Toni lo admiraba por eso, y envidiaba a sus hijos. Seguramente no tenían ni idea de lo privilegiados que eran. Toni los había observado durante varios minutos, desconcertada y fascinada a la vez. Con razón estaba tan unido a su familia.

Constatarlo la entusiasmaba y la deprimía a un tiempo. Si se lo permitía, podía alimentar la fantasía de llegar a formar parte de aquella familia, de verse convertida en la mujer de Stanley, de quererlo a él y a sus hijos, de compartir el calor de aquella unión. Pero alejó ese sueño de su mente. Era imposible, y no debía torturarse. La misma fuerza de aquellos lazos familiares la mantenía excluida.

Cuando por fin se percataron de su presencia, las dos hijas, Olga y Miranda, la habían observado sin disimulo y la habían sometido a un cuidadoso examen: minucioso, descarado, hostil. Lori, la cocinera, la había mirado de un modo similar, aunque más discretamente.

Toni no podía sino comprender su reacción. Durante treinta años Marta había reinado en aquella cocina. Se habrían sentido desleales hacia ella si no se hubieran mostrado hostiles. Cualquier mujer por la que Stanley se sintiera atraído era una amenaza en potencia. Podía dividir a la familia; podía cambiar la actitud de su padre, desplazar sus afectos; podía darle hijos, hermanastros y hermanastras a los que la historia de la familia original apenas importaría, que no estarían unidos a ellos por los inquebrantables lazos de una infancia compartida. También podía quitarles parte de la herencia, y eso en el mejor de los casos. ¿Se habría percatado Stanley de aquella tensión latente? Mientras lo seguía hacia el estudio, sintió de nuevo la exasperante frustración de no saber qué estaría pensando.

El estudio era una habitación de aire masculino en la que había un escritorio de estilo victoriano con cajoneras a ambos lados, una librería repleta de voluminosos tratados de microbiología y un sofá de cuero desgastado frente a la chimenea encendida. El perro los siguió y se estiró delante del fuego. Parecía una alfombra negra y rizada. Sobre la repisa de la chimenea descansaba la fotografía enmarcada de una adolescente de pelo oscuro con zapatillas de tenis, la misma chica que aparecía vestida de novia en la foto del despacho de Stanley. Sus breves pantalones cortos descubrían unas piernas largas y atléticas. El recargado maquillaje de los ojos y la diadema permitían deducir que la foto se había hecho en los años sesenta.

—¿Marta también era de ciencias? —preguntó Toni.

—No. Se licenció en filología inglesa. Cuando yo la conocí, daba clases de italiano en un instituto de Cambridge.

La respuesta sorprendió a Toni. Había dado por sentado que Marta compartía la pasión de Stanley por su trabajo. «Así que no hace falta tener un doctorado en biología para casarse con él», pensó.

—Qué guapa era.

—Deslumbrante —precisó Stanley—. Preciosa, alta, sexy,

extranjera, un demonio con faldas, una rompecorazones en toda regla. Yo caí fulminado nada más verla. Cinco minutos después de conocerla, ya estaba enamorado.

—¿Y ella de ti?

—Eso tardó un poco más. Vivía rodeada de admiradores. Los hombres hacían cola ante su puerta. Nunca llegué a entender por qué acabó eligiéndome a mí. Ella solía decir que no había nada más sexy que un buen ratón de biblioteca.

«Yo sí lo entiendo», pensó Toni. A Marta le había seducido lo mismo que a ella: la fortaleza de Stanley. Uno sabía enseguida que era la clase de hombre que hacía lo que decía y que era lo que aparentaba ser, un hombre en el que se podía confiar. Y eso por no hablar de sus otros encantos: era cercano, inteligente y hasta tenía buen gusto en el vestir.

Toni quería preguntarle «Pero ¿cómo te sientes ahora? ¿Sigues casado con su recuerdo?», pero Stanley era su jefe. No tenía derecho a preguntarle por sus sentimientos más íntimos. Y allí estaba Marta, sobre la repisa de la chimenea, blandiendo la raqueta de tenis como si fuera un garrote.

Mientras se sentaba en el sofá junto a Stanley, Toni trató de dejar las emociones a un lado y concentrarse en la crisis que tenían entre manos.

—¿Has llamado a la embajada estadounidense? —le preguntó.

—Sí. De momento he logrado tranquilizar a Mahoney, pero estará viendo las noticias como nosotros.

Muchas cosas dependían de lo que iba a suceder en los próximos minutos, pensó Toni. La empresa se salvaría o se iría al garete, y en función de lo que pasara Stanley podía acabar en la bancarrota, ella podía quedarse sin trabajo y el mundo podía perder las aportaciones de un gran científico. «Que no cunda el pánico —se dijo a sí misma—. Sé práctica.» Sacó un bloc de notas de su cartera. Cynthia Creighton estaría grabando el telediario desde la oficina, así que podría volver a verlo más tar-

de, pero no quería perder la oportunidad de apuntar cualquier reflexión que se le ocurriera en aquel momento.

Las noticias locales se transmitían justo antes del telediario nacional.

La muerte de Michael Ross seguía acaparando los titulares, pero el seguimiento de la noticia no corría a cargo de Carl Osborne, sino de un locutor de la casa. Era una buena señal, pensó Toni esperanzada. Se habían acabado las risibles imprecisiones científicas de Carl. El presentador llamó al virus por su nombre, Madoba-2, y tuvo el detalle de señalar que el juez principal del distrito abriría una investigación para estudiar las circunstancias que habían rodeado la muerte de Michael.

—De momento, la cosa pinta bien —murmuró Stanley.

—Me da la impresión de que algún jefe de informativos vio el lamentable reportaje de Carl Osborne esta mañana mientras desayunaba y decidió asegurarse de que a partir de ahora se hacía una cobertura más seria de la noticia —observó Toni.

En la pantalla aparecieron las puertas del Kremlin.

—Los defensores de los derechos de los animales han aprovechado esta tragedia para organizar una manifestación delante de Oxenford Medical —dijo el locutor.

Toni se sintió gratamente sorprendida. Aquella afirmación era más favorable a sus intereses de lo que habría esperado, pues daba a entender que los manifestantes eran unos cínicos que manipulaban a los medios de comunicación.

Tras una breve toma de la manifestación, el reportaje ofrecía un plano del vestíbulo principal. Toni se oyó a sí misma, con un acento escocés más fuerte de lo que habría esperado, describiendo el sistema de seguridad del laboratorio. Aquello no era demasiado eficaz, pensó. No era más que una cabeza parlante disertando sobre alarmas y guardias de seguridad. Habría sido mejor dejar que filmaran la cámara de acceso al NBS4, con su sistema de reconocimiento de huellas digitales y aquellas pesadas puertas de cierre hermético que recordaban las escotillas de un

submarino. Las imágenes siempre resultaban más elocuentes que las palabras.

Entonces se vio a Carl Osborne preguntando:

—¿Exactamente qué clase de peligro suponía ese animal para los ciudadanos escoceses?

Toni se inclinó hacia delante. Había llegado la hora de la verdad.

A continuación se vio el diálogo entre Carl y Stanley, en el que el primero se dedicaba a plantear desenlaces catastróficos y Stanley a asegurar su escasísima probabilidad. Aquello les perjudicaba, pensó Toni. Los espectadores retendrían la idea de que la fauna local podía haberse infectado, por más que Stanley negara rotundamente esa posibilidad.

—Pero Michael podía haber contagiado a otras personas —sugirió Osborne.

A lo que Stanley repuso en tono grave:

—Así es, a través de los estornudos.

Por desgracia, cortaron el diálogo justo en ese punto.

—Maldita sea —masculló Stanley.

—Todavía no se ha acabado —observó Toni. La cosa podía ir a mejor… o a peor.

Toni deseó que mostraran la apresurada intervención con la que había intentado contrarrestar la imagen de autocomplacencia de la empresa asegurando que Oxenford Medical no estaba intentando minimizar los riesgos. Pero en lugar de eso pusieron una toma de Susan Mackintosh hablando por teléfono, con una voz en off que explicaba que la empresa estaba llamando a todos sus empleados para averiguar si habían estado en contacto con Michael Ross. Aquello estaba mejor, pensó Toni con alivio. El peligro se había planteado sin rodeos, pero al menos se veía que la empresa se esforzaba por hacer cuanto estaba a su alcance para remediar la situación.

La última toma de la rueda de prensa era un primer plano de Stanley en el que afirmaba en tono grave y rotundo:

—Algún día derrotaremos a la gripe, el sida e incluso el cáncer y lo harán científicos como nosotros, que trabajarán en laboratorios como este.

—Eso ha estado bien —dijo Toni.

—¿Crees que bastará para contrarrestar el diálogo con Osborne sobre la posibilidad de que la fauna local se viera infectada?

—Creo que sí. Suenas muy tranquilizador.

Entonces se vio a los empleados del comedor repartiendo bebidas humeantes entre los manifestantes congregados en la nieve.

—¡Genial, lo han sacado! —exclamó Toni.

—Yo no había visto esto —dijo Stanley—. ¿De quién ha sido la idea?

—Mía.

Carl Osborne plantó su micrófono ante las narices de una empleada del comedor y dijo:

—Estas personas se están manifestando contra su empresa. ¿Por qué les ofrecen café?

—Porque aquí hace un frío que pela —le espetó la mujer.

Toni y Stanley soltaron una carcajada, encantados con el desparpajo de la empleada y el espaldarazo que suponía para la empresa.

Entonces volvió a aparecer el locutor en pantalla y dijo:

—Esta mañana el primer ministro escocés ha hecho pública una declaración oficial. Leemos sus palabras: «Hoy he hablado con representantes de Oxenford Medical, la policía de Inverburn y las autoridades sanitarias locales, y me complace comunicar que se está haciendo todo lo posible para garantizar que la población no se vea expuesta a nuevos peligros de este tipo». Y ahora, otros titulares.

—Dios mío, creo que nos hemos salvado —suspiró Toni.

—Eso de repartir bebidas calientes ha sido una idea genial. ¿Cuándo se te ha ocurrido?

—En el último momento. Veamos qué dice el telediario nacional.

En el boletín informativo del Reino Unido, un terremoto que había tenido lugar en Rusia relegó a un segundo plano la noticia de la muerte de Michael Ross. Se emitieron algunas de las imágenes que ya se habían visto en las noticias locales, pero sin la intervención de Carl Osborne, que solo era conocido en Escocia. En un momento dado, apareció Stanley diciendo: «El virus no es muy contagioso entre especies. Creemos que, para que Michael se infectara, el conejo tuvo que haberle mordido». Luego le llegó el turno al ministro británico de Medio Ambiente, que en sus declaraciones empleó un tono comedido. El seguimiento de la noticia en los informativos nacionales estaba siendo tan mesurado y poco alarmista como en la televisión escocesa. Toni experimentó una enorme sensación de alivio.

—Bueno es saber que no todos los periodistas son como Carl Osborne —dijo Stanley.

—Me ha pedido que salga a cenar con él. —No bien lo dijo, Toni se preguntó por qué lo había hecho.

Stanley parecía sorprendido.

—*Ha la faccia peggio del culo!* —masculló—. Pero qué morro tiene.

Toni soltó una carcajada. En realidad, lo que Stanley había dicho era que Carl tenía la cara más fea que el culo. Seguramente era una de las expresiones que Marta empleaba con frecuencia.

—Es un hombre atractivo —apuntó ella.

—No lo dirás en serio, ¿verdad?

—Es guapo, eso es innegable. —Toni se dio cuenta de que estaba intentando darle celos. «No juegues con fuego», se dijo.

—¿Y qué le has dicho? —preguntó él.

—Que no, por supuesto.

—Es lo mejor que podías hacer. —Stanley parecía algo azorado, y añadió—: No es que sea asunto mío, pero ese tipo no es digno de ti.

Dicho esto, volvió a centrar su atención en el televisor y cambió a una cadena de las que emitían noticias las veinticuatro horas.

Durante un par de minutos estuvieron viendo imágenes de las víctimas del terremoto en Rusia y de los equipos de rescate. Toni se sentía un poco tonta por haber contado a Stanley lo de Osborne, pero le había gustado su reacción.

A continuación vino la noticia de la muerte de Michael Ross, y una vez más el reportaje se atenía estrictamente a los hechos. Stanley apagó el televisor.

—Bueno, en la tele no nos han crucificado.

—Y mañana es día de Navidad, así que no habrá diarios —observó Toni—. El jueves la noticia ya será vieja. Creo que podemos dormir tranquilos, a menos que surja algún imprevisto.

—Desde luego. Si perdiéramos otro conejo, volveríamos a estar en el ojo del huracán en menos que canta un gallo.

—No habrá más problemas de seguridad en el laboratorio —afirmó Toni con rotundidad—. Me aseguraré de que así sea.

Stanley asintió.

—Debo decir que has llevado todo esto de un modo extraordinario. Te estoy muy agradecido.

Toni no cabía en sí de felicidad.

—Hemos dicho la verdad y nos han creído —repuso.

Se sonrieron el uno al otro. Era un momento íntimo y feliz. Entonces sonó el teléfono. Stanley alargó el brazo por encima del escritorio para cogerlo.

—Oxenford al habla —dijo—. Sí, pásamelo aquí, por favor. Estoy deseando hablar con él. —Buscó la mirada de Toni y articuló el nombre de su interlocutor sin pronunciarlo—: Mahoney.

Toni se levantó, nerviosa. Stanley y ella estaban convencidos de que habían controlado bien la situación, pero ¿opinaría lo mismo el gobierno estadounidense? Escrutó el rostro de Stanley, que en ese momento rompió a hablar:

—Hola de nuevo, Laurence. ¿Has visto las noticias? Me alegro de que lo veas así... Hemos evitado el tipo de reacción histérica que temías... Ya conoces a la subdirectora de Oxenford Medical, Antonia Gallo. Ella se ha encargado de la prensa... un gran trabajo, yo también lo creo... Totalmente de acuerdo, a partir de ahora tendremos que extremar las medidas de precaución. Sí, sí. Gracias por llamar. Adiós.

Stanley colgó y se volvió hacia Toni con una sonrisa de oreja a oreja.

—Nos hemos salvado.

Eufórico, rodeó a Toni con los brazos y la estrechó con fuerza.

Toni hundió la cara en su hombro. El tweed de su chaleco era sorprendentemente suave al tacto. Inspiró su tibio y discreto olor corporal, y se dio cuenta de que hacía mucho tiempo que no estaba tan cerca de un hombre. Le devolvió el abrazo, notando la presión que sus senos ejercían sobre el pecho de Stanley.

Se hubiera quedado así para siempre, pero al cabo de unos segundos él se apartó suavemente. Parecía avergonzado, y le estrechó la mano como si así pretendiera recuperar la formalidad perdida.

—El mérito es todo tuyo —afirmó.

El breve momento de contacto físico la había excitado. «Por Dios —pensó—, estoy toda mojada.» ¿Cómo podía pasar tan deprisa?

—¿Te gustaría ver la casa? —preguntó Stanley.

—Me encantaría.

Toni se sentía halagada. Los hombres no solían ofrecerse para enseñar su casa a los invitados. Era otra muestra de intimidad.

Las dos habitaciones que ya había visto, la cocina y el estudio, se encontraban en la parte trasera de la casa y daban a un patio en torno al cual se alzaban varias construcciones anexas. Stanley guió a Toni hasta la parte delantera de la vivienda y le enseñó el comedor con vistas al mar. Aquella zona parecía una

ampliación reciente de la antigua casona. En un rincón había una vitrina con grandes copas plateadas.

—Los trofeos de tenis de Marta —informó Stanley con orgullo—. Tenía un revés que era pura dinamita.

—¿Se dedicaba profesionalmente al tenis?

—Llegó a clasificarse para Wimbledon, pero nunca compitió a nivel profesional porque se quedó embarazada de Olga.

Al otro lado del vestíbulo, también con vistas al mar, quedaba el salón. Allí, debajo del árbol de Navidad, los regalos apilados se desparramaban por el suelo. En aquella habitación había otra imagen de Marta, un retrato de cuerpo entero en el que rondaba los cuarenta, con una silueta algo más rechoncha y el contorno del rostro ligeramente desdibujado. Era una estancia acogedora y agradable, pero no había nadie en ella, y Toni supuso que el verdadero corazón de la casa era la cocina.

La distribución era sencilla: el comedor y la sala de estar en la parte delantera, la cocina y el estudio en la parte de atrás.

—Arriba no hay mucho que ver —le advirtió Stanley, pero subió de todos modos, y Toni lo siguió.

¿Le estaban enseñando su futura casa?, se preguntó a sí misma. Era una fantasía absurda, y la alejó de su mente con brusquedad. Stanley solo intentaba ser amable.

Pero la había abrazado.

En la parte más antigua de la casa, por encima del estudio y el salón, había tres pequeños dormitorios y un cuarto de baño. Las habitaciones seguían conservando el recuerdo de los niños que habían crecido en ellas. En una pared colgaba un póster de los Clash, más allá descansaba un viejo bate de críquet con la empuñadura desgastada, y alineados sobre un anaquel languidecían los volúmenes completos de *Las crónicas de Narnia*.

En la parte nueva de la casa quedaba el dormitorio principal, una suite con vestidor y cuarto de baño propios. La gran cama de matrimonio estaba hecha y las habitaciones en general eran un primor de orden y limpieza. Toni se sintió emocio-

nada y a la vez incómoda por entrar en la habitación de Stanley. Sobre la mesilla de noche había otra foto de la omnipresente Marta, esta vez en color, en la que tendría cincuenta y pocos años, el pelo de un gris mortecino y el rostro descarnado, sin duda a causa del cáncer que había acabado con su vida. No era una foto favorecedora, ni mucho menos. Toni pensó lo mucho que Stanley debía quererla aún para seguir atesorando incluso los recuerdos más amargos.

No sabía qué esperar a continuación. ¿Intentaría él algún tipo de acercamiento, con su mujer observándolos desde la mesilla de noche y sus hijos en el piso de abajo? Algo le decía que ese no era su estilo. Quizá se le hubiera pasado por la cabeza, pero nunca abordaría a una mujer de un modo tan brusco. Seguramente creía que primero estaba obligado a cortejarla a la antigua usanza. «A la porra la cena y el cine —pensó Toni—. Tú solo cógeme, por lo que más quieras.» Pero él seguía en silencio, y después de enseñarle el baño de mármol la llevó de vuelta al piso inferior.

Aquella visita guiada era un privilegio, sin duda alguna, y debería haberla acercado a Stanley, pero en realidad la hacía sentirse excluida, como si espiara desde la calle a una familia sentada alrededor de la mesa, absorta en sus cosas y ajena a todo lo demás. De pronto, se sintió abatida.

Ya en el vestíbulo, el gran caniche se acercó a Stanley y restregó el hocico contra su mano.

—Nellie quiere ir a dar una vuelta —dijo él, y miró hacia fuera por la pequeña ventana que había junto a la puerta—. Ha dejado de nevar. ¿Te apetece salir a tomar un poco el aire?

—Claro.

Toni se puso su chaqueta y Stanley cogió un viejo anorak azul. En cuanto cruzaron el umbral se encontraron en un mundo pintado de blanco. El Porsche Boxster de Toni estaba aparcado junto al Ferrari F50 de Stanley y a otros dos coches, todos ellos cubiertos por una blanca capa de nieve, como pasteles

glaseados. La perra se dirigió al acantilado en la que a todas luces era su ruta habitual. Stanley y su invitada la siguieron. Toni se dio cuenta de que el animal, con su pelaje negro rizado, guardaba un innegable parecido con la malograda Marta.

Sus pies levantaban la nieve polvorienta, descubriendo la resistente maleza que crecía debajo. Cruzaron una larga extensión de césped. Unos pocos árboles raquíticos se alzaban a los lados, doblegados por el infatigable azote del viento. Se cruzaron con dos jóvenes que volvían del acantilado, el chico de la sonrisa pícara y la chica enfurruñada con un piercing en el ombligo. Toni recordó sus nombres: Craig y Sophie. Cuando Stanley los había presentado a todos, en la cocina, había memorizado cada detalle con avidez. Era evidente que Craig se empleaba a fondo para seducir a Sophie, pero la chica caminaba junto a él con los brazos cruzados, la mirada fija en el suelo. Toni envidió la sencillez de las elecciones a las que se enfrentaban. Eran jóvenes y sin compromiso, estaban en el umbral de la edad adulta, sin nada que hacer aparte de lanzarse a la aventura de vivir. Sintió ganas de decirle a Sophie que no se hiciera de rogar. «Aprovecha el amor mientras puedes —pensó—. No siempre vendrá a ti sin que lo busques.»

—¿Qué planes tienes para la Navidad? —preguntó Stanley.

—Pues… no podrían ser más distintos de los tuyos. Me voy a un balneario con unos cuantos amigos, solo parejas solteras y sin hijos, a pasar la Navidad como personas adultas. Nada de pavo, ni *crackers*, ni calcetines colgados, ni Santa Claus. Buena vida y charlas entre amigos, eso es todo.

—Suena fantástico. Creía que normalmente venía tu madre a pasar la Navidad contigo.

—Así ha sido estos últimos años, pero esta vez mi hermana Bella ha dicho que se la quedaba, lo que me sorprende.

—¿Y eso?

Tony torció el gesto.

—Bella tiene tres hijos, y cree que eso la exime de cualquier

otra responsabilidad familiar. No creo que sea justo, pero quiero a mi hermana y lo acepto.

—¿Y tú, has pensado en tener hijos algún día?

Toni contuvo la respiración. Era una pregunta muy íntima. Se preguntó qué respuesta preferiría oír él. No podía saberlo, así que se limitó a decir la verdad.

—Puede. Es algo con lo que mi hermana siempre soñó. El deseo de tener hijos ha regido su vida. Yo no soy como ella. Envidio tu familia, es evidente que te quieren y respetan, y que les gusta estar contigo, pero no estoy segura de querer sacrificar todo lo demás para ser madre.

—No creo que haya que sacrificarlo todo —observó Stanley.

«Tú no lo hiciste —pensó Toni—, pero ¿qué me dices de Marta y su carrera de tenista?» Esto fue lo que pensó, pero de sus labios salió algo muy distinto:

—¿Y tú? Podrías empezar una nueva familia.

—No —repuso él—. Mis hijos nunca me lo perdonarían.

Toni se sintió un poco decepcionada. No esperaba que lo tuviera tan claro.

Llegaron al acantilado. Hacia la izquierda, el promontorio se deslizaba en pendiente hasta una playa, ahora alfombrada de nieve. Hacia la derecha, la costa describía un corte vertical hasta el mar. Allí, una sólida valla de madera de poco más de un metro de altura bordeaba el acantilado. Era lo bastante alta para impedir el paso de los niños sin estropear el paisaje. Se asomaron a la valla y contemplaron las olas que rompían treinta metros más abajo. El fuerte oleaje subía y bajaba como el pecho de un gigante dormido.

—Qué rincón tan maravilloso —dijo Toni.

—Hace cuatro horas pensé que iba a perderlo.

—¿Te refieres a tu casa?

Stanley asintió.

—He tenido que usarla como aval para el crédito bancario. Si la cosa se viene abajo, el banco se queda con la casa.

—Pero tus hijos…

—Les daría el disgusto de su vida. Y ahora, desde que Marta ya no está, son lo único que realmente me importa.

—¿Lo único? —preguntó Toni.

Stanley se encogió de hombros.

—En el fondo, sí.

Toni escrutó su rostro. Había en él una expresión seria, pero nada sentimental. ¿Por qué le contaba aquello? Dio por sentado que se trataba de una indirecta. No era verdad que sus hijos fueran lo único que le importaba; el trabajo ocupaba un lugar destacado en su vida. Pero quería que ella comprendiera lo fundamental que era para él preservar la unidad familiar. Tras haberlos visto juntos en la cocina, Toni no podía sino comprenderlo. Pero ¿por qué había elegido aquel momento para decírselo? Quizá temía haberle transmitido una impresión equivocada.

Toni necesitaba salir de dudas. En las últimas horas habían pasado muchas cosas, pero todo resultaba ambiguo. Stanley la había tocado, abrazado, le había enseñado su casa y le había preguntado si quería tener hijos. ¿Todo aquello significaba algo o no? Tenía que saberlo.

—Te refieres a que nunca harías nada que pusiera en peligro eso que he visto en la cocina, la unidad de tu familia.

—Exacto. Mis hijos sacan toda su fuerza de ahí, aunque no se den cuenta.

Toni se volvió hacia él y lo miró a los ojos.

—Y eso es tan importante para ti que nunca empezarías otra familia.

—Sí.

«Más claro, agua», pensó Toni. Stanley se sentía atraído por ella, pero no pensaba ir más allá. El abrazo en el estudio había sido una espontánea expresión de regocijo; la visita guiada a la casa, un momento de intimidad en que lo había pillado con la guardia bajada. Pero ahora se estaba echando atrás. La razón había prevalecido. Toni notó que las lágrimas humedecían sus ojos. Ho-

rrorizada ante la idea de revelar sus emociones, se dio la vuelta diciendo:

—Este viento…

La salvó el joven Tom, que venía corriendo por la nieve y anunciando a voz en grito:

—¡Abuelo, abuelo! ¡Ha llegado el tío Kit!

Volvieron a la casa con el niño en medio de un embarazoso silencio.

La huella fresca de unos neumáticos sobre la nieve conducía hasta un Peugeot negro de dos puertas. No era ninguna maravilla de coche, pero tenía un diseño muy atractivo. «Perfecto para Kit», pensó Toni con amargura. No quería encontrarse con él. No le habría hecho ninguna ilusión en la mejor de las circunstancias, pero en aquel momento se sentía demasiado vulnerable para hacer frente a un encuentro desagradable. Sin embargo, su cartera estaba en la casa, así que se vio obligada a seguir a Stanley hasta el interior de la vivienda.

Kit estaba en la cocina, donde el resto de la familia le daba la bienvenida. «El regreso del hijo pródigo», pensó Toni. Miranda lo abrazaba, Olga lo besaba, Luke y Lori sonreían de oreja a oreja y Nellie ladraba para llamar su atención. Toni se detuvo junto a la puerta de la cocina y vio cómo Stanley saludaba a su hijo. Kit parecía receloso, mientras que su padre parecía contento y apenado a la vez, como cuando hablaba de Marta. Kit alargó la mano hacia él, pero Stanley lo abrazó.

—Me alegro mucho de que hayas venido, hijo —dijo Stanley—. Pero que mucho.

—Voy a sacar la maleta del coche. Me quedo en el chalet, ¿verdad?

—No, te quedas arriba —contestó Miranda, visiblemente nerviosa.

—Pero…

Olga lo interrumpió.

—No montes una escena. Papá lo ha decidido, y es su casa.

Toni advirtió en los ojos de Kit un destello de ira que este se apresuró a reprimir.

—Como queráis —cedió.

Kit intentaba aparentar que no pasaba nada, pero aquella primera reacción instintiva decía todo lo contrario; Toni se preguntó qué secreto anhelo lo obligaba a querer dormir lejos de la casa principal aquella noche.

Subió discretamente al estudio de Stanley. El recuerdo del abrazo acudió con fuerza a su memoria. Aquello era lo más cerca que estaría nunca de hacer el amor con él, pensó. Se secó los ojos con la manga.

Su bloc de notas y la cartera descansaban sobre el escritorio victoriano, donde los había dejado. Metió el bloc en la cartera, se lo colgó al hombro y volvió al vestíbulo.

Al pasar por delante de la cocina, vio que Stanley le decía algo a la cocinera. Se despidió con un ademán. Stanley interrumpió la conversación y se acercó a ella.

—Gracias por todo, Toni.

—Feliz Navidad.

—Lo mismo digo.

Toni salió de la casa.

Kit estaba fuera, abriendo el maletero del coche. Toni echó un vistazo a su interior y vio un par de cajas grises, sin duda material informático de algún tipo. Sabía que Kit era analista de sistemas, pero ¿por qué necesitaba todos aquellos cacharros para pasar la Navidad en casa de su padre?

Toni deseó poder pasar por delante de él sin saludarlo, pero mientras abría la puerta del coche Kit levantó los ojos y sus miradas se cruzaron.

—Feliz Navidad, Kit —dijo educadamente.

Él sacó una pequeña maleta del maletero y lo cerró de golpe.

—Anda y que te den, zorra —replicó, y se encaminó a la casa.

14.00

Craig estaba encantado de volver a ver a Sophie. Había caído rendido a sus pies en la fiesta de cumpleaños de su madre. Era guapa, de ojos y pelo oscuro, y pese a ser delgada y menuda tenía una silueta suavemente redondeada. Pero no era su físico lo que lo volvía loco, sino su actitud. Se comportaba como si nada le importara, y eso lo tenía fascinado. Nada parecía impresionarla: ni el Ferrari del abuelo, ni las habilidades futbolísticas de Craig —jugaba en la selección subdieciséis de Escocia— ni el hecho de que su madre fuera consejera real.* Sophie vestía como le daba la gana, hacía caso omiso de los letreros que prohibían fumar y si alguien la aburría se largaba sin más, dejando a su interlocutor con la palabra en la boca. En la fiesta la había oído discutiendo con su padre sobre el piercing que quería hacerse en el ombligo. Él se lo había prohibido terminantemente, y ahora allí estaba, luciendo una argolla en el vientre.

Pero el trato con Sophie no era fácil. Mientras la llevaba a dar una vuelta por Steepfall, Craig descubrió que nunca estaba contenta con nada. Al parecer, el silencio era lo más parecido a un elogio que sabía articular. Solo abandonaba su mutismo para proferir alguna breve descalificación: «qué asco», o «vaya tontería», o

---

* *Queen's Counsel*, título que se otorga en el Reino Unido a ciertos abogados de prestigio. *(N. de la T.)*

«qué grima». Pero de momento no lo había dejado con la palabra en la boca, así que Craig sabía que no la estaba aburriendo.

La llevó a ver el granero. Databa del siglo XVIII y era la construcción más antigua de la propiedad. El abuelo había hecho instalar calefacción, electricidad y agua corriente en su interior, pero se conservaban las vigas originales. La planta baja era una sala de juego en la que había una mesa de billar, un futbolín y un gran televisor.

—Este lugar está bien para pasar el rato —comentó Craig.

—Guay —asintió Sophie, en la que era su mayor muestra de entusiasmo hasta el momento. Señaló una tarima elevada—. ¿Qué es eso?

—Un escenario.

—¿Para qué queréis un escenario?

—Mi tía Miranda y mi madre solían hacer obras de teatro cuando eran jóvenes. Una vez montaron *Antonio y Cleopatra* con un reparto de cuatro en este granero.

—Raritas, ellas.

Craig señaló dos camas plegables.

—Tom y yo vamos a dormir aquí —dijo—. Ven arriba, te enseñaré tu dormitorio.

Una escalera conducía al antiguo pajar. No había pared, solo una barandilla para impedir caídas accidentales. Arriba había dos camas individuales primorosamente hechas. El único mobiliario de la estancia era un perchero de pared y un espejo de pie. La maleta de Caroline estaba en el suelo, abierta.

—No hay mucha intimidad —observó Sophie.

Craig ya se había dado cuenta, y se las prometía felices con aquella disposición de las habitaciones. Inevitablemente, su hermana mayor y su primo pequeño estarían rondando por allí, pero pese a todo disfrutaba de la vaga aunque excitante sensación de que podía pasar cualquier cosa.

—Mira. —Craig desplegó un viejo biombo—. Si te da corte, puedes abrirlo para cambiarte.

Un destello de ira iluminó los ojos de Sophie.

—No me da corte —replicó, como si la mera sugerencia resultara insultante.

A Craig aquella reacción le pareció extrañamente excitante.

—Lo decía por si acaso —se disculpó, sentándose en una de las camas—. Son bastante cómodas. Más que nuestras camas plegables.

Sophie se encogió de hombros.

En la fantasía de Craig, aquel era el momento en que ella se sentaba en la cama junto a él. En una versión de esa misma fantasía, lo empujaba hacia atrás violentamente, fingiendo buscar pelea, y empezaban forcejeando pero acababan besándose. En otra versión, ella le cogía la mano y le decía lo mucho que su amistad significaba para ella, y luego lo besaba. Pero en la vida real Sophie no parecía estar para jueguecitos, ni mucho menos para avances románticos. Se dio la vuelta y contempló la estancia despojada con gesto de desagrado, y entonces Craig supo que no estaba pensando precisamente en darle un beso.

—Navidad, Navidad, puta Navidad... —canturreó Sophie.

—El baño está abajo, detrás del escenario. No hay bañera, pero la ducha funciona bien.

—Qué lujo. —Sophie se levantó de la cama y bajó la escalera, todavía cantando su versión obscena del tradicional villancico.

«Bueno —pensó Craig—, solo llevamos aquí un par de horas. Me quedan cinco días enteros para ganármela.»

La siguió hasta el piso de abajo. Había una última cosa que quizá pudiera gustarle.

—Quiero enseñarte algo —dijo, encaminándose a la puerta.

Salieron a un gran patio cuadrado en torno al cual se alzaban cuatro edificios: la casa principal, el chalet de invitados, el granero del que acababan de salir y el garaje de tres plazas. Craig guió a Sophie alrededor de la casa hasta la puerta principal, evitando la cocina, donde quizá les dieran cosas que hacer. Cuando entraron en la casa, Craig se percató de que había

copos de nieve atrapados en el reluciente pelo negro de Sophie. Se la quedó mirando fijamente.

—¿Qué pasa? —preguntó ella.

—Tienes nieve en el pelo —contestó—. Se ve precioso.

Sophie sacudió la cabeza con brusquedad, y los copos desaparecieron.

—Eres más raro que un perro verde —le espetó.

«Vale —pensó él—. No te gustan los piropos.»

La condujo hasta el piso de arriba. En la parte más antigua de la casa había tres pequeños dormitorios y un cuarto de baño decorado a la antigua. La suite del abuelo estaba en la parte nueva. Craig llamó a la puerta, por si acaso había alguien dentro. No hubo respuesta, así que entró.

Cruzó la habitación rápidamente, dejando atrás la gran cama de matrimonio y el vestidor que había más allá de esta. Abrió una de las puertas del armario y corrió una hilera de trajes masculinos —a rayas, de tweed, a cuadros—, en su mayoría de color gris o azul. Se arrodilló, estiró el brazo en el interior del armario y presionó la pared del fondo. Una portezuela de unos sesenta centímetros cuadrados se abrió hacia dentro, basculando sobre una bisagra, y Craig se metió por la apertura.

Sophie lo siguió.

Craig alargó el brazo a través del agujero para cerrar la puerta del armario y la portezuela secreta. Tanteando en la oscuridad encontró un interruptor y encendió la luz, una única bombilla desnuda que colgaba de una viga del techo.

Estaban en un desván. Había un gran sofá destartalado cuyo relleno asomaba por los agujeros de la tapicería. Junto a este, una pila de álbumes fotográficos enmohecidos descansaban sobre los tablones del suelo, junto a varias cajas de cartón y arcones que, según había descubierto Craig en visitas anteriores, contenían los boletines de notas de su madre, novelas de Enid Blyton con inscripciones del tipo «Este libro pertenece a Miranda Oxenford, de nueve años y medio» garabateadas en letra infantil y una colección

de horribles ceniceros, cuencos y jarrones que solo podían ser regalos indeseados o compras impulsivas. Sophie pasó los dedos por las cuerdas de una guitarra polvorienta. Estaba desafinada.

—Aquí arriba puedes fumar todo lo que quieras —dijo Craig. Unos pocos paquetes vacíos de marcas de tabaco ya olvidadas, como Woodbines, Players o Senior Service, lo hacían suponer que entre aquellas paredes había empezado la adicción de su madre. También había envoltorios de tabletas de chocolate que había que achacar quizá a la rolliza tía Miranda, y sin duda había sido su tío Kit quien había reunido aquella nutrida colección de revistas pornográficas con títulos como *Men Only*, *Panty Play* o *Barely Legal*.

Craig esperaba que Sophie no se fijara en las revistas, pero fue lo primero que llamó su atención.

—¡Guau, mira esto! ¡Revistas porno! —exclamó, más animada de lo que había estado en toda la mañana. Se sentó en el sofá y empezó a hojear la revista.

Craig apartó la mirada. Había hojeado aquellas revistas una a una, aunque nunca lo reconocería. El porno era cosa de chicos, y algo muy íntimo. Pero Sophie estaba hojeando *Hustler* delante de sus narices, escrutando las páginas como si fueran a examinarla sobre el tema.

Para distraerla, Craig dijo:

—Antes, cuando esto era una granja, esta parte de la casa era una lechería. El abuelo la transformó en la cocina, pero el tejado era demasiado alto, así que mandó construir un altillo para usarlo como espacio de despensa.

Sophie ni siquiera levantó los ojos de la revista.

—¡Todas estas tías están afeitadas! —observó, para mayor bochorno de Craig—. Qué asco.

—Desde aquí se puede ver la cocina —insistió él—. Fíjate, donde la salida de humos sube hasta el tejado. —Se tumbó en el suelo y miró por el hueco que había entre los tablones y un grueso tubo metálico. Desde allí se veía toda la cocina: la puerta

del fondo que daba al vestíbulo, la larga mesa de pino macizo, los aparadores a ambos lados de esta, las puertas laterales que daban al comedor y al cuartito de la lavadora. Junto a este, la placa de cocina flanqueada por dos puertas, una que daba a una gran despensa y la otra al recibidor de las botas y la entrada lateral. La mayor parte de la familia estaba reunida en torno a la mesa. La hermana de Craig, Caroline, estaba dando de comer a sus hámsters, Miranda se servía más vino, Ned leía el *Guardian* y Lori se disponía a asar un salmón entero en una larga besuguera.

—A este paso la tía Miranda va a coger una buena curda —observó Craig.

Este comentario captó el interés de Sophie. Soltó la revista y se tumbó junto a Craig.

—¿No nos pueden ver? —preguntó en voz baja.

Craig la contemplaba mientras ella miraba por el hueco. Se había recogido el pelo detrás de las orejas, y la piel de su mejilla parecía irresistiblemente suave.

—Prueba a echar un vistazo la próxima vez que bajes a la cocina —sugirió él—. Verás que hay una lámpara colgando del techo justo por debajo de este hueco que te impide verlo por más que sepas que existe.

—Entonces ¿nadie sabe que estamos aquí?

—Bueno, todo el mundo sabe que hay un desván. Y hay que tener cuidado con Nellie. En cuanto te muevas, mirará hacia arriba atenta a cualquier ruido. Ella sí sabe que estamos aquí, y cualquiera que se fije en sus reacciones puede deducirlo.

—Aun así, este sitio está genial. Mira a mi padre. Finge leer el diario, pero no para de lanzarle miraditas a Miranda. Qué asco. —Sophie rodó en el suelo hasta quedarse de costado, se incorporó a medias apoyándose en un codo y sacó un paquete de cigarrillos del bolsillo de sus vaqueros—. ¿Quieres uno?

Craig negó con la cabeza.

—Si te tomas el fútbol en serio, el tabaco no puedes ni olerlo.

—¿Cómo puedes tomarte el fútbol en serio? ¡No es más que un juego!

—Los deportes son más divertidos cuando se te dan bien.

—En eso tienes razón. —Sophie soltó una bocanada de humo. Craig observaba sus labios—. Seguramente por eso no me gusta el deporte. Soy muy patosa.

Craig se dio cuenta de que había vencido algún tipo de barrera. Por fin Sophie hablaba con él, y lo que decía sonaba bastante cabal.

—¿Qué se te da bien? —preguntó.

—Poca cosa.

Craig vaciló un momento, y luego soltó:

—Una vez, en una fiesta una chica me dijo que besaba bien.

Contuvo la respiración. Tenía que romper el hielo con ella de alguna manera, pero ¿no se estaría precipitando?

—¿De verdad? —Sophie parecía interesada en el tema, pero desde un punto de vista puramente teórico—. ¿Cómo lo haces?

—Podría enseñártelo.

Una expresión de pánico cruzó su rostro.

—¡Ni hablar! —exclamó al tiempo que levantaba la mano en un gesto defensivo, aunque él no había movido un dedo.

Craig se dio cuenta de que había sido demasiado impetuoso. Le entraron ganas de abofetearse.

—No temas —dijo, sonriendo para disimular su decepción—. No haré nada que no quieras, te lo prometo.

—Es que, verás, estoy saliendo con alguien.

—Ah, entiendo.

—Sí, pero no se lo digas a nadie.

—¿Cómo es él?

—¿Mi novio? Va a la universidad. —Sophie apartó la mirada y se frotó los ojos, irritados por el humo del cigarrillo.

—¿A la de Glasgow?

—Sí. Tiene diecinueve años. Yo le he dicho que tengo diecisiete.

Craig no sabía si creerle.

—¿Y qué estudia?

—¿Qué más da? Algo aburrido. Derecho, creo.

Craig volvió a mirar por el hueco del suelo. Lori estaba espolvoreando un cuenco de patatas humeantes con perejil picado. De pronto, sintió hambre.

—La comida está lista —anunció—. Te enseñaré la otra salida.

Se dirigió al fondo del desván y abrió una gran puerta. Una estrecha cornisa sobresalía de la fachada; cinco metros más abajo quedaba el patio. Por encima de la puerta, en la parte exterior del edificio, había una polea, la misma que se había utilizado para subir hasta allí el sofá y los arcones.

—No pienso saltar desde aquí arriba.

—No hace falta. —Craig barrió la nieve de la cornisa con las manos y avanzó por ella hasta el extremo. Desde allí al cobertizo adosado del recibidor de las botas había una distancia de medio metro—. ¿Ves qué fácil?

Sophie lo siguió a regañadientes. Cuando llegó al final de la cornisa, Craig le tendió la mano y ella la aceptó sin dudarlo, agarrándose con todas sus fuerzas.

La ayudó a bajar hasta el cobertizo y luego subió de nuevo por la cornisa para cerrar la gran puerta antes de volver con Sophie. Descendieron con cautela por el tejado resbaladizo. Craig se deslizó boca abajo, se colgó del borde del cobertizo y luego salvó de un salto la corta distancia que lo separaba del suelo.

Sophie siguió sus pasos. Cuando tenía las dos piernas colgando del tejado, Craig levantó los brazos, la cogió por la cintura y la bajó a pulso. Apenas pesaba.

—Gracias —dijo ella. Tenía una expresión triunfal, como si acabara de superar una dura prueba.

«Tampoco hay para tanto —pensó Craig mientras entraban en la casa—. A lo mejor no es tan segura como aparenta.»

El Kremlin se veía hermoso. La nieve cubría las gárgolas y los motivos ornamentales, los marcos de las puertas y las repisas de las ventanas, perfilando en blanco la fachada victoriana. Toni aparcó el coche y entró en el edificio. Dentro reinaba la tranquilidad. Casi todos los empleados se habían ido a casa por temor a quedarse atrapados en la nieve, aunque cualquier excusa era buena para marcharse antes de tiempo el día de Nochebuena.

Toni se sentía dolida y vulnerable. Acababa de encajar una paliza emocional. Pero tenía que apartar los pensamientos románticos de su mente. Quizá más tarde, cuando estuviera a solas en la cama, le daría vueltas a las cosas que Stanley había dicho y hecho. Pero ahora tenía mucho trabajo por delante.

Se había apuntado un buen tanto —por eso la había abrazado Stanley—, pero aun así había algo que la inquietaba. Las palabras de Stanley resonaban en su mente: «Si perdiéramos otro conejo volveríamos a estar en el ojo del huracán». Tenía razón. Un nuevo incidente de aquel tipo volvería a ponerlos en el punto de mira, pero esta vez sería diez veces peor. Ni el mejor relaciones públicas del mundo podría impedir que la cosa se le fuera de las manos. «No habrá más problemas de seguridad en el laboratorio —le había dicho ella—. Me aseguraré de que así sea.» Había llegado el momento de cumplir su palabra.

Se fue a su despacho. Solo se le ocurría una amenaza inminente, la que podían representar los defensores de los derechos de los animales. La muerte de Michael Ross podía servir de inspiración a otros que, movidos por su ejemplo, intentaran «liberar» a los animales retenidos en los laboratorios. También cabía la posibilidad de que Michael trabajara en colaboración con un grupo de activistas y que estos tuvieran otro plan. Era posible incluso que les hubiera facilitado la clase de información confidencial que les podía ayudar a burlar el sistema de seguridad del Kremlin.

Toni marcó el número de teléfono de la jefatura de la policía regional, que se encontraba en Inverburn, y preguntó por el comisario jefe Frank Hackett, su ex.

—Te has salido con la tuya, ¿eh? —comentó él—. Vaya potra. Tendrías que estar en la calle.

—Hemos sido sinceros, Frank. Lo mejor en estos casos es ir con la verdad por delante, ya lo sabes.

—A mí no me dijiste la verdad. ¡Un hámster llamado Fluffy! Me has hecho quedar como un imbécil.

—Fue un poco cruel por mi parte, lo reconozco. Pero tú no tendrías que haberle filtrado la noticia a Carl. Yo diría que estamos en paz, ¿no crees?

—¿Qué quieres de mí?

—¿Crees que había alguien más involucrado en el robo del conejo, aparte de Michael Ross?

—Sin comentarios.

—Yo te pasé su libreta de direcciones. Supongo que has investigado los nombres que aparecían en ella. ¿Qué me dices, por ejemplo, de Amigos de los Animales? ¿Son gente que se limita a manifestarse pacíficamente o es posible que pasen a la acción directa?

—Mis investigaciones todavía no han concluido.

—Venga, Frank, solo te estoy pidiendo que me des una pista. ¿Debo preocuparme porque vuelva a pasar algo parecido?

—Me temo que no puedo ayudarte.

—Frank, hubo un tiempo en que nos quisimos. Fuimos compañeros durante ocho años. ¿No crees que esto es absurdo?

—¿Tratas de utilizar nuestra antigua relación para convencerme de que te pase información confidencial?

—No. A la mierda la información. La puedo obtener por otros medios. Lo único que trato de decirte es que no quiero ser tratada como un enemigo por alguien que en el pasado significó mucho para mí. ¿Por qué no podemos llevarnos bien?

Se oyó un clic, y luego el tono de llamada. Frank le había colgado el teléfono.

Toni suspiró. ¿Entraría Frank en razón algún día? Deseó que encontrara otra novia. Quizá eso lo tranquilizara.

Entonces llamó a Odette Cressy, su amiga de Scotland Yard.

—Te he visto en las noticias —comentó Odette.

—¿Qué pinta tenía?

—Autoritaria —contestó Odette, reprimiendo la risa—. El tipo de persona que jamás se presentaría en una discoteca con un vestido transparente. Pero yo sé la verdad.

—Hazme un favor, no se la cuentes a nadie.

—En fin, el caso es que vuestro incidente con el Madoba-2 no parece guardar ninguna relación con... mi campo de investigación.

Se refería al terrorismo.

—Me alegro —dijo Toni—. Pero me gustaría preguntarte algo, desde un plano puramente teórico...

—Adelante.

—Los terroristas podrían conseguir muestras de virus como el Ébola de forma relativamente sencilla entrando en un hospital cualquiera de África central, donde no encontrarían más medidas de seguridad que el guardia de turno, seguramente un chaval de diecinueve años que se pasa el día repantigado en el vestíbulo fumando cigarrillos. ¿Por qué iban a embarcarse en

la azarosa aventura de asaltar un laboratorio de alta seguridad?

—Por dos motivos. En primer lugar, ignoran lo fácil que es conseguir el Ébola en África. En segundo lugar, el Madoba-2 no es lo mismo que el Ébola. Es peor.

Toni recordó lo que Stanley le había dicho, y se estremeció.

—Tasa de supervivencia cero.

—Exacto.

—¿Y qué me dices de Amigos de los Animales? ¿Los has investigado?

—Por supuesto. Son inofensivos. Lo más que podemos esperar de ellos es que corten una carretera.

—Estupendo. Solo quiero asegurarme de que no vuelva a ocurrir algo parecido.

—No me parece probable.

—Gracias, Odette. Eres una buena amiga. No quedan muchas como tú.

—Suenas un poco baja de ánimos.

—Bueno, mi ex me está poniendo las cosas difíciles.

—¿Solo eso? Ya tendrías que estar acostumbrada. ¿Ha pasado algo con el profesor?

Toni no podía engañar a Odette, ni siquiera por teléfono.

—Me ha dicho que su familia es lo más importante para él en este mundo, y que nunca haría nada que pudiera perjudicarla.

—Qué tonto.

—Si alguna vez conoces a un hombre que no lo sea, pregúntale si tiene un hermano.

—¿Qué vas a hacer por Navidad?

—Me largo a un balneario. Masajes, limpieza de cutis, manicura, largos paseos.

—¿Te vas tú sola?

Toni sonrió.

—Te agradezco que te preocupes por mí, pero no estoy tan desesperada.

—¿Con quién te vas?

—Con un montón de gente. Bonnie Grant, una vieja amiga con la que fui a la universidad. Éramos las dos únicas chicas de la facultad de ingeniería. Se acaba de divorciar. También vendrán Charles y Damien, a ellos ya los conoces, y dos parejas con las que no creo que hayas coincidido.

—Las locas de Charles y Damien te animarán.

—Eso seguro. —Cuando los chicos se soltaban la melena, eran capaces de hacer reír a Toni hasta que se le saltaban las lágrimas—. ¿Y tú qué planes tienes?

—No estoy segura. Ya sabes cómo odio hacer planes.

—Pues nada, a disfrutar de la espontaneidad.

—Feliz Navidad.

Colgaron, y Toni llamó a Steve Tremlett, jefe de seguridad.

Toni se la había jugado con Steve, pues era amigo de Ronnie Sutherland, el antiguo responsable de seguridad que se había conchabado con Kit Oxenford para robar a la empresa. No había pruebas de que Steve estuviera al tanto del fraude, pero Toni temía que le guardara rencor por haber despedido a su amigo. Pese a todo, había decidido concederle el beneficio de la duda y lo había nombrado jefe de seguridad. Él, a su vez, había recompensado su confianza con lealtad y eficiencia.

Steve se presentó en su despacho al cabo de un minuto. Era un hombre de treinta y cinco años, menudo y de aspecto pulcro, con sus buenas entradas y el pelo rubio cortado al rape, como mandaba la moda. Llevaba una carpeta de cartón en la mano. Toni señaló una silla y Steve tomó asiento.

—La policía cree que Michael Ross trabajaba solo —dijo.

—Yo también lo tenía por un solitario.

—De todas formas, esta noche no se nos puede colar ni un mosquito.

—Eso está hecho.

—Vamos a asegurarnos de que así sea. ¿Tienes por ahí la distribución de los turnos?

Steve le tendió una hoja de papel. Por lo general había tres guardias de turno durante la noche, así como los fines de semana y festivos: uno apostado en la garita de la verja, otro en la recepción y el tercero en la sala de control, pendiente de los monitores. Si por cualquier motivo tenían que ausentarse de sus puestos, llevaban encima teléfonos inalámbricos que funcionaban como extensiones del sistema general. Cada hora, el guardia de la recepción hacía una ronda por el edificio principal, y el de la garita lo rodeaba por fuera. Al principio, Toni no estaba segura de que tres hombres fueran suficientes para una operación tan delicada, pero pronto se dio cuenta de que la seguridad dependía más de los sofisticados medios tecnológicos que del factor humano, que se limitaba a servir de apoyo. De todos modos, había duplicado los efectivos disponibles aquellas navidades, así que habría dos personas en cada uno de los tres puestos citados y efectuarían una ronda cada media hora.

—Veo que vas a estar de guardia esta noche.

—Me vienen bien las horas extra.

—De acuerdo. —Era habitual que los guardias de seguridad hicieran turnos de doce horas, y estaban acostumbrados a convertirlos en jornadas de veinticuatro horas siempre que había escasez de personal o, como era el caso, cuando se producía una emergencia—. Déjame echarle un vistazo a tu lista de contactos.

Steve sacó de la carpeta una hoja plastificada con una relación de los números de teléfono a los que tenía que llamar en caso de incendio, inundación, corte del suministro eléctrico, caída del sistema informático, avería telefónica y otros problemas.

—Quiero que llames a cada uno de estos números a lo largo de la próxima hora —dijo Toni—. Pregúntales si van a estar disponibles durante la Navidad.

—Muy bien.

Toni le devolvió la hoja plastificada.

—Y no dudes en llamar a la policía de Inverburn si tienes la menor sospecha de que algo va mal.

El interpelado asintió.

—Da la casualidad de que mi cuñado, Jack, estará allí de guardia esta noche. Mi señora se ha llevado a los niños a su casa para pasar la Nochebuena.

—¿Tienes idea de cuántas personas habrá en la jefatura de policía esta noche?

—¿En el turno de noche? Un inspector, dos sargentos y seis agentes de policía. Y también habrá un comisario de guardia.

No era una dotación muy numerosa, pero tampoco habría mucho que hacer una vez que los pubs hubieran cerrado sus puertas y los borrachos se hubieran ido a sus casas.

—¿Por casualidad no sabrás quién es el comisario de guardia?

—Sí. Le ha tocado a tu Frank.

Toni no hizo ningún comentario.

—Llevaré el móvil encima día y noche, y estaré en un sitio con cobertura. Quiero que me llames enseguida si pasa algo fuera de lo normal, sea la hora que sea, ¿de acuerdo?

—Por descontado.

—Me da igual que me despiertes en mitad de la noche. —Iba a dormir sola, pero se abstuvo de comentarlo delante de Steve, que podía haberlo considerado una confidencia embarazosa.

—Entiendo —repuso él, y quizá lo había entendido de veras.

—De momento, eso es todo. Me marcho en unos minutos. —Consultó su reloj de muñeca; eran casi las cuatro—. Feliz Navidad, Steve.

—Lo mismo digo.

Steve se fue. Empezaba a anochecer, y Toni podía ver su rostro reflejado en el cristal de la ventana. Parecía cansada y desanimada. Apagó el ordenador y cerró el archivador con llave.

No podía demorarse mucho más. Tenía que volver a casa,

cambiarse y conducir ochenta kilómetros hasta el balneario. Cuanto antes se pusiera en marcha, mejor. Las previsiones decían que el tiempo no iba a empeorar, pero no sería la primera vez que se equivocaban.

Le costaba abandonar el Kremlin. La seguridad del recinto era responsabilidad suya. Había tomado todas las precauciones que se le habían ocurrido, pero detestaba tener que delegar.

Se obligó a levantarse de la silla. Era la subdirectora de los laboratorios, no una guardia de seguridad. Si había hecho todo lo que estaba a su alcance para salvaguardar la integridad del laboratorio, podía marcharse tranquila. De lo contrario, era una incompetente y debía dimitir.

Pero en el fondo sabía por qué le costaba tanto marcharse. Tan pronto como dejara atrás el trabajo, tendría que ponerse a pensar en Stanley.

Se echó el bolso al hombro y salió del edificio.

La nieve caía ahora con más fuerza.

16.00

Kit estaba furioso por tener que dormir en la casa principal.

Se había sentado en el salón con su padre, su sobrino Tom, su cuñado Hugo y el prometido de Miranda, Ned. *Mamma* Marta los miraba desde el retrato que colgaba de la pared. Kit siempre había pensado que tenía una expresión impaciente en aquel cuadro, como si se muriera de ganas de quitarse el vestido de fiesta, ponerse un delantal y empezar a hacer lasaña.

Las mujeres de la familia estaban preparando la cena del día siguiente, y los chicos estaban en el granero. Los hombres veían una película en la tele. El protagonista, encarnado por John Wayne, era un matón de miras estrechas, un poco como Harry Mac, pensó Kit. Le costaba seguir la película. Estaba demasiado tenso.

Le había dicho expresamente a Miranda que necesitaba quedarse en el chalet de invitados. Su hermana se había puesto tan ñoña con la cosa de la Navidad en familia que solo le había faltado suplicarle de rodillas que se uniera a ellos. Pero luego, una vez que él había accedido a sus ruegos, se había mostrado incapaz de hacer cumplir la única condición que él había impuesto. Mujeres…

El viejo, en cambio, no estaba para ñoñerías. Era tan proclive al sentimentalismo como un policía de Glasgow el sábado por

la noche. Saltaba a la vista que había desautorizado a Miranda con la ayuda de Olga. Kit pensó que sus hermanas tendrían que haberse llamado Goneril y Regan, como las rapaces hijas del rey Lear.

Tenía que marcharse de Steepfall aquella noche y regresar a la mañana siguiente sin que nadie supiera que se había ausentado. Si hubiera podido quedarse a dormir en el chalet, todo habría sido más fácil. Podía haber fingido que se iba a dormir, apagar las luces y escabullirse sin que nadie se diera cuenta. Ya había movido su coche hasta el antiguo establo reconvertido en garaje, lejos de la casa, para que no se oyera el motor al arrancar. Estaría de vuelta a media mañana, antes de que nadie se extrañara de que siguiera durmiendo, y entonces podía colarse de nuevo en el chalet y meterse en la cama como si nada hubiera pasado.

Pero ahora todo iba a resultar mucho más difícil. Su habitación quedaba en la parte antigua de la casa, junto a la de Olga y Hugo, donde el suelo crujía al menor paso. Para empezar, tendría que esperar a que todos se hubieran ido a la cama para salir. Cuando la casa estuviera en silencio, tendría que salir de su habitación a escondidas, bajar las escaleras de puntillas y salir sin hacer el menor ruido. Y si de pronto se abriera una puerta y alguien lo sorprendiera —Olga, por ejemplo, para ir al lavabo—, ¿qué diría? «Voy a salir un rato a tomar el aire.» ¿En mitad de la noche, con la que estaba cayendo? ¿Y qué haría por la mañana? Era casi seguro que alguien lo vería entrar. Tendría que decir que había salido a dar un paseo, o una vuelta en coche. Y más tarde, cuando la policía empezara a hacer preguntas, ¿recordaría alguien su estrafalario paseo matutino?

Intentó no pensar en eso. Tenía un problema más urgente entre manos. Debía robar la tarjeta magnética que su padre utilizaba para acceder al NBS4.

Podía haber comprado todas las tarjetas del mundo a un proveedor cualquiera, pero las tarjetas magnéticas salían de fá-

brica con un código de área incorporado, y solo funcionaban en ese lugar preestablecido. Ninguna de las tarjetas que hubiera comprado a los proveedores habituales habría tenido el código del Kremlin.

Nigel Buchanan lo había interrogado a fondo sobre el robo de la tarjeta.

—¿Dónde la guarda tu padre?

—Normalmente la lleva en el bolsillo de la chaqueta.

—¿Y si no está allí?

—En su cartera o en el maletín, supongo.

—¿Cómo podrás quitársela sin que te vea?

—Es una casa grande. Lo haré mientras se esté duchando, o cuando salga a dar una vuelta.

—¿No se dará cuenta de que no está?

—No hasta que la necesite, lo que no ocurrirá hasta el viernes, como muy pronto. Para entonces ya la habré vuelto a dejar en su sitio.

—¿Puedes estar seguro de eso?

Llegados a este punto, Elton había intervenido en la conversación. Con su inconfundible acento del sur de Londres, había dicho:

—¡Joder, Nigel! Kit nos tiene que colar en un laboratorio de alta seguridad. Mal iríamos si no pudiera birlarle una puta tarjeta a su viejo.

La tarjeta de Stanley tendría el código de área correcto, pero en su chip estarían grabadas las huellas digitales de Stanley, no las de su hijo. Kit también había pensado en la manera de sortear este obstáculo.

La película se acercaba a su clímax. John Wayne se disponía a vaciar el cargador de su pistola. Era una buena ocasión para que Kit pusiera en marcha su plan.

Se levantó, farfulló algo sobre el lavabo y abandonó el salón. Desde el vestíbulo, echó un vistazo a la cocina. Olga estaba rellenando un enorme pavo mientras Miranda limpiaba coles

de Bruselas. En una de las paredes del vestíbulo había dos puertas, una que daba al lavadero y otra al comedor. Justo entonces, Lori salió del lavadero cargando un mantel doblado y lo llevó al comedor.

Kit entró en el estudio de su padre y cerró la puerta.

El lugar donde tenía más probabilidades de encontrar la tarjeta era, tal como le había dicho a Nigel, uno de los bolsillos de la chaqueta de su padre. Esperaba encontrar la chaqueta en la percha de la puerta o doblada sobre el respaldo de la silla del escritorio, pero enseguida se dio cuenta de que la prenda no estaba en aquella habitación.

Ya puestos, decidió probar otras posibilidades. Era arriesgado —podía entrar alguien, y no sabía qué decir si eso ocurría— pero tenía que intentarlo. De lo contrario, no habría robo, no conseguiría sus trescientas mil libras ni el billete a Lucca y —lo que era peor— seguiría en deuda con Harry Mac. Recordó lo que Daisy le había hecho aquella mañana y se estremeció.

El maletín del viejo estaba en el suelo, junto al escritorio. Kit lo registró rápidamente. Había una carpeta con una serie de gráficos, todos ellos carentes de significado para Kit, el *Times* del día con el crucigrama a medio terminar, un trozo de chocolate y la pequeña libreta con tapas de piel en la que su padre iba anotando las cosas que tenía que hacer. La gente mayor siempre hacía listas, pensó Kit. ¿Por qué les daba tanto pánico olvidarse de algo?

El escritorio victoriano estaba perfectamente ordenado y no había ninguna tarjeta a la vista ni nada que pudiera contenerla. Solo una pequeña pila de carpetas, un cubilete portalápices y un volumen titulado *Séptimo Informe de la Comisión Internacional de Taxonomía Vírica*.

Empezó a abrir los cajones. La respiración se le aceleró, el corazón le latía con fuerza. ¿Y qué si le cogían? ¿Qué harían, llamar a la policía? Se dijo a sí mismo que no tenía nada que perder y siguió adelante. Pero le temblaban las manos.

Aquel era el escritorio de su padre desde hacía treinta años, y la acumulación de objetos inútiles era impresionante: souvenirs en forma de llavero, bolígrafos sin gota de tinta, una anticuada calculadora de sobremesa, papel de carta con prefijos telefónicos desfasados, tinteros, manuales de software obsoleto (¿cuánto hacía que nadie utilizaba el PlanPerfect?), pero ni rastro de la tarjeta.

Kit salió de la habitación. Nadie lo había visto entrar, y nadie lo vio salir.

Subió las escaleras sin hacer ruido. Su padre era un hombre ordenado y rara vez perdía algo. No habría dejado la cartera en cualquier sitio, como el armario de las botas. Si no estaba en el estudio, solo podía estar en su dormitorio.

Kit entró en la habitación y cerró la puerta tras de sí.

La presencia de su madre se iba desvaneciendo paulatinamente. La última vez que había estado allí, sus objetos personales aún llenaban la habitación: un recado de escribir en piel, un conjunto de tocador de plata, una foto de Stanley en un marco antiguo. Todo aquello había desaparecido. Pero las cortinas y la tapicería seguían siendo las mismas, confeccionadas con una atrevida tela azul y blanca muy al gusto de la *mamma*.

A cada lado de la cama había una cómoda victoriana de pesada madera de caoba que hacía las veces de mesilla de noche. Su padre siempre había dormido en el lado derecho de la gran cama de matrimonio. Kit registró los cajones de ese lado. Encontró una linterna, seguramente para los apagones, y una novela de Proust, quizá para las noches de insomnio. Luego miró en los cajones del lado de su madre, pero estaban vacíos.

La suite se dividía en tres zonas diferenciadas: el dormitorio, el vestidor y el cuarto de baño. Kit entró en el vestidor, una estancia cuadrada revestida de armarios, algunos lacados en blanco, otros con puertas espejadas. El sol se estaba poniendo pero Kit no necesitaba más luz de la que tenía, así que no encendió ninguna lámpara.

Abrió la puerta del armario en el que Stanley guardaba sus trajes. La chaqueta del traje que llevaba puesto colgaba de una percha. Kit hundió la mano en el bolsillo y sacó una gran cartera de piel negra desgastada por el uso. En su interior había un pequeño fajo de billetes y una serie de tarjetas, entre ellas la que buscaba.

—Bingo —murmuró Kit.

Justo entonces, se abrió la puerta de la habitación.

Kit no había cerrado la puerta del vestidor, así que pudo ver a través del vano a su hermana Miranda, que entró en la habitación con un cesto de plástico naranja de la colada.

Kit estaba en su campo visual, de pie ante la puerta abierta del armario de la suite, pero la penumbra impidió que lo distinguiera al instante, y él se escondió rápidamente tras la puerta del vestidor. Si asomaba la cabeza por el canto de la puerta, podía ver a su hermana reflejada en el gran espejo que colgaba de una pared de la habitación.

Miranda encendió la luz y empezó a deshacer la cama. Era evidente que Olga y ella estaban ayudando a Lori con las tareas domésticas. Kit se resignó a esperar.

De pronto, se sintió despreciable. Allí estaba, comportándose como un intruso en su propia casa, robando a su padre y escondiéndose de su hermana. ¿Cómo había podido caer tan bajo?

Conocía la respuesta. Su padre le había fallado. Cuando más lo necesitaba, Stanley le había vuelto la espalda. Él tenía la culpa de todo.

Pero no tardaría en dejarlos atrás, a todos ellos. Ni siquiera les diría adónde se iba. Empezaría una nueva vida en un país distinto. Desaparecería en el plácido día a día de una pequeña población como Lucca. Se dedicaría a comer tomates y pasta, a beber vino de la Toscana, a jugar al pinacle por las noches, apostando cantidades modestas. Sería como uno de esos personajes que pueblan el telón de fondo de los grandes cuadros, un

transeúnte que no se detiene a contemplar el mártir moribundo. Por fin hallaría la paz que tanto anhelaba.

Miranda empezó a hacer la cama con sábanas limpias, y en ese momento entró Hugo.

Se había puesto un jersey rojo y unos pantalones de pana verdes que le daban el aspecto de un duende navideño. Cerró la puerta tras de sí. Kit frunció el ceño. ¿Qué secretitos podía haber entre Miranda y su cuñado?

—Hugo, ¿qué quieres? —preguntó ella. Sonaba recelosa.

Él esbozó una sonrisa maliciosa, pero se limitó a decir:

—He pensado que podía echarte una mano.

Entonces se dirigió al otro lado de la cama y empezó a remeter la sábana debajo del colchón.

Kit seguía oculto tras la puerta del vestidor, con la cartera de su padre en una mano y la tarjeta del Kremlin en la otra. No podía moverse sin arriesgarse a ser visto.

Miranda lanzó a Hugo una funda de almohada limpia por encima de la cama, y este embutió la almohada en su interior. Juntos, estiraron la colcha sobre la cama.

—Hace siglos que no nos vemos —dijo Hugo—. Te echo de menos.

—No digas tonterías —le espetó Miranda en tono seco.

Kit estaba perplejo y fascinado a un tiempo. ¿De qué iba todo aquello?

Miranda alisó la colcha. Hugo rodeó la cama y se acercó a ella. Miranda cogió el cesto de la ropa sucia y lo sostuvo ante sí como si se tratara de un escudo. Hugo esbozó su mejor sonrisa y dijo:

—¿Qué tal si me das un beso, por los viejos tiempos?

Kit no salía de su asombro. ¿A qué viejos tiempos se refería Hugo? Llevaba casi doce años casado con Olga. ¿Habría besado a Miranda a los catorce?

—Déjate de tonterías, lo digo en serio —replicó Miranda con firmeza.

Hugo cogió el cesto de la ropa sucia y lo empujó. Las corvas de Miranda golpearon el borde la cama, obligándola a sentarse. Soltó el cesto y utilizó las manos para recobrar el equilibrio. Hugo apartó el cesto de un manotazo, se inclinó sobre ella y la empujó hacia atrás al tiempo que se arrodillaba en la cama, aprisionando el cuerpo de Miranda entre sus piernas. Kit estaba atónito. No le extrañaba descubrir que Hugo era un donjuán, a juzgar por el modo en que flirteaba con todas las mujeres que se cruzaban en su camino, pero jamás habría imaginado que se lo montaba con Miranda.

Hugo le levantó la holgada falda plisada. Miranda tenía caderas y muslos rollizos. Llevaba bragas de encaje negro y un liguero, que para Kit fue la revelación más sorprendente de todas.

—Quítate de encima —le advirtió Miranda.

Kit no sabía qué hacer. Aquello no era asunto suyo, así que se inclinaba por no intervenir, pero tampoco podía quedarse allí como un pasmarote asistiendo a semejante escena. Aunque se diera la vuelta, no podía evitar oír lo que estaba pasando. ¿Podría escabullirse de la habitación mientras forcejeaban? No, era demasiado pequeña para eso. Recordó la portezuela secreta del armario que permitía acceder al desván, pero no podía llegar hasta allí sin arriesgarse a ser visto. Optó por quedarse donde estaba, observando sin moverse.

—Uno rapidito —insistió Hugo—. Nadie se va a enterar.

Miranda llevó el brazo derecho hacia atrás para tomar impulso y le propinó un sonoro bofetón. Luego levantó la rodilla bruscamente, golpeando a Hugo en algún punto de la entrepierna. Rodó hacia un lado, lo apartó de un empujón y se levantó.

Hugo seguía tumbado en la cama.

—¡Me has hecho daño! —protestó.

—Me alegro —replicó ella—. Ahora escúchame: ni se te ocurra volver a intentar algo así.

Hugo se subió la cremallera y se puso en pie.

—¿Por qué no? ¿Qué harás, decírselo a Ned?

—Debería decírselo, pero me falta valor. Me acosté contigo una vez, me sentía sola y deprimida, y desde entonces no ha pasado un solo día sin que lo lamente.

Así que eso era, pensó Kit. Miranda se había acostado con el marido de Olga. Quién lo iba a decir. El comportamiento de Hugo no le sorprendía lo más mínimo; follarse a su cuñada a escondidas era el tipo de apaño cómodo que a muchos hombres les gustaría tener. Pero Miranda era muy remilgada en ese aspecto. Kit habría jurado que nunca se acostaría con el marido de otra mujer, y mucho menos el de su propia hermana.

Miranda prosiguió:

—Es lo más vergonzoso que he hecho en mi vida, y no quiero que Ned se entere nunca.

—No pretenderás hacerme creer que serías capaz de contárselo a Olga, ¿verdad?

—Si se enterara, se divorciaría de ti y nunca me volvería a dirigir la palabra. Sería el fin de esta familia.

«Pues eso no estaría mal», pensó Kit. Pero Miranda se desvivía por mantener a la familia unida.

—¿Eso te deja las manos atadas, no crees? —le espetó Hugo, relamiéndose de satisfacción—. Ya que no podemos ser enemigos, ¿por qué no me das un besito y hacemos las paces?

—Porque me das asco —replicó Miranda en tono seco.

—Ah, bueno. —Hugo sonaba resignado, pero no arrepentido—. Pues ódiame si eso es lo que quieres. Yo te seguiré adorando.

Le dedicó su sonrisa más seductora y se fue de la habitación cojeando ligeramente.

—Hijo de la gran puta —dijo Miranda cuando la puerta se cerró de golpe.

Kit nunca la había oído hablar así.

Entonces Miranda cogió el cesto de la ropa, y en lugar de

salir como esperaba, se volvió hacia él. «Debe de traer toallas limpias para el baño», pensó de pronto. No tenía tiempo de moverse. Con tres pasos, Miranda alcanzó la puerta del vestidor y encendió la luz.

Kit apenas tuvo tiempo de deslizar la tarjeta magnética en el bolsillo de su pantalón. Un segundo más tarde, ella lo vio y soltó un grito.

—¡Kit! ¿Qué haces ahí? ¡Menudo susto me has dado! —Entonces se puso pálida y añadió—: Lo habrás oído todo.

—Lo siento —dijo él, encogiéndose de hombros—. No era mi intención.

Su rostro pasó de la palidez al rubor.

—No se lo dirás a nadie, ¿verdad?

—Claro que no.

—Lo digo en serio, Kit. No se lo puedes contar a nadie, nunca. Sería terrible. Podría ser el fin de dos matrimonios.

—Lo sé, lo sé.

Entonces Miranda vio la cartera en su mano.

—¿Qué andas tramando?

Kit dudó un instante, pero de pronto tuvo una idea.

—Necesito dinero.

Le enseñó los billetes que había en la cartera.

—¡Kit, por el amor de Dios! —Su tono no era de reproche, sino de pura y llana consternación—. ¿Por qué siempre buscas dinero fácil?

Kit iba a replicar pero se mordió la lengua. Miranda se había tragado su historia, eso era lo importante. Guardó silencio e intentó aparentar vergüenza.

—Olga siempre dice que prefieres robar a ganarte la vida de una forma decente —prosiguió Miranda.

—Vale, vale, no hace falta que me lo restriegues.

—Pero ¿cómo has podido cogerle la cartera a papá? ¡Es horrible!

—Estoy un poco desesperado.

—Yo te daré dinero. —Dejó el cesto de la ropa en el suelo. Había dos bolsillos en la parte delantera de su falda. Hurgó en uno y sacó unos pocos billetes arrugados. Separó dos de cincuenta libras, los alisó y se los dio—. Pídemelo cuanto te haga falta, yo nunca te daré la espalda.

—Gracias, Mandy —dijo él.

—Pero no vuelvas a quitarle dinero a papá.

—Vale.

—Y por el amor de Dios, no le cuentes a nadie lo mío con Hugo.

—Te lo prometo —dijo él.

17.00

Toni llevaba una hora durmiendo profundamente cuando sonó el despertador.

Solo entonces se dio cuenta de que se había acostado completamente vestida. No había tenido fuerzas ni para quitarse la chaqueta y los zapatos. Pero la siesta le había sentado bien. Estaba acostumbrada a los horarios extraños desde que le había tocado hacer turnos de noche en la policía, y era capaz de quedarse dormida en cualquier sitio y despertar de forma repentina.

Su apartamento ocupaba una de las plantas de una antigua casa victoriana. Disponía de una habitación, una sala de estar, una pequeña cocina y un cuarto de baño. Inverburn era una ciudad portuaria, pero desde su casa no se veía el mar. Toni no le tenía un gran cariño. Era el lugar en el que se había refugiado después de romper con Frank, y no guardaba recuerdos felices de su estancia en él. Llevaba dos años viviendo allí, pero lo seguía considerando una solución provisional.

Se levantó. Se quitó el traje que llevaba puesto desde hacía dos días y una noche y lo dejó en el cesto de la ropa sucia. Se puso un salto de cama por encima de la ropa interior y empezó a moverse rápidamente por el piso, haciendo la maleta para pasar cinco noches en un balneario. Había planeado hacerla la noche anterior y salir a mediodía, así que tenía que darse prisa.

No veía la hora de llegar al balneario. Era justo lo que necesitaba. Un buen masaje para quitarse las penas, una sauna para eliminar toxinas, una pedicura, un corte de pelo y una permanente de pestañas. Y lo mejor de todo: pasar el rato jugando y charlando con un puñado de viejos amigos y olvidar sus cuitas.

Su madre ya debía de estar en casa de Bella. La señora Gallo era una mujer inteligente que estaba perdiendo paulatinamente la cordura. Había sido profesora de matemáticas en un instituto y siempre había ayudado a Toni con sus estudios, incluso cuando estaba en el último año de la carrera de ingeniería. Pero ahora no podía siquiera comprobar el cambio que le daban en las tiendas. Toni la quería mucho, y su creciente decrepitud le producía una gran tristeza.

Bella era un poco dejada. Limpiaba la casa cuando le daba la gana, cocinaba cuando tenía hambre y a veces se olvidaba de llevar a los niños al colegio. Su marido, Bernie, era peluquero pero pasaba largas temporadas de baja a causa de una vaga afección respiratoria. «El médico me ha dado otras cuatro semanas de baja», solía decir en respuesta a la rutinaria pregunta «¿Cómo te encuentras?».

Toni esperaba que su madre se encontrara a gusto en casa de Bella. Su hermana era una simpática holgazana, algo que a la señora Gallo nunca parecía haberle molestado demasiado. Se diría que le encantaba visitar la ventosa urbanización de protección oficial de Glasgow donde vivía su hermana y compartir patatas fritas medio crudas con sus nietos. Pero ahora estaba en las primeras fases de una senilidad que iba a más. ¿Se mostraría tan comprensiva como siempre con la precaria intendencia doméstica de Bella? ¿Y estaría Bella preparada para enfrentarse a la creciente rebeldía de su madre?

En cierta ocasión, Toni había dejado escapar un comentario mordaz sobre Bella y la señora Gallo le había replicado con dureza:

—No se esfuerza tanto como tú, y por eso es más feliz.

Su madre había perdido toda noción del tacto, pero sus comentarios podían ser dolorosamente certeros.

Después de hacer la maleta, Toni se lavó el pelo y se dio un baño para deshacerse de la tensión acumulada en los últimos dos días. Se quedó dormida en la bañera. Se despertó sobresaltada, aunque no podía llevar mucho tiempo durmiendo, pues el agua seguía caliente. Salió de la bañera y se secó enérgicamente.

Mirándose en el espejo de cuerpo entero, pensó: «Sigo teniendo todo lo que tenía hace veinte años, solo que siete centímetros más abajo». Una de las cosas buenas que tenía Frank, por lo menos al principio de su relación, era lo mucho que disfrutaba con su cuerpo. «Tienes unas tetas perfectas», solía decirle. Ella las veía demasiado grandes para su constitución, pero él las veneraba. «Nunca había visto un coño de este color —le dijo en cierta ocasión, mientras descansaba entre sus piernas—. Es como una galleta de jengibre.» Toni se preguntó cuánto tiempo pasaría hasta que otro hombre se maravillara ante el color de su vello púbico.

Se puso unos vaqueros desgastados y un jersey verde oscuro. Mientras cerraba la maleta, sonó el teléfono. Era su hermana.

—Hola, Bella —saludó Toni—. ¿Cómo está mamá?

—No está aquí.

—¿Qué? ¡Se supone que tenías que recogerla a la una!

—Lo sé, pero Bernie se ha llevado el coche y no he podido escaparme.

—¿Y todavía estás ahí? —Toni miró su reloj. Eran las cinco y media de la tarde. Se imaginó a su madre en el hogar de ancianos, sentada en el vestíbulo con el abrigo y el sombrero puestos, la maleta junto a la silla, esperando hora tras hora. Se puso hecha una furia—. Pero ¿dónde tienes la cabeza?

—Verás, lo que pasa es que el tiempo ha empeorado.

—Está nevando en todo el territorio escocés, pero no es una nevada importante.

—Ya, pero Bernie no quiere que recorra una distancia de cien kilómetros en plena noche.

—¡No tendrías que hacerlo en plena noche si la hubieras ido a recoger a la hora acordada!

—Vaya, estás enfadada. Sabía que esto pasaría.

—No estoy enfadada. —Toni hizo una pausa. No era la primera vez que su hermana le tendía aquella trampa. En menos de nada estarían hablando del mal genio de Toni, y el hecho de que Bella hubiera roto su promesa pasaría a un segundo plano—. Pero eso ahora no importa —añadió—. ¿Qué hay de mamá? ¿No crees que se sentirá decepcionada?

—Por supuesto, pero no puedo cambiar el tiempo.

—¿Qué vas a hacer?

—No puedo hacer nada.

—¿O sea, que vas a dejarla en la residencia toda la Navidad?

—A menos que tú la vayas a recoger. Solo estás a dieciséis kilómetros.

—¡Bella, tengo una reserva hecha en un balneario, y siete personas esperando que me reúna con ellas para pasar los próximos cinco días. He pagado cuatrocientas libras por adelantado y necesito tomarme un respiro.

—Eso suena un poco egoísta.

—Un momento. ¿Mamá se ha venido a pasar conmigo las últimas tres navidades y resulta que yo soy la egoísta?

—No sabes lo dura que es la vida con tres hijos pequeños y un marido demasiado enfermo para trabajar. A ti te sobra el dinero, y solo tienes que ocuparte de ti misma.

«Y no soy tan estúpida como para casarme con un perfecto holgazán y tener tres hijos con él», pensó Toni, aunque se abstuvo de decirlo. No tenía sentido discutir con Bella. Su forma de vida era su propio castigo.

—Es decir, me estás pidiendo que me olvide de mis vacaciones, vaya hasta la residencia, recoja a mamá y me encargue de ella durante la Navidad.

—Allá tú… —replicó Bella en tono de moralina—. Cada cual actúa según el dictado de su conciencia.

—Gracias por el consejo. —La conciencia de Toni le decía que debía estar con su madre, y Bella lo sabía. No podía imaginarla pasando la Navidad en el geriátrico, sola en su habitación, o comiendo un trozo de pavo insípido y coles de Bruselas medio frías en el comedor colectivo, o recibiendo un regalo cutre envuelto en un papel chabacano de manos del empleado de turno, vestido de Santa Claus para la ocasión. Ni siquiera le hacía falta imaginárselo—. De acuerdo, ahora salgo hacia allá.

—Lástima que lo hagas de tan mala gana.

—Que te den por el culo, Bella —le espetó, y colgó el teléfono.

Más deprimida que nunca, Toni llamó al balneario y canceló su reserva. Luego pidió que le pasaran con alguien de su grupo de amigos. Tras unos minutos de espera, Charlie se puso al teléfono.

—¿Dónde te has metido? —preguntó con su inconfundible acento de Lancashire—. Estamos todos en el jacuzzi, ¡te estás perdiendo lo mejor!

—No voy a poder ir —dijo con voz lastimera, y explicó por qué.

Charlie estaba indignado.

—No es justo —dijo—. Necesitas un descanso.

—Lo sé, pero no soporto imaginármela sola en ese sitio mientras todos los demás están con sus familias.

—Y además me consta que no has tenido un día fácil en el trabajo.

—Sí. Todo el asunto es muy triste, pero creo que Oxenford Medical se saldrá de esta, siempre que no pase nada más.

—Te he visto en la tele.

—¿Qué tal estaba?

—Preciosa, pero el que me tiene robado el corazón es tu jefe.

—A mí también, pero tiene tres hijos adultos a los que no quiere molestar por nada del mundo, así que me parece que es un caso perdido.

—Vaya, sí que has tenido un mal día.

—Siento mucho rajarme de esta manera.

—Esto no será lo mismo sin ti.

—Tengo que colgar, Charlie. Será mejor que vaya a recoger a mi madre lo antes posible. Feliz Navidad. —Sostuvo el auricular contra el pecho y se quedó mirando el teléfono—. Qué asco de vida —se dijo en voz alta.

18.00

La relación de Craig y Sophie progresaba muy lentamente.

Había pasado toda la tarde con ella. Le había ganado al ping-pong y había perdido al billar. Habían coincidido en cuanto a gustos musicales: ambos preferían los grupos guitarreros al *drum-and-bass*. Ambos eran aficionados a las novelas de terror, aunque ella adoraba a Stephen King, mientras que él prefería a Anne Rice. Craig le había hablado del matrimonio de sus padres, que era tempestuoso pero apasionado, y ella le había contado cosas sobre el divorcio de Ned y Jennifer, que al parecer había sido una pesadilla.

Pero Sophie no le daba pie a nada. No le tocaba el brazo distraídamente ni lo miraba fijamente a los ojos mientras hablaba con ella, ni sacaba a colación temas de conversación románticos, como las citas o los besuqueos. En lugar de eso, hablaba de un mundo que lo excluía, un mundo de discotecas —¿cómo se las arreglaba para que la dejaran entrar con solo catorce años?—, amigos que tomaban drogas y chicos que tenían motos.

A medida que se acercaba la hora de la cena, Craig empezó a sentirse desesperado. No quería pasarse cinco días persiguiéndola para acabar robándole un beso. Su intención era ganársela el primer día y dedicar el resto de las fiestas a conocerla «de verdad». Pero resultaba evidente que Sophie llevaba otro ritmo. Tenía que encontrar un atajo hasta su corazón.

Ella parecía considerarlo más allá de todo interés romántico. Tanto hablar de gente mayor era como insinuar que él no era más que un crío, aunque fuera un año y siete meses mayor que Sophie. Tenía que encontrar el modo de demostrarle que era tan maduro y sofisticado como ella.

Sophie no sería la primera chica a la que besaba. Había salido con Caroline Stratton, que estaba en décimo curso, durante seis semanas pero, aunque era guapa, se aburría con ella. Lindy Riley, la rolliza hermana de un amigo del fútbol, había resultado más emocionante y le había dejado hacer varias cosas que no había hecho hasta entonces, aunque después había desplazado sus afectos hacia el teclista de un grupo de rock de Glasgow. Y había besado una o dos veces a otras chicas.

Pero aquello era distinto. Después de conocer a Sophie en la fiesta de cumpleaños de su madre, no había podido dejar de pensar en ella todos los días durante cuatro meses seguidos. Se había descargado una de las fotos que su padre había hecho en la fiesta, en la que él aparecía haciendo señas y Sophie riendo, y la había puesto de salvapantallas en el ordenador. Seguía mirando a otras chicas, pero solo para compararlas con Sophie, y siempre llegaba a la conclusión de que, al lado de ella, eran demasiado pálidas, demasiado gordas o sencillamente carentes de atractivo; en general, todas le parecían de lo más convencional. Le daba igual que Sophie tuviera un carácter difícil. Estaba acostumbrado a las mujeres difíciles, empezando por su madre, pero había algo en ella que lo conmovía profundamente.

A las seis de la tarde, repantigado en el sofá del granero, decidió que ya había visto bastante MTV por un día.

—¿Te apetece que nos vayamos a la casa? —le preguntó.

—¿Para qué?

—Estarán todos sentados alrededor de la mesa de la cocina.

—¿Y…?

«Bueno —pensó Craig—, se está bien. La cocina está calentita, la cena huele que alimenta, mi padre cuenta unas anécdo-

tas que son para partirse, la tía Miranda sirve vino y sencillamente te encuentras a gusto.» Pero sabía que nada de aquello impresionaría a Sophie, así que dijo:

—Puede que haya bebidas.

Sophie se levantó al instante.

—Bien. Me apetece un cóctel.

«Eso ni en sueños», pensó Craig. El abuelo no iba a servir bebidas alcohólicas a una chica de catorce años. Como mucho, si estaban tomando champán, quizá le dieran media copa. Pero no quería aguarle la fiesta. Se pusieron las chaquetas y salieron.

Se había hecho de noche, pero el patio estaba bien iluminado por las luces externas de los edificios circundantes. La nieve caía con fuerza, formando remolinos en el aire, y el suelo estaba resbaladizo. Cruzaron el patio hasta la casa principal y se dirigieron a la puerta trasera. Justo antes de que entraran, Craig se asomó al otro lado de la casa y vio el Ferrari de su abuelo, todavía aparcado frente a la puerta, con una capa de nieve que ahora medía unos cinco centímetros sobre el amplio arco del alerón trasero. Luke aún no habría tenido tiempo de llevarlo al garaje.

—La última vez que estuve aquí, el abuelo me dejó llevar su coche hasta el garaje.

—Pero si tú no sabes conducir —replicó Sophie en tono escéptico.

—No tengo carnet, pero eso no significa que no sepa conducir.

Sabía que estaba exagerando. Había cogido el Mercedes de su padre en un par de ocasiones, una en la playa y otra en un aeródromo abandonado, pero nunca había conducido por una carretera normal.

—Vale, pues apárcalo ahora —lo retó Sophie.

Craig sabía que debía pedir permiso. Pero si lo hiciera parecería que estaba intentando escaquearse. Además, el abuelo podía decir que no, y entonces habría perdido la oportunidad de impresionar a Sophie, así que contestó:

—Vale, venga.

El coche estaba abierto, las llaves puestas.

Sophie se apoyó en la pared de casa, junto a la puerta trasera, con los brazos cruzados y un aire de suficiencia qué venía a decir: «Muy bien, demuéstrame qué sabes hacer». Craig no pensaba dejar que se saliera con la suya.

—¿Por qué no te vienes conmigo? —preguntó—. ¿O es que tienes miedo?

Subieron los dos al coche.

Aquello era más complicado de lo que parecía a primera vista. Los asientos eran muy bajos —estaban casi al mismo nivel que las soleras de las puertas—, por lo que Craig hubo de introducir una pierna y luego deslizar el trasero por encima del apoyabrazos. Una vez sentado, cerró dando un portazo.

La palanca de cambios era estrictamente utilitaria: una barra de aluminio con un pomo en el extremo. Craig comprobó que estuviera en punto muerto y luego giró la llave en el contacto. El coche empezó a rugir como un Boeing a punto de despegar.

Craig casi deseó que el ruido hiciera salir a Luke protestando con los brazos en alto. Pero el Ferrari estaba parado frente a la parte delantera de la casa y la familia estaba reunida en la cocina, que daba a la parte trasera. El ruido del motor no traspasaba los gruesos muros de piedra de la vieja casa de campo.

Todo el coche parecía temblar, como si lo sacudiera un terremoto, mientras el gran motor se ponía en marcha con indolente potencia. Craig sentía las vibraciones a través del asiento tapizado en piel.

—¡Qué guay! —exclamó Sophie, emocionada.

Craig encendió los faros. Dos fuertes haces de luz se proyectaron sobre el jardín cubierto por la nieve. Apoyó la mano en el pomo de la palanca de cambios, pisó el pedal del embrague y miró hacia atrás. El camino de acceso a la casa se extendía en línea recta hasta el garaje antes de describir una curva para rodear la cima del acantilado.

—Venga, ¿a qué esperas? —protestó Sophie—. Arranca de una vez.

Craig la miró con fingida indiferencia, tratando de ocultar su temor.

—Relájate —dijo, al tiempo que quitaba el freno de mano—. Disfruta del paseo. —Presionó la palanca de cambios hacia abajo y la desplazó a un lado para poner la marcha atrás. Rozó el pedal del acelerador tan suavemente como pudo. El motor rugió, amenazador. Liberó el embrague muy poco a poco. El coche empezó a retroceder lentamente.

Craig sostenía el volante sin apenas ejercer presión y sin moverlo a ninguno de los dos lados, y el coche retrocedió en línea recta. Ya sin pisar el embrague, volvió a rozar el acelerador con el pie. El vehículo salió disparado hacia atrás, pasando de largo por delante del garaje. Sophie soltó un grito de miedo. Craig desplazó el pie del acelerador al freno. El coche derrapó en la nieve pero, para su alivio, no se salió de la calzada. Estaba a punto de detenerse por sí solo cuando Craig se acordó de pisar el embrague para impedir que se calara.

Se sentía orgulloso de sí mismo. No había perdido el control, aunque poco le había faltado. Mejor aún, Sophie se había asustado, mientras que él había conservado la calma en todo momento. Quizá eso sirviera para que dejara a un lado su actitud altanera.

El garaje quedaba a la derecha de la casa, y ahora sus puertas estaban adelantadas y a la izquierda del Ferrari. El coche de Kit, un Peugeot negro de dos puertas, estaba aparcado delante del garaje, pero en el extremo más alejado de la casa. Craig encontró un mando a distancia guardado debajo del salpicadero y lo accionó. La más distante de las tres puertas del garaje empezó a abrirse.

El acceso al garaje estaba asfaltado y cubierto por una suave capa de nieve. Había un macizo de arbustos junto a la esquina más cercana del edificio y un gran árbol en el extremo más

alejado. Lo único que tenía que hacer Craig era evitar ambos obstáculos e introducir el coche en su plaza del garaje.

Ya más seguro de sí mismo, puso la primera marcha, pisó levemente el acelerador y liberó el embrague. El coche se movió hacia delante. Giró el volante, que al no tener dirección asistida resultaba pesado a tan poca velocidad. El coche giró obedientemente hacia la izquierda. Craig pisó el pedal del acelerador otro milímetro y el coche ganó velocidad, la justa para que la maniobra resultara emocionante. Entonces giró a la derecha para encararlo hacia la puerta abierta, pero iba demasiado deprisa. Pisó el freno.

Craso error.

El coche se deslizaba deprisa por la nieve con las ruedas delanteras giradas hacia la derecha. Tan pronto como Craig apretó el freno, las ruedas traseras perdieron adherencia. En lugar de seguir girando a la derecha, hacia la puerta abierta del garaje, el vehículo derrapó de lado en la nieve. Craig sabía lo que estaba pasando, pero no tenía ni idea de cómo detenerlo. Giró el volante hacia la derecha, pero eso no hizo más que empeorar la situación, y el coche patinó inexorablemente sobre la superficie resbaladiza, como un barco zarandeado por la tormenta. Craig pisó a fondo el freno y el embrague a la vez, pero de nada sirvió.

El edificio del garaje se desplazaba ante sus ojos hacia la parte derecha del parabrisas. Craig pensó que se estamparían contra el Peugeot de Kit, pero para su alivio el Ferrari esquivó el otro vehículo por los pelos. Pasado el impulso inicial, el coche fue perdiendo velocidad. Por un momento, Craig pensó que se había salido con la suya pero, justo antes de que el coche se detuviera por completo, el guardabarros delantero del lado izquierdo rozó el gran árbol.

—¡Ha sido genial! —exclamó Sophie.

—No, no ha sido genial. —Craig puso el coche en punto muerto, soltó el embrague y salió precipitadamente del coche.

Rodeó el vehículo por delante. El golpe había sido suave, pero a la luz del garaje comprobó para su desesperación que había una abolladura de dimensiones considerables en la reluciente superficie azul del guardabarros—. Mierda —masculló.

Sophie salió a echar un vistazo.

—No es muy grande —opinó.

—No digas tonterías. —El tamaño no importaba. La carrocería estaba dañada, y la culpa era suya. Sintió un nudo en la boca del estómago. Menudo regalo de Navidad para el abuelo.

—Puede que no se den cuenta —aventuró Sophie.

—Claro que se darán cuenta —replicó irritado—. El abuelo lo sabrá en cuanto vea el coche.

—Bueno, pero puede que eso no ocurra hasta que pase algún tiempo. No creo que vaya a salir con la que está cayendo.

—¿Y qué más da cuándo lo vea? —le espetó Craig con impaciencia. Sabía que estaba siendo arisco, pero ya casi le daba igual—. Tendré que dar la cara.

—Ya, pero mejor si no estás aquí cuando se entere.

—No entiendo cómo… —Enmudeció de pronto. Sí que lo entendía. Si confesaba ahora, estropearía las navidades. *Mamma* Marta habría dicho: «Menudo *bordello* se va a liar». Si callaba ahora pero confesaba más tarde, quizá hubiera menos follón. De todos modos, la idea de posponer su asunción de culpa le resultaba tentadora.

—Tendré que meterlo en el garaje —dijo, pensando en alto.

—Apárcalo con el lado de la abolladura pegado a la pared —sugirió Sophie—. Eso impedirá que lo vea alguien que sencillamente pase por delante.

Lo que decía Sophie no era tan descabellado, pensó Craig. Había otros dos coches en el garaje: el inmenso Toyota Land Cruiser Amazon, un todoterreno con tracción a las cuatro ruedas que el abuelo solía usar en días como aquel, y el viejo Ford Mondeo de Luke, en el que Lori y él se desplazaban de la casa a su pequeño chalet, que quedaba a kilómetro y medio de dis-

tancia. Si el tiempo empeoraba, quizá pidiera prestado el Land Cruiser y dejara su Ford allí. En cualquier caso, tendría que entrar en el garaje. Pero si el Ferrari estuviera bien arrimado a la pared no podría ver la abolladura.

El motor seguía en marcha. Craig se sentó al volante. Puso la primera y avanzó lentamente. Sophie entró corriendo en el garaje y se puso delante de los faros del coche. Mientras Craig lo introducía en el garaje, ella le iba indicando por señas lo cerca que estaba de la pared.

En su primer intento no pudo dejar menos de medio metro de separación entre el coche y la pared. Era demasiado. Tenía que intentarlo de nuevo. Miró nerviosamente por el espejo retrovisor, pero no había nadie a la vista. Dio las gracias por el mal tiempo, que hacía que todos se quedaran en casa.

En su tercer intento logró dejar el coche a diez o doce centímetros de la pared. Se apeó y comprobó el resultado. Era imposible ver la abolladura desde ningún ángulo.

Cerró la puerta del garaje, y luego Sophie y él se dirigieron a la cocina. Craig se sentía nervioso y culpable, pero Sophie parecía eufórica.

—Ha sido increíble —dijo.

Craig se dio cuenta de que por fin había logrado impresionarla.

Kit instaló el ordenador en el trastero, un cuartucho al que solo se podía acceder cruzando su dormitorio. Enchufó el portátil, un escáner de huellas digitales y un lector-reproductor de tarjetas magnéticas de segunda mano que había comprado en eBay por 270 libras.

Aquella habitación siempre había sido su refugio. Cuando era pequeño, solo existían tres dormitorios: la suite donde dormían sus padres, la habitación que compartían Olga y Miranda y el trastero de la habitación de estas, donde habían colocado su cuna. Después de la ampliación de la casa y de que Olga se fuera a la universidad, Kit se había adueñado de la habitación del trastero, pero este nunca dejó de ser su santuario.

La diminuta habitación seguía amueblada como el rincón de estudio de un colegial: un sencillo escritorio, una estantería, un pequeño televisor y un sillón plegable que se convertía en cama individual y en la que se habían quedado a dormir sus compañeros de clase alguna que otra noche. Sentado al escritorio, pensó con nostalgia en las tediosas horas que había pasado allí haciendo deberes de geografía y biología, las dinastías medievales y los verbos irregulares, «¡Ave, César!». Había aprendido tantas cosas, y las había olvidado todas.

Cogió la tarjeta que había hurtado a su padre y la introdujo en el lector-reproductor. La parte superior de la tarjeta asomaba

por la ranura, dejando claramente a la vista la inscripción «Oxenford Medical». Deseó que nadie entrara en la habitación en aquel momento. Estaban todos en la cocina. Lori estaba preparando un *ossobuco* según la famosa receta de *mamma* Marta. Le llegaba el olor a orégano. Papá había descorchado una botella de champán, y Kit supuso que para entonces estarían contando anécdotas que empezaban invariablemente con un «¿Te acuerdas cuando…?».

El chip de la tarjeta contenía información detallada sobre la huella dactilar de su padre. No se trataba de una simple imagen, pues eso habría sido demasiado fácil de falsificar. De hecho, una foto del dedo habría bastado para engañar a un escáner normal. Por eso, Kit había diseñado un artefacto que medía veinticinco puntos distintos de la huella dactilar, captando las infinitesimales diferencias entre los surcos digitales. También había desarrollado un programa informático que permitía codificar y almacenar estos detalles. En su piso tenía varios prototipos del escáner de huellas dactilares y, por supuesto, conservaba una copia de todo el software que creaba.

Se dispuso a leer la tarjeta magnética desde el portátil. Aquello era pan comido, a menos que alguien en Oxenford Medical —Toni Gallo, quizá— hubiese modificado el software de algún modo, por ejemplo, exigiendo un código de acceso antes de proceder a la lectura de la tarjeta. Era harto improbable que alguien se hubiera tomado tantas molestias para precaverse contra una posibilidad aparentemente descabellada, pero tampoco podía descartarlo del todo. Y no le había dicho nada a Nigel sobre aquel posible obstáculo.

Esperó unos segundos mirando la pantalla del ordenador con angustia.

Finalmente, tras un breve parpadeo, la pantalla mostró una página codificada con los detalles de la huella dactilar de Stanley. Kit suspiró de alivio y guardó el archivo.

Justo entonces Caroline, su sobrina, entró en la habitación con un hámster en las manos.

Llevaba un vestido de estampado floral y unos calcetines blancos demasiado infantiles para su edad. El hámster tenía el pelo blanco y los ojos rosados. Caroline se sentó en el sillón cama, acariciando a su mascota.

Kit reprimió una maldición. No podía decirle que estaba haciendo algo secreto y que prefería quedarse a solas, pero tampoco podía seguir adelante mientras ella estuviera allí.

Aquella niña siempre había sido un estorbo. Veneraba a su joven tío Kit desde que tenía uso de razón, y este no había tardado en cansarse de ella y del modo en que lo seguía a todas partes. Pero deshacerse de Caroline no era tarea fácil.

Intentó mostrarse amable.

—¿Cómo está tu ratón? —preguntó.

—Se llama Leonard —replicó ella con un tono de ligero reproche.

—Leonard. ¿De dónde lo sacaste?

—De Mis Queridas Mascotas, en Sauchiehall Street. —Caroline soltó el ratón, que correteó por su brazo hasta encaramarse en el hombro.

Kit pensó que aquella chica no podía estar bien de la cabeza para ir por ahí con un ratón entre los brazos como si fuera un bebé. Se parecía físicamente a Olga, su madre, de la que había heredado la melena oscura y las cejas pobladas, pero mientras aquella tenía un carácter dominante y autoritario, esta era tímida y apocada. Pero solo tenía diecisiete años, aún podía cambiar mucho.

Kit deseó que Caroline estuviera demasiado absorta en sí misma y en su mascota para fijarse en la tarjeta que asomaba por fuera del lector y en las palabras «Oxenford Medical» impresas en la misma. Incluso ella se daría cuenta de que su tío no debería tener un pase para el Kremlin nueve meses después de que lo despidieran.

—¿Qué haces? —preguntó ella.

—Estoy trabajando. Tengo que acabar esto hoy.

Kit deseaba sacar la tarjeta delatora del lector, pero temía llamar su atención si lo hacía.

—No te estorbaré, tú sigue como si yo no estuviera aquí.

—¿Qué se cuece allá abajo?

—Mamá y la tía Miranda están rellenando los calcetines en el salón, así que me han echado.

—Ah. —Kit se volvió de nuevo hacia la pantalla y activó el modo de lectura del programa. El siguiente paso sería escanear su propia huella digital, pero no podía dejar que Caroline lo viera haciéndolo. Quizá no le diera la importancia que merecía, pero podía mencionárselo a alguien que sí se la daría. Fingió observar atentamente la pantalla mientras se estrujaba la sesera en busca de una forma de deshacerse de ella. Al cabo de un minuto le vino la inspiración. Simuló un estornudo.

—Salud —dijo Caroline.

—Gracias. —Volvió a estornudar—. Sabes, creo que es el bueno de Leonard el que me está haciendo estornudar.

—¿Qué dices? —replicó ella, indignada.

—Soy un poco alérgico, y esta habitación es muy pequeña.

Caroline se levantó.

—No queremos molestar a nadie, ¿verdad, Lennie? —dijo Caroline, y se fue.

Kit cerró la puerta con alivio. Luego se sentó y apoyó la yema del índice de la mano derecha sobre el cristal del escáner. El programa escaneó su huella dactilar y codificó los detalles. Kit guardó el archivo.

Por último, grabó sus propios detalles dactilares en la tarjeta magnética, sobreescribiendo los de su padre. Nadie más podía haber hecho aquello, a menos que tuviera copias del software de Kit, además de una tarjeta robada con el código de área correcto. Aunque tuviera que volver a crear un sistema de seguridad, no se molestaría en proteger las tarjetas magnéticas contra posibles reescrituras. Pero Toni Gallo podía haberlo hecho. Observó la pantalla con ansiedad, casi esperando que apa-

reciera un mensaje de error con las palabras «Usuario no autorizado».

Pero no apareció ningún mensaje de ese tipo. Esta vez Toni no se le había adelantado. Volvió a leer la información del chip para asegurarse de que la operación se había realizado correctamente. Así era: ahora la tarjeta contenía los detalles de su huella dactilar, no la de Stanley.

—¡Genial! —exclamó en voz alta, tratando de contener su entusiasmo.

Sacó la tarjeta del aparato y la metió en el bolsillo. Ahora podía acceder al NBS4. Cuando pasara la tarjeta por el lector del laboratorio y presionara el dedo contra la pantalla táctil, el ordenador leería la información grabada en la tarjeta, la cotejaría con su huella dactilar y, tras haber concluido que coincidían, abriría la puerta.

Cuando volviera del laboratorio repetiría el proceso pero al revés, borrando del chip la información de su propia huella dactilar y volviendo a grabar la de Stanley antes de devolver la tarjeta a su sitio, lo que haría en algún momento del día siguiente. En el ordenador del Kremlin quedaría registrado que Stanley Oxenford había entrado en el NBS4 en la madrugada del día 25 de diciembre. Stanley lo negaría diciendo que a esas horas estaba en su casa durmiendo, mientras que Toni Gallo aseguraría a la policía que nadie más podía haber usado la tarjeta de Stanley debido al control de la huella dactilar.

—Inocentes… —dijo Kit, pensando en alto.

Le encantaba imaginar lo desconcertados que se quedarían todos.

Algunos sistemas de seguridad biométrica comparaban la huella dactilar con la información almacenada en un ordenador central. Si el Kremlin hubiera establecido una configuración de ese tipo, Kit habría tenido que acceder a dicha base de datos. Pero los empleados tenían una aversión irracional a la idea de que sus detalles personales quedaran almacenados en los

ordenadores de la empresa, y los científicos en particular solían leer *The Guardian* y eran bastante melindrosos respecto a sus derechos. Kit había decidido almacenar la información de las huellas digitales en las tarjetas magnéticas y no en una base de datos centralizada para que el nuevo sistema de seguridad resultara más atractivo de cara al personal, sin imaginar que algún día intentaría burlar su propio sistema de control.

Estaba contento. Había completado con éxito la primera fase del plan. Tenía un pase para entrar en el NBS4. Pero para poder usarlo había que entrar en el Kremlin.

Sacó el móvil del bolsillo y marcó el número de Hamish McKinnon, uno de los agentes de seguridad que estaban de guardia aquella noche en el Kremlin. Hamish era el camello oficial de la empresa, el que suministraba marihuana a los científicos más jóvenes y éxtasis a las secretarias con ganas de marcha. Nunca traficaba con heroína ni crack, pues sabía que un drogadicto de verdad acabaría traicionándolo más pronto que tarde. Kit había pedido a Hamish que fuera su infiltrado aquella noche, confiando en que no se iría de la lengua por la cuenta que le traía.

—Soy yo —dijo Kit en cuanto Hamish contestó—. ¿Puedes hablar?

—Feliz Navidad, Ian, viejo granuja —saludó Hamish en tono alegre—. Espera un segundo que salgo fuera… así está mejor.

—¿Va todo bien?

El tono de Hamish cambió radicalmente.

—Sí, pero la tía ha doblado los turnos, así que tengo a Willie y Crawford conmigo.

—¿Dónde te ha tocado?

—En la garita de la entrada.

—Perfecto. ¿Está todo tranquilo?

—Como un cementerio.

—¿Cuántos guardias hay en total?

—Seis. Dos aquí, dos en recepción y otros dos en la sala de control.

—Vale, ningún problema. Avísame si ves algo fuera de lo normal.

—De acuerdo.

Kit colgó y marcó un número que le permitía acceder al ordenador que controlaba las líneas telefónicas del Kremlin. Era el mismo número que utilizaba Hibernian Telecom, la empresa que había hecho la instalación telefónica, para el diagnóstico a distancia de fallos en el sistema. Kit había colaborado estrechamente con Hibernian, ya que las alarmas que había instalado dependían de la línea telefónica. Conocía el número y el código de acceso. Una vez más, vivió un momento de tensión mientras se preguntaba si habrían cambiado el código en los nueve meses que habían pasado desde su partida. Pero no lo habían hecho.

Su teléfono móvil se mantenía en comunicación con el portátil mediante una conexión inalámbrica cuyo alcance era de aproximadamente quince metros, aunque hubiera paredes de por medio, lo que podía serle de gran utilidad más adelante. Kit utilizó el portátil para acceder a la unidad de procesamiento central del sistema telefónico del Kremlin. Este contaba con detectores de manipulación de las líneas, pero no harían saltar la alarma si el acceso se hacía utilizando la línea y el código de la propia empresa.

Primero desconectó todos los teléfonos de la zona, excepto el que había en el mostrador de recepción.

A continuación, desvió las llamadas que entraban y salían del Kremlin a su propio teléfono móvil. Había programado su portátil para reconocer los números más previsibles, como el de Toni Gallo. Podría contestar él mismo a las llamadas, reproducir un mensaje grabado o incluso redirigir las llamadas y escuchar las conversaciones sin que nadie se diera cuenta.

Por último, hizo que todos los teléfonos del edificio sona-

ran durante cinco segundos, solo para llamar la atención de los guardias de seguridad.

Luego se desconectó y se sentó en el borde de la silla, a la espera.

Estaba bastante seguro de lo que pasaría a continuación. Los guardias tenían una lista de las personas a las que debían llamar en caso de emergencia. Lo primero que harían sería ponerse en contacto con la compañía telefónica.

No hubo de esperar demasiado para que su móvil empezara a sonar. En lugar de contestar, volvió los ojos hacia el portátil. Al cabo de unos instantes, apareció un mensaje en pantalla: «Kremlin llamando a Toni».

Aquello sí que no se lo esperaba. Tendrían que haber llamado primero a Hibernian. Pero Kit estaba preparado para un imprevisto de este tipo. Sin perder un segundo, activó un mensaje pregrabado. Al otro lado del teléfono, una voz femenina anunció al guardia de seguridad que el número marcado estaba apagado o fuera de cobertura. El guardia colgó.

El teléfono de Kit volvió a sonar casi al instante. Estaba seguro de que, ahora sí, llamarían a la compañía telefónica, pero se equivocó de nuevo. En la pantalla apareció el mensaje: «Kremlin llamando a Inverburn». Los guardias estaban tratando de ponerse en contacto con el cuartel general de la policía regional escocesa. Kit era el primer interesado en que la policía tuviera constancia de lo ocurrido. Redirigió la llamada al número correcto y permaneció a la escucha.

—Soy Steve Tremlett, jefe de seguridad de Oxenford Medical. Llamo para informar de un incidente.

—¿De qué se trata, señor Tremlett?

—Nada grave, pero tenemos un problema con las líneas telefónicas, y no estoy seguro de que el sistema de seguridad funcione como es debido.

—Tomo nota. ¿Podrán arreglar la línea?

—Llamaré a la compañía para que nos mande a un técni-

co, pero siendo Nochebuena cualquiera sabe cuándo llegará.

—¿Quiere que le envíe una patrulla?

—No estaría de más, si no tienen demasiado entre manos ahora mismo.

Kit esperaba que la policía se pasara por el Kremlin. Eso daría más convicción a su coartada.

—Más tarde sí que estarán liados, cuando los pubs echen el cierre —dijo el policía—, pero ahora mismo esto está muy tranquilo.

—De acuerdo. Dígales que los invitaremos a una taza de té.

Colgaron. El móvil de Kit sonó por tercera vez, y en la pantalla apareció el mensaje: «Kremlin llamando a Hibernian Telecom». «Por fin», pensó con alivio. Aquella era la llamada que había estado esperando. Apretó un botón y contestó:

—Hibernian Telecom, ¿en qué puedo ayudarle?

—Llamo de Oxenford Medical —dijo Steve—. Tenemos un problema con las líneas telefónicas.

—¿Están ustedes en Greenmantle Road, Inverburn? —preguntó Kit, exagerando el acento escocés para disimular su voz.

—Correcto.

—¿Qué problema hay?

—No tenemos línea en ningún teléfono, excepto este. Siendo el día que es, aquí no hay un alma, pero el sistema de alarma utiliza las líneas telefónicas, así que tenemos que asegurarnos de que funcionen correctamente.

En ese instante, Stanley entró en la habitación.

Kit se quedó mudo, petrificado de miedo, aterrorizado como si volviera a ser un niño. Stanley miró el ordenador, luego el móvil, y arqueó las cejas. Kit intentó recobrar el control de sí mismo. Ya no era un niño temeroso de las reprimendas de su padre. Tratando de aparentar tranquilidad, dijo:

—Le llamaré en un par de minutos.

Luego tocó el teclado de su portátil y activó el salvapantallas.

—¿Estás trabajando? —le preguntó Stanley.

—Tengo que acabar una cosa.

—¿En Navidad?

—Di mi palabra de que este software estaría listo el veinticuatro de diciembre.

—A estas horas tu cliente ya se habrá ido a casa, como toda persona de bien.

—Pero su ordenador demostrará que le envié el programa por correo electrónico antes de la medianoche del veinticuatro, así que no podrá decir que me retrasé.

Stanley sonrió y asintió.

—Bueno, me alegro de que seas tan responsable.

Se quedó unos segundos en silencio, sin duda rumiando algo más que no se atrevía a decir. Como todo buen científico, no le molestaba lo más mínimo introducir largas pausas en una conversación. Lo importante era la precisión del mensaje.

Kit esperó, tratando de disimular una impaciencia que rayaba en la desesperación. Entonces sonó su móvil.

—Mierda —dijo—. Perdona —añadió, dirigiéndose a su padre. Miró la pantalla. Lo que estaba entrando no era una llamada del Kremlin desviada hacia su móvil, sino una llamada directa de Hamish McKinnon, el guardia de seguridad con el que se había compinchado. Tenía que contestar. Cogió el teléfono, pegándolo al oído para que su padre no alcanzara a oír la voz de la persona que llamaba.

—¿Diga?

—¡Todas las líneas de teléfono se han ido al carajo!

—Sí, no pasa nada, eso forma parte del programa.

—Me has dicho que te llamara si veía algo fuera de…

—Sí, y has hecho bien en llamarme, pero ahora tengo que colgar. Gracias. —Colgó el teléfono.

—Necesito saber si estamos en paz, tú y yo —dijo al fin Stanley.

A Kit no le gustaba aquella forma de hablar, en la que se

daba por sentado que ambos tenían parte de culpa. Pero estaba desesperado por volver a ponerse al teléfono, así que contestó:

—Sí, eso creo.

—Sé que crees que he sido injusto contigo —prosiguió Stanley, leyendo sus pensamientos—. No acabo de entenderlo, pero acepto que lo veas así. Yo también creo que no se me ha tratado como merecía. Pero tenemos que intentar olvidarlo y volver a ser amigos.

—Eso dice Miranda.

—Lo que pasa es que no estoy seguro de que quieras realmente olvidarlo. Me da la impresión de que te guardas algo.

Kit intentó componer una expresión neutra, temeroso de que la culpa se reflejara en su rostro.

—Estoy haciendo lo que puedo —repuso—. No es fácil.

Stanley parecía satisfecho.

—Bueno, no puedo pedirte más que eso —concluyó. Puso la mano sobre el hombro de Kit, se inclinó y lo besó en la coronilla—. He venido a decirte que la cena está casi lista.

—Vale, ya me falta poco. Bajaré en cinco minutos.

—Bien. —Stanley salió de la habitación.

Kit se desplomó en la silla, temblando de la cabeza a los pies con una mezcla de vergüenza y alivio. Su padre no era tonto y no se hacía ilusiones respecto a la relación entre ambos, pero Kit se las había arreglado para sobrevivir al interrogatorio. A duras penas, eso sí.

Cuando sus manos dejaron de temblar, volvió a llamar al Kremlin.

Contestaron enseguida.

—Oxenford Medical. —Era la voz de Steve Tremlett.

—Le llamo de Hibernian Telecom —dijo Kit, acordándose de cambiar de voz. No conocía bien a Tremlett, y habían pasado nueve meses desde que se había marchado de Oxenford Medical, así que era poco probable que recordara su voz, pero

no quería arriesgarse—. No puedo acceder a vuestra unidad central de procesamiento.

—No me extraña. Esa línea también debe de estar estropeada. Tendréis que mandar a alguien.

Eso era exactamente lo que Kit pretendía, pero tomó la precaución de no mostrarse demasiado entusiasmado con la idea.

—No será fácil haceros llegar un equipo técnico en plena Nochebuena.

—No me vengáis con esas. —La voz de Steve delataba su irritación—. Os habéis comprometido a solucionar cualquier problema en un plazo máximo de cuatro horas, trescientos sesenta y cinco días al año. Para eso os pagamos. Son las 7.55, y voy a registrar esta llamada.

—De acuerdo, tranquilo. Os mandaré un equipo lo antes posible.

—Dime un tiempo aproximado, por favor.

—Haré todo lo que esté en mis manos para que lleguen ahí sobre las doce de la noche.

—Gracias, los estaremos esperando.

Steve colgó.

Kit hizo lo mismo. Estaba sudando. Se secó el rostro con la manga. De momento, todo estaba saliendo a pedir de boca.

Stanley dejó caer la bomba durante la cena.

Miranda se sentía relajada y feliz. El *ossobuco* estaba delicioso, y su padre había abierto dos botellas de Brunello di Montepulciano para acompañarlo. Kit parecía inquieto y subía corriendo al piso de arriba cada vez que sonaba su móvil, pero todos los demás estaban muy tranquilos. Los cuatro chicos comieron deprisa y se retiraron al granero para ver una película en DVD titulada *Scream II,* dejando a los seis adultos en torno a la mesa del comedor: Miranda y Ned, Olga y Hugo, Stanley a la cabecera de la mesa y Kit en el extremo opuesto. Lori sirvió café mientras Luke llenaba el lavavajillas en la cocina.

Fue entonces cuando Stanley dijo:

—¿Qué os parecería si volviera a salir con alguien?

Se hizo un silencio total alrededor de la mesa. Hasta Lori reaccionó: dejó de servir café y se lo quedó mirando fijamente, como si no saliera de su asombro.

Miranda ya se barruntaba algo, pero no por eso le resultó menos desconcertante oírle hablar de semejante tema sin tapujos de ninguna clase.

—Supongo que te refieres a Toni Gallo.

—No —negó Stanley con mal disimulado sobresalto.

—No, qué va… —insinuó Olga.

Miranda tampoco se lo creía, pero no dijo nada.

—La verdad es que no me refería a nadie en particular. Solo quería saber vuestra opinión —prosiguió—. Hace un año y medio que se murió *mamma* Marta, que en paz descanse. Durante casi cuatro décadas fue la única mujer de mi vida. Pero tengo sesenta años y es probable que me queden otros veinte o treinta de vida. No estoy seguro de querer pasarlos solo.

Lori lo fulminó con la mirada, dolida. No estaba solo, tuvo ganas de decirle. Los tenía a Luke y a ella.

—¿Y para qué nos consultas? No necesitas nuestro permiso para acostarte con tu secretaria o con quien te venga en gana —replicó Olga, malhumorada.

—No os estoy pidiendo permiso. Quería saber cómo os sentiríais en el caso de que ocurriera. Y, por cierto, tampoco es mi secretaria. Dorothy está felizmente casada.

Miranda tomó la palabra, aunque solo fuera para impedir que Olga dijera una barbaridad.

—Creo que no sería fácil para nosotros, papá, verte con otra mujer en esta casa. Pero queremos que seas feliz, y llegado el caso estoy segura de que haríamos todo lo posible para que esa persona se sintiera bienvenida.

Stanley la miró con gesto irónico.

—Ya veo que la idea no te chifla, pero gracias por intentar ser positiva.

—No esperes tanto de mí —intervino Olga—. Por el amor de Dios, ¿qué esperabas que te dijéramos? ¿Estás pensando en casarte con esa mujer? ¿Tener más hijos con ella?

—No estoy pensando en casarme con nadie —replicó Stanley, irritado. Olga se negaba a ver las cosas tal como él las planteaba, y eso lo sacaba de quicio. Marta solía hacer exactamente lo mismo cuando quería buscarle las cosquillas—. Pero tampoco lo descarto —añadió.

—Pues me parece fatal —explotó Olga—. Cuando yo era pequeña apenas te veía. Siempre estabas en el laboratorio. La *mamma* y yo nos quedábamos en casa con Mandy, que por

entonces no era más que un bebé, desde las siete y media de la mañana hasta las nueve de la noche. Éramos una familia monoparental, y todo lo hicimos por el bien de tu carrera, para que pudieras inventar antibióticos de corto espectro, un fármaco para la úlcera y unas pastillas para el colesterol, y de paso hacerte rico y famoso. Bien, pues quiero una recompensa a mi sacrificio.

—Has tenido una educación privilegiada —repuso Stanley.

—No es suficiente. Quiero que mis hijos hereden el dinero que has ganado, y no que se vean obligados compartirlo con un hatajo de mocosos, hijos de una fulana cualquiera que lo único que sabe hacer en la vida es aprovecharse de un viudo solitario.

A Miranda se le escapó un grito de indignación.

Abochornado, Hugo dijo:

—Olga, cariño, no te andes con rodeos. Di lo que estás pensando.

La expresión de Stanley se endureció.

—No tengo intención de salir con una «fulana cualquiera» —replicó.

Olga comprendió que había ido demasiado lejos.

—Vale, retiro esa última parte.

Para ella, aquello equivalía a una disculpa.

—Tampoco sería tan distinto —opinó Kit con aire displicente—. La *mamma* era alta, atlética, pragmática e italiana. Toni Gallo es alta, atlética, pragmática y descendiente de españoles. Me pregunto si sabrá cocinar.

—No seas idiota —le espetó Olga—. La diferencia es que la tal Toni no ha formado parte de esta familia durante los últimos cuarenta años, así que no es de los nuestros, sino una intrusa.

Kit torció el gesto.

—No vuelvas a llamarme idiota, Olga. No soy yo el que no ve lo que pasa delante de sus narices.

Miranda contuvo la respiración. ¿De qué estaba hablando?

Olga se hizo la misma pregunta.

—¿Qué es lo que pasa delante de mis narices?

Miranda lanzó una mirada furtiva a Ned, temerosa de que más tarde le preguntara a qué se refería Kit. Tenía una intuición especial para aquella clase de indirectas.

Kit se mordió la lengua.

—Deja ya de interrogarme, me estás poniendo de los nervios.

—¿No te preocupa tu futuro económico? —le preguntó Olga—. Tu herencia está tan amenazada como la mía. ¿Qué pasa, que te sobra el dinero?

Kit soltó una carcajada amarga.

—Sí, eso es.

—¿No crees que te estás comportando como una mercenaria? —le preguntó Miranda a su hermana.

—Hombre, papá nos ha pedido nuestra opinión.

—Pensé que quizá os molestara ver a vuestra madre desplazada por otra persona —terció Stanley—. Nunca se me ocurrió que vuestra principal preocupación fuera mi testamento.

Miranda se sentía dolida por su padre, pero más aún le inquietaba Kit y lo que este pudiera decir. De niño, nunca se le había dado bien guardar secretos. Olga y ella se veían obligadas a ocultárselo todo. Si le hacían alguna confidencia, no tardaba ni cinco minutos en chivarse a la *mamma*. Y ahora conocía su secreto más oscuro. Ya no era un niño, pero a decir verdad tampoco había dejado de serlo, y eso era lo que lo hacía tan peligroso. El corazón se le disparó. Se le ocurrió que, si participaba en la conversación, tal vez pudiera encauzarla. Se volvió hacia Olga.

—Lo importante es que la familia se mantenga unida. Decida papá lo que decida, no debemos dejar que eso nos separe.

—No me vengas con moralinas sobre la familia —replicó Olga, irritada—. Eso díselo a tu hermanito.

—¿Quieres dejarme en paz de una puta vez? —repuso Kit.

—Lo pasado, pasado está —intervino Stanley.

Olga insistió:

—Pero si alguien ha estado a punto de destruir a la familia es Kit.

—Que te den por el culo —le espetó este.

—Basta ya —atajó Stanley con firmeza—. Podemos discutir acaloradamente sobre cualquier tema sin tener que recurrir a los insultos y el lenguaje soez.

—Venga ya, papá —replicó Olga. Estaba furiosa. Le habían llamado mercenaria y necesitaba vengarse—. ¿Qué podría amenazar más la unidad familiar que descubrir que uno de nosotros le roba a otro?

Kit se sonrojó de vergüenza y rabia.

—Te lo diré.

Miranda sabía qué iba a decir. Aterrada, alargó una mano abierta en la dirección de su hermano.

—Kit, tranquilízate, por favor —le suplicó en tono desesperado.

Pero él no la escuchaba.

—Te diré qué es más peligroso para la unidad familiar.

—¿Quieres callarte de una vez? —le gritó Miranda.

Stanley se dio cuenta de que había algo que él ignoraba en medio de todo aquello, y frunció el ceño, desconcertado.

—¿De qué estáis hablando?

—Hablo de alguien…

—¡No! —gritó Miranda, levantándose.

—… alguien que se acuesta…

Miranda cogió un vaso de agua y lo arrojó a la cara de Kit. Este enmudeció.

Se limpió el rostro con la servilleta. En medio del silencio y las miradas perplejas de todos los presentes, concluyó:

—… que se acuesta con el marido de su propia hermana.

Olga no salía de su asombro.

—Eso no tiene ningún sentido. Nunca me he acostado con Jasper, ni con Ned.

Miranda hundió la cabeza entre las manos.

—No me refiero a ti —repuso Kit.

Olga se volvió hacia Miranda, y esta apartó la mirada.

Lori, que todavía seguía allí con la cafetera en la mano, dio un grito ahogado al comprender lo ocurrido. Parecía consternada.

—¡Dios santo! Nunca lo habría imaginado —dijo Stanley.

Miranda miró a Ned. Estaba horrorizado.

—¿Es verdad? —preguntó.

Miranda no contestó.

Olga se volvió hacia Hugo.

—¿Mi hermana y tú?

Hugo ensayó su sonrisa de chico malo. Olga levantó el brazo y le propinó un bofetón que sonó más bien como un puñetazo.

—¡Ay! —gritó él, y cayó de espaldas.

—Hijo de la gran puta, maldito… —No encontraba palabras— maldito cabronazo. Cerdo. Gusano de mierda. Escoria humana. —Entonces se volvió hacia Miranda—. ¡Y tú!

Miranda no podía sostener su mirada. Clavó los ojos en la mesa, en la pequeña taza de café que descansaba frente a ella. Era una taza de porcelana blanca con una lista azul, de la vajilla preferida de la *mamma*.

—¿Cómo has podido? —le espetó Olga—. ¿Cómo has podido?

Miranda intentaría explicárselo, algún día. Pero dijera lo que dijese, en aquel momento sonaría como una excusa, así que se limitó a negar con la cabeza.

Olga se levantó y abandonó la sala.

Hugo parecía terriblemente avergonzado.

—Será mejor que… —Y salió tras ella.

Fue entonces cuando Stanley se percató de que Lori se-

guía allí, y de que lo había oído todo. Demasiado tarde, sugirió:

—Lori, será mejor que vayas a echarle una mano a Luke.

El ama de llaves lo miró sobresaltada, como si acabara de despertar de un sueño.

—Sí, profesor Oxenford.

Stanley miró a Kit.

—¿Qué necesidad tenías de ser tan cruel? —La voz le temblaba de ira.

—No, si ahora va a resultar que la culpa es mía —replicó Kit enfurruñado—. No fui yo quien se acostó con Hugo.

Tiró la servilleta sobre la mesa y se fue.

Ned no sabía dónde meterse.

—Eh… perdonad —dijo, y salió de la habitación.

Miranda se quedó a solas con su padre. Stanley se levantó, se acercó a ella y le puso una mano en el hombro.

—Ya se les pasará, antes o después —dijo—. No será fácil, pero las aguas volverán a su cauce.

Miranda se volvió hacia él y apretó el rostro contra el suave tweed de su chaleco.

—Lo siento mucho, papá —dijo, y rompió a llorar.

El tiempo empeoraba por momentos. Toni había tardado más de lo previsto en llegar a la residencia geriátrica, pero el viaje de regreso estaba siendo más lento todavía. Una fina capa de nieve cubría la carretera, nieve trillada por los neumáticos y demasiado cuajada para derretirse. Los conductores más aprensivos avanzaban a paso de tortuga, retrasando a todos los demás. El Porsche Boxster de Toni era el coche perfecto para adelantarlos, pero no daba lo mejor de sí sobre el asfalto resbaladizo, así que no podía hacer gran cosa para acortar el viaje.

La señora Gallo iba sentada en el asiento del acompañante, con su abrigo de lana verde y un sombrero de fieltro. No estaba enfadada con Bella ni mucho menos, algo que a Toni le había sentado como una jarro de agua fría, por más que le avergonzara admitirlo. En el fondo, deseaba que su madre se enfureciera con Bella, tal como había hecho ella. Eso le habría hecho sentirse un poco mejor. Pero la señora Gallo parecía creer que era culpa suya el que hubiera pasado tanto tiempo esperando, y Toni le había dicho en tono irritado:

—Sabes que era Bella la que tenía que venir a recogerte hace horas, ¿verdad?

—Sí, cariño, pero tu hermana tiene una familia a la que atender.

—Y yo tengo un trabajo de mucha responsabilidad.

—Lo sé, así sustituyes a los hijos.

—Así que Bella puede dejarte tirada, pero yo no.

—Así es, cariño.

Toni intentó seguir el ejemplo de su madre y mostrarse magnánima, pero no podía dejar de pensar en sus amigos, que estarían en el balneario, dándose un baño en el jacuzzi, haciendo el tonto o tomando café frente a una gran chimenea encendida. Con el paso de las horas, Charles y Damien se irían relajando y darían rienda suelta a su hilarante amaneramiento; Michael contaría anécdotas de su visceral madre irlandesa, toda una leyenda en su pueblo natal de Liverpool, y Bonnie recordaría los tiempos de la universidad y los líos en los que Toni y ella se habían metido cuando eran las únicas mujeres entre trescientos estudiantes de ingeniería. Se lo estarían pasando en grande mientras ella conducía por la nieve con su madre.

Se dijo a sí misma que no podía seguir autocompadeciéndose. «Soy una mujer adulta —pensó—, y los adultos tienen responsabilidades. Además, puede que mamá no viva muchos más años, así que debería disfrutar de su compañía mientras pueda.»

Le resultó más difícil ser positiva cuando pensó en Stanley. Aquella mañana se había sentido más cercana a él que nunca, pero de pronto había un abismo insalvable entre ambos. Se preguntó si no lo habría presionado más de la cuenta. ¿Lo había obligado a elegir entre su familia y ella? Si se hubiera mordido la lengua, tal vez él no se hubiera sentido obligado a tomar una decisión. Pero Toni tampoco se había abalanzado sobre él, y a veces una mujer tenía que darle un empujoncito al hombre o se arriesgaba a que este nunca diera el primer paso.

No tenía sentido lamentarse, se dijo a sí misma. Lo había perdido y punto.

Avistó en la distancia las luces de una gasolinera.

—¿Tienes que ir al baño, mamá? —preguntó.

—Sí, por favor.

Toni aminoró la marcha y detuvo el coche frente al surti-

dor. Llenó el depósito y luego acompañó a su madre hasta la tienda de la gasolinera. Mientras ella pagaba, la anciana se fue al lavabo. Cuando volvía al coche, su móvil empezó a sonar. Pensando que quizá fuera una llamada del Kremlin, lo cogió apresuradamente.

—Toni Gallo al habla.

—Soy Stanley Oxenford.

—Ah. —Se quedó sin palabras. Aquello sí que no se lo esperaba.

—¿Te llamo en mal momento, quizá? —preguntó educadamente.

—No, no, qué va —se apresuró a contestar, sentándose al volante—. Pensé que quizá llamaban del Kremlin, y me preocupaba que algo pudiera ir mal.

Cerró la puerta del coche.

—Todo va perfectamente, al menos que yo sepa. ¿Qué tal el balneario?

—Al final no me he ido.

Le explicó lo que había pasado.

—Qué mala pata —comentó él.

El corazón de Toni latía aceleradamente sin que supiera muy bien por qué.

—¿Y tú qué tal? ¿Va todo bien por ahí? —Se preguntaba a qué se debía aquella llamada mientras observaba la tienda fuertemente iluminada de la gasolinera. Su madre tardaría un buen rato en salir del lavabo.

—La cena familiar ha acabado como el rosario de la aurora. No es la primera vez. A veces se encienden los ánimos.

—¿Qué ha pasado?

—Seguramente no debería contártelo.

«¿Entonces por qué me has llamado?», pensó. No era propio de Stanley llamar sin un buen motivo. Por lo general parecía tan centrado que daba la impresión de tener una lista mental de los asuntos que necesitaba resolver.

—Resumiendo, Kit ha sacado a la luz que Miranda se acostó con Hugo, el marido de su hermana.

—¡Madre mía! —Toni se imaginó la escena: el apuesto y malicioso Kit, la rellenita y atractiva Miranda, un galán de tres al cuarto que atendía al nombre de Hugo y la temible Olga. Era como para echarse a temblar, pero lo que más la sorprendía era que Stanley se lo estuviera contando precisamente a ella. Una vez más, la trataba como si fueran amigos íntimos, pero Toni desconfió de esta impresión. Si se permitía el lujo de hacerse ilusiones, él podía volver a echarlas por tierra en cualquier momento. No obstante, se resistía a poner fin a la conversación.

—¿Y tú qué tal te lo has tomado?

—Hombre, Hugo siempre ha sido un poco mujeriego. Olga tendría que conocerlo de sobra después de casi veinte años casados. Se siente humillada y se ha puesto hecha una furia. De hecho, oigo sus gritos ahora mismo. Pero creo que acabará perdonándole. Miranda me ha explicado las circunstancias. No es que tuviera una aventura con Hugo; solo se acostó con él una vez, cuando estaba deprimida por su divorcio, y desde entonces no ha dejado de lamentarlo. Creo que, a la larga, Olga también acabará perdonándola. El que me preocupa es Kit. —Había una gran tristeza en su voz—. Siempre quise que mi hijo fuera valiente, que tuviera principios, que se convirtiera en un hombre de bien al que todos pudieran respetar. Pero es débil y malvado.

Como en una revelación, Toni comprendió de pronto que Stanley hablaba con ella como lo habría hecho con Marta. Después de una bronca como aquella, se habrían ido los dos a su habitación y, ya en la cama, habrían comentado el comportamiento de cada uno de sus hijos. Stanley echaba de menos a su esposa y trataba a Toni como una sustituta, pero eso ya no le hacía ilusión, sino todo lo contrario. Estaba resentida. Stanley no tenía ningún derecho a utilizarla de aquella manera. Se

sintió explotada. Además, iba siendo hora de que fuera a ver si su madre estaba bien.

Estaba a punto de decírselo cuando Stanley se le adelantó:

—Pero no debería agobiarte con todo esto. Te llamaba por otra cosa.

Eso era más propio de Stanley, pensó Toni. Su madre podía esperar unos minutos más.

Stanley prosiguió:

—Cuando hayan pasado las navidades, ¿querrás salir a cenar conmigo algún día?

«¿Y ahora, a qué viene esto?», pensó.

—Claro —contestó. ¿Adónde quería ir a parar Stanley?

—Ya sabes lo que pienso de los jefes que se insinúan a sus subordinadas. Creo que las ponen en una situación muy delicada, temiendo que si lo rechazan puedan sufrir represalias.

—Yo no tengo ese problema —dijo Toni, en un tono algo brusco. ¿Trataba Stanley de decirle que aquella invitación no presuponía ningún interés personal por su parte para que no se sintiera incómoda? Tenía un nudo en la garganta, pero aun así se esforzó por sonar absolutamente normal—: Me encantaría cenar contigo.

—He estado pensando en nuestra charla de esta mañana, en el acantilado.

«Yo también», pensó ella.

—Te dije algo que no he dejado de lamentar desde entonces.

—¿Qué...? —Apenas podía respirar—. ¿Qué dijiste?

—Que nunca podría formar otra familia.

—¿No lo decías en serio?

—Lo dije porque... tenía miedo. ¿Qué raro, verdad, que me acobarde a estas alturas de mi vida?

—¿Miedo de qué?

Tras una larga pausa, Stanley dijo:

—De mis propios sentimientos.

Toni estuvo a punto de dejar caer el teléfono. Sintió que la sangre se le agolpaba en el rostro.

—Tus sentimientos… —repitió.

—Si esta conversación te está resultando terriblemente incómoda, debes decírmelo ahora mismo, y no volveré a mencionarla jamás.

—Sigue.

—Cuando me dijiste que Osborne te había invitado a salir, me di cuenta de que no vas a estar libre toda la vida, y que probablemente no tardarás en encontrar a alguien. Si estoy haciendo un ridículo espantoso, te suplico que me lo digas cuanto antes y pongas fin a mi sufrimiento.

—No. —Toni tragó en seco. Se dio cuenta de lo difícil que aquello le estaría resultando. Habrían pasado por lo menos cuarenta años desde la última vez que le había hablado así a una mujer. Tenía que echarle una mano. Debía dejar claro que no se sentía ofendida—. No estás haciendo un ridículo espantoso ni mucho menos.

—Esta mañana me dio la impresión de que quizá sintieras algo por mí, y eso es lo que me dio miedo. ¿Hago bien en decirte todo esto? Ojalá pudiera verte la cara.

—Me alegro mucho de que lo hayas hecho —repuso ella con un hilo de voz—. Me haces muy feliz.

—¿De verdad?

—De verdad.

—¿Cuándo podemos vernos? Quiero seguir hablando de esto.

—Verás, ahora mismo estoy con mi madre. Nos hemos parado en una gasolinera y acaba de salir del lavabo. La estoy viendo. —Toni salió del coche, todavía con el teléfono pegado al oído—. Hablemos mañana por la mañana.

—No cuelgues todavía. Tenemos tanto de qué hablar…

Toni llamó a su madre por señas y gritó:

—¡Estoy aquí!

La anciana la vio y cambió el rumbo de sus pasos. Toni abrió la puerta del acompañante y la ayudó a acomodarse en el asiento mientras le decía:

—Termino esta llamada y nos vamos.

—¿Dónde estás? —preguntó Stanley.

Toni cerró la puerta del lado de su madre.

—A unos quince kilómetros de Inverburn, pero hay unas retenciones tremendas en la carretera.

—Quedemos mañana. Ya sé que ambos tenemos obligaciones familiares, pero también tenemos derecho a sacar un poco de tiempo para nosotros mismos.

—Ya se nos ocurrirá algo —dijo Toni, al tiempo que abría la puerta del conductor—. Tengo que irme, mamá está empezando a coger frío.

—Hasta mañana —se despidió él—. Llámame cuando te apetezca, sea la hora que sea.

—Hasta mañana.

Toni cerró la solapa del teléfono y se metió en el coche.

—Vaya sonrisa —observó su madre—. Te veo mucho más animada. ¿Con quién hablabas, alguien especial?

—Sí —contestó Toni—. Alguien muy especial.

Kit esperaba en su habitación, impaciente porque todos se acostaran de una vez. Necesitaba salir cuanto antes, pero si alguien lo oía estaba perdido, así que permaneció a la espera.

Se sentó al viejo escritorio del cuarto trastero. Su portátil seguía enchufado a la corriente, para ahorrar batería. La necesitaría aquella misma noche. El móvil estaba en su bolsillo.

Había atendido tres llamadas, dos de entrada y una de salida. Las primeras eran inofensivas llamadas personales a los guardias de seguridad y las pasó sin más. La tercera era una llamada del Kremlin a Steepfall. Kit supuso que, al no poder ponerse en contacto con Toni Gallo, Steve Tremlett debió llamar a Stanley para informarle del problema en las líneas telefónicas. Kit le puso un mensaje grabado que advertía de un fallo en la línea.

Mientras aguardaba, permanecía atento a los ruidos de la casa. En la habitación de al lado, Olga y Hugo discutían acaloradamente. Ella le lanzaba preguntas y acusaciones como una ametralladora y él reaccionaba mostrándose, por este orden, arrepentido, suplicante, persuasivo, bromista y arrepentido de nuevo. Abajo, Luke y Lori habían estado trajinando en la cocina durante media hora, y luego la puerta principal se había cerrado sonoramente. Se habrían ido a su casa, que quedaba a poco más de un kilómetro de distancia. Los chicos estaban en el granero, y Kit suponía que Miranda y Ned se habrían ido al

chalet de invitados. Stanley había sido el último en irse a la cama. Antes, se había encerrado en el estudio y había hecho una llamada. Era fácil saber si alguien más estaba usando el teléfono en la casa, porque había un indicador luminoso que se encendía en todas las extensiones. Al cabo de un rato, Kit lo oyó subir las escaleras y cerrar la puerta de su habitación. Olga y Hugo entraron juntos al cuarto de baño, y después ya no hicieron más ruido. O bien habían hecho las paces o bien estaban exhaustos. La perra, Nellie, estaría en la cocina, acostada junto al horno, en el rincón más caliente de la casa.

Kit esperó un poco más, con la esperanza de que todos se durmieran.

La bronca de antes lo redimía, en cierto sentido. El desliz de Miranda demostraba que él no era el único pecador de la familia. Lo habían reprendido por revelar un secreto, pero ciertas cosas había que sacarlas a la luz. ¿Por qué sus transgresiones tenían que magnificarse hasta sacarlas completamente de madre y en cambio las de los demás podían esconderse bajo la alfombra? Que se enfadaran. Él había disfrutado viendo cómo Olga le zurraba a Hugo. «Mi hermana mayor es de armas tomar», pensó divertido.

Se preguntó si habría llegado el momento de marcharse. Estaba listo. Se había quitado su anillo de sello y había reemplazado su elegante reloj de Armani por un Swatch del montón. Llevaba pantalones vaqueros y un jersey negro abrigado. Bajaría descalzo y se pondría las botas antes de salir.

Se levantó, pero justo entonces oyó la puerta de atrás. Se le escapó una maldición. Alguien acababa de entrar en la cocina, seguramente alguno de los chicos, para atacar la nevera. Se quedó a la espera de oír la puerta de nuevo, lo que indicaría que se habían marchado, pero lo único que oyó fue el sonido de pasos subiendo la escalera.

Instantes después se abrió la puerta de su habitación, alguien cruzó la estancia y Miranda apareció en el cuarto trastero. Lle-

vaba puestas las botas de agua y un chubasquero por encima del camisón, y sostenía una sábana y una manta. Sin decir una palabra, se dirigió al sillón cama y extendió la sábana.

Kit no daba crédito a sus ojos.

—Por el amor de Dios, ¿se puede saber qué pretendes?

—Me quedo a dormir aquí —contestó ella con toda serenidad.

—¡No puedes! —replicó Kit, al borde del pánico.

—No veo por qué no.

—Se supone que te quedas en el chalet de invitados.

—He discutido con Ned, gracias a tus revelaciones de sobremesa, chivato de mierda.

—¡No te quiero aquí!

—Me importa un pepino lo que quieras.

Kit intentó recobrar la calma. Observó con desesperación a Miranda mientras se hacía la cama. ¿Cómo iba a escaparse de su habitación teniéndola allí, donde podía oír el menor de sus movimientos? Además, con lo disgustada que estaba, era probable que tardara horas en quedarse dormida, y a la mañana siguiente seguro que se despertaría antes de que él volviera, por lo que notaría su ausencia. Su coartada se venía abajo por momentos.

Tenía que irse sin demora. Fingiría estar más enfadado aún de lo que estaba.

—Que te den —masculló, mientras desenchufaba el portátil y lo cerraba—. No pienso quedarme aquí contigo.

Salió a la habitación principal.

—¿Adónde vas?

Aprovechando que Miranda no lo veía, Kit cogió sus botas.

—Me voy a ver la tele al estudio.

—Pues no la pongas muy alta.

Miranda cerró de un portazo la puerta que separaba las dos habitaciones.

Kit se fue.

Cruzó de puntillas el rellano en penumbra y bajó las escaleras. Los peldaños de madera gimieron bajo su peso, pero toda la casa crujía y nadie se fijaba en aquella clase de ruidos. Un débil halo de luz se colaba por el ventanuco de la puerta principal, dibujando sombras en torno al perchero, el pie de la escalera y los listines apilados sobre la mesita del teléfono. Nellie salió de la cocina y se detuvo junto a la puerta moviendo la cola, esperando con irreprimible optimismo canino que la sacaran a pasear.

Kit se sentó en un escalón y se puso las botas, atento al posible sonido de una puerta abriéndose en el piso de arriba. Era un momento peligroso, y sintió un escalofrío de miedo mientras se ataba los cordones a tientas. Siempre había trajín a media noche. Olga podía salir a por un vaso de agua, Caroline venir desde el granero en busca de una pastilla para el dolor de cabeza, Stanley verse sorprendido por la inspiración científica y levantarse para ponerse delante del ordenador.

Se ató los cordones de las botas y se puso su chaquetón acolchado. Estaba a punto de conseguirlo.

Si alguien lo sorprendiera en aquel momento, se marcharía de todas formas. Ya nada podía detenerlo. Los problemas vendrían al día siguiente. Sabiendo que se había marchado, podían adivinar dónde había ido, y todo su plan se basaba en lograr que nadie comprendiera lo ocurrido.

Apartó a Nellie de la puerta y la abrió. En aquella casa nunca se cerraban las puertas con llave. Stanley creía que los intrusos difícilmente llegarían hasta aquel rincón apartado, y en caso de que lo hicieran la perra era la mejor alarma antirrobo.

Salió afuera. Hacía un frío glacial y nevaba copiosamente. Empujó el hocico de Nellie hacia dentro y cerró la puerta tras de sí con un ligero clic.

Las luces que rodeaban la casa se dejaban encendidas toda la noche, pero aun así apenas se divisaba el garaje. En el suelo había una capa de nieve de varios centímetros de grosor. En

pocos segundos, Kit tenía los calcetines y el dobladillo de los pantalones empapados. Lamentó no haberse puesto las botas de lluvia.

Su coche estaba en el extremo más alejado del garaje, cubierto por un manto de nieve. Deseó con todas sus fuerzas que arrancara a la primera. Entró en el coche y dejó el portátil en el asiento del acompañante para poder contestar rápidamente a las llamadas del Kremlin. Giró la llave en el contacto. El coche dio un respingo y carraspeó, pero al cabo de unos segundos el motor empezó a rugir.

Deseó que nadie lo oyera.

La nieve caía con tanta intensidad que apenas veía nada. Se vio obligado a encender los faros, rezando para que no hubiera nadie asomado a la ventana.

Se puso en marcha. El coche derrapaba peligrosamente en la espesa nieve. Kit avanzó despacio, tratando de no hacer maniobras bruscas. Sacó el coche hasta el camino de acceso, rodeó la cima del acantilado con suma cautela y se adentró en el bosque. Desde allí, siguió hasta la carretera principal.

Allí la nieve no era virgen. Había marcas de neumáticos en ambas direcciones. Se dirigió al norte, en dirección opuesta a la del Kremlin, y avanzó siguiendo las huellas de los otros vehículos. Al cabo de diez minutos tomó una carretera secundaria que serpenteaba entre las colinas. Allí no había marcas de neumáticos, y Kit aminoró la marcha, lamentando no tener tracción a las cuatro ruedas.

Finalmente avistó un letrero con la inscripción «Academia de aviación de Inverburn» y tomó el camino señalado, que conducía a una verja metálica abierta de par en par. Cruzó la verja y se adentró en la propiedad. Los faros del coche alumbraron un hangar y una torre de control.

El lugar parecía desierto. Por un momento, Kit casi deseó que los demás no se presentaran, para poder cancelarlo todo. La idea de poner fin cuanto antes a aquella terrible tensión se le

antojaba tan apetecible que se desanimó y empezó a sentirse deprimido. «Resiste —se dijo a sí mismo—. Esta noche se acaban todos tus problemas.»

La puerta del hangar estaba semiabierta. Kit entró lentamente al volante de su coche. Dentro no había aviones —el aeródromo solo funcionaba durante los meses de verano—, pero enseguida vio un Bentley Continental de color claro que reconoció como el coche de Nigel Buchanan. Junto a este había una furgoneta con el rótulo comercial de Hibernian Telecom.

No había un alma a la vista, pero desde el hueco de la escalera llegaba un débil resplandor. Kit cogió su portátil y subió las escaleras hasta la torre de control.

Nigel estaba sentado delante de un escritorio. Llevaba puesto un jersey rosa de cuello vuelto y una cazadora. Sostenía un teléfono móvil y se le veía tranquilo. Elton estaba apoyado contra la pared y lucía una gabardina beis con el cuello levantado. A sus pies descansaba una gran bolsa de lona. Daisy se había escarranchado en una silla y apoyaba sus pesadas botas en la repisa de la ventana. Se había puesto unos ajustados guantes de ante beis que le daban un aire tan femenino como incongruente.

Nigel hablaba por teléfono con su melodioso acento londinense.

—Aquí está nevando bastante ahora mismo, pero los del tiempo dicen que lo peor de la tormenta nos pasará de largo... sí, mañana por la mañana podrás coger un avión, seguro... llegaremos aquí bastante antes de las diez... yo estaré en la torre de control, hablaremos en cuanto llegues... no habrá ningún problema, siempre que traigas el dinero, todo el dinero, en billetes pequeños y grandes, tal como acordamos.

Al oír hablar de dinero, Kit sintió un escalofrío de emoción. En tan solo doce horas y unos pocos minutos, tendría trescientas mil libras en sus manos. Por poco tiempo, bien era cierto, porque enseguida tendría que devolverle la mayor parte de esa

cantidad a Daisy, pero le quedarían cincuenta mil. Se preguntó cuánto espacio ocuparían cincuenta mil libras en billetes grandes y pequeños. ¿Cabrían en sus bolsillos? Debería haber cogido un maletín…

—Gracias a ti —dijo Nigel—. Hasta mañana. —Entonces se dio la vuelta—. Hombre, Kit. Llegas justo a tiempo.

—¿Con quién hablabas, con nuestro cliente? —preguntó Kit.

—Con su piloto. Llegará en helicóptero.

Kit frunció el ceño.

—¿Qué dirá su plan de vuelo?

—Que despega de Aberdeen y aterriza en Londres. Nadie sabrá que hizo una escala imprevista en la academia de aviación de Inverburn.

—Bien.

—Me alegro de que te lo parezca —repuso Nigel con un punto de sarcasmo. Kit lo interrogaba constantemente sobre sus áreas de competencia. Le preocupaba que, pese a tener experiencia, Nigel careciera de la preparación y la inteligencia que él poseía. Nigel contestaba a sus preguntas con una distancia irónica no exenta de humor. Para él Kit era el principiante, por lo que debía confiar en él sin cuestionar sus decisiones.

—Bueno, ¿preparados para la sesión de transformismo? —dijo Elton, al tiempo que sacaba de la bolsa de lona cuatro monos de trabajo con el logotipo de Hibernian Telecom estampado en la espalda. Todos se pusieron una de aquellas prendas.

—Esos guantes quedan muy raros con el mono —le espetó Kit a Daisy.

—No me digas —replicó ella.

Kit se la quedó mirando fijamente unos segundos, pero luego apartó la mirada. Daisy era conflictiva, y deseó que no fuera a estar presente aquella noche. Le tenía miedo pero también la detestaba y estaba decidido a humillarla, tanto para sentar su autoridad como para vengarse de lo que le había hecho

aquella mañana. Iban a tener un enfrentamiento más pronto que tarde, y Kit temía y anhelaba ese momento a la vez.

A continuación, Elton repartió unas tarjetas de identificación en las que ponía: «Equipo de Mantenimiento de Hibernian Telecom». La de Kit portaba la fotografía de un hombre mayor que no se le parecía en nada. El pelo negro le colgaba por debajo de las orejas en un estilo que había estado de moda mucho antes de que él naciera, pero además lucía un mostacho a lo Zapata y llevaba gafas.

Elton hurgó de nuevo en su bolsa y entregó a Kit una peluca negra, un bigote del mismo color y un par de gafas de montura pesada con lentes oscuros. También le ofreció un espejo de mano y un pequeño tubo de cola. Kit se pegó el bigote sobre el labio superior y se puso la peluca sobre su propio pelo, de un tono castaño y cortado muy corto, como mandaban los cánones estéticos del momento. Se miró en el espejo, satisfecho con el resultado. El disfraz le daba un aspecto radicalmente distinto. Elton había hecho un buen trabajo.

Kit se fiaba de Elton. Bajo su mordacidad se ocultaba una implacable eficiencia. No se detendría ante nada con tal de cumplir su misión, pensó.

Aquella noche Kit tenía intención de evitar a los guardias con los que había coincidido en el Kremlin mientras trabajaba allí. Sin embargo, en el caso de que se viera obligado a hablar con ellos, confiaba en que no lo reconocerían. Se había despojado de los objetos personales que podían delatarlo, y pensaba cambiar de acento.

Elton también había buscado disfraces para los demás y para sí mismo. Nadie los conocía en el Kremlin, así que no había peligro de que los reconocieran, pero más tarde los guardias de seguridad darían sus descripciones a la policía, y gracias a los disfraces esas descripciones no tendrían nada que ver con su aspecto real.

Nigel también se puso una peluca sobre el pelo corto, de un

rubio rojizo. Con aquella peluca entrecana que le llegaba a la barbilla, el londinense elegante e informal parecía un Beatle entrado en años. Como remate, se puso unas gafas de montura aparatosa y desfasada.

Daisy se cubrió el cráneo rapado con una larga peluca rubia. Un par de lentes de contacto cambiaron el habitual color marrón de sus ojos por un azul intenso. Estaba incluso más horrorosa de lo habitual. Kit se preguntaba a menudo por su vida sexual. Había conocido a un hombre que se jactaba de haberse acostado con ella, pero lo único que había dicho al respecto era «Todavía tengo moratones». Mientras Kit la observaba, Daisy se quitó los piercings que le colgaban de la ceja, la nariz y el labio inferior. El resultado era un aspecto ligeramente menos inquietante.

Elton había reservado para sí mismo el más sutil de todos los disfraces. Lo único que se puso fueron unos dientes postizos que hacían sobresalir su mandíbula superior, pero eso era cuanto bastaba para cambiar su apariencia de un modo radical. De pronto, el guaperas se había esfumado y en su lugar había un tipo con aspecto de empollón.

Por último, repartió entre todos los presentes gorras con el rótulo de Hibernian Telecom impreso sobre la visera.

—La mayor parte de las cámaras de seguridad están situadas en puntos elevados —explicó—. Una gorra con visera impedirá que consigan una toma decente de nuestras caras.

Estaban listos. Hubo un momento de silencio en el que se miraron unos a otros. Luego Nigel dijo:

—Que empiece el espectáculo.

Abandonaron la torre de control y bajaron hasta el hangar. Elton se puso al volante de la furgoneta y Daisy se acomodó a su lado de un salto. Nigel ocupó el tercer asiento. No había más sitio delante, por lo que Kit tendría que ir sentado en el suelo de la parte trasera, con las herramientas.

Mientras los miraba fijamente, preguntándose qué hacer, Daisy se arrimó a Elton y le puso una mano en la rodilla.

—¿Te gustan las rubias? —preguntó.

—Estoy casado —contestó él, mirando hacia delante con gesto impasible.

Daisy deslizó la mano por su muslo en dirección a la ingle.

—Pero seguro que te gustaría montártelo con una chica blanca para variar, ¿no?

—Estoy casado con una blanca.

Elton le asió la muñeca y apartó su mano con firmeza.

Kit decidió que había llegado el momento de poner a Daisy en su sitio. Con un nudo en la garganta, dijo:

—Daisy, pásate a la parte de atrás.

—Que te den por el culo —replicó ella.

—No te lo estoy pidiendo, sino ordenando. Pásate atrás.

—¿Por qué no me obligas?

—Si eso es lo que quieres…

—Venga, adelante —repuso ella con una sonrisa burlona—. No sabes la ilusión que me hace.

—Me largo —dijo Kit. Respiraba con dificultad a causa del miedo, pero se las arregló para aparentar una tranquilidad que distaba mucho de sentir—. Lo siento, Nigel. Buenas noches a todos.

Se alejó de la furgoneta con piernas temblorosas. Se metió en su coche, puso el motor en marcha, encendió los faros y esperó.

Desde su posición alcanzaba a ver lo que ocurría en el interior de la furgoneta, cuyos ocupantes discutían entre sí. Daisy hacía aspavientos. Al cabo de un minuto, Nigel salió de la furgoneta y sostuvo la puerta. Daisy seguía protestando. Entonces, Nigel rodeó la furgoneta por detrás, abrió las puertas posteriores y volvió a la parte delantera.

Por fin, Daisy accedió a bajar del vehículo. Se quedó allí de pie como un pasmarote, fulminando a Kit con la mirada. Nigel volvió a hablarle, y solo entonces se subió a la parte de atrás de la furgoneta y cerró las puertas con violencia.

Kit volvió a la furgoneta y se sentó delante. Elton arrancó, salió del garaje y se detuvo. Nigel cerró la gran puerta del hangar y volvió a subirse a la furgoneta.

—Solo espero que los del tiempo no se hayan equivocado —rezongó Elton—. Esto parece el puto polo norte.

Poco después, franquearon la verja del aeródromo.

Fue entonces cuando el móvil de Kit empezó a sonar. Levantó la tapa de su portátil. En la pantalla ponía: «Toni llamando al Kremlin».

23.30

La señora Gallo se quedó dormida tan pronto como salieron de la gasolinera. Toni detuvo el coche, reclinó el asiento del acompañante hacia atrás e improvisó una almohada con su bufanda. La anciana dormía como un bebé. Le resultaba extraño, cuidar de su madre como si fuera una niña. Le hacía sentirse mayor.

Pero nada podría deprimirla después de su conversación con Stanley. Con el estilo sobrio y comedido que lo caracterizaba, se le había declarado. Toni acariciaba esa certeza para sus adentros mientras se dirigía a Inverburn circulando sobre la nieve con una lentitud desesperante.

Su madre seguía profundamente dormida cuando alcanzaron las afueras de la ciudad. Aún había algún que otro juerguista en la calle. El tráfico impedía que la nieve se acumulara en la calzada, lo que le permitía conducir sin la incómoda sensación de que el coche podía írsele de las manos en cualquier momento. Aprovechó para llamar al Kremlin, solo para comprobar qué tal iba todo.

Steve Tremlett cogió el teléfono.

—Oxenford Medical.

—Soy Toni. ¿Cómo va todo?

—Hola, Toni. Ha habido un pequeño problema, pero estamos en ello.

Toni sintió un escalofrío.

—¿Qué problema?

—La mayoría de los teléfonos no funciona. El único que da señal es este, el de recepción.

—¿Qué ha pasado?

—Ni idea. La nieve, supongo.

Toni movió la cabeza en señal de negación, perpleja.

—Esa instalación telefónica costó cientos de miles de libras. No debería venirse abajo por culpa del mal tiempo. ¿Podemos arreglarlo?

—Sí. He llamado a los de Hibernian Telecom y han enviado a un equipo de mantenimiento. Deben de estar a punto de llegar.

—¿Y qué pasa con las alarmas?

—No sé si están funcionando.

—Maldita sea. ¿Has hablado con la policía?

—Sí. Antes ha venido por aquí un coche patrulla. Se han dado una vuelta por las instalaciones pero no han visto nada fuera de lo común. Se han ido hace un ratito, para empezar a detener borrachos.

Un hombre cruzó la calle con paso tambaleante y Toni se vio obligada a pegar un volantazo para esquivarlo.

—Trabajo no les va a faltar, desde luego.

Hubo una pausa.

—¿Dónde estás?

—En Inverburn.

—Creía que te ibas a pasar la Navidad a un balneario.

—Yo también, pero ha surgido un imprevisto. Mantenme informada de lo que digan los de mantenimiento, ¿vale? Mejor llámame al móvil.

—Claro.

Toni colgó.

«Joder —se dijo—. Primero lo de mi madre, y ahora esto.»

Se abrió paso por las intrincadas calles de su barrio, encaramado a la falda de la montaña, de cara al puerto. Cuando llegó a su edificio aparcó el coche pero no salió.

Tenía que ir al Kremlin.

Si hubiera estado en el balneario, ni se le habría ocurrido volver, pero seguía en Inverburn. Tardaría un buen rato en llegar allí debido al mal tiempo —una hora, como mínimo, en lugar de los habituales diez o quince minutos—, pero nada le impedía hacerlo. El único problema era su madre.

Toni cerró los ojos. ¿De veras tenía que ir hasta el Kremlin? Incluso en el supuesto de que Michael Ross estuviera compinchado con los activistas de Amigos de los Animales, era poco probable que estos estuvieran detrás del fallo de la instalación telefónica. Sabotearla no era tarea fácil. Claro que, si se lo hubieran preguntado un día antes, habría dicho que era imposible sacar un conejo a escondidas del NBS4.

Suspiró, resignada. Solo podía hacer una cosa. En última instancia, la seguridad del laboratorio era responsabilidad suya, y no podía quedarse en casa e irse a dormir tranquila sabiendo que algo raro estaba pasando en Oxenford Medical.

Sin embargo, no podía dejar a su madre sola, y a aquellas horas tampoco podía pedirle a ningún vecino que se hiciera cargo de ella durante un rato. No le quedaba más remedio que llevarla consigo.

Mientras ponía la primera, un hombre se apeó de un Jaguar de color claro que estaba estacionado junto al bordillo, unos coches más allá del suyo. Había algo familiar en él, pensó Toni, resistiéndose a arrancar. El hombre avanzaba por la acera en su dirección. A juzgar por su forma de caminar, estaba ligeramente ebrio. El hombre se acercó a su ventanilla, y fue entonces cuando Toni reconoció a Carl Osborne, el presentador de televisión. Llevaba un pequeño bulto en la mano.

Toni volvió a poner el coche en punto muerto y bajó la ventanilla.

—Hola, Carl —saludó—. ¿Qué haces aquí?

—Te estaba esperando, aunque a punto de darme por vencido.

Justo entonces, la madre de Toni se despertó y dijo:

—Hola, ¿es tu novio?

—Mamá, te presento a Carl Osborne. Y no, no es mi novio.

Con su habitual perspicacia y su no menos habitual falta de tacto, la anciana replicó:

—Pero a lo mejor le gustaría serlo.

Toni se volvió hacia Carl, que sonreía abiertamente.

—Te presento a mi madre, Kathleen Gallo.

—Es un placer conocerla, señora Gallo.

—¿Por qué me estabas esperando? —le preguntó Toni.

—Te he comprado un regalo —dijo él, enseñándole lo que llevaba en la mano. Era un cachorro—. Feliz Navidad —añadió, y lo dejó caer sobre su regazo.

—¡Carl, por el amor de Dios, no seas ridículo! —Toni cogió el bulto peludo y trató de devolvérselo, pero él se apartó del coche al tiempo que levantaba los brazos.

—¡Ahora es tuyo!

El cachorro era suave y cálido al tacto, y una parte de ella deseaba estrecharlo contra su pecho, pero sabía que tenía que deshacerse de él. Se apeó del coche.

—No quiero una mascota —dijo con firmeza—. Soy una mujer soltera en un puesto de mucha responsabilidad y tengo a una anciana a mi cargo, así que no puedo darle a un perro la atención que necesita.

—Seguro que te las arreglarás. ¿Cómo lo vas a llamar? Carl es un nombre bonito.

Toni miró al cachorro. Era un pastor inglés, blanco con manchas grises, de unas ocho semanas. Podía sostenerlo con una sola mano, aunque saltaba a la vista que no podría hacerlo por mucho tiempo. El cachorro la lamió con su lengua áspera y la miró con ojos suplicantes. Toni sacó fuerzas de flaqueza.

Se acercó al coche de Carl Osborne y depositó al cachorro suavemente en el asiento delantero.

—El nombre se lo pones tú —le dijo—. Yo ya tengo demasiadas responsabilidades.

—Al menos piénsatelo —suplicó él. Parecía decepcionado—. Me lo quedo esta noche y mañana te llamo.

Toni volvió a subirse a su coche.

—Hazme un favor, no me llames.

Puso la primera.

—Eres una mujer despiadada —le espetó mientras Toni arrancaba.

Por algún motivo, aquel comentario le llegó al alma. «No soy una mujer despiadada», pensó. De pronto, se le llenaron los ojos de lágrimas. «He tenido que hacer frente a la muerte de Michael Ross y a una horda de periodistas rabiosos, Kit Oxenford me ha llamado zorra, mi hermana me ha dejado en la estacada y he tenido que cancelar las vacaciones que tanta ilusión me hacían. Me hago responsable de mí misma, de mi madre y del Kremlin, pero no puedo cargar también con un cachorro, y punto.»

Entonces se acordó de Stanley y se dio cuenta de que le daba absolutamente igual lo que dijera Carl Osborne.

Se secó los ojos con el dorso de la mano y miró hacia delante, esforzándose por ver algo entre la nieve que caía formando remolinos. Tras abandonar su calle, se dirigió a la principal vía de salida de la ciudad.

—Carl parece un buen hombre —comentó la señora Gallo.

—Las apariencias engañan, madre. En realidad, es bastante superficial y mentiroso.

—Nadie es perfecto. A tu edad no debe de ser fácil encontrar un buen partido.

—Por no decir imposible.

—Y no querrás acabar sola.

Toni sonrió para sus adentros.

—Algo me dice que no lo haré.

El tráfico se iba haciendo menos intenso a medida que se alejaba del centro de la ciudad, y había una gruesa capa de nieve

sobre la calzada. Mientras bordeaba con cautela una serie de rotondas, Toni se dio cuenta de que un coche la seguía de cerca. Al mirar por el espejo retrovisor, reconoció al Jaguar de color claro.

Era Carl Osborne.

Se detuvo en el arcén y él hizo lo propio.

Toni se apeó del coche y se acercó a su ventanilla.

—¿Qué pasa ahora?

—Soy periodista, Toni —contestó él—. Son casi las doce, es Nochebuena y tienes que ocuparte de tu anciana madre, pero aun así te has puesto al volante y pareces dirigirte al Kremlin. Aquí tiene que haber una buena historia.

—Mierda —masculló Toni.

NAVIDAD

00.00

El Kremlin parecía sacado de un cuento de hadas, cubierto por el manto de nieve que seguía cayendo copiosamente sobre sus torres y tejados iluminados. Mientras la furgoneta con el rótulo de Hibernian Telecom impreso en un costado se acercaba a la entrada del complejo, Kit se imaginó por un momento como un valeroso caballero que se disponía a sitiar el castillo enemigo.

Sintió alivio al llegar. La tormenta se estaba convirtiendo en una ventisca en toda regla pese a lo que habían previsto los meteorólogos, y llegar hasta allí desde el aeródromo les había llevado más tiempo del previsto. El retraso lo inquietaba. Cada minuto que pasaba crecían las probabilidades de que surgiera algún obstáculo capaz de poner en peligro su elaborado plan.

La llamada de Toni Gallo lo inquietaba. Le había dejado hablar con Steve Tremlett por temor a que decidiera presentarse en el Kremlin para averiguar qué estaba pasando si le ponía un mensaje anunciando la avería en las líneas. Pero tras escuchar la conversación entre ambos llegó a la conclusión de que era muy posible que lo hiciera de todos modos. Lástima que estuviera en Inverburn y no en un balneario a ochenta kilómetros de distancia.

La primera barrera de seguridad se levantó y Elton avanzó hasta quedarse a la altura de la garita. Había dos guardias en su

interior, tal como Kit esperaba. Elton bajó la ventanilla. Uno de los guardias sacó la cabeza y dijo:

—Qué alegría veros, chicos.

Kit no conocía a aquel hombre pero, recordando su conversación con Hamish, se dijo que solo podía ser William Crawford. Detrás de este estaba el propio Hamish.

—Es un detalle que hayáis venido en plena Nochebuena —comentó Willie.

—Gajes del oficio —contestó Elton.

—Sois tres, ¿verdad?

—Cuatro. Falta Ricitos de Oro, que va detrás.

Se oyó un gruñido en la parte de atrás de la furgoneta.

—Cuidado con lo que dices, capullo.

Kit reprimió una maldición. ¿Cómo podían ponerse a discutir en un momento tan crucial?

—Dejadlo ya —murmuró Nigel.

Willie no parecía haber oído nada.

—Necesito que os identifiquéis, por favor.

Todos sacaron sus falsas tarjetas de identificación. Elton las había reproducido a partir del recuerdo visual de Kit. Rara vez había averías en las líneas telefónicas, así que Kit había dado por sentado que ningún guardia recordaría con exactitud qué aspecto tenían las tarjetas de identificación de Hibernian Telecom, pero ahora, mientras aquel hombre escrutaba las tarjetas como si fueran billetes de cincuenta libras con aspecto sospechoso, contuvo la respiración.

Willie apuntó los nombres que figuraban en cada una de las tarjetas y luego las devolvió sin hacer ningún comentario. Kit apartó la mirada y se permitió volver a inspirar.

—Seguid hasta la entrada principal —indicó Willie—. Os podéis guiar por las farolas. —La carretera de acceso había quedado completamente sepultada bajo la nieve—. En recepción encontraréis al señor Tremlett. Él os dirá dónde tenéis que ir.

La segunda barrera se elevó y Elton arrancó de nuevo.

Ya estaban dentro.

Kit estaba aterrado. Había infringido la ley antes, para poner en marcha el chanchullo que le había costado el puesto, pero entonces no había tenido la sensación de estar cometiendo un delito, sino más bien de estar haciendo trampas en el juego, algo que hacía desde los once años. Pero aquello era un robo material en toda regla, y podía acabar en la cárcel. Tragó saliva e intentó concentrarse. Pensó en la enorme cantidad de dinero que debía a Harry Mac. Recordó el pánico atroz que había sentido aquella mañana, cuando Daisy le había sujetado la cabeza bajo el agua y se había dado por muerto. Tenía que hacerlo, no le quedaba otra.

—No le busques las pulgas a Daisy —ordenó Nigel a Elton.

—Solo era una broma —se excusó el interpelado.

—Carece de sentido del humor.

Si Daisy lo escuchó, no quiso replicar.

Elton aparcó la furgoneta frente a la puerta principal y todos se apearon del vehículo. Kit llevaba su portátil consigo. Nigel y Daisy sacaron varias cajas de herramientas de la parte trasera de la furgoneta. Elton portaba un maletín de piel de aspecto lujoso, muy delgado y con un cierre de latón. «Muy propio de él —pensó Kit—, aunque un poco exótico para un técnico de mantenimiento.»

Pasaron entre los leones de piedra del soportal y entraron en el vestíbulo principal, sutilmente iluminado por una serie de focos de baja intensidad que acentuaban el aire litúrgico de la arquitectura victoriana, resaltando las ventanas con parteluces, los arcos apuntados y las intrincadas vigas del techo. La penumbra reinante no mermaba en absoluto el desempeño de las cámaras de seguridad que, como Kit sabía de sobra, funcionaban con infrarrojos.

En el moderno mostrador de recepción que se alzaba en el

centro del vestíbulo había otra pareja de guardias, compuesta por Steve Tremlett y una atractiva joven a la que Kit no reconoció. Se quedó un poco rezagado respecto al grupo para evitar que Steve lo viera de cerca.

—Supongo que querréis acceder a la unidad de procesamiento central —comentó Steve.

—Sí, habría que empezar por ahí —contestó Nigel.

Steve arqueó las cejas al oír su acento londinense, pero no hizo ningún comentario.

—Susan os indicará el camino. Yo debo quedarme junto al teléfono.

La tal Susan lucía el pelo corto y un piercing en la ceja. Llevaba puesta una camisa con charreteras, corbata al cuello, pantalones oscuros de sarga y zapatos negros de cordones. Los recibió con una sonrisa afable y los guió por un pasillo revestido con paneles de madera oscura.

Una insólita tranquilidad se apoderó de Kit. Estaba dentro, escoltado por una guardia de seguridad, a punto de desvalijar el laboratorio de su padre. Un sentimiento fatalista se apoderó de él. La suerte estaba echada, y ahora no podía hacer otra cosa que jugar sus cartas, para bien o para mal.

Entraron en la sala de control.

La estancia estaba más limpia y ordenada de lo que Kit la recordaba, con todo el cableado oculto y los libros de registro perfectamente alineados en un estante. Supuso que era cosa de Toni. También allí había dos guardias en lugar de uno, sentados a un largo escritorio y controlando los monitores. Susan los presentó como Don y Stu. El primero era un hombre de tez oscura, con rasgos indios y un marcado acento de Glasgow, mientras que el segundo era un pelirrojo con pecas. Kit no reconoció a ninguno de los dos. Un guardia de más no suponía ningún problema grave, se dijo a sí mismo, solo otro par de ojos a los que ocultar las cosas, otra mente a la que distraer, otra persona a la que sumir en la apatía.

Susan abrió la puerta de la sala de máquinas.

—La CPU está aquí dentro.

Instantes después, Kit accedía al santuario. «¡Esto es pan comido!», pensó por más que le hubiera costado semanas de preparación. Tenía ante sí los ordenadores y otros aparatos que controlaban no solo el funcionamiento de las líneas telefónicas, sino también la iluminación, las cámaras de seguridad y las alarmas de todo el complejo. El mero hecho de haber llegado hasta allí era toda una hazaña.

—Muchas gracias —le dijo a Susan—. Creo que a partir de aquí podemos seguir por nuestra cuenta.

—Si necesitáis algo, estaré en recepción —se ofreció Susan antes de marcharse.

Kit dejó su portátil sobre un estante y lo conectó al ordenador que controlaba las líneas telefónicas. Se acercó una silla y giró el portátil para que nadie pudiera ver la pantalla desde la puerta. Notaba la mirada desconfiada y malévola de Daisy fija en él.

—Vete a la habitación de al lado —le ordenó—. Y vigila a los guardias.

Daisy lo miró con profundo rencor unos instantes, pero acató la orden.

Kit respiró hondo. Sabía exactamente lo que tenía que hacer. Debía trabajar deprisa, pero sin descuidar ningún detalle.

En primer lugar, accedió al programa que controlaba las imágenes de las treinta y siete cámaras del circuito de televisión cerrado. Comprobó la situación en la entrada al NBS4, donde reinaba la normalidad. Luego se interesó por el mostrador de recepción, donde vio a Steve pero no a Susan. Repasando la señal de otras cámaras, la encontró patrullando el edificio. Apuntó la hora exacta.

La potente memoria del ordenador almacenaba las imágenes captadas por las cámaras durante cuatro semanas antes de reescribirlas. Kit conocía bien el programa; no en vano lo ha-

bía instalado. Localizó las imágenes grabadas por las cámaras del NBS4 el día anterior a aquella misma hora. Comprobó el contenido de la grabación, seleccionando aleatoriamente varios momentos del metraje para asegurarse de que ningún científico chiflado había estado trabajando en el laboratorio en mitad de la noche. Pero todas las imágenes mostraban habitaciones vacías, lo cual era perfecto.

Nigel y Elton lo observaban en medio de un silencio tenso.

Entonces pasó las imágenes de la víspera a los monitores que los guardias tenían delante.

A partir de aquel instante, cualquiera podía entrar en el NBS4 y hacer lo que le diera la gana sin que ellos se enteraran.

Los monitores estaban equipados con interruptores polarizados capaces de detectar cualquier cambio en la señal recibida. Si, por ejemplo, esta procedía de un aparato de vídeo distinto al programado, el sistema haría saltar la alarma. Sin embargo, aquella señal no provenía de una fuente externa, sino directamente de la memoria del ordenador, por lo que el cambio pasaría inadvertido.

Kit pasó a la sala de control. Daisy se había desparramado sobre una silla y llevaba su chaqueta de piel por encima del mono de trabajo de Hibernian Telecom. Observó las pantallas. Todo parecía normal. El guardia de tez oscura, Don, lo miró con gesto inquisitivo.

—¿Hay algún teléfono que funcione en esta sala? —preguntó Kit para disimular.

—Ninguno —contestó Don.

Sobre el borde inferior de cada pantalla había una línea de texto que informaba de la fecha y hora actuales. La hora era correcta en las pantallas que mostraban la grabación del día anterior —Kit se había asegurado de eso—, pero la fecha correspondía a la víspera.

Confiaba en que nadie se fijara en esa incoherencia. Los

guardias consultaban las pantallas buscando algún tipo de actividad, sin detenerse a leer una información que ya conocían.

Deseó estar en lo cierto.

Don empezaba a preguntarse a qué venía aquel súbito interés del técnico de la compañía telefónica por los monitores de seguridad.

—¿Le puedo ayudar en algo? —preguntó en tono desafiante.

Daisy emitió un gruñido y se removió en la silla, como un perro que huele la tensión entre humanos.

Justo entonces, el móvil de Kit empezó a sonar.

Volvió a la sala de máquinas. En la pantalla de su portátil apareció el mensaje: «Kremlin llamando a Toni». Supuso que Steve quería informar a Toni de que el equipo de mantenimiento había llegado. Decidió pasar la llamada. Quizá sirviera para tranquilizar a Toni y disuadirla de ir hasta allí. Presionó un botón y permaneció a la escucha.

—Soy Toni Gallo. —Estaba en el coche; Kit oía el ruido del motor.

—Aquí Steve. Ha llegado el equipo de mantenimiento de Hibernian Telecom.

—¿Han arreglado el problema?

—Acaban de empezar. Espero no haberte despertado.

—No, no estoy durmiendo. Voy de camino hacia ahí.

Kit soltó una maldición. Aquello era justo lo que temía.

—No tienes por qué hacerlo, de verdad —repuso Steve.

«¡Bien dicho!», pensó Kit.

—Quizá no —replicó ella—, pero me quedaré más tranquila si lo hago.

«¿Cuánto tardarás en llegar?», pensó Kit.

Steve tuvo la misma idea.

—¿Dónde estás ahora?

—A pocos kilómetros, pero las carreteras están fatal y no puedo ir a más de treinta por hora.

—¿Has cogido el Porsche?

—Sí.

—Esto es Escocia, Toni. Deberías haberte comprado un Land Rover.

—No, debería haberme comprado un carro de combate.

«Venga —pensó Kit—, ¿cuánto vas a tardar?»

Toni contestó a su pregunta:

—Tardaré por lo menos media hora en llegar, quizá incluso una hora.

Colgaron, y Kit masculló una maldición.

Trató de tranquilizarse. La visita de Toni no tenía por qué ser el fin. No había manera humana de que supiera lo que estaba ocurriendo. Nadie sospecharía que algo iba mal hasta que hubieran pasado varios días. Aparentemente, lo único fuera de lo común era aquella avería en las líneas telefónicas, que un equipo de mantenimiento se habría encargado de reparar para cuando ella llegara. Hasta que los científicos volvieran al trabajo, nadie se daría cuenta de había habido un robo en el NBS4.

Su gran temor era que Toni lo reconociera pese al disfraz. Parecía otra persona, se había quitado los objetos personales que podían delatarlo y sabía cambiar su tono de voz forzando el acento escocés, pero la muy zorra tenía el olfato de un sabueso y Kit no podía arriesgarse a que lo descubriera. Si se presentaba allí antes de que se hubieran marchado, haría todo lo posible por evitarla y dejaría que Nigel hablara con ella. Aun así, las probabilidades de que algo fuera mal se multiplicarían por diez.

Pero no podía hacer nada al respecto, excepto darse prisa.

El siguiente paso era introducir a Nigel en el laboratorio sin que ninguno de los guardias lo viera. El problema en este caso eran las patrullas. Cada hora, uno de los guardias de recepción hacía una ronda por el edificio siguiendo una ruta específica y tardaba veinte minutos en completar el recorrido. Una vez que el guardia de turno hubiera pasado por delante del NBS4, tenían una hora para trabajar a sus anchas.

Kit había visto a Susan haciendo la ronda minutos antes, cuando había conectado su portátil al programa de vigilancia. Consultó la pantalla de recepción y la vio sentada con Steve detrás del mostrador, lo que significaba que había concluido su ronda. Kit consultó el reloj. Tenía un margen de treinta minutos antes de que volviera a iniciar la ronda.

Kit había manipulado las cámaras del laboratorio de alta seguridad, pero seguía habiendo una cámara por fuera de este que mostraba la entrada al NBS4. Abrió la grabación del día anterior y la pasó hacia delante. Necesitaba media hora de tranquilidad, sin nadie pasando por delante de la pantalla. Detuvo la imagen en el punto en que aparecía el guardia que hacía la ronda. Empezando por el momento en que este abandonaba la pantalla, pasó las imágenes de la víspera en el monitor de la sala contigua. Lo único que Don y Stu verían a lo largo de la siguiente hora, o hasta que Kit restableciera el funcionamiento normal del sistema, sería un pasillo vacío. Aquella pantalla mostraría no solo la fecha sino también la hora equivocada, pero una vez más confiaba en que los guardias no se fijaran en ese detalle.

Miró a Nigel.

—En marcha.

Elton se quedó en la sala de máquinas para asegurarse de que nadie tocaba el portátil.

Al cruzar la sala de control, Kit le dijo a Daisy:

—Nos vamos a la furgoneta, a coger el nanómetro. Tú quédate aquí.

En la furgoneta no había nada remotamente parecido a un nanómetro, pero Don y Stu no lo sabían.

Daisy rezongó y apartó la mirada. No se le daba muy bien disimular. Kit deseó que los guardias se limitaran a pensar que tenía mal genio.

Kit y Nigel se dirigieron rápidamente al NBS4. Kit pasó la tarjeta magnética de su padre por el escáner y presionó el índice de la mano derecha sobre la pantalla táctil. Esperó mien-

tras el ordenador central cotejaba la información de la pantalla con la de la tarjeta. Se fijó en que Nigel llevaba consigo el elegante maletín de piel granate de Elton.

La luz que había por encima de la puerta seguía empecinadamente roja. Nigel miró a Kit con ansiedad. Este no podía creer que su plan no funcionara. El chip contenía los detalles codificados de su propia huella dactilar, lo había comprobado. ¿Qué podía ir mal?

Justo entonces, una voz femenina dijo a sus espaldas:

—Me temo que no podéis entrar ahí.

Kit y Nigel se dieron la vuelta. Susan estaba justo detrás de ellos, el gesto afable pero receloso. «Debería estar en recepción», pensó Kit, presa del pánico. Se suponía que no empezaba una nueva ronda hasta que hubiera pasado media hora.

A menos que Toni Gallo hubiese ordenado redoblar no solo el número de guardias, sino también las rondas.

Justo entonces se oyó una campanilla similar a un timbre. Se volvieron los tres hacia la luz que había por encima de la puerta. Había cambiado a verde, y la pesada puerta de seguridad se abría lentamente, pivotando sobre bisagras motorizadas.

—¿Cómo habéis abierto la puerta? —preguntó Susan. Ahora había temor en su voz.

Involuntariamente, Kit miró la tarjeta robada que descansaba en su mano.

Susan siguió su mirada.

—¿De dónde habéis sacado ese pase? —preguntó, sin salir de su asombro.

Nigel se movió en su dirección.

Susan dio media vuelta y echó a correr.

Nigel fue tras ella, pero la doblaba en edad. «Nunca la cogerá», pensó Kit. Gritó de rabia. ¿Cómo podía haberse torcido todo en tan poco tiempo?

Entonces Daisy salió al pasillo que conducía a la sala de control.

Kit nunca pensó que se alegraría de ver su fea cara.

No pareció sorprenderle lo más mínimo la escena con la que se encontró: la guardia corriendo hacia ella, Nigel siguiéndola, Kit petrificado en la retaguardia. Fue entonces cuando este se dio cuenta de que Daisy habría estado observando cuanto ocurría en los monitores de la sala de control. Habría visto a Susan saliendo de recepción y, habiéndose percatado del peligro, se había puesto en marcha.

Susan vio a Daisy y vaciló un momento, pero siguió corriendo hacia delante, al parecer decidida a embestirla.

Un amago de sonrisa afloró a los labios de Daisy. Tomó impulso llevando el brazo hacia atrás y hundió el puño enguantado en el rostro de Susan. El golpe produjo un sonido asqueroso, como si alguien hubiera dejado caer un melón sobre un suelo embaldosado. Susan se desplomó como si se hubiera empotrado contra una pared. Daisy se frotó los nudillos, complacida.

Susan se incorporó de rodillas. Respiraba con dificultad, sorbiendo la sangre que le manaba de la nariz y la boca. Daisy sacó del bolsillo de la chaqueta una porra flexible de unos veinte centímetros de largo, fabricada, supuso Kit, con bolas de acero metidas en una funda de piel. Daisy alzó el brazo.

—¡No! —gritó Kit.

Daisy aporreó a Susan en la cabeza. La guardia cayó al suelo sin emitir sonido alguno.

—¡Déjala! —chilló Kit.

Daisy levantó el brazo para volver a golpear a Susan, pero Nigel se adelantó y le cogió la muñeca.

—No hay por qué matarla —dijo.

Daisy retrocedió a regañadientes.

—¡Pirada de mierda! —gritó Kit—. ¡Conseguirás que nos condenen a todos por homicidio!

Daisy miró el guante marrón claro de su mano derecha. Había sangre en los nudillos. La lamió a conciencia.

Kit no podía apartar los ojos de la mujer que yacía inerte

en el suelo. La mera visión de su cuerpo postrado le resultaba repugnante.

—¡Esto no tenía que haber pasado! —dijo, alarmado—. ¿Ahora qué hacemos con ella?

Daisy se alisó la peluca rubia.

—Atarla y esconderla en algún sitio.

Kit empezó a reaccionar tras la consternación que le había producido aquel súbito estallido de violencia.

—Vale —dijo—. La pondremos en el NBS4. Los guardias no pueden entrar allí.

—Arrástrala hasta el laboratorio —ordenó Nigel a Daisy—. Yo buscaré algo con lo que atarla —añadió, y entró en uno de los despachos que daban al pasillo.

El móvil de Kit empezó a sonar. Decidió no cogerlo.

Utilizó la tarjeta para volver a abrir la puerta, que se había cerrado automáticamente. Daisy cogió un extintor rojo y lo usó para mantener la puerta entreabierta.

—No puedes hacer eso; saltará la alarma.

Quitó el extintor.

Daisy lo miraba con gesto incrédulo.

—¿Que la alarma salta si dejas una puerta abierta?

—¡Sí! —replicó Kit con impaciencia—. En los laboratorios hay una cosa llamada sistema de tratamiento del aire. Lo sé porque instalé las alarmas con mis propias manos. ¡Y ahora cierra el pico y haz lo que se te ordena!

Daisy rodeó el pecho de Susan con los brazos y la arrastró sobre la moqueta. Nigel salió del despacho cargando un largo trozo de cable eléctrico. Entraron todos en el NBS4 y la puerta se cerró tras ellos.

Estaban en una pequeña antesala desde el que se accedía a los vestuarios. Daisy apoyó a Susan contra la pared debajo de un autoclave que permitía esterilizar los objetos antes de sacarlos del laboratorio, mientras Nigel la ataba de pies y manos con el cable eléctrico.

El teléfono de Kit dejó de sonar.

Salieron los tres al exterior. Para salir no hacía falta la tarjeta; la puerta se abría con solo pulsar un botón verde empotrado en la pared.

Kit se esforzaba por anticiparse a los acontecimientos. Todo su plan se había venido abajo. Ahora era imposible que el robo pasara inadvertido.

—No tardarán en notar la ausencia de Susan —dijo, obligándose a conservar la calma—. Don y Stuart verán que ha desaparecido de los monitores. Y si ellos no lo hacen, Steve se dará cuenta de que algo va mal cuando no vuelva de su ronda en el tiempo previsto. Sea como sea, no podemos entrar en el laboratorio y volver a salir antes de que den la voz de alarma. ¡Mi plan se ha ido a la mierda!

—Tranquilízate —dijo Nigel—. Todo irá bien, siempre que no te dejes vencer por el pánico. Lo único que tenemos que hacer es encargarnos de los demás guardias, tal como lo hemos hecho con ella.

El móvil de Kit volvió a sonar. Sin su ordenador no podía saber quién estaba llamando.

—Seguramente es Toni Gallo —dijo—. ¿Qué hacemos si se presenta aquí? ¡No podemos fingir que no pasa nada con todos los guardias atados!

—Muy sencillo: nos encargaremos de ella en cuanto llegue.

El móvil seguía sonando.

00.30

Toni avanzaba a quince kilómetros por hora, echada sobre el volante para poder escudriñar la nieve cegadora e intentar adivinar el trazado de la carretera. Los faros del coche alumbraban una nube de grandes y blandos copos de nieve que parecían llenar el universo. Llevaba tanto tiempo forzando la vista que le escocían los ojos como si les hubiera entrado jabón.

Su móvil se convertía en un manos libres cuando lo insertaba en el soporte del salpicadero. Llamó al Kremlin, pero no obtuvo respuesta.

—Me parece que no hay nadie —observó su madre.

«Los de la compañía telefónica habrán desconectado todas las líneas», pensó Toni. ¿Funcionarían las alarmas? ¿Y si pasaba algo grave mientras estaban sin línea? Con una mezcla de angustia y frustración, presionó un botón para poner fin a la llamada.

—¿Dónde estamos? —preguntó la señora Gallo.

—Buena pregunta. —Toni conocía aquella carretera, pero apenas la veía. Tenía la impresión de llevar siglos al volante. De vez en cuando echaba un vistazo a los lados, en busca de algún punto de referencia. Creyó reconocer una casa de piedra con una característica verja de hierro forjado que, si no le fallaba la memoria, quedaba a unos tres kilómetros del Kremlin. Eso la animó—. En quince minutos habremos llegado, madre —anunció.

Miró por el espejo retrovisor y vio los faros que la habían acompañado desde Inverburn. El pesado de Carl Osborne la seguía obstinadamente en su Jaguar, a su mismo paso de tortuga. En otras circunstancias habría disfrutado dándole esquinazo.

¿Estaría perdiendo el tiempo? Nada le gustaría más que llegar al Kremlin y encontrarlo todo en perfecto estado de revista: los teléfonos reparados, las alarmas funcionando, los guardias aburridos y soñolientos. Entonces se iría a casa, se metería en la cama y pensaría en su cita del día siguiente con Stanley.

Por lo menos disfrutaría viendo la cara de Carl Osborne cuando se diera cuenta de que había conducido durante horas bajo la nieve, en plena Nochebuena, para cubrir la noticia de una avería telefónica.

Parecían estar en un tramo recto de la carretera, y se arriesgó a pisar el acelerador. Pero el trazado de la calzada no tardó en cambiar, y de pronto se encontró ante una curva a la derecha. No podía usar los frenos por temor a derrapar, así que puso una marcha más corta y mantuvo el pie en el acelerador mientras tomaba la curva. La parte de atrás del Porsche quería irse por su cuenta, lo notaba, pero los anchos neumáticos traseros se mantuvieron firmes.

Dos faros se le acercaban por detrás, y para variar había ahora sus buenos cien metros de distancia entre los dos vehículos. Hacia delante no había mucho que ver: una capa de nieve de unos veinte centímetros de grosor en el suelo, un muro de mampostería a su izquierda, una colina blanca a su derecha.

Toni se dio cuenta de que el coche de atrás avanzaba a bastante velocidad.

Recordaba aquel tramo de carretera. Era una larga y amplia curva que bordeaba la colina describiendo un ángulo de noventa grados, pero se las arregló para no salirse de su carril.

El otro coche no tuvo tanta suerte.

Toni vio cómo derrapaba hasta el centro de la calzada, y pensó: «Idiota, has frenado en plena curva y se te ha ido el coche».

No bien lo había pensado, se percató horrorizada de que el otro vehículo venía derecho hacia ella.

El coche cruzó la calzada y parecía a punto de embestirla por un costado. Era un utilitario con cuatro hombres en su interior. Se reían a carcajadas, y le bastó la fracción de segundo en que pudo mirarlos para saber que eran jóvenes juerguistas, demasiado borrachos para darse cuenta del peligro que corrían.

—¡Cuidado! —gritó inútilmente.

El morro del Porsche estaba a punto de empotrarse contra el lateral del utilitario, que derrapaba sin control. Toni se dejó guiar por sus reflejos. Sin pensarlo, pegó un volantazo a la izquierda. El morro del coche giró en esa dirección. Casi simultáneamente, pisó el acelerador. El coche saltó hacia delante y derrapó. Por unos segundos, se situó en paralelo con el utilitario, a escasos centímetros de distancia.

El Porsche estaba escorado hacia la izquierda y se deslizaba hacia delante. Toni giró el volante para corregir el desvío y rozó muy suavemente el acelerador. El coche se enderezó y los neumáticos se agarraron a la carretera.

Pensó que el utilitario se daría con su guardabarros trasero. Luego pensó que la esquivaría por poco. Entonces oyó un golpe metálico, sonoro pero superficial, y se dio cuenta de que le habían dado en el parachoques.

No había sido un golpe fuerte, pero sí lo bastante para desestabilizar el Porsche, cuya cola se desvió hacia la izquierda, de nuevo fuera de control. Toni pegó un volantazo hacia ese mismo lado para tratar de corregir el derrape, pero antes de que la medida surtiera el efecto deseado el coche se empotró contra el muro de piedra que se alzaba al borde de la carretera. Se oyó un gran estruendo y un sonido de cristales rotos. El coche se detuvo.

Toni se volvió hacia su madre. Esta miraba fijamente hacia delante, boquiabierta y desconcertada, pero ilesa. Toni suspiró de alivio, y entonces se acordó de Osborne.

Miró por el espejo retrovisor, temerosa de que el utilitario se estrellara contra el Jaguar del periodista. En su campo de visión aparecieron los faros traseros del utilitario, de color rojo, y los faros delanteros del Jaguar, blancos. Entonces el utilitario coleó y el Jaguar giró bruscamente hacia el borde de la carretera. El utilitario enderezó el rumbo y pasó de largo.

El Jaguar se detuvo y el coche repleto de jóvenes borrachos se perdió en la noche. Seguramente seguían riéndose.

La señora Gallo dijo con voz temblorosa:

—He oído un golpe. ¿Nos han dado?

—Sí —contestó Toni—. Suerte tenemos de que no haya sido peor.

—Creo que deberías conducir con más prudencia —observó la anciana.

00.35

Kit trataba de dominar el pánico. Su brillante plan se había venido abajo como un castillo de naipes. Ahora era imposible que el robo pasara desapercibido, tal como había planeado, hasta que el personal del laboratorio volviera al trabajo después de las vacaciones. Como mucho, seguiría siendo un secreto hasta las seis de la mañana de aquel mismo día, cuando llegara el siguiente turno de guardias. Pero si Toni Gallo iba hacia el Kremlin, el tiempo disponible era incluso menor.

Si su plan hubiera funcionado correctamente no habría habido necesidad de recurrir a la violencia. Ni siquiera ahora resultaba estrictamente necesaria, pensaba con impotente frustración. Podían haber apresado y atado a la guardia sin hacerle daño. Por desgracia, Daisy no podía resistirse a ejercer la violencia. Kit deseaba con todas sus fuerzas que pudieran neutralizar a los demás guardias sin más derramamiento de sangre.

Mientras se dirigían corriendo a la sala de control, Nigel y Daisy empuñaron sendas pistolas. Kit los miró horrorizado.

—¡Habíamos dicho que nada de armas! —protestó.

—Menos mal que no te hicimos caso —replicó Nigel.

Se detuvieron frente a la puerta. Kit miraba las armas de hito en hito, sumido en el estupor. Eran pequeñas pistolas automáticas con gruesas culatas.

—Esto nos hace culpables de robo a mano armada, lo sabéis, ¿verdad?

—Solo si nos cogen. —Nigel giró la empuñadura y abrió la puerta de una patada.

Daisy irrumpió en la habitación gritando:

—¡Al suelo los dos! ¡Al suelo, he dicho!

Hubo un instante de vacilación, mientras los dos guardias de seguridad pasaban de la perplejidad y el desconcierto al temor, pero enseguida obedecieron.

Kit se sentía impotente. Su intención era entrar primero en la sala y decirles «Por favor, mantened la calma y haced lo que se os dice, y no os pasará nada». Pero había perdido el control. Ahora no podía hacer nada excepto seguir los acontecimientos y hacer todo lo que estuviera en su mano para impedir que las cosas se acabaran de torcer.

Elton asomó por la puerta de la sala de máquinas. Un vistazo le bastó para comprender lo ocurrido.

—¡Boca abajo, las manos en la espalda, los ojos cerrados! —gritó Daisy a los guardias—. ¡Daos prisa si no queréis que os vuele los huevos!

Los guardias obedecieron sin rechistar, pero aun así Daisy pateó el rostro de Don con su pesada bota. El hombre soltó un grito y se encogió de dolor, pero no se movió del suelo.

Kit se interpuso entre Daisy y los guardias.

—¡Basta ya! —gritó.

Elton movía la cabeza en señal de negación, estupefacto.

—Esta tía está como una puta cabra.

El alegre sadismo de Daisy asustaba a Kit, pero se obligó a mirarla a los ojos. Había demasiado en juego para dejar que lo echara todo a perder.

—¡Escúchame! —le gritó—. Todavía no estamos en el laboratorio, y a este paso nunca llegaremos. Si quieres presentarte ante tu cliente a las diez con las manos vacías, vas por buen

camino. —Daisy volvió la espalda a su dedo acusador, pero él la siguió—. ¡Basta de violencia!

Nigel se puso de su parte.

—Tómatelo con calma, Daisy —le aconsejó—. Haz lo que él dice. A ver si consigues atar a estos dos sin romperles el cráneo de una patada.

—Los pondremos con la chica —indicó Kit.

Daisy ató las manos de los guardias con cable eléctrico, y luego Nigel y ella los hicieron salir de la habitación a punta de pistola. Elton se quedó atrás, controlando los monitores y vigilando a Steve, que seguía en recepción. Kit siguió a los prisioneros hasta el NBS4 y abrió la puerta. Dejaron a Don y Stu en el suelo, junto a Susan, y les ataron los tobillos. Don tenía una herida en la frente que sangraba profusamente. Susan parecía consciente pero aturdida.

—Queda uno —recordó Kit mientras salían—. Steve, en el vestíbulo principal. ¡Y no os paséis ni un pelo!

Daisy emitió un gruñido a modo de respuesta.

—Kit, trata de no decir nada más sobre el cliente y nuestra cita de las diez delante de los guardias —le advirtió Nigel—. Si les cuentas demasiado, quizá nos veamos obligados a matarlos.

Solo entonces cayó Kit en la cuenta de lo que había hecho. Se sintió como un perfecto imbécil.

Su móvil empezó a sonar.

—Puede que sea Toni —dijo—. Voy a comprobarlo.

Volvió corriendo a la sala de máquinas. La pantalla de su portátil mostraba el mensaje: «Toni llamando al Kremlin». Pasó la llamada al teléfono de recepción y permaneció a la escucha.

—Hola, Steve. Soy Toni. ¿Alguna novedad?

—Los de mantenimiento siguen aquí.

—Por lo demás, ¿va todo bien?

Con el teléfono pegado al oído, Kit pasó a la sala de control y se puso detrás de Elton para ver a Steve por el monitor.

—Sí, eso creo. Susan Mackintosh ya debería haber vuelto de su ronda, pero a lo mejor ha ido al lavabo.

Kit soltó una maldición.

—¿Cuánto hace que debería haber vuelto?

En el monitor en blanco y negro, se vio a Steve consultando su reloj de muñeca.

—Cinco minutos.

—Dale cinco más y luego ve a buscarla.

—De acuerdo. ¿Dónde estás?

—No muy lejos, pero acabo de tener un accidente. Un coche lleno de borrachos me ha dado por detrás.

«Lástima que no te mataran», pensó Kit.

—¿Estás bien? —preguntó Steve.

—Perfectamente, pero mi Porsche no tanto. Por suerte, venía otra persona detrás de mí, y ahora vamos hacia ahí en su coche.

«¿Quién coño será?», se preguntó Kit.

—Mierda —dijo en voz alta—. Lo que faltaba.

—¿Cuándo llegarás?

—En veinte minutos, quizá treinta.

Kit sintió que le flaqueaban las piernas y fue a sentarse en la silla del guardia. ¡Veinte minutos, treinta como mucho! ¡Necesitaba veinte minutos solo para vestirse antes de entrar en el NBS4!

Toni se despidió y colgó el teléfono.

Kit cruzó la sala de control a toda prisa y enfiló el pasillo.

—Estará aquí en veinte o treinta minutos —anunció—. Y viene alguien más con ella, no sé quién. Hay que darse prisa.

Recorrieron el pasillo a la carrera. Daisy, que iba delante, entró de sopetón en el gran vestíbulo principal gritando:

—¡Al suelo!

Kit y Nigel entraron justo después de ella y frenaron en seco. La habitación estaba desierta.

—Mierda —dijo Kit.

Veinte segundos antes, Steve estaba detrás del mostrador. No podía haber ido lejos. Kit miró a su alrededor en medio de la penumbra reinante. Sus ojos recorrieron las sillas dispuestas para las visitas, la mesa de centro sobre la que descansaban revistas científicas, el expositor con folletos sobre Oxenford Medical, la vitrina con maquetas de complejas estructuras moleculares. Alzó la vista hasta el esqueleto débilmente iluminado de la bóveda de abanico, como si Steve pudiera estar escondido entre las nervaduras de las vigas.

Nigel y Daisy corrían por los pasillos adyacentes al vestíbulo, abriendo todas las puertas que encontraban a su paso.

Dos pequeñas siluetas, masculina y femenina, recortadas sobre una puerta llamaron la atención de Kit. Los lavabos. Cruzó el vestíbulo a la carrera. Un corto pasillo conducía a los lavabos de hombres y mujeres. Kit entró en el primero.

Parecía vacío.

—¿Señor Tremlett? —preguntó, y empezó a abrir las puertas de todos los cubículos. No había nadie.

Al salir, vio a Steve regresando al mostrador de recepción. Habría entrado en el lavabo de señoras en busca de Susan, comprendió entonces.

Steve oyó los pasos de Kit y se dio la vuelta.

—¿Me buscaba?

—Sí. —Kit se dio cuenta de que no podía apresar a Steve sin ayuda. Era más joven y atlético que el guardia, pero este tenía treinta y pocos años, estaba en buena forma y no se rendiría sin luchar—. Quería pedirle un favor —dijo Kit, intentando ganar tiempo. Forzó su acento escocés para asegurarse de que Steve no reconocía su voz.

El guardia levantó la solapa del mostrador y entró en el recinto ovalado.

—¿De qué se trata?

—Un segundo, por favor. —Kit se dio la vuelta y gritó—: ¡Eh, volved aquí!

Steve parecía alarmado.

—¿Qué ocurre? No tendríais que andar merodeando por el edificio.

—Se lo explicaré enseguida.

Steve lo miró con gesto severo, el ceño fruncido:

—¿Había venido por aquí antes?

Kit tragó saliva.

—No, nunca.

—Pues su cara me resulta familiar.

Kit tenía un nudo en la garganta que apenas le permitía articular palabra.

—Soy del equipo de mantenimiento.

«¿Dónde estaban los demás?»

—Esto no me gusta nada.

Steve descolgó el teléfono del mostrador.

¿Dónde se habían metido Nigel y Daisy? Kit los llamó de nuevo:

—¡Eh, vosotros dos, volved aquí!

Steve marcó un número y el móvil de Kit empezó a sonar en su bolsillo. Steve lo oyó. Frunció el ceño, pensativo, y de pronto se le desencajó el rostro con una mezcla de estupor e incredulidad.

—¡Habéis manipulado los teléfonos!

—Mantenga la calma y no le pasará nada —le advirtió Kit. No bien lo había dicho, se percató de su error: acababa de confirmar las sospechas de Steve.

Este reaccionó con rapidez. Saltó con agilidad por encima del mostrador y echó a correr hacia la puerta.

—¡Alto! —gritó Kit.

Steve tropezó, cayó al suelo y se levantó de nuevo.

Daisy entró corriendo en el vestíbulo, vio a Steve y se precipitó hacia la puerta para cortarle el paso.

Steve se dio cuenta de que no llegaría a la puerta, así que enfiló el pasillo que llevaba al NBS4.

Daisy y Kit fueron tras él.

Steve corría con todas sus fuerzas por el largo pasillo. Kit recordó que al fondo de este había una puerta que daba a la parte trasera del edificio. Si Steve lograba salir, no sería fácil cogerlo.

Daisy iba bastante por delante de Kit, balanceando los brazos vigorosamente como una velocista, y este recordó sus poderosos hombros en la piscina. Pero Steve corría como alma que lleva el diablo, y la distancia que lo separaba de sus perseguidores aumentaba por momentos. Iba a escapar.

Entonces, justo cuando Steve estaba a punto de pasar por delante de la puerta que llevaba a la sala de control, Elton salió al pasillo. El guardia iba demasiado deprisa para intentar esquivarlo. Elton le puso la zancadilla, y Steve salió volando.

En el instante en que el guardia se dio de bruces en el suelo, Elton cayó sobre él, aprisionando su cintura entre las rodillas, y le puso el cañón de la pistola en la mejilla.

—No te muevas y no te volaré la cara —dijo. Sonaba tranquilo pero convincente.

Steve permaneció inmóvil.

Elton se levantó, sin dejar de apuntar a Steve.

—A ver si aprendes —le espetó a Daisy—. Ni una gota de sangre.

La interpelada lo miró con desdén.

Nigel llegó corriendo.

—¿Qué ha pasado?

—¡Déjalo! —dijo Kit a voz en grito—. ¡Vamos fatal de tiempo!

—¿Y qué pasa con los dos guardias de la garita? —replicó Nigel.

—¡Olvídalos! No saben lo que ha pasado aquí, y no es probable que lo averigüen. Se pasan toda la noche en la garita. —Señalando a Elton, añadió—: Coge mi portátil y espéranos en la furgoneta. —Luego se volvió hacia Daisy—. Trae a Steve, átalo en el NBS4 y espera en la furgoneta. ¡Tenemos que entrar en el laboratorio ahora mismo!

00.45

De vuelta en el granero, Sophie sacó una botella de vodka.

La madre de Craig había ordenado que apagaran las luces a medianoche, pero no había vuelto para comprobar si le obedecían, así que los jóvenes seguían sentados delante de la tele, viendo una vieja película de terror. La hermana de Craig, Caroline, acariciaba un ratón blanco y fingía un desinterés por la película que estaba lejos de sentir. Su primo pequeño, Tom, se estaba pegando un atracón de chocolate e intentando no quedarse dormido. La sensual Sophie fumaba en silencio. Craig se debatía entre el sentimiento de culpa por el Ferrari abollado y el impulso de besarla a la menor oportunidad. El escenario no era todo lo romántico que cabría esperar, pero era poco probable que las circunstancias mejoraran.

Se sorprendió al ver la botella de vodka. Pensaba que Sophie solo estaba presumiendo cuando hablaba de cócteles. Pero había subido la escalera que conducía a la habitación del pajar, donde estaba su mochila, y había bajado con una botella mediada de Smirnoff.

—¿Quién quiere probar? —preguntó.

Todos querían.

En lugar de copas, tenían vasos de plástico decorados con dibujos de Winnie the Pooh, Tigger y Eeyore. Había una nevera con refrescos y hielo. Tom y Caroline mezclaron su vodka con Coca-

Cola. Craig no sabía muy bien qué hacer, así que imitó a Sophie y se lo bebió solo con un poco de hielo. El sabor era amargo, pero le gustó la sensación de calor que producía al bajar por la garganta.

La película no estaba en su momento más álgido.

—¿Ya sabes qué te van a regalar en Navidad? —preguntó Craig a Sophie.

—Dos pletinas y una mezcladora, para pinchar discos. ¿Y tú?

—Snowboard con los amigos. Unos colegas se van a Val d'Isere en Semana Santa pero cuesta una pasta, así que me lo he pedido de regalo. ¿Quieres ser pinchadiscos?

—Creo que no se me daría mal.

—Pero ¿estás pensando en dedicarte a ello profesionalmente?

—Yo qué sé. —Sophie lo miró con sarcasmo—. ¿Y tú a qué piensas dedicarte profesionalmente? —preguntó, recalcando esta última palabra.

—No logro decidirme. Me encantaría jugar al fútbol profesional, pero te tienes que retirar antes de cumplir los cuarenta, y tampoco sé si soy lo bastante bueno. Lo que realmente me gustaría es ser científico, como el abuelo.

—Un poco aburrido, ¿no?

—¡Qué va! ¡Inventa nuevas medicinas que son una pasada, es su propio jefe, gana pasta por un tubo y tiene un Ferrari F50! ¿Qué tiene eso de aburrido?

Sophie se encogió de hombros.

—No me importaría tener su coche —observó con una risita—. Si no fuera por la abolladura.

Craig ya no se inquietaba al pensar en el daño que había hecho al coche de su abuelo. Se sentía relajado y libre de preocupaciones. Jugueteó con la idea de besar a Sophie allí mismo, sin importarle los demás. Lo único que le impidió hacerlo fue la posibilidad de que ella lo rechazara delante de su hermana, lo que habría sido humillante.

Deseó comprender a las chicas. Nadie le explicaba nunca nada. Su padre seguramente sabía todo lo que había que saber.

Parecía caerle bien a todas las mujeres, pero Craig no entendía por qué, y cuando se lo preguntaba su padre se limitaba a reír. En uno de los escasos momentos de intimidad que había compartido con su madre en los últimos tiempos, le había preguntado qué era lo que atraía a las chicas en un hombre. «La amabilidad», le había contestado ella, lo que era a todas luces una patraña. Cuando las camareras y dependientas reaccionaban a los encantos de su padre sonriendo y ruborizándose antes de alejarse con un inconfundible contoneo de caderas, no era porque pensasen que era amable, eso lo tenía claro. Pero ¿por qué era? Todos los amigos de Craig tenían teorías infalibles sobre las reglas de la atracción sexual, todas ellas distintas. Unos sostenían que a las chicas les gustaban los tipos duros que les decían lo que tenían que hacer; otros que solo se interesaban por los cachas, los guaperas o los que tenían pasta. Craig estaba seguro de que todos se equivocaban, pero no tenía ninguna teoría propia.

Sophie apuró el vaso.

—¿Otra ronda?

Todos se apuntaron.

Craig empezó a darse cuenta de que, en realidad, la película era desternillante.

—¡Anda que no se nota que ese castillo es de cartón piedra! —comentó riendo entre dientes.

—Y todo el mundo va maquillado y peinado como en los años sesenta, aunque se supone que la cosa está ambientada en la Edad Media —apuntó Sophie.

Entonces Caroline dijo:

—Me muero de sueño.

Se levantó, subió la escalera con cierta dificultad y desapareció de vista.

«Primera baja de la noche —pensó Craig—. Solo queda uno.» Quizá no tuviera que descartar del todo la posibilidad de una escena romántica.

La vieja hechicera de la película tenía que bañarse en la

sangre de una virgen para recuperar la juventud perdida. La escena de la bañera era una hilarante mezcla de provocación sexual y casquería que arrancó carcajadas a Craig y Sophie.

—Creo que voy a vomitar —dijo Tom de pronto.

—¡No! —Craig se levantó de un brinco. Se sintió ligeramente mareado, pero enseguida recuperó el equilibrio—. Al baño, deprisa —ordenó. Cogió a Tom por el brazo y lo acompañó.

Tom empezó a vomitar segundos antes de alcanzar el váter.

Craig sorteó la mancha que había quedado en el suelo y guió a su hermano hasta la taza. Tom seguía vomitando. Craig lo sostenía por los hombros y procuraba no respirar. «Adiós al ambiente romántico», pensó.

Sophie apareció en el umbral.

—¿Se encuentra bien?

—Sí. —Craig imitó el tono redicho de un maestro de escuela—. Una imprudente combinación de chocolate, vodka y sangre virginal.

Sophie soltó una carcajada. Luego, para sorpresa de Craig, cogió un buen trozo de papel higiénico, se arrodilló y empezó a limpiar el suelo embaldosado.

Tom se incorporó.

—¿Ya está? —le preguntó Craig.

Tom asintió.

—¿Seguro?

—Seguro.

Craig tiró de la cadena.

—Ahora cepíllate los dientes.

—¿Por qué?

—No querrás que te apeste la boca.

Tom se cepilló los dientes.

Sophie tiró un puñado de papel dentro del váter y cogió un poco más.

Craig salió con Tom del cuarto de baño y lo acompañó hasta su cama plegable.

—Quítate esa ropa —le dijo, mientras abría la pequeña maleta de Tom y sacaba un pijama de Spiderman. Tom se lo puso y se metió en la cama. Craig lo arropó.

—Siento haber vomitado —se disculpó Tom.

—Pasa en las mejores familias —dijo Craig—. Olvídalo. —Estiró la manta hasta la barbilla de Tom—. Dulces sueños.

Volvió al cuarto de baño. Sophie había limpiado el suelo con una eficiencia sorprendente, y estaba vertiendo detergente en la taza. Craig se lavó las manos, y luego ella se puso a su lado e hizo lo propio. Había surgido un nuevo sentimiento de camaradería entre ambos.

Sophie comentó a media voz, divertida:

—Cuando le has dicho que se cepillara los dientes, te ha preguntado por qué.

Craig le sonrió a través del espejo.

—Ya, como diciendo que no pensaba ligar esta noche, así que para qué molestarse…

—Exacto.

Sophie estaba más guapa que nunca, pensó Craig mientras veía su reflejo sonriente, el brillo que iluminaba sus ojos oscuros. Cogió una toalla y le ofreció un extremo. Se secaron las manos. Entonces Craig tiró suavemente de la toalla, arrastrándola hacia él, y la besó en los labios.

Sophie le devolvió el beso. Él apartó un poco los labios y rozó los de ella con la punta de la lengua. Sophie parecía indecisa, sin saber cómo reaccionar. ¿Podía ser que, pese a lo mucho que alardeaba, no tuviera gran experiencia en aquello de besar?

—¿Volvemos al sofá? —sugirió Craig en un susurro—. Nunca me ha gustado hacer vida social en el cagadero.

Sophie soltó una risita y salió del lavabo. Él la siguió.

«Cuando estoy sobrio no soy ni la mitad de ingenioso», pensó Craig.

Se sentó cerca de Sophie y la rodeó con el brazo. Miraron la pantalla unos instantes, y luego él volvió a besarla.

Una puerta de cierre hermético permitía pasar de los vestuarios a la zona de peligro biológico. Kit giró la rueda radiada que accionaba el mecanismo de apertura y abrió la puerta. Había estado en el laboratorio antes de que empezara a funcionar, cuando no había virus peligrosos en su interior, pero desde entonces no había vuelto a poner un pie en el NBS4, y carecía del entrenamiento necesario para hacerlo. Sin poder evitar pensar que estaba poniendo su vida en peligro, cruzó el umbral y se adentró en las duchas. Nigel lo siguió, cargando el maletín granate de Elton. Este los esperaba fuera con Daisy, en la furgoneta.

Kit cerró la puerta tras ellos. Las puertas estaban conectadas electrónicamente, por lo que la siguiente no se abriría hasta que aquella se cerrara. Se le destaparon los oídos. La presión atmosférica se iba reduciendo paulatinamente a medida que se adentraban en el NBS4, para que cualquier posible fuga de aire se produjera de fuera hacia dentro y no a la inversa, impidiendo así que se escaparan agentes infecciosos al exterior.

Franquearon otra puerta y entraron en una habitación donde había trajes aislantes de plástico azul colgados de una serie de ganchos. Kit se quitó los zapatos.

—Busca un traje de tu talla y póntelo —ordenó a Nigel—. Tendremos que saltarnos algunas normas de seguridad.

—Eso no me hace ninguna gracia.

A Kit tampoco, pero no tenían alternativa.

—El procedimiento habitual es demasiado largo —explicó—. Tendríamos que quitarnos todo lo que llevamos encima, incluida la ropa interior y los objetos personales, y ponernos pijamas de cirujano debajo del traje. —Kit descolgó un traje y empezó a ponérselo—. Y para salir se tarda todavía más. Tienes que ducharte con el traje puesto, primero con una solución descontaminante, luego con agua, según un ciclo predeterminado que tarda cinco minutos. Luego te quitas el traje y el pijama y te duchas desnudo otros cinco minutos. Te limpias las uñas, te suenas la nariz, te aclaras la garganta y escupes. Luego te vistes. Si hacemos todo eso, la mitad de la policía de Inverburn estará aquí cuando salgamos. Nos saltaremos las duchas, nos quitaremos los trajes y saldremos corriendo.

Nigel parecía horrorizado.

—¿Cómo es de peligroso?

—Como ir a doscientos por hora en tu coche: podrías matarte, pero lo más probable es que no pase nada, siempre que no lo conviertas en un hábito. Venga, date prisa y ponte el puto traje de una vez.

Kit se caló el casco. La pantalla de plástico distorsionaba ligeramente su visión. Cerró la cremallera que cruzaba el traje por delante en sentido diagonal y luego ayudó a Nigel.

Decidió que podían prescindir de los guantes quirúrgicos. Se volvió hacia Nigel y, con un rollo de cinta adhesiva, unió las manoplas del traje a los rígidos puños del mismo. Luego Nigel hizo lo mismo por él.

De los vestuarios pasaron a la ducha descontaminante, un cubículo con salidas de agua repartidas por toda su superficie, incluido el techo. Notaron una nueva caída de la presión atmosférica, veinticinco o cincuenta pascales de una habitación a la siguiente, recordó Kit. De la ducha pasaron al laboratorio propiamente dicho.

Fue entonces cuando Kit experimentó un momento de puro pánico. Allí dentro, el aire podía acabar con su vida. De pronto, toda su palabrería de antes, incluida la comparación entre saltarse las medidas de seguridad y conducir a doscientos por hora, se le antojaba el colmo de la insensatez. «Podría morir —pensó—. Podría coger una enfermedad y sufrir una hemorragia tan grave que la sangre me saldría por las orejas, los ojos y el pene. ¿Qué puñetas estoy haciendo aquí? ¿Cómo he podido ser tan estúpido?»

Respiró hondo y procuró tranquilizarse. «No estás expuesto a la atmósfera del laboratorio, sino que estás respirando aire puro del exterior —se dijo a sí mismo—. Ningún virus puede traspasar este traje. Estás mucho más a salvo de cualquier infección aquí dentro que si fueras camino de Orlando en clase turista a bordo de un 747 abarrotado de gente. No pierdas la calma.»

Del techo colgaban, enroscadas sobre sí mismas, las mangueras amarillas de suministro de aire. Kit cogió una, la enchufó a la entrada de aire del cinturón del Nigel y vio cómo su traje empezaba a inflarse. Luego repitió la operación con su propio traje y oyó el chorro de aire entrando a presión. Eso aplacó sus temores.

Junto a la puerta descansaban varias botas de goma alineadas, pero Kit ni las miró. Las botas se utilizaban principalmente para proteger los trajes y evitar que se desgastaran.

Miró a su alrededor, tratando de orientarse, concentrándose en lo que tenía que hacer para no pensar en el peligro que corría. El laboratorio tenía un aspecto reluciente debido a la pintura epoxídica que se había utilizado para sellar herméticamente las paredes. Sobre las mesas de acero inoxidable descansaban microscopios y terminales de ordenador. Había un aparato de fax para enviar notas al exterior, puesto que el papel no podía pasar por las duchas ni los autoclaves. Kit se fijó en las neveras que se usaban para almacenar muestras, las cabinas de seguridad biológica para la manipulación de materiales peligro-

sos y las jaulas de conejo apiladas bajo una funda de plástico transparente. La luz roja situada por encima de la puerta parpadearía si sonaba el teléfono, ya que los trajes disminuían sensiblemente la capacidad auditiva de quienes los llevaban. En caso de emergencia, se encendería la luz azul. Además, las cámaras del circuito cerrado de televisión barrían cada rincón del laboratorio.

Kit señaló una puerta.

—Creo que la cámara está por allí.

Cruzó la estancia, estirando a su paso la manguera del aire. Abrió la puerta y entró en una diminuta habitación en la que había una cámara frigorífica cuya cerradura de seguridad se accionaba mediante un panel electrónico. Las teclas numéricas del panel estaban dispuestas de forma aleatoria y cambiaban de orden cada vez que se utilizaba para que nadie pudiera adivinar el código de acceso observando los dedos de la persona que lo introducía. Pero Kit había instalado la cerradura de seguridad, así que conocía la combinación… a menos que la hubieran cambiado.

Pulsó las teclas del código y tiró del picaporte.

La puerta de la cámara se abrió.

A su espalda, Nigel seguía atentamente todos sus movimientos.

En el interior de la cámara frigorífica se conservaban dosis del precioso fármaco antiviral en jeringas desechables listas para utilizar. Las jeringas estaban empaquetadas en pequeñas cajas de cartón. Kit señaló la balda en la que descansaban y elevó la voz para Nigel pudiera oírlo a través del traje:

—Es este.

—No quiero el fármaco —replicó Nigel.

Kit se preguntó si lo había oído bien.

—¿Qué? —inquirió a voz en grito.

—No quiero el fármaco.

Kit no salía de su asombro.

—Pero ¿qué dices? ¿A qué hemos venido aquí si no?

No hubo respuesta.

En la segunda balda había muestras de diversos virus, listas para infectar a los animales de laboratorio. Nigel leyó atentamente las etiquetas y seleccionó una muestra de Madoba-2.

—¿Para qué coño quieres eso? —preguntó Kit.

Sin molestarse en contestarle, Nigel cogió todas las muestras que había del virus, doce cajas en total.

Una era suficiente para matar a alguien. Con doce se podía desatar una epidemia. Kit se lo habría pensado dos veces antes de tocar aquellas cajas, incluso llevando puesto un traje de seguridad biológica. ¿Qué estaría tramando Nigel?

—Creía que trabajabas para un gigante de la industria farmacéutica —dijo.

—Lo sé.

Nigel podía permitirse el lujo de pagarle trescientas mil libras por una noche de trabajo, pensó Kit. No sabía qué sacarían Elton y Daisy por su participación pero, aunque su tarifa fuera más baja, Nigel habría invertido en ellos cerca de medio millón de libras. Para que la operación le saliera a cuenta, tendría que cobrar un millón del cliente, quizá dos. El fármaco los valía con creces, pero ¿quién pagaría un millón de libras por un virus mortal?

Tan pronto como se hizo la pregunta, supo la respuesta.

Nigel cruzó el laboratorio sosteniendo varias cajas de muestras y las introdujo en una cabina de seguridad biológica, una especie de vitrina de cristal con una abertura en la parte delantera por la que los científicos podían introducir los brazos para efectuar experimentos. Una bomba acoplada a la cabina garantizaba que el aire circulaba de fuera hacia dentro y no al revés. Siempre que el científico llevara puesto un traje aislante, no se consideraba necesario sellar totalmente la cabina.

A continuación, Nigel abrió el maletín de piel granate. La parte superior estaba repleta de pequeños acumuladores de frío

de plástico azul. Las muestras de virus debían mantenerse a baja temperatura, eso lo sabía Kit. El fondo del maletín estaba cubierto con perlas blancas de poliestireno expandido, de las que se usaban para embalar objetos delicados. Sobre estas, como si de una gema preciosa se tratara, descansaba un vaporizador de perfume vacío. Kit reconoció el frasco. Era de la marca Diablerie, el perfume habitual de su hermana Olga.

Nigel puso el frasco en la cabina, donde la condensación no tardó en empañar el cristal.

—Me dijeron que pusiera el extractor de aire —dijo—. ¿Dónde se enciende?

—¡Espera! —exclamó Kit—. ¿Qué estás haciendo? ¡Me debes una explicación!

Nigel encontró el interruptor y conectó el extractor.

—El cliente quiere el producto en un formato más manejable —le informó con gesto indulgente—. Voy a pasar las muestras a este frasco dentro de la cabina porque es peligroso hacerlo fuera.

Nigel destapó el frasco de perfume y abrió la caja de muestras. Dentro había un vial de vidrio con una tabla de medición impresa a un lado. Con movimientos torpes a causa de las manoplas, Nigel desenroscó la tapa del vial y vertió el líquido en el frasco de Diablerie. Luego tapó el vial y cogió otro.

—La gente a la que vas a vender esto... —empezó Kit— ¿sabes para qué lo quiere?

—Me lo puedo imaginar.

—¡Van a matar a cientos de personas, quizá miles!

—Lo sé.

El vaporizador de perfume era el contenedor perfecto para el virus. Era una forma sencilla de crear un aerosol, y una vez repleto del líquido incoloro que albergaba el virus, parecía un frasco de perfume normal y corriente que pasaría inadvertido por todos los controles de seguridad. Cualquier mujer podría sacarlo de su bolso en un lugar público sin levantar la menor

sospecha e impregnar el aire con un vapor letal para todo aquel que lo inhalara. También acabaría con su propia vida, como hacían los terroristas a menudo. Mataría a más gente que cualquier kamikaze con una bomba acoplada al cuerpo.

—¡Van a provocar una matanza!

—Sí. —Nigel se volvió hacia Kit. Sus ojos azules resultaban intimidantes incluso tras la doble pantalla que los separaba—. Y a partir de ahora tú también estás en el ajo y eres tan culpable como cualquiera de nosotros, así que cállate de una puta vez y no me desconcentres.

Kit dejó escapar un gemido. Nigel tenía razón. Nunca se le había pasado por la cabeza que acabaría implicado en algo más que un simple robo. Se había puesto enfermo al ver que Daisy aporreaba a Susan, pero aquello era mil veces peor, y no podía hacer nada para impedirlo. Si intentaba sabotear el golpe Nigel no dudaría en poner fin a su vida, y si las cosas se torcían y el virus no llegaba a manos del cliente, Harry McGarry haría que lo mataran por no haber saldado su deuda. Tenía que seguir adelante y recoger su parte del botín. De lo contrario, era hombre muerto.

También tenía que asegurarse de que Nigel manipulaba el virus con la debida precaución, o sería hombre muerto de todos modos.

Con los brazos en el interior de la cabina de seguridad biológica, Nigel vació el contenido de todos los viales en el frasco de perfume y luego volvió a taparlo. Kit sabía que la parte externa del frasco estaría contaminada, pero alguien se había encargado de informar a Nigel al respecto, pues introdujo el frasco en una cubeta repleta de solución descontaminante y lo extrajo por el otro lado. A continuación secó el frasco y extrajo del maletín dos bolsas de congelación con cierre hermético. Puso el frasco de perfume en una de las bolsas, la cerró y luego la introdujo en la segunda bolsa. Por último, volvió a dejar el frasco doblemente envuelto en el maletín y lo cerró.

—Ya nos podemos ir —anunció.

Abandonaron el laboratorio. Nigel llevaba el maletín. Pasaron por la ducha descontaminante sin usarla, pues no había tiempo. En la sala donde se habían vestido se quitaron a toda prisa los incómodos trajes aislantes y volvieron a ponerse los zapatos. Kit se mantuvo todo lo lejos que pudo del traje de Nigel, cuyas manoplas seguramente estarían contaminadas con algún rastro ínfimo del virus.

Cruzaron la sala de las duchas de agua, de nuevo sin usarlas, siguieron hasta el vestuario y salieron a la antesala. Los cuatro guardias de seguridad seguían atados y apoyados contra la pared.

Kit consultó su reloj. Habían pasado treinta minutos desde que había escuchado la conversación de Toni Gallo con Steve.

—Espero que Toni no haya llegado aún.

—Si lo ha hecho, ya sabemos cómo hay que recibirla.

—Es una ex poli. No será tan fácil de reducir como estos cuatro. Y puede que me reconozca pese al disfraz.

Kit presionó el botón verde que abría la puerta. Nigel y él corrieron por el pasillo hasta llegar al vestíbulo principal. Para alivio de Kit, la sala estaba desierta. «Lo hemos conseguido», pensó. Pero Toni Gallo podía llegar en cualquier momento.

La furgoneta estaba parada frente a la puerta principal, con el motor en marcha. Elton iba sentado al volante y Daisy se había subido a la parte de atrás. Nigel saltó al interior del vehículo y Kit lo siguió al grito de:

—¡Arranca, arranca!

La furgoneta salió disparada antes de que Kit pudiera cerrar la puerta.

La nieve formaba una gruesa capa en el suelo. La furgoneta derrapó nada más arrancar y se desvió bruscamente a un lado, pero Elton se las arregló para recuperar el control del vehículo. Se detuvieron frente a la garita de la verja.

Willie Crawford asomó la cabeza.

—¿Ya lo habéis arreglado? —preguntó.

Elton bajó la ventanilla.

—No del todo —contestó—. Necesitamos repuestos. Tendremos que volver.

—Vais a tardar un buen rato, con este tiempo —comentó el guardia.

Kit reprimió un gruñido de impaciencia. Desde atrás, Daisy preguntó en un susurro:

—¿Le vuelo la tapa de los sesos?

—Volveremos tan pronto como podamos —repuso Elton, y subió el cristal de la ventanilla.

Al cabo de unos instantes, la barrera se elevó y salieron al exterior.

Mientras lo hacían, unos faros relumbraron en la oscuridad. Un coche se acercaba desde el sur. Kit creyó reconocer un Jaguar de color claro.

Elton giró en dirección norte y se alejó del Kremlin a toda velocidad.

Kit seguía por el espejo retrovisor los faros del otro coche, que tomó el camino de acceso al Kremlin.

«Toni Gallo —pensó—, demasiado tarde.»

Toni iba sentada en el asiento del acompañante, al lado de Carl Osborne, cuando este detuvo el coche frente a la garita del Kremlin. La señora Gallo iba en el asiento de atrás.

Toni pasó a Carl su salvoconducto y la cartilla de pensionista de su madre.

—Dale esto al guardia, junto con tu pase de prensa —dijo. Todos los visitantes debían enseñar algún tipo de identificación.

Carl bajó la ventanilla y ofreció los documentos al guardia.

Desde el otro extremo del coche, Toni reconoció a Hamish McKinnon.

—Hola, Hamish. Soy yo —dijo, elevando la voz—. Traigo a dos visitantes conmigo.

—Hola, señora Gallo —respondió el guardia—. ¿Es un perro eso que lleva la señora del asiento de atrás?

—Mejor no preguntes —repuso Toni.

Hamish apuntó los nombres de los tres pasajeros y devolvió a Carl el pase de prensa y la cartilla de pensionista.

—Encontraréis a Steve en recepción.

—¿Ya funcionan los teléfonos?

—Todavía no. El equipo de mantenimiento acaba de salir en busca de repuestos.

McKinnon levantó la barrera y Carl entró en el recinto.

Toni reprimió su indignación contra Hibernian Telecom.

Con la que estaba cayendo, tenían que haber salido de casa con todos los repuestos que pudieran necesitar. El tiempo seguía empeorando, y pronto las carreteras se volverían intransitables. Era poco probable que estuvieran de vuelta antes del alba.

Aquello estropeaba sus planes para el futuro inmediato. Había pensado llamar a Stanley para decirle que había habido un pequeño problema en el Kremlin, pero que ya lo tenía bajo control, y luego quedar con él para verse más tarde. Ahora, al parecer, su informe de la situación no podía ser tan satisfactorio como habría deseado.

Carl estacionó frente a la entrada principal.

—Espérame aquí —dijo Toni, y salió del coche antes de que él pudiera protestar. No lo quería merodeando por el edificio si podía evitarlo. Subió a la carrera la escalinata que flanqueaban los leones de piedra y empujó la puerta. Le sorprendió no ver a nadie en el mostrador de recepción.

Vaciló un instante. Uno de los guardias podía estar haciendo la ronda, pero no deberían haberse ausentado los dos a la vez. Podían estar en cualquier punto del edificio, y mientras tanto la puerta principal había quedado desatendida.

Se encaminó a la sala de control. Los monitores le dirían dónde estaban los guardias.

Se quedó perpleja al encontrar la sala vacía.

El corazón le dio un vuelco en el pecho. Aquello olía a chamusquina. Que faltaran cuatro guardias no podía deberse a un mero incumplimiento de las normas. Algo había pasado.

Volvió a mirar los monitores. Todos mostraban habitaciones vacías. Si había cuatro guardias en el edificio, por lo menos uno de ellos tendría que aparecer en los monitores en cuestión de segundos. Pero no se advertía el menor movimiento en ninguna parte.

Entonces algo llamó su atención. Miró más de cerca la imagen correspondiente al NBS4.

La fecha sobreimpresa en la pantalla era el 24 de diciembre.

Toni consultó su reloj. Pasaba de la una de la mañana. Estaban a 25 de diciembre, día de Navidad. Lo que tenía ante sí eran imágenes antiguas. Alguien había manipulado el sistema de vigilancia.

Se sentó frente a la terminal de ordenador y abrió el programa. Al cabo de tres minutos, llegó a la conclusión de que todos los monitores que cubrían el NBS4 estaban mostrando imágenes del día anterior. Los actualizó y miró las pantallas.

En la antesala de los vestuarios había cuatro personas sentadas en el suelo. Se quedó petrificada de horror. «Por favor, que no estén muertos», pensó.

Una de aquellas personas se movió.

Toni miró más atentamente la pantalla. Eran los guardias, con sus uniformes de color oscuro. Tenían las manos en la espalda, como si estuvieran atados.

—¡No, no! —exclamó en voz alta.

Pero no podía obviar la terrible conclusión de que alguien había asaltado el Kremlin.

Se sintió desolada. Primero Michael Ross, y ahora esto. ¿En qué se había equivocado? Había hecho todo lo que estaba en su mano para convertir aquel lugar en una fortaleza inexpugnable, pero había fracasado estrepitosamente. Había traicionado la confianza de Stanley.

Se volvió hacia la puerta. Su primer instinto fue salir corriendo hacia el NBS4 y desatar a los cautivos. Pero entonces le habló la policía que seguía llevando dentro. «Para, haz un balance de la situación, planifica la respuesta.» Quienquiera que hubiera hecho aquello podía seguir en el edificio, aunque Toni daba por sentado que los malos de la película eran los supuestos técnicos de Hibernian Telecom que acababan de marcharse. ¿Qué era lo más importante en aquel momento? Asegurarse de que ella no era la única persona que tenía conocimiento de aquello.

Descolgó el teléfono del escritorio. No había línea, por su-

puesto. Seguramente la avería en el sistema telefónico formaba parte del plan, fuera cual fuese. Este sacó el móvil del bolsillo y llamó a la policía.

—Soy Toni Gallo y estoy al frente de la seguridad en Oxenford Medical. Ha habido un incidente. Cuatro de mis guardias de seguridad han sido atacados.

—¿Siguen los atacantes en el recinto?

—No lo creo, pero no puedo estar segura.

—¿Algún herido?

—No lo sé. Tan pronto como cuelgue, iré a comprobarlo, pero antes quería avisarles.

—Intentaremos hacerle llegar un coche patrulla, pero las carreteras están fatal.

Por su tono de voz, Toni dedujo que se trataba de un agente joven e inexperto.

Intentó impresionarlo transmitiéndole una sensación de urgencia.

—Podríamos estar ante un grave incidente biológico. Ayer se murió un hombre a consecuencia de un virus sustraído de nuestros laboratorios.

—Haremos todo lo que esté en nuestras manos.

—Tengo entendido que Frank Hackett es el comisario de guardia esta noche. ¿Por casualidad no estará ahí?

—No, está en su casa.

—Le recomiendo vivamente que lo llame y lo despierte para explicarle lo ocurrido.

—Tomo nota de su indicación.

—Tenemos una avería en las líneas telefónicas, seguramente causada por los propios intrusos. Por favor, apunte mi número de móvil. —Lo leyó en alto—. Dígale a Frank que me llame enseguida.

—Entendido.

—¿Puedo saber su nombre?

—Agente David Reid.

—Gracias, agente Reid. Me quedo a la espera de ese coche patrulla.

Toni colgó. No estaba segura de que el agente Reid hubiera comprendido la importancia de su llamada, pero seguro que transmitiría la información a un superior. De todos modos, no tenía tiempo para seguir insistiendo. Salió a toda prisa de la sala de control y corrió por el pasillo hasta llegar al NBS4. Pasó su tarjeta por el lector de bandas magnéticas, presionó la yema del dedo sobre la pantalla del escáner y entró.

Allí estaban Steve, Susan, Don y Stu, alineados contra la pared y atados de pies y manos. Susan parecía haberse empotrado contra un árbol: tenía la nariz hinchada y manchas de sangre en la barbilla y el pecho. Don presentaba una herida abierta en la frente.

Toni se arrodilló y empezó a desatarlos.

—¿Qué demonios ha pasado aquí? —preguntó.

La furgoneta de Hibernian Telecom se abría camino con dificultad en la nieve. Elton no pasaba de los veinte kilómetros por hora y tenía puesta una marcha corta para evitar derrapar. Pesados copos de nieve acribillaban el vehículo y habían formado dos cuñas en la base del parabrisas que iban aumentando de tamaño, de tal modo que los limpiaparabrisas describían un arco cada vez más pequeño, hasta que Elton perdió la visibilidad por completo y paró para apartar la nieve.

Kit estaba desolado. Creía estar participando en un golpe que no perjudicaría gravemente a nadie. Su padre perdería dinero, sí, pero a cambio él podría saldar su deuda con Harry Mac, una deuda que el propio Stanley debería haber pagado, así que en el fondo no cometía ninguna injusticia. Pero la realidad era muy distinta. Solo podía haber un motivo para comprar el Madoba-2. Alguien quería acabar con la vida de un gran número de personas. Kit nunca se habría involucrado en algo así.

Se preguntó quién sería el cliente de Nigel: ¿una secta japonesa, fundamentalistas islámicos, un grupo escindido del IRA, suicidas palestinos? ¿Acaso un grupo de estadounidenses paranoicos que vivían armados hasta los dientes en un recóndito bosque de Montana? Poco importaba. Quienquiera que fuese el destinatario del virus, iba a emplearlo, y miles de personas morirían desangrándose por los ojos.

Pero ¿qué podía hacer él? Si intentaba abortar el golpe y llevar las muestras de vuelta al laboratorio Nigel lo mataría, o dejaría que Daisy lo hiciera. Pensó en abrir la puerta de la furgoneta y saltar con el vehículo en marcha. Iban lo bastante despacio para hacerlo. Se perdería en la tormenta antes de que pudieran darle alcance. Pero ellos seguirían teniendo el virus y él seguiría debiendo doscientas cincuenta mil libras a Harry.

Tenía que seguir adelante. Quizá cuando todo terminara pudiera mandar un mensaje anónimo a la policía, dando los nombres de Nigel y Daisy, y cruzar los dedos para que encontraran el virus antes de que lo utilizaran. Aunque lo más sensato sería quizá mantenerse fiel a su plan y desaparecer de la faz de la tierra. Nadie querría desatar una plaga en Lucca.

O tal vez liberaran el virus en el avión que lo llevaba a Italia, con lo que le tocaría sufrir en carne propia las consecuencias de sus actos. Eso habría sido un final justo.

Escudriñando la carretera en medio de la ventisca, avistó el letrero luminoso de un hotel. Elton se apartó de la carretera. Había una luz por encima de la puerta, y ocho o nueve coches en el aparcamiento. Eso quería decir que estaba abierto. Kit se preguntó quién pasaría la noche de Navidad en un hotel. Indios tal vez, o quizá hombres de negocios que no habían podido volver a sus casas, o parejas de amantes ilícitos.

Elton aparcó junto a un Opel Astra familiar.

—Lo ideal sería dejar la furgoneta aquí —dijo—. Es demasiado fácil de identificar. Se supone que tenemos que volver al aeródromo en ese Astra, pero no sé si vamos a poder.

Desde la parte de atrás, Daisy rezongó:

—Imbécil, ¿por qué no te has traído un Land Rover?

—Porque el Astra es uno de los coches más vendidos en Gran Bretaña, por lo que es más fácil que pase inadvertido, y además las previsiones decían que no iba a nevar, so burra.

—Venga, dejadlo ya —intervino Nigel, quitándose la peluca y las gafas—. Deshaceos de los disfraces. No sabemos cuánto

tardarán esos guardias en dar nuestra descripción a la policía.

Los demás obedecieron.

—Podríamos quedarnos aquí —propuso Elton—, alquilar un par de habitaciones y esperar a que pase la tormenta.

—Eso sería arriesgado —replicó Nigel—. Estamos a pocos kilómetros del laboratorio.

—Si nosotros no podemos movernos, la policía tampoco. En cuanto la tormenta amaine, nos ponemos otra vez en marcha.

—Tenemos una cita con el cliente.

—Sí, pero no va a poder despegar con su helicóptero en medio de esta nevada.

—En eso tienes razón.

El teléfono de Kit empezó a sonar. Consultó su portátil. Era una llamada directa a su móvil, no desviada desde el Kremlin. Contestó.

—¿Sí?

—Soy yo. —Kit reconoció la voz de Hamish McKinnon—. Te llamo desde mi móvil aprovechando que Willie se ha ido al lavabo, así que seré breve.

—¿Qué está pasando?

—Toni ha llegado justo después de que os fuerais vosotros.

—Sí, he visto su coche.

—Ha encontrado a los otros guardias atados y ha llamado a la policía.

—¿Podrán llegar hasta ahí con este tiempo?

—Han dicho que lo intentarían. Toni acaba de venir hasta la garita para avisarnos de que están de camino. Cuando lleguen... lo siento, tengo que dejarte.

Colgó el teléfono.

Kit guardó el móvil en el bolsillo.

—Toni Gallo ha encontrado a los guardias —anunció—. Ha llamado a la policía, que va de camino al laboratorio.

—Pues no se hable más —concluyó Nigel—. Nos vamos en el Astra.

01.45

Craig acababa de introducir una mano debajo del jersey de Sophie cuando oyó pasos. Se apartó y miró a su alrededor.

Su hermana bajaba del pajar en camisón.

—Me siento un poco rara —dijo, y cruzó la habitación hasta el cuarto de baño.

Frustrado, Craig desvió su atención hacia la película de la tele. La vieja hechicera, transmutada en una hermosa muchacha, seducía a un apuesto caballero.

Caroline salió del cuarto de baño diciendo:

—Ahí dentro apesta a vomitado.

Después subió la escalera y volvió a la cama.

—Aquí no hay manera de tener un poco de intimidad —murmuró Sophie.

—Es como intentar hacer el amor en la estación central de Glasgow —dijo Craig, pero volvió a besarla. Esta vez, ella entreabrió los labios y su lengua salió al encuentro de la de Craig, que gimió encantado.

Entonces él metió la mano por debajo de su jersey y le acarició un seno. Era pequeño y cálido al tacto por debajo del sostén de algodón fino. Craig lo apretó ligeramente entre sus dedos, y Sophie soltó un involuntario suspiro de placer.

—¿Queréis dejar de hacer ruido? —protestó Tom—. ¡No me dejáis dormir!

Sus labios se separaron. Craig sacó la mano de debajo del jersey de Sophie. Estaba a punto de explotar de frustración.

—Lo siento —murmuró.

—¿Por qué no nos vamos a otro sitio? —sugirió Sophie.

—¿Cómo cuál?

—¿Qué tal el desván que me has enseñado antes?

Craig no podía imaginar nada mejor. Allí arriba estarían completamente solos, y nadie los molestaría.

—Genial —dijo, levantándose.

Se pusieron las chaquetas y las botas, y Sophie se caló un gorro de lana rosa con una borla que le daba un aire tierno e inocente.

—Qué monada.

—¿El qué?

—Tú, con ese gorro.

Sophie sonrió. Antes, lo habría llamado cursi por decir algo así, pero la relación entre ambos había cambiado. A lo mejor era el vodka, pero Craig creía que el punto de inflexión se había producido en el cuarto de baño, cuando se habían encargado juntos de Tom. Al ser un niño indefenso, los había obligado a comportarse como adultos. Después de algo así, no era fácil volver a mostrarse enfurruñado y distante.

Craig jamás habría imaginado que limpiar una vomitona pudiera ser el modo de llegar al corazón de una chica.

Abrió la puerta del granero. Una ráfaga de viento helado los cubrió de nieve como si fuera confeti. Craig salió deprisa, sostuvo la puerta para que Sophie pasara y luego la cerró.

Steepfall ofrecía una imagen terriblemente romántica. La nieve cubría las pronunciadas pendientes del tejado a dos aguas, se amontonaba en los alféizares y alfombraba el patio, donde alcanzaba unos treinta centímetros de profundidad. Las luces de los edificios anexos proyectaban halos dorados en los que bailaban los copos de nieve. La ventisca había transformado una carretilla, una pila de leña y una manguera de jardín en esculturas de hielo.

Sophie contemplaba la escena con ojos maravillados.

—Es como una postal navideña —dijo.

Craig le cogió la mano. Cruzaron el patio caminando casi de puntillas, como aves zancudas, y rodearon la casa hasta la puerta trasera. Craig sacudió la nieve que cubría la tapa de un cubo de la basura. Luego se encaramó sobre el cubo y se impulsó hasta el cobertizo bajo el cual se encontraba el recibidor de las botas.

Miró hacia abajo. Sophie parecía dudar.

—¡Ven! —susurró él, al tiempo que extendía una mano.

Sophie la cogió y se subió al cubo de basura. Con la mano libre, Craig se agarró al borde del tejado para no perder el equilibrio y la ayudó a subir. Se quedaron unos instantes tumbados lado a lado sobre la nieve que cubría las tejas, como dos amantes en la cama. Luego Craig se levantó.

Avanzó por la cornisa que llevaba hasta la puerta del desván, despejó con el pie la mayor parte de la nieve que la cubría y abrió la gran puerta. Luego retrocedió hasta donde estaba Sophie.

Esta se puso a gatas, pero cuando intentó levantarse sus botas resbalaron y se cayó. Parecía asustada.

—Cógete a mí —dijo Craig, y la ayudó a incorporarse. Lo que estaban haciendo no era demasiado peligroso, y tenía la impresión de que Sophie exageraba un poco, pero eso no le molestaba lo más mínimo, pues le daba la oportunidad de mostrarse fuerte y protector.

Todavía sosteniendo su mano, Craig se subió a la cornisa. Ella siguió sus pasos y lo cogió por la cintura. A él le hubiera gustado alargar aquel momento y notar cómo Sophie se aferraba a su cuerpo, pero siguió adelante, caminando de lado por la cornisa hasta la puerta abierta. Una vez allí, la ayudó a entrar.

Craig cerró la puerta del desván tras de sí y encendió la luz. Aquello era perfecto, pensó al borde de la euforia. Estaban a

solas en mitad de la noche, y nadie los molestaría. Podían hacer cualquiera cosa que quisieran.

Craig se tumbó en el suelo y miró por el agujero del suelo que daba a la cocina. Una sola luz permanecía encendida, la de la puerta del recibidor de las botas. Nellie estaba acostada delante del horno con la cabeza erguida, las orejas levantadas, a la escucha. Sabía que él estaba allí arriba.

—Vuelve a dormir —murmuró. Como si lo hubiera oído, la perra bajó la cabeza y cerró los ojos.

Sophie estaba sentada en el viejo sofá, temblando de frío.

—Tengo los pies helados.

—Te habrá entrado nieve en las botas.

Craig se arrodilló delante de ella y le sacó las botas de agua. Tenía los calcetines empapados, y también se los quitó. Sus pequeños pies blancos estaban tan fríos como si los hubiera metido en la nevera. Craig intentó calentarlos con las manos hasta que, súbitamente inspirado, se desabrochó la chaqueta, se levantó el jersey y apoyó las plantas de los pies de Sophie contra su pecho desnudo.

—¡Dios, qué gusto! —dijo ella.

Craig se dio cuenta de que la había oído repetir aquellas mismas palabras infinidad de veces en sus fantasías, aunque las circunstancias fueran ligeramente distintas.

02.00

Toni estaba en la sala de control, siguiendo los monitores.

Steve y los demás guardias le habían contado lo sucedido desde que el «equipo de mantenimiento» había entrado en el vestíbulo principal hasta el momento en que dos hombres salieron del NBS4, cruzaron la antesala y se esfumaron, uno de ellos llevando consigo un delgado maletín de piel granate. Mientras Steve le curaba las heridas, Don había dicho que uno de los hombres había intentado impedir el uso de la violencia. Las palabras que había proferido a voz en grito resonaban ahora en la mente de Toni: «Si quieres presentarte ante tu cliente a las diez con las manos vacías, vas por buen camino».

Era evidente que habían entrado en el laboratorio para robar algo, y se lo habían llevado en aquel maletín. Toni tenía la terrible sensación de que sabía lo que era.

Se puso a repasar las imágenes que las cámaras del NBS4 habían captado entre las 00.55 y la 01.15 de la madrugada. Aunque los monitores no habían proyectado aquella grabación en ningún momento, el ordenador las había registrado. Había dos hombres dentro del laboratorio, enfundados en sendos trajes aislantes.

Toni dio un grito ahogado cuando vio que uno de ellos abría la puerta que daba a la pequeña habitación de la cámara refrigeradora. A continuación, el desconocido introdujo una secuencia numérica en el panel digital. ¡Conocía el código!

Abrió la puerta de la cámara, y el otro hombre empezó a extraer muestras de su interior.

Toni congeló la imagen.

La cámara estaba situada encima de la puerta, por lo que permitía ver al intruso desde arriba y la cámara refrigeradora más allá de este. Sostenía en las manos una pila de pequeñas cajas blancas. Los dedos de Toni se deslizaron sobre el teclado y la imagen en blanco y negro aumentó de tamaño en el monitor. Ahora alcanzaba a ver el símbolo internacional de peligro biológico impreso en las cajas. Aquel hombre estaba robando muestras de algún virus. Toni amplió todavía más la imagen y optimizó la resolución. Poco a poco, la palabra impresa en una de las cajas se fue haciendo nítida: Madoba-2.

Era justo lo que temía, pero la confirmación la golpeó como un gélido aliento de muerte. Se quedó mirando la pantalla, petrificada de miedo, atenta a los latidos de su corazón, que sonaban como una campana fúnebre. El Madoba-2 era el virus más mortal que se conocía, un agente infeccioso tan destructivo que se hallaba sometido a varios niveles de seguridad y que solo podían manipular personas altamente cualificadas y debidamente protegidas con un equipo aislante. Y ahora estaba en manos de una cuadrilla de ladrones que se dedicaba a pasearlo por ahí en un puñetero maletín.

Podían tener un accidente de tráfico; podían sentirse acorralados y tirar el maletín; el virus podía acabar en manos de personas que no supieran lo que era... los riesgos eran incalculables. Y aunque ellos no lo liberaran de forma accidental, su «cliente» lo haría deliberadamente. Alguien tenía la intención de utilizar el virus para matar a cientos, miles, de personas, tal vez incluso para desencadenar una epidemia capaz de exterminar a toda una población.

Y ella había dejado que le arrebataran el arma homicida.

Horrorizada, Toni descongeló la imagen y vio con desesperación cómo uno de los intrusos vaciaba el contenido de los

viales en un frasco de perfume de la marca Diablerie. Aquel era a todas luces el formato de entrega de la mercancía. Un frasco de perfume aparentemente inofensivo se había convertido en un arma de destrucción masiva. Toni vio cómo lo envolvía cuidadosamente en dos bolsas de plástico y lo guardaba en el maletín, acolchado entre perlas de poliestireno expandido.

Ya había visto suficiente. Sabía lo que tenía que hacer. La policía debía poner en marcha una operación a gran escala cuanto antes. Si se daban prisa, quizá pudieran coger a los ladrones antes de que entregaran el virus al comprador.

Toni restableció el funcionamiento normal de los monitores y abandonó la sala de control.

Los guardias de seguridad estaban en el vestíbulo principal, sentados en los sofás normalmente reservados para las visitas, bebiendo té y pensando que la crisis había llegado a su fin. Toni decidió tomarse unos segundos para recuperar el control de la situación.

—Tenemos mucho trabajo por delante —anunció en tono expeditivo—. Stu, ve a la sala de control y vuelve a ocupar tu puesto, por favor. Steve, ponte detrás del mostrador. Don, tú quédate donde estás.

Este último lucía un improvisado vendaje sobre la herida de la frente.

Susan Mackintosh estaba acostada en el sofá de las visitas. Le habían limpiado la sangre del rostro, pero tenía numerosas contusiones. Toni se arrodilló a su lado y le besó la frente.

—Pobrecita —dijo—. ¿Cómo te sientes?

—Bastante atontada.

—No sabes cuánto lo siento.

Susan esbozó una débil sonrisa.

—Ha valido la pena por el beso.

Toni le dio unas palmaditas en el hombro.

—Veo que te vas recuperando.

La señora Gallo estaba sentada junto a Don.

—Ese chico tan amable, Steven, me ha ofrecido una taza de té —dijo—. El cachorro estaba a sus pies, sobre una hoja de periódico abierta. Le dio un trozo de galleta.

—Gracias, Steve —dijo Toni.

—Sería un buen novio para ti —insinuó su madre.

—Está casado —replicó Toni.

—Hoy en día, eso no parece ser un problema.

—Para mí sí lo es. —Toni se volvió hacia Steve—. ¿Dónde está Carl Osborne?

—Ha ido al lavabo.

Toni asintió y cogió su móvil. Había llegado el momento de llamar a la policía.

Recordó lo que Steve Tremlett le había dicho sobre el personal que estaría de guardia aquella noche en la jefatura policial de Inverburn: un inspector, dos sargentos y seis agentes, además de un comisario, aunque este no estaría presente en la jefatura, sino localizable por teléfono. No era suficiente, ni de lejos, para hacer frente a una crisis de aquellas proporciones. Sabía lo que haría ella si estuviera al mando. Reuniría a veinte o treinta agentes, requisaría varias máquinas quitanieves, montaría controles de carretera y tendría a una brigada de agentes armados listos para efectuar la detención. Y lo haría cuanto antes.

Se sintió más animada. El horror de lo que había pasado empezó a desvanecerse en su mente mientras se concentraba en lo que había que hacer. La acción siempre le levantaba la moral, y el trabajo policial era la mejor clase de acción posible.

Le atendió de nuevo David Reid. Cuando se identificó, este le dijo:

—Les hemos enviado un coche patrulla, pero ha tenido que volver atrás. El tiempo...

Toni no daba crédito a sus oídos. Creía que el coche patrulla estaba de camino.

—No lo dirá en serio —replicó, elevando la voz.

—¿Ha visto cómo están las carreteras? Hay coches abando-

nados por todas partes. No tendría ningún sentido enviar a una patrulla para que se quede atrapada en la nieve.

—¡Mierda! Pero ¿qué clase de gallinas reclutáis estos días?

—No tiene por qué ponerse así, señora.

Toni intentó controlarse.

—Tiene usted razón, lo siento. —Recordó, de sus tiempos de entrenamiento, que cuando la respuesta de la policía a una crisis era un completo desastre, se debía muchas veces a que no se había identificado correctamente el problema en los primeros minutos de la misma, es decir, cuando alguien carente de experiencia como el agente Reid se encargaba de redactar el informe preliminar. La prioridad de Toni era asegurarse de transmitirle toda la información relevante, para que él se la pasara a su superior—. La situación es la siguiente: en primer lugar, los ladrones han robado una cantidad significativa de un virus llamado Madoba-2 que es mortal para la especie humana, así que estamos ante una emergencia biológica.

—Emergencia biológica —repitió el agente Reid, apuntándolo.

—En segundo lugar, los autores del robo son tres varones, dos blancos y uno negro, y una mujer blanca. Viajan en una furgoneta de la empresa Hibernian Telecom.

—¿Podría darme descripciones más detalladas de los sospechosos?

—Ahora mismo le llamará el jefe de seguridad para darle esa información. Yo no los he visto, pero él sí. En tercer lugar, tenemos a dos personas heridas. Una de ellas ha sido agredida con una porra y la otra ha recibido varias patadas en la cabeza.

—¿Cómo de graves son las heridas?

Toni pensó que se lo acababa de decir, pero el agente Reid parecía estar leyendo un guión.

—La guardia que ha sido aporreada necesita que la vea un médico.

—De acuerdo.

—En cuarto lugar, los intrusos iban armados.

—¿Qué clase de armas llevaban?

Toni se volvió hacia Steve, que era un experto en el tema.

—¿Has podido reconocer las armas?

Steve asintió.

—Pistolas automáticas Browning de nueve milímetros, los tres. De las que llevan un cargador de trece balas, y con toda la pinta de haber pertenecido al ejército, creo yo.

Toni repitió la descripción a Reid.

—Robo a mano armada, entonces —concluyó.

—Sí, pero lo importante es que no pueden haber ido muy lejos, y que esa furgoneta es fácil de identificar. Si nos movemos deprisa, podemos cogerlos.

—Nadie puede moverse deprisa esta noche.

—Es evidente que necesitáis máquinas quitanieves.

—El cuerpo de policía no posee quitanieves.

—Debe de haber varias en la zona. Tenemos que limpiar las carreteras casi cada invierno.

—Limpiar la nieve de las carreteras no es cosa de la policía, sino de las autoridades locales.

Toni sintió ganas de gritar de impotencia, pero se mordió la lengua.

—¿Me puede poner con Frank Hackett?

—El comisario Hackett no se encuentra disponible.

Toni sabía que Frank estaba de guardia. Steve así se lo había dicho.

—Si usted no lo quiere despertar, lo haré yo —dijo. Cortó la llamada y marcó el número particular de Frank. Si era un policía responsable, estaría durmiendo con el teléfono al lado.

Lo cogió enseguida.

—Hackett.

—Soy Toni. Alguien ha entrado a robar en Oxenford Medical y se ha llevado muestras del Madoba-2, el virus que mató a Michael Ross.

—¿Cómo has dejado que pasara algo así?

Toni no dejaba de hacerse la misma pregunta, pero oírla de labios de Frank le sentó como una bofetada.

—Si eres tan listo, averigua cómo coger a los ladrones antes de que se escapen —retrucó.

—¿No os hemos enviado un coche patrulla hace una hora?

—Sí, pero no ha llegado. Tus valientes policías vieron la nieve y se echaron atrás.

—Bueno, si nosotros estamos atrapados, los sospechosos también lo estarán.

—Tú no estás atrapado, Frank. Puedes llegar hasta aquí en una máquina quitanieves.

—No tengo una máquina quitanieves.

—El ayuntamiento tiene varias, llámales.

Hubo una larga pausa.

—No creo que sea buena idea —dijo al fin.

Toni sintió ganas de matarlo. Frank disfrutaba ejerciendo su autoridad para llevarle la contraria. Le hacía sentirse poderoso, y nada le gustaba más que desafiarla. Toni siempre le había parecido demasiado autoritaria. ¿Cómo había podido vivir con él tanto tiempo? Se tragó la réplica que tenía en la punta de la lengua y dijo:

—¿Por qué no, Frank?

—No puedo enviar a un grupo de hombres desarmados en busca de una cuadrilla armada. Tendremos que reunir a unos cuantos agentes entrenados en el uso de armas de fuego, llevarlos al arsenal y equiparlos con chalecos antibalas, armas y munición. Eso nos llevará un par de horas.

—¡Mientras tanto, los ladrones se escapan con un virus que podría matar a miles de personas!

—Daré la alerta sobre la furgoneta.

—Puede que cambien de coche. Quizá tengan un todoterreno aparcado en algún sitio.

—Aun así no llegarán lejos.

—¿Y si tienen un helicóptero?

—Toni, te estás dejando llevar por la imaginación. En Escocia los ladrones no tienen helicópteros.

No estaban ante un grupo de delincuentes comunes que intentaban huir con un puñado de joyas o un saco de billetes, pero Frank nunca había acabado de entender la gravedad del peligro biológico.

—Frank, déjate llevar por la imaginación un momento. ¡Esa gente pretende desatar una epidemia!

—No me digas cómo tengo que hacer mi trabajo. Ya no eres policía.

—Frank... —No pudo acabar la frase. Él había colgado—. Frank, eres un capullo y un imbécil —dijo, aunque no había nadie al otro lado del teléfono, y luego colgó.

¿Siempre había sido así? Toni tenía la sensación de que, cuando vivían juntos, era más razonable. Quizá ella ejerciera una buena influencia sobre él. Por lo menos entonces no la desdeñaba como ahora. Le vino a la memoria el caso de Dick Buchan, un violador múltiple que se había negado a decirle a Frank dónde había ocultado los cadáveres tras horas de intimidaciones, gritos y amenazas. Toni se había sentado a charlar con él acerca de su madre y le había arrancado una confesión en veinte minutos. Después de aquello, Frank siempre le pedía consejo antes de empezar un interrogatorio importante. Pero desde que habían roto parecía haber sufrido una regresión.

Toni miró el teléfono con el ceño fruncido, estrujándose la sesera. ¿Cómo iba a hacerle entrar en razón? Estaba lo del caso de Johnny Kirk. En el peor de los casos, siempre podría utilizarlo para chantajear a Frank. Pero antes quería hacer una última llamada. Rastreó la agenda de su móvil hasta dar con el número personal de Odette Cressy, su amiga de Scotland Yard.

Al cabo de una eternidad, esta cogió el teléfono.

—Soy Toni —dijo—. Perdona que te despierte.

—Tranquilo, cariño —dijo Odette, dirigiéndose a una tercera persona—. Es del trabajo.

Toni se sorprendió.

—No esperaba que estuvieras con alguien.

—Solo es Santa Claus. ¿Qué pasa?

Toni se lo explicó.

—Mierda, eso es justo lo que nos temíamos —comentó Odette.

—No puedo creer que haya dejado ocurrir algo así.

—¿Hay alguna pista sobre cuándo y cómo piensan usar el virus?

—En realidad hay dos pistas —contestó Toni—. En primer lugar, no se han limitado a robar el virus, sino que lo han vertido en un frasco de perfume. Está listo para usar. Podrían liberarlo en cualquier lugar atestado de gente: un cine, un avión, los almacenes Harrods... nadie se daría cuenta.

—¿Un frasco de perfume, dices?

—De la marca Diablerie.

—Eso está bien. Por lo menos sabemos lo que estamos buscando. ¿Qué más tienes?

—Uno de los guardias les ha oído decir que han quedado con el cliente a las diez.

—A las diez. No pierden el tiempo.

—Exacto. Si entregan el virus a su cliente a las diez de la mañana, esta misma noche podría estar en Londres, y mañana podrían soltarlo en el Albert Hall.

—Buen trabajo, Toni. Dios, ojalá nunca te hubieras ido de la policía.

Toni empezaba a sentirse un poco más animada.

—Gracias.

—¿Algo más?

—Han seguido hacia el norte al salir de aquí. Yo vi la furgoneta. Pero hay una tormenta de nieve y las carreteras están

poco menos que intransitables, así que seguramente no habrán llegado muy lejos.

—Eso significa que podemos cogerlos antes de que entreguen la mercancía.

—Sí, pero no he podido convencer a la policía local de lo urgente que es ir tras ellos.

—Eso déjamelo a mí. Me encargaré de que se pongan las pilas. El terrorismo es asunto de Estado. Tus chicos están a punto de recibir una llamada del número diez de Downing Street. ¿Qué necesitas, helicópteros? Hay un portaaviones de la armada, el *Gannet*, a tan solo una hora de ahí.

—Ponlos en alerta. No creo que los helicópteros puedan volar con la que está cayendo, y aunque pudieran hacerlo no verían lo que pasa a ras de suelo. Lo que necesito de verdad es una máquina quitanieves. Habría que despejar la carretera desde Inverburn, y la policía tendría que establecer su base de operaciones aquí para empezar a buscar a los sospechosos.

—Me aseguraré de que así sea. Mantenme al corriente, ¿vale?

—Gracias, Odette.

Toni colgó.

Se dio la vuelta. Carl Osborne estaba justo detrás de ella, tomando notas.

02.30

Elton conducía el Opel Astra despacio, abriéndose camino con dificultad sobre una capa de nieve fresca de más de treinta centímetros de espesor. Nigel iba a su lado, aferrándose al maletín de piel granate y su mortal contenido. Kit iba en la parte de atrás con Daisy y no le quitaba ojo al maletín, imaginando un accidente de tráfico en el que este resultara aplastado, la botella hecha añicos y el líquido esparcido en el aire como una botella de champán envenenado que acabaría con la vida de todos ellos.

Su impaciencia se convirtió en desesperación cuando Elton redujo todavía más la marcha. Hasta una bicicleta los habría adelantado. Kit solo pensaba en llegar cuanto antes al aeródromo y dejar el maletín en un lugar seguro. Cada minuto que pasaran en la carretera estarían poniendo sus vidas en peligro.

Pero no estaba seguro de que pudieran llegar a su destino. Desde que habían salido del aparcamiento del Dew Drop no habían visto ningún otro vehículo en marcha. Cada kilómetro, aproximadamente, pasaban por delante de un coche o camión abandonado, algunos en el arcén y otros directamente en medio de la calzada, incluido un Range Rover de la policía que había volcado.

De pronto, los faros del Astra iluminaron a un hombre que agitaba los brazos frenéticamente. Vestía traje y corbata, y no

llevaba abrigo ni sombrero. Elton miró de reojo a Nigel, que murmuró:

—Ni se te ocurra parar.

Elton avanzó decididamente hacia el hombre, que se apartó de la carretera en el último momento. Mientras pasaban de largo, Kit divisó a una mujer con vestido de fiesta y un delgado chal arrebujado alrededor de los hombros, de pie junto a un gran Bentley. Parecía desesperada.

Dejaron atrás el desvío que llevaba a Steepfall, y Kit deseó volver a ser un niño que dormía en la casa de su padre, ajeno a todo lo que tuviera que ver con virus, ordenadores y las reglas del blackjack.

La tormenta había arreciado hasta el punto de que casi no se veía nada al otro lado del parabrisas, a no ser una blancura infinita. Elton apenas tenía visibilidad. Conducía guiado por la intuición, el optimismo y los vistazos que iba echando a uno y otro lado por las ventanillas. El vehículo aminoró de nuevo la marcha, primero al ritmo de una carrera, luego de una caminata enérgica. Kit hubiera dado cualquier cosa por disponer de un coche más apropiado. Con el Toyota Land Cruiser Amazon de su padre, aparcado a tan solo un par de kilómetros de allí, lo habrían tenido mucho más fácil.

Al remontar una colina, los neumáticos empezaron a resbalar sobre la nieve. El coche fue perdiendo impulso poco a poco, luego se detuvo por completo y, ante la mirada horrorizada de Kit, empezó a deslizarse hacia atrás. Elton intentó frenarlo, pero solo logró acelerar la caída. Dio un volantazo y la parte trasera del vehículo se desvió hacia la izquierda. Entonces giró el volante en la dirección contraria y el coche se detuvo, quedando atravesado en medio de la calzada.

Nigel soltó una maldición.

Daisy se inclinó hacia delante y le espetó a Elton:

—¿Por qué has hecho eso, gilipollas?

—Sal y empuja, Daisy —replicó este.

—Que te den por el culo.

—Lo digo en serio —insistió Elton—. La cima de la colina está a tan solo unos metros. Podría llegar hasta allí si alguien me diera un empujón.

—Saldremos todos a empujar —sentenció Nigel.

Nigel, Daisy y Kit se apearon del coche. Hacía un frío glacial, y los copos de nieve se metían en los ojos de Kit. Se colocaron detrás del coche y se apoyaron en él. Solo Daisy llevaba guantes. El metal del chasis cortaba las manos desnudas de Kit. Elton quitó el freno de mano poco a poco, descargando el peso del coche sobre ellos. En pocos segundos, los pies de Kit estaban empapados, pero los neumáticos se agarraron a la carretera. Elton se alejó de ellos y avanzó hasta la cima de la cocina.

Remontaron la cuesta con dificultad, resbalando en la nieve, jadeando a causa del esfuerzo y temblando de frío. ¿Iba a repetirse aquella escena cada vez que se encontraran con una cuesta a lo largo de los siguientes quince kilómetros?

Nigel había pensado lo mismo. Cuando volvieron al coche le preguntó a Elton:

—¿De veras crees que llegaremos en este coche?

—En esta carretera quizá no haya mayor problema —contestó Elton—, pero hay cuatro o cinco kilómetros de camino rural para llegar al aeródromo.

Al oírlo, Kit se acabó de decidir.

—Sé dónde hay un todoterreno con tracción a las cuatro ruedas, un Toyota Land Cruiser —anunció.

—Nadie nos asegura que no vaya a quedarse atrapado en la nieve. ¿Recuerdas el todoterreno de la policía que hemos dejado atrás? —observó Daisy.

—Tiene que ser mejor que un Opel Astra —repuso Nigel—. ¿Dónde está el coche?

—En casa de mi padre. Para ser exactos, está en el garaje, que apenas se ve desde la casa.

—¿A qué distancia?

—Tendríamos que retroceder poco más de un kilómetro y luego tomar un desvío. De allí al garaje debe de haber otro kilómetro.

—¿Cuál es tu plan?

—Dejamos el Astra en el bosque, cerca de la casa, cogemos el Land Cruiser y nos vamos al aeródromo. Después, Elton lleva el todoterreno de vuelta y coge el Astra.

—Para entonces será de día. ¿Y si alguien lo ve dejando el todoterreno en el garaje de tu padre?

—No lo sé, ya nos inventaremos algo, pero pase lo que pase no puede ser peor que quedarnos atrapados en la nieve.

—¿Alguien tiene una idea mejor? —inquirió Nigel.

No hubo respuesta.

Elton dio media vuelta y bajó la pendiente con una marcha corta. Al cabo de unos minutos, Kit dijo:

—Coge ese desvío.

Elton detuvo el coche.

—Ni hablar —replicó—. ¿Tú has visto la cantidad de nieve que hay en esa carretera? Tiene por lo menos medio metro de grosor, y por ahí no pasa un coche desde hace horas. No avanzaríamos ni cincuenta metros antes de quedarnos atrapados.

Al igual que cuando iba perdiendo al blackjack, Kit tuvo la terrible sensación de que alguna fuerza superior se complacía en darle malas cartas.

—¿Queda muy lejos la casa de tu padre? —preguntó Nigel.

—Un poquito. —Kit tragó en seco—. Poco más de un kilómetro.

—Con este puto tiempo, eso es muchísimo —retrucó Daisy.

—La alternativa —señaló Nigel— es quedarnos aquí esperando hasta que pase algún coche y secuestrarlo.

—Pues ya podemos esperar sentados —observó Elton—. No he visto un coche en marcha desde que hemos salido del laboratorio.

—Vosotros tres podríais esperar aquí mientras yo voy a por el todoterreno —sugirió Kit.

Nigel negó con la cabeza.

—Podría pasarte algo, quedarte atrapado en la nieve o algo así, y no tendríamos manera de encontrarte. Es mejor que sigamos juntos.

Había otra razón, supuso Kit: Nigel no se fiaba de él. Seguramente temía que se echara atrás y decidiera llamar a la policía. Nada más lejos de la intención de Kit, pero Nigel no tenía por qué saberlo.

Hubo un largo silencio. Permanecían inmóviles, reacios a abandonar el ambiente cálido del coche. Entonces Elton apagó el motor y todos se apearon del vehículo.

Nigel se aferraba al maletín como si le fuera la vida en ello. Al fin y al cabo, era el motivo por el que todos estaban allí. Kit se llevó su portátil consigo. Quizá necesitara interceptar alguna comunicación del Kremlin con el exterior. Elton encontró una linterna en la guantera y se la dio a Kit.

—Tú irás delante —dijo.

Kit echó a andar sin más preámbulos, abriéndose paso como podía entre la nieve, que le llegaba a las rodillas. Oía los gruñidos y maldiciones de los otros, pero no volvió la vista atrás. O seguían su ritmo o se quedaban por el camino.

Hacía un frío implacable. Ninguno de ellos iba vestido para algo así. No habían contado con la posibilidad de tener que estar a la intemperie. Nigel llevaba una americana, Elton una gabardina y Daisy una chaqueta de piel. De todos ellos, Kit era el que iba más abrigado con su chaqueta acolchada. Se había puesto botas de montaña, y Daisy llevaba botas de motorista, pero Nigel y Elton llevaban zapatos normales y corrientes, y Daisy era la única que tenía guantes.

Kit no tardó en empezar a temblar. Le dolían las manos, aunque procuraba mantenerlas hundidas en los bolsillos de su chaquetón. La nieve le había empapado los vaqueros hasta las

rodillas y el agua se le había colado dentro de las botas. Tenía las orejas y la nariz insensibilizadas por el frío.

La familiar carretera que tantas veces había recorrido a pie o en bicicleta de pequeño estaba sepultada bajo la nieve, y Kit se preguntó si no habría perdido el norte. Estaban en pleno páramo escocés, y a diferencia de lo que ocurría en otras zonas de Gran Bretaña, no había ningún seto o muro que bordeara la carretera. A uno y otro lado de esta se extendían terrenos sin cultivar, y a nadie se le había ocurrido nunca vallarlos.

Kit tenía la impresión de que se habían desviado de la carretera. Se detuvo y, con las manos desnudas, empezó a escarbar en la nieve.

—¿Qué pasa ahora? —preguntó Nigel con cara de pocos amigos.

—Un segundo. —Kit encontró hierba escarchada, lo que significaba que se habían alejado de la carretera asfaltada. Pero ¿en qué dirección? Pegó los labios a sus manos heladas y sopló para tratar de calentarlas con su propio aliento. A la derecha, el terreno parecía describir una pendiente. Supuso que la carretera tenía que estar en esa dirección. Se encamino hacia allí con dificultad, y a los pocos metros volvió a escarbar en la nieve. Esta vez encontró asfalto.

—Es por aquí —anunció, con más seguridad de la que sentía.

La nieve derretida que le había empapado los vaqueros y los calcetines empezó a cuajar de nuevo, así que ahora tenía una capa de hielo pegada a la piel. Llevaban media hora caminando y Kit tenía la sensación de que avanzaban en círculos. Había perdido el sentido de la orientación. En una noche normal, las farolas de la casa se habrían visto desde lejos, pero la tormenta de nieve impedía el paso de cualquier haz de luz. Tampoco veía ni olía el mar. Era como si estuviera a cien kilómetros de distancia. Kit cayó en la cuenta de que podían morir de frío si se perdían, y sintió verdadero pánico.

Los demás lo seguían en un silencio que era fruto del agotamiento. Hasta Daisy había dejado de refunfuñar. Resoplaban y temblaban de la cabeza a los pies. No les quedaban fuerzas para protestar.

Finalmente, Kit percibió una oscuridad más intensa a su alrededor. La tormenta parecía haber amainado ligeramente. De pronto, tropezó con algo. Había estado a punto de darse de bruces con el grueso tronco de un gran árbol. Eso significaba que habían alcanzado el bosque cercano a la casa. Se sintió tan aliviado que tuvo ganas de arrodillarse y dar las gracias. A partir de allí, podría llegar al garaje sin problemas.

Mientras seguía el sendero que serpenteaba entre los árboles, oyó un sonoro castañeteo de dientes a su espalda. Deseó que fuera Daisy.

Había perdido toda la sensibilidad en los dedos de las manos y los pies, pero aún podía mover las piernas. La capa de nieve no era tan gruesa allí, bajo las copas de los árboles, por lo que podía avanzar más deprisa. Un débil resplandor le indicó que se acercaba a la casa. Por fin abandonó la arboleda y, siguiendo la luz, llegó al garaje.

Las grandes puertas automáticas estaban cerradas, pero había una puerta lateral que siempre se dejaba abierta. Kit la encontró y entró en el garaje. Los otros tres siguieron sus pasos.

—Gracias a Dios —dijo Elton en tono sombrío—. Creía que iba a palmarla en el puto páramo escocés.

Kit encendió la linterna. Allí estaba el Ferrari azul de su padre, con su voluptuosa silueta, arrimado a la pared. A su lado estaba el Ford Mondeo blanco de Luke, lo que no era nada habitual. Este solía volver a casa con Lori en su coche al final de la jornada. ¿Se habrían quedado a pasar la noche o...?

Apuntó con la linterna hacia el otro extremo del garaje, donde su padre solía dejar el Toyota Land Cruiser Amazon.

La plaza de aparcamiento estaba vacía.

Kit sintió ganas de llorar.

Enseguida comprendió lo ocurrido. Luke y Lori vivían en un pequeño chalet a unos dos kilómetros de allí. En vista del tiempo, Stanley les habría dado permiso para coger el todoterreno y dejar allí el Ford Mondeo, que no era mejor que el Opel Astra para circular por la nieve.

—Me cago en todo —masculló Kit.

—¿Dónde está el Toyota? —inquirió Nigel.

—Se lo han llevado —contestó Kit—. Maldita sea, ahora sí que la hemos cagado.

03.30

Carl Osborne hablaba por el móvil.

—¿Hay alguien en la redacción? Bien, pues pásame.

Toni cruzó el vestíbulo principal y se acercó a él.

—Espera, por favor.

Carl tapó el auricular con la mano.

—¿Qué pasa?

—Por favor, cuelga y escúchame un segundo.

Carl se volvió hacia el auricular.

—Prepárate para grabar mi voz, te volveré a llamar en un par de minutos.

Pulsó el botón de fin de llamada y la miró con gesto expectante.

Toni estaba desesperada. Carl podía hacer mucho daño a la empresa con un enfoque alarmista de lo ocurrido. Odiaba suplicar, pero tenía que impedírselo.

—Esto podría ser mi ruina —empezó—. Dejé que Michael Ross robara un conejo infectado, y ahora he consentido que una cuadrilla de ladrones se haga con varias muestras del virus.

—Lo siento, Toni, pero es ley de vida.

—También podría ser el fin de la empresa —insistió. Estaba siendo más franca de lo que hubiera deseado, pero no le quedaba otro remedio—. La mala publicidad podría ahuyentar a nuestros... inversores.

—Los americanos, quieres decir. —Carl no le dejaba pasar ni una.

—¿Y eso qué más da? Lo importante es que la empresa se iría al garete. —Y con ella Stanley, pensó, aunque se abstuvo de decirlo. Intentaba sonar razonable y objetiva, pero la voz estaba a punto de rompérsele—. ¡No se lo merecen!

—Querrás decir que tu querido profesor Oxenford no se lo merece.

—¡Lo único que intenta es encontrar una cura para enfermedades que matan a la gente, por el amor de Dios!

—Y de paso amasar una fortuna.

—Igual que tú, cuando llevas la verdad a los telespectadores escoceses.

Osborne se la quedó mirando fijamente, tratando de averiguar si había sarcasmo en sus palabras. Luego negó con la cabeza.

—Una noticia es una noticia. Además, antes o después saldrá a la luz. Si no lo hago yo, lo hará otro.

—Lo sé. —Toni volvió la mirada hacia las ventanas del vestíbulo principal. La tormenta no parecía querer amainar. En el mejor de los casos, el tiempo se estabilizaría un poco con la llegada del alba—. Dame solo tres horas —le pidió—. Espérate hasta las siete para hacer esa llamada.

—¿Qué diferencia hay?

Quizá ninguna, pensó Toni, pero aquella era su única esperanza.

—Para entonces tal vez podamos anunciar que la policía ha detenido a los ladrones, o por lo menos que están sobre su pista y esperan detenerlos en cualquier momento.

Quizá la empresa, y con ella Stanley, pudieran sobrevivir a la crisis si esta se zanjaba deprisa.

—Ni hablar. Mientras tanto, alguien podría pisarme la noticia. En cuanto se entere la policía, será un secreto a voces. No puedo arriesgarme.

Dicho lo cual, empezó a marcar un número en su móvil.

Toni se lo quedó mirando fijamente. La verdad ya era bastante terrible, pero vista a través de la lente deformadora del periodismo sensacionalista podía tener consecuencias catastróficas.

—Graba lo que voy a decir —ordenó Carl a su interlocutor—. Podéis pasarlo con una foto mía hablando por teléfono. ¿Listos?

Toni sintió ganas de estrangularlo.

—Les hablo desde los laboratorios Oxenford Medical. En tan solo dos días, esta empresa farmacéutica escocesa ha vivido dos graves incidentes de seguridad biológica.

¿Podía detenerlo? Tenía que intentarlo. Miró a su alrededor. Steve estaba detrás del mostrador. Susan seguía acostada y estaba muy pálida, pero Don seguía de pie. Su madre dormía, al igual que el cachorro. Tenía dos hombres de su parte.

—Perdone —le dijo a Carl.

El periodista se hizo el sordo.

—Varias muestras de un virus mortal conocido como Madoba-2…

Toni puso la mano sobre el teléfono.

—Lo siento, pero no puede hablar aquí dentro.

Osborne se apartó e intentó proseguir.

—Muestras de un virus…

Toni lo interrumpió de nuevo, y esta vez puso la mano entre el teléfono y la boca de Osborne.

—¡Steve, Don! ¡Venid aquí, rápido!

—Intentan impedir que dé la noticia —alcanzó a añadir Carl—, ¿sigues grabando?

—Los teléfonos móviles pueden alterar el funcionamiento de los aparatos electrónicos existentes en el laboratorio —dijo Toni, lo bastante alto para que se la escuchara al otro lado de la línea—, por lo que su uso está prohibido. —Lo que acababa de decir no era cierto, pero serviría como pretexto—. Haga el favor de desconectarlo.

Carl Osborne se apartó de Toni y exclamó a voz en grito:

—¡Déjame en paz!

Toni hizo una seña a Steve, que le arrebató el aparato de las manos y lo apagó.

—¡No puedes hacerme esto! —protestó Carl.

—Por supuesto que puedo. Eres un invitado, y yo estoy al frente de la seguridad.

—Y una mierda. La seguridad no tiene nada que ver con esto.

—Piensa lo que quieras, pero aquí las reglas las dicto yo.

—Me iré afuera a hablar por teléfono.

—Te morirás de frío.

—No puedes impedir que me vaya.

Toni se encogió de hombros.

—En eso tienes razón. Pero no pienso devolverte el móvil.

—Me lo robas.

—Lo confisco por motivos de seguridad. Te lo enviaremos por correo.

—Encontraré una cabina.

—Que tengas suerte.

No había ningún teléfono público en diez kilómetros a la redonda.

Carl se puso el abrigo y salió. Toni y Steve lo observaban por las ventanas. Se metió en el coche y arrancó el motor. Luego volvió a salir y barrió con las manos la capa de varios centímetros de nieve que cubría el parabrisas. Los limpiaparabrisas empezaron a funcionar. Carl se subió al coche y arrancó.

—Se ha olvidado del perro —observó Steve.

La ventisca había remitido ligeramente. Toni masculló una maldición. No podía creer que el tiempo fuera a mejorar justo cuando no debía hacerlo.

A medida que el Jaguar remontaba la cuesta, la pila de nieve que iba arrastrando le dificultaba el avance. Se detuvo a unos cien metros de la verja.

Steve sonrió.

—Ya decía yo que no podía llegar muy lejos.

La luz de la cabina se encendió. Toni frunció el ceño, preocupada.

—A lo mejor piensa quedarse ahí encerrado —aventuró Steve—, con el motor en marcha y la calefacción a todo gas hasta que se le acabe la gasolina.

Toni miró hacia fuera con ojos escrutadores, intentando ver a través de la nieve.

—¿Qué demonios hace? —se preguntó Steve—. Parece que esté hablando solo.

Toni comprendió lo que estaba pasando, y el corazón le dio un vuelco en el pecho.

—Mierda —dijo—. Está hablando, pero no solo.

—¿Qué?

—Tiene otro teléfono en el coche. Es un periodista, debe de llevar un equipo de repuesto. Joder, tenía que haberlo sabido.

—¿Quieres que salga y se lo quite de las manos?

—Demasiado tarde. Para cuando lo alcanzaras, ya habría dicho lo suficiente. Maldita sea. —Todo se le volvía en contra. Sintió ganas de rendirse, dar la espalda a todo aquello, buscar una habitación a oscuras y acostarse con los ojos cerrados. Pero no lo hizo, sino que procuró tranquilizarse—. Cuando vuelva a entrar, sal sin que te vea y mira a ver si ha dejado las llaves puestas. Si es así, sácalas. Por lo menos no podrá volver a usar el teléfono.

—De acuerdo.

El móvil de Toni empezó a sonar.

—Toni Gallo —contestó.

—Soy Odette.

Sonaba algo alterada.

—¿Qué ha pasado?

—Acabo de hablar con los de inteligencia. Un grupo terro-

rista que se hace llamar Cimitarra ha estado intentando comprar el Madoba-2.

—¿Cimitarra? ¿Es un grupo árabe?

—Eso parece, aunque no estamos seguros. Puede que hayan elegido ese nombre para despistar. Pero creemos que tus ladrones trabajan para ellos.

—Dios santo. ¿Sabes algo más?

—Piensan liberarlo mañana, aprovechando que es festivo, en algún lugar público de Gran Bretaña.

Toni reprimió un grito. Odette y ella habían comentado aquella posibilidad, pero saber que se confirmaba le ponía los pelos de punta. Los británicos solían pasar el día de Navidad en casa, y el 26 de diciembre, más conocido como Boxing Day, aprovechaban para salir a pasear. En todo el país, familias enteras se echarían a la calle para ir a un partido de fútbol, una carrera de caballos, al cine, al teatro o a la bolera. Muchos cogerían un avión para irse a esquiar o a pasar unos días en alguna playa del Caribe. Las posibilidades eran infinitas.

—Pero ¿dónde? —inquirió Toni—. ¿En qué lugar público?

—No lo sabemos. Así que no nos queda otra que detener a esos ladrones. La policía local se dirige hacia ahí con una máquina quitanieves.

—¡Eso es genial!

Toni empezó a sentirse más animada. Si lograban atrapar a los ladrones, todo cambiaría. No solo podrían recuperar el virus y evitar el peligro anunciado, sino que Oxenford Medical no quedaría tan mal en la prensa, y Stanley se salvaría.

Odette prosiguió:

—También he puesto sobre aviso a la policía de las localidades vecinas, y he informado a Glasgow. Pero creo que las operaciones se dirigirán desde Inverburn. El tipo que está al frente de la jefatura de policía se llama Frank Hackett. El nombre me resulta familiar… no será tu ex, ¿verdad?

—Pues sí. Ahí está el problema. Le gusta llevarme la contraria.

—Creo que te vas a encontrar con un hombre muy cambiado. Ha recibido una llamada personal del canciller del ducado de Lancaster. Ya sé que suena cómico, pero es la persona que está al frente de la secretaría de Estado de Interior, lo que significa que es el mandamás de la lucha antiterrorista. Tu ex habrá saltado de la cama como si estuviera en llamas.

—Que no te dé lástima, no se lo merece.

—Después ha tenido una charla con mi jefe, otra experiencia de las que no se olvidan fácilmente. Ahora mismo el pobre desgraciado va camino de Oxenford Medical en una máquina quitanieves.

—Preferiría la máquina quitanieves a secas.

—Lo ha pasado mal, pórtate bien con él.

—Sí, claro… —repuso Toni.

03.45

Daisy temblaba tanto que apenas podía sujetar la escalera de mano. Elton escaló los travesaños, sosteniendo unas tijeras de podar en una de sus manos heladas. Las luces de la fachada relucían a través de un cedazo de nieve. Kit los observaba desde la puerta del garaje. Le castañeteaban los dientes. Nigel estaba en el interior del garaje, abrazado al maletín de piel granate.

Habían apoyado la escalera de mano contra uno de los muros laterales de la casa principal. Los cables de teléfono salían al exterior por una esquina y discurrían paralelos al tejado hasta llegar al garaje. Kit sabía que desde allí conectaban con un tubo subterráneo que iba hasta la carretera principal. Cortar los cables dejaría a toda la propiedad sin línea telefónica. Era solo una precaución, pero Nigel había insistido en que se hiciera, y Kit había encontrado la escalera de mano y las tijeras de podar en el garaje.

Tenía la impresión de estar viviendo una pesadilla. Sabía que el trabajo de aquella noche implicaba algún peligro, pero jamás se le habría pasado por la cabeza que acabaría plantado delante de la casa de su padre mientras un matón a sueldo cortaba los cables de teléfono y el jefe de la cuadrilla se abrazaba a un maletín en cuyo interior había un virus capaz de matarlos a todos.

Elton despegó la mano izquierda de la escalera, buscó un

punto de equilibrio y sujetó las tijeras de podar con ambas manos. Se inclinó hacia delante, apresó el cable entre las hojas de las tijeras, las cerró con fuerza… y las dejó. Estas aterrizaron boca abajo en la nieve, a escasos centímetros de Daisy, que soltó un grito.

—¡Chsss! —susurró Kit.

—¡Podía haberme matado! —protestó Daisy.

—¡Vais a despertar a todo el mundo!

Elton bajó la escalera, recogió las tijeras de podar y volvió a subir.

Tenían que ir hasta el chalet de Luke y Lori para coger el todoterreno, pero Kit sabía que no podrían marcharse enseguida. Estaban al borde del agotamiento, y lo que era peor, no estaba seguro de saber encontrar la casa de Luke. Casi se había perdido para llegar a Steepfall. La nieve seguía cayendo con fuerza. Si intentaban seguir adelante sin antes reponer fuerzas, se perderían o morirían de frío, o ambas cosas. Tenían que esperar a que amainara la tormenta, o que la luz del día les permitiera orientarse, y para asegurarse de que nadie descubría su paradero habían decidido cortar la línea telefónica.

Al segundo intento, Elton logró cortar el cable. Mientras bajaba la escalera, Kit recogió los trozos de cable suelto, los enrolló y los dejó apoyados contra la pared del garaje, donde resultaban menos visibles.

Elton llevó la escalera de mano hasta el garaje y la dejó caer con estruendo en el suelo de hormigón.

—¡Procura no hacer tanto ruido! —le reconvino Kit.

Nigel miraba las paredes de piedra desnuda del establo convertido en garaje.

—No podemos quedarnos aquí.

—Mejor aquí que ahí fuera —repuso Kit.

—Estamos destemplados y mojados, y aquí no hay calefacción. Nos moriremos de frío.

—Tienes razón —asintió Elton.

—Pondremos en marcha los motores de los coches —sugirió Kit—. Eso caldeará el ambiente.

—No seas imbécil —replicó Elton—. El monóxido de carbono nos mataría antes de que pudiéramos entrar en calor.

—Podríamos sacar el Ford afuera y esperar dentro.

—Y una mierda —protestó Daisy—. Yo lo que necesito es una taza de té, algo de comida caliente y una copa. Voy a entrar en la casa.

—¡No!

La idea de dejar entrar a aquellos tres en la casa familiar le producía auténtico pavor. Sería como llevarse a casa a una jauría de perros rabiosos. ¿Y qué pasaba con el maletín y su virulento contenido? ¿Cómo iba a dejar que entraran con algo así en la cocina?

—Estoy con Daisy —terció Elton—. Entremos en la casa.

Kit lamentó amargamente haberles dicho cómo cortar las líneas telefónicas.

—Pero ¿qué digo yo si nos sorprenden?

—Estarán todos durmiendo.

—¿Y si sigue nevando cuando se levanten?

Nigel intervino:

—Dirás lo siguiente: no nos conoces de nada. Nos has encontrado en la carretera. Nuestro coche se ha quedado atrapado en la nieve a un par de kilómetros de aquí. Al vernos, te has compadecido de nosotros y nos has traído hasta aquí.

—¡Se supone que no he salido de la casa!

—Di que te fuiste a tomar una copa.

—O que habías quedado con una chica —sugirió Elton.

—¿Cuántos añitos tienes, por cierto? —le espetó Daisy—. ¿Todavía le pides permiso a papá para salir por la noche?

Kit no soportaba que una energúmena como Daisy lo tratara con aires de superioridad.

—Se trata de buscar una excusa creíble, imbécil. ¿Quién sería tan estúpido para salir en plena ventisca y hacer un mon-

tón de kilómetros solo para tomarse una copa con la cantidad de alcohol que hay en la casa?

—Alguien lo bastante estúpido para perder un cuarto de millón al blackjack —replicó Daisy.

—Ya se te ocurrirá algo, Kit —dijo Nigel—. Vámonos dentro antes de que se nos caigan los putos dedos de los pies.

—Habéis dejado los disfraces en la furgoneta. Mi familia os verá tal como sois.

—Da igual. Solo somos tres desventurados automovilistas que se han quedado atrapados en la nieve. Habrá cientos como nosotros, saldrá en las noticias. Tu familia no tiene por qué relacionarnos con los ladrones que han entrado a robar en el laboratorio.

—No me gusta —insistió Kit. Le daba miedo plantar cara a un grupo de delincuentes habituales, pero estaba lo bastante desesperado para hacerlo—. No quiero que entréis en la casa.

—Nadie te ha pedido permiso —replicó Nigel con gesto desdeñoso—. Si no nos dices cómo entrar, lo averiguaremos por nuestra cuenta.

Lo que aquellos tres no entendían, pensó Kit al borde de la desesperación, era que en su familia nadie se chupaba el dedo. Nigel, Elton y Daisy lo tendrían difícil para engañarlos.

—No parecéis un grupo de inocentes ciudadanos que se han quedado atrapados en la nieve.

—¿Qué quieres decir? —inquirió Nigel.

—No respondéis precisamente al perfil de la típica familia escocesa —contestó Kit—. Tú eres londinense, Elton es negro y Daisy es una psicópata. No sé, pero puede que mis hermanas sospechen algo.

—Nos portaremos bien y no diremos gran cosa.

—Mejor sería que no abrierais la boca en absoluto. Os lo advierto: a la menor señal de violencia, se acabó lo que se daba.

—Por supuesto. Queremos que piensen que somos inofensivos.

—Sobre todo Daisy. —Kit se volvió hacia ella—. Las manos quietas.

Nigel apoyó a Kit.

—Sí, Daisy. Procura no descubrir el pastel. Compórtate como una chica normal, aunque solo sea durante un par de horas, ¿vale?

—Que sí, que sí... —rezongó Daisy, y se dio la vuelta.

Kit comprendió que, en algún momento de la conversación que no sabría concretar, había acabado sometiéndose a los deseos de los demás.

—Mierda —masculló—. Recordad que me necesitáis para encontrar el todoterreno. Si le tocáis un pelo a alguien de mi familia, ya os podéis olvidar de mí.

Con la sensación fatalista de que no podía evitar buscarse su propia perdición, Kit rodeó la casa y los guió hasta la puerta trasera, que como siempre estaba abierta.

—No pasa nada, Nellie, soy yo —dijo, para que la perra no ladrara.

Cuando entró en el recibidor de las botas, el aire caliente lo envolvió como una bendición. A su espalda, Elton exclamó:

—¡Dios, qué bien se está aquí!

Kit se dio la vuelta y dijo entre dientes:

—¡Haced el favor de no levantar la voz! —Se sentía como un maestro de escuela intentando controlar a un grupo de niños revoltosos en un museo—. ¿No entendéis que cuanto más tarden en despertarse, mejor para nosotros? —Los guió hasta la cocina—. Pórtate bien, Nelly —dijo en voz baja—. Son amigos.

Nigel acarició a Nellie, y la perra movió la cola. Se quitaron las chaquetas mojadas. Nigel dejó el maletín sobre la mesa de la cocina y dijo:

—Ve calentando agua para el té, Kit.

El interpelado dejó el portátil en la mesa y encendió el pequeño aparato de televisión que había sobre la encimera. Buscó una cadena de noticias y luego llenó la tetera de agua.

Una atractiva presentadora dijo:

—A causa de un cambio inesperado en la dirección del viento, la ventisca ha sorprendido a la mayor parte de la población escocesa.

—Y que lo jures —observó Daisy.

La presentadora hablaba en un tono seductor, como si estuviera invitando al telespectador a subir a su piso para tomar una última copa.

—En algunas zonas, han caído más de treinta centímetros de nieve en tan solo doce horas.

—¡No me digas! —replicó Elton.

Se estaban relajando, comprobó Kit con inquietud. Él, en cambio, se sentía incluso más tenso que antes.

La presentadora informó de varios accidentes de tráfico, carreteras bloqueadas y vehículos abandonados.

—¿Y a mí qué me importa todo eso? —explotó Kit en tono airado—. ¿Cuándo se acaba la puta tormenta?

—Prepara el té, Kit —sugirió Nigel.

Kit sacó tazas, un azucarero y una jarra de leche. Nigel, Daisy y Elton se reunieron en torno a la mesa de pino macizo, tal como lo haría una familia de verdad. El agua rompió a hervir. Kit preparó té y café.

La presentadora de televisión cedió paso a un meteorólogo, cuya imagen apareció montada sobre un mapa de isobaras. Todos guardaron silencio.

—Mañana por la mañana la tormenta habrá desaparecido tan repentinamente como empezó —anunció el meteorólogo.

—¡Bien! —exclamó Nigel, exultante.

—El deshielo empezará antes de mediodía.

—¡Podrías ser un poco más preciso! —replicó Nigel, al borde de la exasperación—. ¿A qué hora de la mañana?

—Aún podemos conseguirlo —dijo Elton. Vertió té en su taza y le añadió leche y azúcar.

Kit compartía su optimismo.

—Deberíamos salir al alba —advirtió. La promesa de poder distinguir claramente el camino le había dado nuevos bríos.

—Solo espero que lleguemos a tiempo —apuntó Nigel.

Elton bebió un sorbo de té.

—Qué bien sienta esto, por Dios. Ahora sé cómo debió sentirse Lázaro al resucitar de entre los muertos.

Daisy se levantó. Abrió la puerta que daba al comedor y escudriñó la estancia en penumbra.

—¿Qué hay aquí? —preguntó.

—¿Adónde crees que vas? —replicó Kit.

—No pienso beberme el té a secas.

Daisy encendió la luz y pasó al comedor. Segundos más tarde soltó una exclamación exultante y Kit la oyó abriendo el mueble bar.

Fue entonces cuando Stanley entró en la cocina desde el vestíbulo, ataviado con su pijama gris y una bata de cachemira negra.

—Buenos días —dijo—. ¿Qué pasa aquí?

—Hola, papá —respondió Kit—. Te lo puedo explicar.

Daisy volvió del comedor sosteniendo una botella de Glenmorangie con una de sus manos enguantadas.

Stanley arqueó las cejas al verla.

—¿Le apetece una copa? —preguntó.

—No, gracias —contestó Daisy—. Tengo una botella entera.

04.15

Toni llamó a Stanley a su casa tan pronto como encontró un momento libre. No podía hacer nada para remediar la situación, pero al menos estaría al tanto de lo ocurrido. Lo último que quería Toni era que se enterara del robo por las noticias.

Temía aquella conversación. Debía confesarse responsable de una calamidad que podía arruinar su vida. ¿Cómo no iban a cambiar sus sentimientos hacia ella después de algo así?

Marcó el número, pero no había línea. Stanley debía de tener el teléfono estropeado. Era posible que la tormenta hubiera provocado un fallo en las líneas. Se sintió aliviada por no tener que darle la terrible noticia de viva voz.

Stanley no tenía móvil, pero en su Ferrari había un teléfono. Llamó a ese número y dejó un mensaje.

—Stanley, soy Toni. Malas noticias: han entrado a robar en el laboratorio. Por favor, llámame al móvil en cuanto puedas.

Era posible que no escuchara el mensaje hasta que fuera demasiado tarde, pero por lo menos lo había intentado.

Toni miraba con impaciencia por las ventanas del vestíbulo principal. ¿Dónde se había metido la policía con el quitanieves? Venían desde Inverburn —es decir, desde el sur— por la carretera principal. Toni había calculado que la máquina quitanieves avanzaría a unos veinticinco kilómetros por hora, dependiendo de la profundidad de la nieve que debía despejar a su

paso, así que el viaje les tomaría entre veinte y treinta minutos. Ya tendrían que haber llegado. «¡Venga, daos prisa!»

Esperaba que, nada más llegar a Oxenford Medical, la policía saliera hacia el norte en busca de la furgoneta de Hibernian Telecom. Seguramente sería fácil de localizar gracias a las grandes letras blancas impresas sobre el fondo oscuro del chasis.

Pero los ladrones podían haber pensado en eso, se dijo de pronto. Seguramente tenían previsto cambiar de vehículo al poco de abandonar el Kremlin. Eso es lo que ella habría hecho en su lugar. Habría elegido un coche del montón, un Ford Fiesta o similar, que se parecía a muchos otros modelos, y lo habría dejado en un aparcamiento cualquiera, a las puertas de un supermercado o de una estación de tren. Los ladrones se irían derechos al aparcamiento y, pocos minutos después de haber dejado la escena del crimen, huirían en un vehículo completamente distinto.

La idea era desoladora. Si estaba en lo cierto, ¿cómo se las iba a arreglar la policía para identificar a los ladrones? Tendrían que inspeccionar todos los coches y comprobar si sus ocupantes eran tres hombres y una mujer.

Se preguntó con nerviosismo si podía hacer algo para acelerar el proceso. Suponiendo que la banda hubiera cambiado de vehículo en algún punto cercano al laboratorio, tampoco disponían de tantas alternativas. Necesitaban un sitio en el que pudieran dejar un vehículo aparcado durante varias horas sin llamar la atención de nadie. No había estaciones de ferrocarril ni supermercados en los alrededores. ¿Qué había? Se fue al mostrador de recepción, cogió un bloc de notas y un bolígrafo y confeccionó una lista:

Club de golf de Inverburn
Hotel Drew Drop
Restaurante Happy Eater
Centro de jardinería Greenfingers

Fábrica de pescados ahumados
Editorial Williams Press

Toni no quería que Carl Osborne se enterara de lo que estaba haciendo. El periodista había vuelto de su coche para resguardarse del frío en el vestíbulo principal y no perdía detalle de cuanto ocurría a su alrededor. Lo que ignoraba era que ya no podía hacer llamadas desde su coche, pues Steve había salido a hurtadillas y había sacado las llaves del contacto. Aun así, Toni prefería no arriesgarse.

Se dirigió a Steve en voz baja:

—Tengo un pequeño trabajo de investigación para ti. —Rasgó en dos la hoja de papel en la que había apuntado la lista y le dio una de las mitades—. Llama a estos sitios. Estará todo cerrado, pero supongo que habrá algún conserje o guardia de seguridad para coger el teléfono. Explícales que hemos sido víctimas de un robo, pero no digas qué han robado. Solo diles que el vehículo utilizado para la fuga puede haber sido abandonado en las inmediaciones. Pregunta si ven una furgoneta de Hibernian Telecom aparcada fuera.

Steve asintió.

—Bien pensado. Quizá podamos seguirles la pista y poner a la policía en el buen camino.

—Exacto. Pero no uses el teléfono de recepción. No quiero que Carl se entere. Ve al otro extremo del vestíbulo, desde allí podrás hablar sin que te oiga, y usa su móvil.

Toni se situó a una distancia prudente de Carl y sacó su móvil. Llamó al teléfono de información y pidió el número del club de golf. Marcó el número solicitado y esperó. El teléfono sonó durante más de un minuto, hasta que al fin un voz soñolienta contestó:

—Club de golf, ¿diga?

Toni se presentó y explicó lo ocurrido.

—Estoy tratando de localizar una furgoneta con el rótulo

de la empresa Hibernian Telecom impreso en un costado. ¿Podría decirme si está en su aparcamiento?

—Ah, ya entiendo… es el vehículo en el que se han dado a la fuga, ¿no?

Toni contuvo la respiración.

—¿Está ahí?

—No, o por lo menos no lo estaba cuando empezó mi turno. Hay un par de coches aquí fuera, pero son los que dejaron los clientes que no se atrevieron a echarse a la carretera ayer después de comer, ya sabe…

—¿A qué hora empezó su turno?

—A las siete de la noche.

—¿Es posible que desde entonces hubiera llegado una furgoneta y hubiera aparcado delante del club, a eso de las dos de la mañana, por ejemplo?

—Pues… quizá, sí. No puedo saberlo.

—¿Le importaría salir a comprobarlo?

—¡Claro, puedo salir a comprobarlo! —Por su tono de voz, se diría que la idea le parecía digna de un genio—. Espere un segundo, no tardo nada.

El hombre posó el auricular.

Toni esperó. Oyó el ruido de pasos alejándose y luego regresando.

—Me parece que no hay ninguna furgoneta ahí fuera.

—De acuerdo.

—Tenga en cuenta que los coches están todos cubiertos de nieve. Es imposible verlos con claridad. ¡Ni siquiera estoy seguro de poder reconocer el mío!

—Me hago cargo, gracias.

—Pero si hubiera una furgoneta destacaría entre los demás coches por ser más alta, ¿no cree? Vamos, que saltaría a la vista. No, no hay ninguna furgoneta ahí fuera.

—Ha sido usted muy amable. Se lo agradezco de veras.

—¿Qué han robado?

Toni fingió no oír la pregunta y colgó. Steve estaba hablando por teléfono, y era evidente que tampoco había conseguido nada. Marcó el teléfono del hotel Drew Drop.

—Vincent al habla, ¿en qué puedo ayudarle? —dijo un joven en tono alegre y servicial.

Toni pensó que sonaba como el típico recepcionista que parece desvivirse por los clientes hasta que a estos se les ocurre pedirle algo. Repitió su exposición de los hechos.

—Hay muchos vehículos en nuestro aparcamiento, no cerramos por Navidad —le comunicó Vincent—. Ahora mismo estoy mirando el monitor del circuito cerrado de televisión, pero no veo ninguna furgoneta. Claro que, por desgracia, la cámara no abarca todo el aparcamiento.

—¿Le importaría asomarse a la ventana y echar un vistazo? Es muy importante.

—La verdad es que estoy bastante ocupado.

«¿A estas horas de la noche?», pensó Toni. Luego, empleando su tono de voz más amable y considerado, añadió:

—Verá, así la policía no tendría que desplazarse hasta ahí para comprobarlo y de paso entrevistarle.

El truco funcionó. Lo último que quería Vincent era que su tranquilo turno de noche se viera alterado por la llegada de varios coches patrulla y agentes de policía.

—Un momento, por favor.

Se fue y volvió al cabo de pocos minutos.

—Sí, está aquí —dijo.

—¿De veras?

Toni no daba crédito a sus oídos. Apenas recordaba la última vez que la suerte se había puesto de su parte.

—Una furgoneta Ford Transit azul, con la inscripción «Hibernian Telecom» impresa a un lado en grandes letras blancas. No puede llevar aquí mucho tiempo, porque no está tan cubierta de nieve como los demás coches. Por eso he podido leer la inscripción.

—No sabe usted la alegría que me da, muchas gracias. Ya puestos, ¿no se habrá fijado si falta otro coche, posiblemente el que han usado para darse a la fuga?

—No, lo siento.

—De acuerdo, ¡gracias de nuevo! —Toni colgó y buscó la mirada de Steve—. ¡He encontrado el vehículo en que se dieron a la fuga!

Steve asintió al tiempo que volvía el rostro hacia la ventana.

—Y la máquina quitanieves ya está aquí.

04.30

Daisy apuró su taza de té y la volvió a llenar de whisky.

Kit estaba al borde de un ataque de nervios. Nigel y Elton quizá pudieran hacerse pasar por inocentes viajeros sorprendidos por la ventisca, pero Daisy era un caso perdido. Parecía una delincuente y se comportaba como tal.

Cuando dejó la botella sobre la mesa de la cocina, Stanley la cogió.

—Cuidado, no vayas a emborracharte —le advirtió en tono amable, al tiempo que tapaba la botella.

Daisy no estaba acostumbrada a que nadie le dijera lo que debía hacer, seguramente porque nadie se atrevía. Miró a Stanley como si estuviera a punto de estrangularlo. Se le veía elegante y vulnerable, enfundado en su pijama gris y su bata negra. Kit se preparó para lo peor.

—Un poco de whisky templa el espíritu, pero si te pasas te hará sentir peor —dijo Stanley, y guardó la botella en un armario—. Mi padre solía decir eso, y era un gran amante del whisky.

Daisy trataba de contener su ira. El esfuerzo era visible para Kit. Temía lo que podía pasar si perdía los estribos. Justo cuando la tensión parecía insoportable, su hermana Miranda entró en la cocina luciendo un camisón de noche de color rosa con estampado floral.

—Hola, cariño. Te has levantado pronto —dijo Stanley.

—No podía dormir. He pasado la noche en el sillón cama del viejo estudio de Kit. No preguntes por qué. —Entonces miró a los desconocidos—. Es muy pronto para recibir visitas.

—Os presento a mi hija Miranda —anunció Stanley—. Mandy, te presento a Nigel, Elton y Daisy.

Minutos antes Kit los había presentado a su padre y, para cuando se percató de su error, ya le había dado los nombres reales de los tres.

Miranda asintió a modo de saludo.

—¿Os ha traído Santa Claus en su trineo? —preguntó en tono dicharachero.

—El coche los ha dejado tirados en la carretera principal, cerca de nuestro desvío —explicó Kit—. Yo los he recogido, pero luego mi coche también se ha quedado atrapado en la nieve y hemos tenido que hacer el resto del camino a pie. —¿Se lo tragaría? ¿Y se resistiría a preguntar por el maletín de piel granate que descansaba sobre la mesa de la cocina como una bomba a punto de estallar?

Pero, contra todo pronóstico, Miranda se fijó en otro aspecto de la cuestión.

—No sabía que habías salido. ¿Adónde demonios has ido, en plena noche y con este tiempo?

—Bueno, ya sabes… —Kit había pensado cómo contestar a aquella pregunta, y miró a su hermana con una media sonrisa—. No podía dormir, me sentía solo y se me ocurrió ir a ver a una antigua novia de Inverburn.

—¿Cuál de ellas? La mayoría de las chicas de Inverburn son antiguas novias tuyas.

—No creo que la conozcas. —Pensó rápidamente en un nombre—. Lisa Freemont.

No bien lo dijo, se arrepintió. Lisa Freemont era de un personaje de una película de Hitchcock.

Miranda no pareció darse cuenta.

—¿Se alegró de verte?

—No estaba en casa.

Miranda se dio la vuelta y cogió la cafetera.

Kit se preguntó si se lo habría tragado. La historia que había inventado sobre la marcha no era lo bastante buena, pero Miranda no podía saber por qué mentía. Seguramente daría por sentado que su hermano mantenía una relación con alguien pero prefería mantenerla en secreto, quizá por tratarse de la mujer de otro.

Mientras Miranda se servía café, Stanley se dirigió a Nigel.

—¿De dónde eres? No suenas escocés.

Parecía un comentario de lo más inocente, pero Kit sabía que su padre trataba de recabar información sobre los desconocidos.

Nigel le contestó en el mismo tono despreocupado.

—Vivo en Surrey, pero trabajo en Londres. Tengo un despacho en Canary Wharf.

—Ah, te dedicas al mundo de las finanzas.

—Suministro sistemas de alta tecnología a países del tercer mundo, sobre todo de Oriente Próximo. Un joven jeque del petróleo quiere tener su propia discoteca y no sabe dónde comprar todo lo necesario, así que acude a mí y yo le soluciono la papeleta.

Sonaba muy creíble.

Miranda se llevó el café a la mesa y se sentó frente a Daisy.

—Qué guantes más chulos —dijo. Daisy llevaba puestos unos guantes de ante marrón claro de aspecto lujoso que estaban completamente empapados—. ¿Por qué no los pones a secar?

Kit se puso nervioso. Cualquier intercambio verbal con Daisy entrañaba peligro.

La aludida lanzó una mirada hostil a Miranda, pero esta no se dio cuenta e insistió:

—Deberías rellenarlos con algo para que no pierdan la forma. —Cogió un rollo de papel de cocina de la encimera—. Ten, puedes usar esto.

—No lo necesito —masculló Daisy con mal disimulada ira.

Miranda arqueó las cejas en un gesto de sorpresa.

—Perdona, ¿he dicho algo que haya podido molestarte?

«Oh, no. Ahora sí que vamos listos», pensó Kit.

Nigel intervino.

—No seas tonta, Daisy. No querrás quedarte sin guantes. —Había un tono de insistencia en su voz que hacía que sus palabras sonaran más como una orden que como una sugerencia. Estaba tan preocupado como Kit—. Haz lo que te dice la señora, solo está siendo amable contigo.

Una vez más, Kit esperó el desenlace fatal. Pero, para su sorpresa, Daisy se quitó los guantes. Kit se quedó desconcertado al ver que tenía unas manos pequeñas y delicadas. Nunca se había percatado de ello. El resto de su persona transmitía una inequívoca sensación de brutalidad: el recargado maquillaje negro de los ojos, la nariz torcida, la chaqueta de piel con cremallera metálica, las botas de motorista. Pero sus manos eran preciosas, y saltaba a la vista que lo sabía, pues las llevaba bien cuidadas, con las uñas limpias y pintadas de un rosa pálido. Kit estaba fascinado. Se dio cuenta de que en algún rincón de aquel monstruo había una chica normal y corriente. ¿Qué le habría pasado? Había crecido bajo la tutela de Harry Mac, eso es lo que le había pasado.

Miranda la ayudó a rellenar los guantes mojados con papel de cocina.

—¿De qué os conocéis, vosotros tres? —preguntó a Daisy. Había empleado un tono de educada curiosidad, como si estuviera charlando con alguien en una fiesta, pero en realidad estaba intentando sonsacarle información. Al igual que Stanley, no tenía ni idea del peligro al que se exponía.

Daisy parecía aterrada. Al verla, Kit pensó en una colegiala a la que el maestro hubiese preguntado por la tarea que se le había olvidado hacer. Kit quería romper aquel silencio incómodo, pero habría quedado raro que contestara por ella. Al cabo de unos instantes, fue Nigel quien intervino:

—El padre de Daisy y yo somos viejos amigos.

«Eso está bien», pensó Kit, aunque Miranda se preguntaría por qué no le había contestado la propia Daisy.

—Y Elton trabaja para mí —añadió Nigel.

Miranda sonrió a Elton.

—¿Eres su mano derecha?

—Su chófer —contestó el interpelado en tono brusco.

Kit pensó que era una suerte que por lo menos Nigel fuera un tipo sociable, para compensar la hosquedad de los otros dos.

—Es una lástima que os haya pillado este tiempo —comentó Stanley.

Nigel sonrió.

—Si hubiera querido tomar el sol, me habría ido a las Barbados.

—El padre de Daisy y tú debéis de ser buenos amigos, para pasar las navidades juntos.

Nigel asintió.

—Nos conocemos desde hace mucho tiempo.

A Kit le parecía evidente que Nigel estaba mintiendo. ¿Sería porque conocía la verdad? ¿O también resultaba evidente para Stanley y Miranda? No podía seguir al margen, la tensión era insoportable. Se levantó bruscamente.

—Tengo hambre —anunció—. Papá, ¿te importa que prepare unos huevos fritos para todos?

—Por supuesto que no.

—Te echaré una mano —se ofreció Miranda, y empezó a poner rebanadas de pan en la tostadora.

—De todas formas, espero que el tiempo no tarde en mejorar —comentó Stanley—. ¿Cuándo pensáis volver a Londres?

Kit sacó una bandeja de beicon de la nevera. ¿Sospechaba algo su padre o solo le picaba la curiosidad?

—Mañana mismo —contestó Nigel.

—Una visita relámpago —repuso Stanley, que como quien

no quería la cosa seguía poniendo a prueba la veracidad de la historia.

Nigel se encogió de hombros.

—El deber nos llama.

—Puede que os tengáis que quedar más tiempo del previsto. No creo que logren despejar las carreteras de aquí a mañana.

Kit se dio cuenta de que tenía que hacer algo para demostrar que no estaba confabulado con Nigel y los otros dos. Mientras preparaba el desayuno, decidió no defenderlos ni excusarlos bajo ninguna circunstancia. Más aún: cuestionaría a Nigel en tono escéptico, como si no acabara de creer su versión de los hechos. Quizá lograra alejar las sospechas que sin duda recaían sobre él fingiendo que tampoco acababa de fiarse de aquellos desconocidos.

Sin embargo, antes de que pudiera poner en práctica su plan, Elton se volvió repentinamente locuaz.

—¿Y usted cómo pasa la Navidad, profesor? —preguntó. Kit había presentado a su padre como «profesor Oxenford»—. Rodeado de la familia, al parecer. Veo que tiene usted dos hijos.

—Tres.

—Con sus respectivos maridos y mujeres, supongo.

—Mis hijas tienen pareja, pero Kit sigue solo.

—¿No tiene nietos?

—Sí, también.

—¿Cuántos, si no es indiscreción?

—En absoluto. Tengo cuatro nietos.

—¿Y han venido todos a pasar la Navidad con usted?

—Sí.

—Eso está muy bien. Su señora y usted deben de estar contentos.

—Por desgracia, mi mujer falleció hace dieciocho meses.

—Vaya, lo lamento mucho.

—Gracias.

¿A qué venía aquel interrogatorio?, se preguntó Kit. Elton

sonreía y hablaba echando el tronco hacia delante, como si sus preguntas no tuvieran más motivación que una sana e inocente curiosidad, pero a Kit no se le escapaba que todo aquello formaba parte de alguna estratagema y se preguntaba con angustia si su padre lo vería igual de claro que él.

Elton no había terminado.

—Debe de ser grande la casa, para que quepan... ¿qué, unas diez personas?

—También tenemos un par de edificios anexos.

—Ah, bien pensado. —Se asomó a la ventana, aunque la nieve no permitía distinguir nada con claridad—. Algo así como casas de invitados.

—Hay un pequeño chalet y un antiguo granero.

—Muy útil. Y luego están las dependencias del servicio, supongo.

—Nuestros empleados tienen un pequeño chalet a poco más de un kilómetro de aquí. No creo que los lleguemos a ver en todo el día.

—Qué lástima.

Tras haber averiguado cuántas personas había exactamente en la propiedad, Elton retomó su habitual mutismo.

Kit se preguntó si alguien más se habría dado cuenta.

La máquina quitanieves era un camión de la marca Mercedes con una cuchilla acoplada a la parte delantera del chasis. En un costado tenía la inscripción «Alquiler de maquinaria Inverburn» y llamativos lanzadestellos de color naranja en el techo, pero a los ojos de Toni era como un carro alado enviado por los mismísimos dioses.

La cuchilla tenía una inclinación que le permitía apartar la nieve hacia el borde de la carretera. El quitanieves despejó rápidamente el camino que iba de la garita hasta la entrada principal del Kremlin, elevando automáticamente la hoja para salvar los badenes que jalonaban el trayecto. Para cuando el vehículo se detuvo frente a la entrada principal, Toni se había puesto la chaqueta y estaba lista para partir. Habían pasado cuatro horas desde que los ladrones se habían marchado pero, si se habían quedado atrapados en la nieve, todavía podían cogerlos.

Tras la máquina quitanieves avanzaban tres coches de la policía y una ambulancia. Los ocupantes de esta última fueron los primeros en entrar al edificio. Poco después sacaron a Susan en una camilla, por más que ella dijera que podía caminar. Don se negó a marcharse.

—Si un escocés se fuera al hospital cada vez que le patean la cabeza, los médicos no darían abasto —bromeó.

Frank llevaba puesto un traje oscuro, camisa blanca y cor-

bata. Hasta había tenido tiempo de afeitarse, seguramente en el coche. En cuanto vio su expresión sombría, Toni supo muy a su pesar que se moría por una buena pelea. Le guardaba rencor por haber hecho que sus superiores lo obligaran a hacer lo que ella quería. Se dijo a sí misma que debía armarse de paciencia y hacer todo lo posible por evitar un enfrentamiento.

—¡Hola, Frank! —exclamó la madre de Toni mientras acariciaba al cachorro—. Esto sí que es una sorpresa. ¿Habéis hecho las paces?

—No precisamente —masculló él.

—Lástima.

Le seguían dos agentes de policía que portaban sendos maletines voluminosos. Toni supuso que se trataba del equipo de investigación científica, que se disponía a analizar la escena del crimen. Frank miró a Toni y asintió a modo de saludo, luego estrechó la mano de Carl Osborne y se detuvo a hablar con Steve.

—¿Es usted el jefe de seguridad?

—Sí, señor. Steve Tremlett. Usted es Frank Hackett, ¿verdad? Creo que hemos coincidido en alguna ocasión.

—Tengo entendido que los intrusos atacaron a cuatro guardias de seguridad.

—Sí, señor. A mí y a otros tres.

—¿Los atacaron a todos en el mismo lugar?

¿Qué se proponía Frank?, pensó Toni con impaciencia. ¿Por qué perdía el tiempo con preguntas triviales cuando lo importante era salir pitando?

—A Susan la atacaron en el pasillo —contestó Steve—. A mí me pusieron la zancadilla más o menos en el mismo lugar. A Don y a Stu los redujeron a punta de pistola y los ataron en la sala de control.

—Enséñeme esos lugares, por favor.

Toni no salía de su estupor.

—Tenemos que ir tras ellos, Frank. ¿Por qué no dejas que tu equipo se encargue de eso?

—No me digas cómo tengo que hacer mi trabajo —retrucó él. Ella se lo había puesto en bandeja, y Frank parecía encantado de poder humillarla. Toni se mordió la lengua. No era el momento de revivir sus peleas conyugales. Frank se volvió hacia Steve—. Indíquenos el camino, si es tan amable.

Toni reprimió una maldición y fue tras ellos. Carl Osborne siguió sus pasos.

Los agentes precintaron el tramo del pasillo donde Steve había caído y Susan había sido atacada. Luego se dirigieron a la sala de control, donde Stu estaba al frente de los monitores. Frank precintó la puerta.

—Nos maniataron a los cuatro y nos llevaron al NBS4 —indicó Steve—. No al laboratorio propiamente dicho, sino a la antesala.

—Que es donde yo los encontré —añadió Toni—. Pero eso fue hace cuatro horas, y los ladrones se alejan más a cada minuto que pasa.

—Iremos a echar un vistazo a ese lugar.

—No, no lo haréis —replicó Toni—. Es una zona de acceso restringido. Lo podréis ver por el monitor número diecinueve.

—Si no es el laboratorio en sí, doy por sentado que no hay peligro.

Tenía razón, pero Toni no pensaba consentir que siguiera perdiendo el tiempo.

—Nadie puede cruzar esa puerta a menos que posea formación específica sobre peligro biológico. Son las normas.

—Me importan un pito tus normas. Aquí el que manda soy yo.

Toni se dio cuenta de que, sin querer, había hecho justo lo que pretendía evitar: enfrentarse con Frank. Intentó sortear el problema.

—Te acompañaré hasta la puerta.

Se dirigieron a la entrada. Al ver el lector de bandas magnéticas, Frank se volvió hacia Steve:

—Deme su pase. Es una orden.

—No tengo pase —contestó Steve—. Los guardias de seguridad no pueden entrar ahí dentro.

Frank se volvió hacia Toni.

—Tú sí tendrás un pase, ¿no?

—Yo he recibido formación específica sobre peligro biológico.

—Dámela.

Toni se la entregó. Frank pasó la tarjeta por el escáner y empujó la puerta, pero esta no se abrió.

—¿Qué es esto? —preguntó, señalando la pequeña pantalla empotrada en la pared.

—Un lector de huellas dactilares. La tarjeta no funciona sin la huella del titular. Es un sistema que hemos instalado para impedir que cualquier insensato entre en el laboratorio con una tarjeta robada.

—Pero eso no detuvo a los ladrones, ¿verdad que no? —Habiéndose apuntado un tanto, Frank dio media vuelta.

Toni lo siguió. En el vestíbulo principal había dos hombres enfundados en aparatosos chaquetones amarillos y botas de goma, fumando. En un primer momento, los tomó por los conductores de la máquina quitanieves, pero cuando Frank empezó a darles instrucciones se dio cuenta de que eran agentes de policía.

—Identificad a cada vehículo con el que os crucéis —ordenó—. Informadnos por radio del número de la matrícula y nosotros averiguaremos si es robado o alquilado. Decidnos también si hay o no ocupantes en el vehículo. Ya sabéis lo que estamos buscando: tres hombres y una mujer. Pase lo que pase, no abordéis a los ocupantes. Esa gente va armada y vosotros no, así que recordad: esto es una misión de reconocimiento. Hay una unidad de respuesta armada viniendo hacia aquí. Si localizamos a los sospechosos, los enviaremos a ellos. ¿Entendido?

Los dos hombres asintieron.

—Salid hacia el norte y coged el primer desvío. Creo que se fueron hacia el este.

Toni sabía que eso no era cierto. Lo último que le apetecía era volver a enfrentarse con Frank, pero no podía consentir que el equipo de reconocimiento partiera en la dirección equivocada. Frank se pondría hecho una furia, pero tenía que volver a contrariarlo.

—Los ladrones no se fueron hacia el este.

Frank hizo caso omiso de sus palabras.

—Ese desvío os llevará a la carretera principal que va hasta Glasgow.

—Los sospechosos no partieron en esa dirección —insistió Toni. ·

Los dos agentes de policía asistían al rifirrafe con curiosidad, mirando a Frank y a Toni alternativamente como si contemplaran un partido de tenis.

Frank se ruborizó.

—Nadie ha pedido tu opinión, Toni.

—No se fueron en esa dirección —insistió ella—. Siguieron hacia el norte.

—Supongo que has llegado a esa conclusión por intuición femenina.

Uno de los agentes soltó una carcajada.

«¿Por qué serás tan bocazas?», pensó Toni.

—El vehículo utilizado para la fuga está en el aparcamiento del hotel Dew Drop, a ocho kilómetros de aquí en dirección norte.

Frank se sonrojó más todavía, abochornado porque ella sabía algo que él ignoraba.

—¿Y cómo has obtenido esa información?

—Investigando. —«Yo era mejor policía que tú, y lo sigo siendo», pensó—. He hecho algunas llamadas. Suele dar mejor resultado que la intuición a secas.

«Tú te lo has buscado, imbécil.»

A uno de los agentes se le volvió a escapar la risa, pero enmudeció en cuanto Frank le dirigió una mirada homicida.

—Cabe la posibilidad de que los ladrones estén allí, pero lo más probable es que hayan cambiado de vehículo y hayan seguido adelante —añadió Toni.

Frank reprimió un acceso de ira.

—Id hacia el hotel —ordenó a los dos agentes—. Os daré más instrucciones cuando estéis en camino. Andando.

Los dos agentes salieron apresuradamente. «Por fin», pensó Toni.

Frank llamó a un agente vestido de paisano que estaba en uno de los coches y le ordenó que siguiera a la máquina quitanieves hasta el hotel. Una vez allí, debía inspeccionar la furgoneta y averiguar si alguien había visto algo.

Toni se concentró en su siguiente prioridad. No quería perder detalle de la investigación policial, pero no tenía coche. Y su madre seguía allí.

Vio a Carl Osborne hablando con Frank en voz baja. El periodista señaló su Jaguar, todavía atrapado en la cuesta del camino de acceso. Frank asintió y dio una serie de instrucciones a un agente uniformado, que salió afuera y habló con el conductor de la máquina quitanieves. Iban a liberar el coche de Carl, dedujo Toni.

Se dirigió al reportero.

—Vas a seguir a la máquina quitanieves, ¿verdad?

El interpelado la miró con aire de suficiencia.

—Soy libre de ir donde me plazca.

—No te olvides de llevarte al perro.

—Pensaba dejártelo a ti.

—Yo me voy contigo.

—Eso ni lo sueñes.

—Necesito llegar a casa de Stanley. Está en esta carretera, cinco kilómetros más allá del Dew Drop. Puedes dejarnos allí a mi madre y a mí.

Después de informar a Stanley de lo sucedido podía pedirle un coche prestado, dejar a su madre en Steepfall y seguir a la máquina quitanieves.

—¿Y encima pretendes que me lleve a tu madre? —preguntó Carl, sin salir de su asombro.

—Sí.

—Olvídalo.

Toni asintió.

—Avísame si cambias de idea.

Osborne frunció el ceño, desconfiado. Toni no solía aceptar un no por respuesta con tanta facilidad, pero decidió no indagar y se puso la chaqueta.

Steve Tremlett abrió la boca para decir algo, pero Toni le indicó por señas que guardara silencio.

Carl se encaminó a la puerta.

—No te olvides del perro —le recordó Toni.

El periodista recogió al animal y salió del edificio.

Asomada a la ventana, Toni vio cómo el grupo se alejaba. La máquina quitanieves despejó la nieve acumulada delante del Jaguar de Carl y luego remontó la cuesta y se dirigió a la garita, seguida de cerca por uno de los coches patrulla. Carl se sentó al volante de su coche, pero segundos más tarde se apeó y volvió al vestíbulo principal.

—¿Dónde están las llaves? —preguntó, furioso.

Toni le sonrió con infinita dulzura.

—¿Has cambiado de idea?

Steve hizo sonar el manojo de llaves en su bolsillo.

Carl torció el gesto.

—Súbete al coche de una vez —rezongó.

05.30

Miranda se sentía incómoda en presencia del extraño trío compuesto por Nigel, Elton y Daisy. ¿Serían realmente quienes decían ser? Había algo en ellos que la hacía desear llevar encima otra cosa más que un camisón.

Había pasado mala noche. Acostada en el incómodo sillón cama del antiguo estudio de Kit, había sucumbido a una agitada duermevela y había revivido en sueños su estúpida y bochornosa aventura con Hugo. Al despertar, sentía rencor hacia Ned por haber sido incapaz de defenderla una vez más. Debería estar enfadado con Kit por irse de la lengua, pero se había limitado a decir que los secretos acaban saliendo a la luz antes o después. Habían tenido una discusión muy similar a la de aquella mañana en el coche. Miranda había albergado la esperanza de que aquellas vacaciones sirvieran para que su familia aceptara a Ned, pero empezaba a sospechar que había llegado el momento de romper con él. Sencillamente era demasiado débil.

Al oír voces en el piso de abajo había experimentado alivio, pues eso quería decir que ya podía levantarse, pero ahora estaba preocupada. ¿No tenía Nigel familia, ni tan siquiera una novia con la que pasar la Navidad? ¿Y Elton? Estaba bastante segura de que aquellos dos no eran pareja. Nigel había mirado su camisón con los ojos golosos de un hombre al que le gustaría ver qué había debajo.

En cuanto a Daisy, habría desentonado en cualquier grupo. Tenía la edad adecuada para ser la novia de Elton, pero parecían despreciarse mutuamente. ¿Qué hacía con Nigel y su chófer?

Nigel no era amigo de la familia de Daisy, concluyó Miranda. No había la menor señal de familiaridad entre ambos. Más bien parecían dos personas que se veían obligadas a trabajar juntas aunque no simpatizaran demasiado la una con la otra. Pero si eran compañeros de trabajo, ¿por qué mentir al respecto?

Su padre también parecía tenso. Miranda se preguntó si, al igual que ella, sospechaba algo.

Entretanto, la cocina se fue llenado de efluvios deliciosos: beicon frito, café recién hecho y pan tostado. Cocinar era una de las cosas que mejor se le daban a Kit, pensó Miranda. Su comida siempre tenía un aspecto exquisito, y sabía cómo hacer que un simple plato de espagueti pareciera un festín digno de un rey. Las apariencias eran importantes para su hermano. Quizá no supiera conservar un puesto de trabajo durante mucho tiempo ni evitar que su cuenta corriente estuviera en números rojos, pero por muy mal que fuera de dinero siempre vestía de punta en blanco y conducía un coche vistoso. En opinión de Stanley, alternaba los logros frívolos con graves debilidades. La única ocasión en que se había sentido orgulloso de Kit había sido cuando este había participado en los Juegos Olímpicos de invierno.

Kit sirvió a cada uno de los presentes un plato con beicon crujiente, rodajas de tomate fresco, huevos revueltos espolvoreados con hierbas aromáticas y triángulos de pan tostado con mantequilla. El ambiente en la cocina se distendió. Quizá, pensó Miranda, eso era precisamente lo que pretendía su hermano. En realidad no tenía apetito, pero hundió el tenedor en los huevos revueltos y se lo llevó a la boca. Kit los había sazonado con un poco de queso parmesano, y estaban deliciosos.

Fue él quien rompió el silencio:

—¿Y tú a qué te dedicas, Daisy? —preguntó, dedicándole su mejor sonrisa. Miranda sabía que solo trataba de ser amable. A Kit le gustaban las chicas guapas, y Daisy era cualquier cosa menos guapa.

La interpelada tardó una eternidad en contestar.

—Trabajo con mi padre —dijo al fin.

—¿Y en qué anda él?

Daisy parecía desconcertada por la pregunta.

—¿Que en qué anda?

—Sí, cómo se gana la vida.

Nigel soltó una carcajada y dijo:

—Mi viejo amigo Harry tiene tantas cosas en marcha que es difícil decir a qué se dedica.

Para sorpresa de Miranda, Kit siguió insistiendo.

—Bueno, pero podrás decirnos alguna de las cosas que hace —sugirió en tono desafiante.

De pronto, a Daisy se le iluminó el rostro como si hubiera tenido una idea brillante, y dijo:

—Es promotor inmobiliario.

Parecía estar repitiendo algo que había escuchado antes.

—Así que le gusta comprar cosas.

—Supongo —repuso Daisy.

—Siempre me he preguntado qué querrá decir exactamente eso de «promotor inmobiliario».

No era propio de Kit interrogar a un extraño en aquel tono agresivo, pensó Miranda. A lo mejor tampoco acababa de creerse la descripción que los invitados habían hecho de sí mismos. Se sintió aliviada. Eso demostraba que eran realmente desconocidos. Por un momento, había llegado a temer que Kit estuviera involucrado en algún tipo de negocio turbio con aquella gente. Tratándose de él, nunca se sabía.

Había una nota de impaciencia en la voz de Nigel cuando dijo:

—Harry compra un viejo almacén de tabaco, solicita un

permiso de recalificación para convertirlo en una urbanización de lujo y luego lo revende a un constructor con un buen margen de beneficio.

Nigel volvía a contestar por Daisy, pensó Miranda.

Kit debió de pensar lo mismo, porque preguntó:

—¿Y tú cómo contribuyes al negocio familiar, Daisy? Supongo que eres una buena vendedora.

A juzgar por su aspecto, se diría que lo suyo era más bien desahuciar a los inquilinos de sus casas.

Daisy miró a Kit con gesto claramente hostil.

—Hago muchas cosas —contestó al tiempo que alzaba la barbilla, como desafiándolo a replicarle.

—Y estoy seguro de que las haces con gracia y eficiencia —observó Kit.

Los halagos de Kit sonaban a mal disimulado sarcasmo, pensó Miranda con inquietud. Daisy no sería la más sutil de las mujeres, pero seguramente sabía cuándo la estaban insultando.

Aquella constante tensión le estaba amargando el desayuno. Tenía que hablar con su padre de todo aquello. Tragó y rompió a toser, fingiendo que se había atragantado. Se levantó de la mesa.

—Perdón —farfulló.

Su padre cogió un vaso y lo llenó con agua del grifo.

Todavía tosiendo, Miranda salió de la cocina. Tal como esperaba, su padre la siguió. Miranda cerró la puerta de la cocina y señaló el estudio. Mientras entraban en la habitación, volvió a toser para no levantar sospechas.

Stanley le ofreció el vaso de agua, pero ella lo rechazó con un ademán.

—Estaba fingiendo —reveló—. Quería hablar contigo. ¿Qué opinas de nuestros invitados?

Stanley dejó el vaso sobre el tapete de piel verde de su escritorio.

—Son muy raritos. Me preguntaba si no formarían parte del

turbio círculo de amistades de Kit hasta que él ha empezado a interrogar a la chica.

—Lo mismo me ha pasado a mí. Pero estoy segura de que mienten sobre algo.

—Sí, pero ¿en qué? Si han venido hasta aquí con la intención de robarnos, se lo están tomando con mucha calma.

—No lo sé, pero me siento amenazada.

—¿Quieres que llame a la policía?

—Eso quizá sería pasarnos, pero me quedaría mucho más tranquila si alguien supiera que esta gente está aquí.

—Bien, pensemos... ¿A quién podríamos llamar?

—¿Qué tal al tío Norman?

El hermano de su padre vivía en Edimburgo, donde trabajaba como bibliotecario de la universidad. Stanley y él mantenían una relación cordial pero distante. Con verse una vez al año tenían suficiente.

—Sí. Norman lo entenderá. Le diré lo que ha pasado y le pediré que me llame dentro de una hora para comprobar que todo va bien.

—Perfecto.

Stanley descolgó el teléfono que descansaba sobre el escritorio y se llevó el auricular al oído. Frunció el ceño, colgó y volvió a descolgar.

—No hay línea —dijo.

Miranda sintió una punzada de miedo.

—Ahora sí que quiero avisar a alguien.

Stanley tocó el teclado de su ordenador.

—Tampoco tenemos conexión a Internet. Seguramente es culpa del mal tiempo. A veces las nevadas provocan averías en las líneas.

—Aun así...

—¿Dónde está tu móvil?

—En el chalet de invitados. ¿Tú no tienes uno?

—El del Ferrari.

—Olga tendrá el suyo a mano.

—No hace falta que la despiertes. —Stanley se asomó a la ventana—. Me pondré un abrigo encima del pijama y saldré al garaje.

—¿Dónde están las llaves?

—En el armarito del recibidor de las botas.

—Yo te las traigo.

Salieron al distribuidor. Stanley se encaminó a la puerta principal, junto a la cual había dejado sus botas. Miranda se disponía a entrar en la cocina cuando oyó la voz de Olga al otro lado de la puerta. Dudó unos instantes. No había vuelto a hablar con su hermana desde la víspera, cuando Kit se había ido de la lengua y había revelado su secreto. ¿Qué podía decirle? ¿Y qué le diría Olga a ella?

Abrió la puerta. Olga estaba apoyada en la encimera de la cocina. Llevaba puesto un salto de cama de seda negra que recordaba la toga de un abogado. Nigel, Elton y Daisy estaban sentados a la mesa, lado a lado. Kit estaba de pie detrás de ellos, visiblemente nervioso. Olga había dado rienda suelta a su naturaleza inquisidora e interrogaba sin piedad a los tres extraños sentados al otro lado de la mesa.

—¿Qué demonios hacíais en la carretera a esas horas? —preguntó, dirigiéndose a Nigel y pensando que tenía toda la pinta de haber sido un delincuente juvenil.

Miranda se fijó en un bulto rectangular que asomaba bajo el bolsillo del salto de cama de Olga. Su hermana nunca iba a ninguna parte sin su móvil. Se disponía a dar media vuelta y decirle a su padre que no se molestara en ponerse las botas cuando Olga la detuvo con su implacable interrogatorio.

Nigel frunció el ceño ante la pregunta, pero contestó de todos modos:

—Nos dirigíamos a Glasgow.

—¿De dónde veníais? Apenas hay nada hacia el norte.

—De casa de unos amigos.

—Seguramente los conocemos. ¿Quiénes son?

—El propietario se llama Robinson.

Miranda observaba la escena a la espera de una oportunidad para coger prestado el móvil de Olga sin llamar demasiado la atención.

—¿Robinson? No me suena de nada. Es un apellido casi tan común como Smith o Brown. ¿Os dirigíais a algún sitio especial?

—A una fiesta.

Olga arqueó sus oscuras cejas.

—¿Te vienes a Escocia a pasar la Navidad con un viejo amigo y luego su hija y tú os largáis a una fiesta y dejáis al pobre hombre solo?

—No se encontraba demasiado bien.

Olga se volvió hacia Daisy.

—Razón de más. ¿Qué clase de hija deja solo a su padre enfermo en Nochebuena?

Daisy le sostuvo la mirada, reprimiendo un acceso de ira. De pronto, Miranda temió que pudiera recurrir a la violencia. Kit debió de pensar lo mismo, porque dijo:

—Déjala tranquila, Olga.

Pero esta hizo caso omiso de sus palabras.

—¿Y bien? —insistió—. ¿No tienes nada que decir en tu defensa?

Daisy cogió sus guantes. Por algún motivo, Miranda lo interpretó como un mal augurio. Daisy se puso los guantes y dijo:

—No tengo por qué contestar a tus preguntas.

—Yo creo que sí —replicó Olga, y se volvió de nuevo hacia Nigel—. Sois tres perfectos desconocidos, estáis en la cocina de mi padre atiborrándoos con su comida y nos habéis contado una historia tan inverosímil que no hay quien se la trague. A mí me parece que nos debéis una explicación.

—Olga, ¿no crees que te estás pasando? —intervino Kit con ansiedad—. Se han quedado atrapados en la nieve, eso es todo.

—¿Estás seguro? —replicó ella, volviéndose hacia Nigel.

Hasta entonces este se había mostrado impasible, pero al contestarle no pudo ocultar su irritación:

—No me gusta que me interroguen.

—En ese caso, puedes largarte —repuso Olga—. Pero si queréis quedaros en casa de mi padre, ya nos estáis contando algo más creíble que esa sarta de patrañas que nos habéis soltado.

—¡No nos podemos ir! —intervino Elton en tono indignado—. Por si no te has dado cuenta, ahí fuera hay una puta tormenta de nieve.

—Haz el favor de no emplear esa clase de lenguaje en esta casa. Mi madre nunca consintió que se dijeran obscenidades, a no ser en otras lenguas, y hemos mantenido esa regla desde su muerte. —Olga cogió la cafetera, y luego señaló el maletín granate que descansaba sobre la mesa—. ¿Y eso?

—Es mío —contestó Nigel.

—En esta casa no se deja el equipaje sobre la mesa. —Alargó el brazo y cogió el maletín—. No tiene gran cosa dentro… ¡aaay! —Olga soltó un grito porque Nigel la había cogido del brazo—. ¡Me haces daño! —gritó.

Nigel había desistido de intentar mostrarse amable.

—Deja el maletín sobre la mesa ahora mismo —ordenó con rotundidad pero sin elevar la voz.

Stanley apareció junto a Miranda. Se había puesto una chaqueta, guantes y botas.

—¿Qué demonios crees que estás haciendo? —le dijo a Nigel—. ¡Aparta las manos de mi hija!

Nellie empezó a ladrar. Con un movimiento ágil y rápido, Elton se agachó y cogió a la perra del collar.

Olga seguía sosteniendo al maletín empecinadamente.

—Suéltalo, Olga —le aconsejó Kit.

Daisy tiró del maletín y Olga intentó aferrarse a él tirando en la dirección opuesta hasta que, con el tira y afloja, se abrió

inesperadamente. Una lluvia de perlas de poliestireno expandido cayó sobre la mesa de la cocina. Kit lanzó un grito de pánico y Miranda se preguntó qué le daba tanto miedo. Una botella de perfume envuelta en plástico cayó del interior del maletín.

Con la mano libre, Olga abofeteó a Nigel.

Él le devolvió el bofetón. Todos gritaron al unísono. Con un gruñido de rabia, Stanley apartó a Miranda de su camino y avanzó a grandes zancadas hacia Nigel.

—¡No! —gritó Miranda.

Daisy le cortó el paso, pero Stanley intentó apartarla. Hubo unos segundos de forcejeo, y luego él lanzó un grito y cayó de espaldas, sangrando por la boca.

Nigel y Daisy sacaron sus pistolas.

Todos enmudecieron excepto Nellie, que ladraba sin cesar. Elton le retorció el collar, ahogándola, hasta que la obligó a callar. El silencio se impuso en la habitación.

—¿Quién coño sois? —preguntó Olga.

Stanley se fijó en el frasco de perfume que había caído sobre la mesa y preguntó con temor:

—¿Por qué lleváis ese frasco envuelto en dos bolsas de plástico?

Miranda había aprovechado la confusión para escabullirse.

05.45

Kit miraba con terror el frasco de Diablerie que había caído sobre la mesa. Pero el vidrio no se había roto, la tapa seguía en su sitio y las dos bolsas de plástico estaban intactas. El líquido mortal seguía a salvo en el interior de su frágil recipiente.

Sin embargo, ahora que Nigel y Daisy habían sacado las pistolas, no podían seguir fingiendo que eran inocentes víctimas de la tormenta. Tan pronto como se hiciera público el asalto al laboratorio, los relacionarían inevitablemente con el robo del virus.

Nigel, Daisy y Elton aún tenían posibilidades de escapar, pero Kit estaba en una posición delicada. No había ninguna duda en torno a su identidad. Incluso si lograba salir de allí, se pasaría el resto de sus días huyendo de la justicia.

Se estrujó la sesera tratando de dar con una salida airosa.

Entonces, mientras todos permanecían inmóviles, mirando fijamente las pequeñas y aterradoras pistolas de color gris oscuro, Nigel desplazó su arma unos milímetros, apuntando a Kit con gesto receloso, y este tuvo una idea brillante.

Se dio cuenta de que su familia seguía sin tener motivos para sospechar de él. Los tres fugitivos podían haberle mentido. Había dicho que no los conocía de nada, y nadie tenía por qué pensar lo contrario.

Pero ¿cómo podía dejarlo claro?

Despacio, alzó las manos en el tradicional gesto de rendición.

Todos lo miraron. Por un momento, temió que sus propios compinches fueran a delatarlo. Nigel arqueó una ceja. Elton parecía desconcertado. Daisy lo miraba con sorna.

—Papá, siento mucho haber traído a esta gente a tu casa. No tenía ni idea…

Su padre lo miró largamente y al fin asintió.

—No es culpa tuya —dijo—. Ninguna persona de bien los habría dejado tirados en medio de la tormenta. No tenías manera de saber… —se volvió hacia Nigel con una mirada de profundo desprecio— qué clase de gentuza era.

Nigel comprendió enseguida lo que se proponía Kit y le siguió la corriente.

—Lamento devolverte la hospitalidad de este modo… Kit, ¿verdad? Sí, tú nos salvas el pellejo y nosotros te apuntamos con un arma. ¿Qué puedo decir? La vida es así.

El rostro de Elton se destensó. Lo había entendido.

Nigel prosiguió:

—Si la metomentodo de tu hermana no se hubiera empeñado en buscarnos las cosquillas, podíamos habernos marchado pacíficamente y nunca habríais descubierto lo malas personas que somos. Pero no, ella tenía que seguir hurgando.

Daisy lo captó al fin, y se dio la vuelta con gesto asqueado.

Solo entonces se le ocurrió a Kit que Nigel y los demás podían decidir liquidar a su familia. Si estaban dispuestos a robar un virus capaz de matar a miles de personas inocentes, ¿por qué les iba a temblar la mano a la hora de acabar con los Oxenford? No era lo mismo, claro está. La idea de acabar con las vidas de miles de seres humanos con un virus era un poco abstracta, pero matar a sangre fría a un grupo de adultos y niños era algo más difícil de asumir. Sin embargo, los creía perfectamente capaces de hacerlo si se sentían acorralados. Y hasta era posible que lo mataran a él también, pensó con un escalofrío. Afortu-

nadamente, todavía lo necesitaban. Solo Kit conocía el camino hasta la casa de Luke, donde les esperaba el Toyota Land Cruiser. Sin él, nunca lo encontrarían. Decidió recordárselo a Nigel en cuanto tuviera ocasión.

—Verás, lo que hay en ese frasco vale mucho dinero —concluyó Nigel.

—¿Qué es? —preguntó Kit, por dar mayor credibilidad a su supuesta inocencia.

—Eso no es asunto tuyo —replicó Nigel.

El teléfono de Kit empezó a sonar.

No sabía qué hacer. Seguramente era Hamish. Algo debía haber ocurrido en el Kremlin, algo lo bastante importante para que su infiltrado se arriesgara a llamarle. Pero ¿cómo iba a hablar con Hamish delante de su familia sin delatarse? Se quedó paralizado mientras sonaba la novena de Beethoven que había elegido como sintonía.

Nigel puso fin a su dilema:

—Dame eso —ordenó.

Kit le entregó el móvil y Nigel contestó.

—Sí, soy Kit —dijo, imitando razonablemente el acento escocés.

Al parecer, la persona al otro lado de la línea no se dio cuenta de la suplantación, pues Nigel escuchó en silencio lo que esta le decía.

—Entendido —dijo—. Gracias. —Colgó y se metió el móvil en el bolsillo—. Alguien pretendía avisarte de que hay tres peligrosos forajidos en la zona —reveló—. Al parecer, la policía ha salido a buscarlos con una máquina quitanieves.

Craig no acababa de entender a Sophie. Tan pronto se mostraba terriblemente tímida como atrevida hasta el punto de hacerle sonrojar. Le había dejado introducir las manos por debajo de su jersey, se había encargado de desabrochar el sostén mientras él

forcejeaba a tientas con los corchetes, y Craig había creído que se moriría de placer cuando le había dejado abarcar sus senos con las manos, pero luego se había negado a que los mirara a la luz de la vela. Su excitación había ido en aumento cuando ella le había desabotonado los vaqueros como si llevara toda la vida haciéndolo, pero después se había detenido como si no supiera qué hacer a continuación. Craig se preguntó si se le estaría escapando algo, algún código de conducta que él desconocía, aunque empezaba a sospechar que lo único que pasaba era que ella tenía tan poca experiencia como él. Eso sí, lo de besar se le daba cada vez mejor. Al principio se había mostrado vacilante, como si no estuviera segura de si realmente quería hacerlo, pero tras un par de horas de práctica se había convertido en una verdadera entusiasta del beso.

Craig, por su parte, se sentía como un marino zarandeado por la tormenta. Se había pasado toda la noche entre oleadas de esperanza y desesperación, deseo y decepción, angustia y placer. En un momento dado, ella le había dicho en susurros:

—Eres tan bueno... Yo no. Yo soy mala.

Y entonces, cuando él volvió a besarla, se dio cuenta de que Sophie tenía el rostro bañado en lágrimas. «¿Qué se supone que tienes que hacer —se preguntó— si una chica se echa a llorar mientras tienes la mano metida en sus bragas?» Había empezado a retirar la mano, suponiendo que era lo que quería, pero Sophie le había cogido la muñeca y lo había retenido.

—Yo creo que eres buena —le dijo, pero eso sonaba poco convincente, así que añadió—: En realidad, creo que eres maravillosa.

Estaba desconcertado, pero a la vez experimentaba una intensa felicidad. Nunca se había sentido tan cerca de una chica. Creía que iba a estallar de tanto amor, ternura y alegría. Estaban hablando de lo lejos que querían llegar cuando les interrumpió el ruido procedente de la cocina.

—¿Quieres hacerlo? —le preguntó ella.

—¿Y tú?

—Por mí sí, si tú quieres.

Craig asintió.

—Me gustaría mucho.

—¿Has traído condones?

—Sí.

Craig hurgó en el bolsillo de sus vaqueros y sacó un pequeño envoltorio.

—Así que lo tenías todo planeado…

—No, en realidad no. —Era verdad, al menos en parte: no tenía un gran plan—. Pero deseaba que ocurriera. Desde que te conocí no he parado de pensar en… ya sabes, en volver a verte y eso. Y hoy, durante todo el día…

—Has sido muy persistente.

—Lo único que quería era estar así, como estamos ahora.

Quizá no fuera muy elocuente, pero al parecer era lo que ella deseaba oír.

—Vale, pues de acuerdo. Hagámoslo.

—¿Estás segura?

—Sí. Venga, deprisa.

—Vale.

—Dios mío, ¿qué pasa ahí abajo?

Craig no ignoraba que había gente en la cocina. Le había llegado un murmullo de voces, y luego el repiqueteo metálico de una sartén y el olor a beicon frito. No estaba seguro de qué hora sería, aunque le parecía demasiado pronto para desayunar. En cualquier caso, no le había prestado demasiada atención; confiaba en que nadie los interrumpiría allá arriba. Pero ahora había un barullo tal que era imposible seguir haciéndose el sordo. Primero oyó gritar a su abuelo, algo muy poco frecuente en él. Luego Nellie había empezado a ladrar con todas sus fuerzas, y de pronto se había oído un chillido que Craig creyó identificar como la voz de su madre. Justo después, varias voces masculinas habían empezado a vociferar a la vez.

—¿Esto es normal? —preguntó Sophie en tono amedrentado.

—No —contestó Craig—. A veces discuten, pero no se ponen a chillar así.

—¿Qué está pasando?

Craig se sentía dividido. Por un lado quería olvidarse del ruido y comportarse como si Sophie y él estuvieran en un mundo aparte, tumbados en el viejo sofá del desván y tapados por las chaquetas de ambos. Habría fingido no notar un terremoto con tal de poder concentrarse en su suave piel, su aliento cálido y sus labios húmedos. Pero por otro lado intuía que aquella interrupción podía no ser del todo mala. Lo habían hecho casi todo; quizá fuera buena idea posponer el final, para tener algo que esperar con ilusión, un placer adicional con el que soñar despierto.

Abajo, en la cocina, había ahora un silencio tan repentino como el estruendo que lo había precedido.

—Qué raro —comentó Craig.

—Da un poco de cosa.

La voz de Sophie sonaba asustada, y eso acabó de convencer a Craig. La besó una vez más en los labios y se levantó. Se subió los vaqueros y cruzó el desván hasta el agujero en el suelo. Una vez allí, se tumbó boca abajo y miró por el hueco entre los tablones.

Vio a su madre, de pie con la boca abierta en un gesto de perplejidad y terror. El abuelo se secaba un hilo de sangre que le manaba de la boca. El tío Kit tenía las manos en alto. Había tres desconocidos en la habitación. En un primer momento, los tomó a todos por hombres, hasta que se dio cuenta de que uno de ellos era una chica muy poco agraciada con el pelo cortado al rape. Un hombre negro sujetaba a Nellie por el collar, retorciéndolo con fuerza. El hombre mayor y la chica empuñaban sendas pistolas.

—¡La madre que me…! ¿Qué demonios está pasando ahí abajo?

Sophie se tumbó junto a él, y al cabo de unos instantes reprimió un grito.

—¿Eso que llevan en la mano son pistolas? —preguntó en un susurro.

—Sí.

—Dios mío…

Craig trató de poner sus pensamientos en orden.

—Tenemos que llamar a la poli. ¿Dónde está tu móvil?

—Lo he dejado en el granero.

—Mierda.

—¿Qué vamos a hacer?

—Piensa, piensa. Un teléfono. Necesitamos un teléfono.

Craig dudaba. Estaba asustado. Lo que más deseaba en aquel momento era acurrucarse en un rincón y cerrar los ojos con fuerza. Tal vez lo hubiese hecho si no hubiera una chica a su lado. No conocería todas las reglas, pero sabía que un hombre debía mostrar valor cuando una chica estaba asustada, sobre todo si eran amantes, o casi. Y si no se sentía especialmente valiente, tenía que fingir.

¿Dónde estaba el teléfono más cercano?

—Hay una extensión junto a la cama del abuelo.

—Yo no puedo moverme, estoy demasiado asustada.

—Mejor quédate aquí.

—Vale.

Craig se levantó. Se abrochó los vaqueros, se ciñó el cinturón y se dirigió a la portezuela del desván. Respiró hondo y la abrió. Se metió a gachas en el armario del abuelo, empujó la puerta de este y salió al vestidor.

La luz estaba encendida. Los zapatos de piel marrón del abuelo descansaban lado a lado en la alfombra, y la camisa azul que llevaba puesta el día anterior asomaba entre las prendas apiladas en el cesto de la ropa sucia. Craig pasó al dormitorio propiamente dicho. La cama estaba deshecha, como si el abuelo acabara de levantarse. Sobre la mesilla de noche, junto a un

ejemplar de la revista *Scientific American,* descansaba el teléfono.

Craig nunca había llamado a la policía. ¿Qué se suponía que debía decir? Había visto cómo lo hacían por la tele. Tenía que dar su nombre y el lugar desde el que llamaba, pensó. ¿Y luego, qué? «Hay unos hombres con pistolas en mi cocina» sonaba melodramático, pero seguramente todas las llamadas a la policía sonaban así.

Descolgó el teléfono. No había línea.

Presionó repetidamente la horquilla del aparato y volvió a llevarse el auricular al oído, pero fue en vano.

Colgó el teléfono. ¿Por qué no había línea? ¿Se debía a una avería o a que los desconocidos habían cortado los cables?

¿Tenía el abuelo un teléfono móvil? Craig abrió el cajón de la mesilla de noche. Dentro había una linterna y un libro, pero ni rastro del teléfono. Entonces se acordó: el abuelo tenía un teléfono en el coche, pero no un móvil propiamente dicho.

Oyó un sonido procedente del vestidor. Sophie sacó la cabeza por fuera del armario ropero. Parecía asustada.

—¡Viene alguien! —susurró.

Segundos después, Craig oyó pasos pesados en el rellano.

Regresó corriendo al vestidor. Sophie retrocedió hasta el desván. Craig se dejó caer de rodillas y pasó gateando al otro lado justo en el momento en que se abría la puerta de la habitación. No le dio tiempo de cerrar el armario. Se arrastró hasta el desván y se volvió rápidamente para cerrar la portezuela sin hacer ruido.

—El hombre mayor le ha dicho a la chica que registre la casa —informó Sophie en un susurro—. La ha llamado Daisy.

—He oído sus botas en el rellano.

—¿Has podido llamar a la policía?

Craig negó con la cabeza.

—No hay línea.

—¡Dios mío!

Craig oyó los sonoros pasos de Daisy en el vestidor. Sin

duda veía la puerta del armario abierta. ¿Se daría cuenta de que había una portezuela oculta detrás de la ropa colgada? Solo si miraba muy de cerca.

Permaneció atento a sus movimientos. ¿Estaría escudriñando el interior del armario en aquel preciso instante? No pudo evitar estremecerse. Daisy no era muy alta —un par o tres de centímetros más baja que él, supuso—, pero inspiraba verdadero terror.

El silencio se hizo eterno. Craig creyó oír a la desconocida entrando en el cuarto de baño. Al poco, sus botas cruzaron el vestidor y se alejaron. La puerta de la habitación se cerró con estruendo.

—Dios, estoy temblando de miedo —gimió Sophie.

—Yo también —confesó Craig.

Miranda estaba en la habitación de Olga, con Hugo.

Al salir de la cocina, no había sabido qué hacer. No podía salir fuera en camisón y descalza. Había subido las escaleras a toda prisa con la intención de encerrarse en el cuarto de baño, pero enseguida se había dado cuenta de que eso no serviría de nada. Se demoró en el rellano, titubeante. Tenía tanto miedo que sentía náuseas. Debía alertar a la policía, esa era su prioridad.

Olga llevaba el móvil en el bolsillo del salto de cama, pero seguramente Hugo tenía otro.

Aunque estaba aterrada, dudó una milésima de segundo ante la puerta de su hermana. Lo último que quería era verse encerrada con Hugo en la misma habitación. Pero entonces oyó pasos procedentes de la cocina. Rápidamente, abrió la puerta de la habitación, entró con sigilo y cerró la puerta sin hacer ruido.

Hugo estaba apostado a la ventana, mirando hacia fuera, completamente desnudo y de espaldas a la puerta.

—¿Has visto qué asco de tiempo? —rezongó, creyendo que hablaba con su mujer.

Miranda se quedó muda unos instantes, sorprendida por su tono distendido. Era evidente que Olga y él habían hecho las paces después de haber pasado media noche discutiendo a gritos. ¿Le habría perdonado Olga por haberse acostado con su hermana? Parecía un poco precipitado, pero a lo mejor no era la primera vez que discutían por la infidelidad de Hugo. Miranda se había preguntado a menudo qué clase de acuerdo tendría Olga con el mujeriego de su marido, pero era algo de lo que su hermana jamás hablaba. A lo mejor era algo recurrente: él la traicionaba, ella lo descubría, se peleaban y se reconciliaban... hasta la siguiente traición.

—Soy yo —dijo Miranda.

Hugo se dio la vuelta, sobresaltado, pero enseguida esbozó una sonrisa.

—Y en camisón... ¡qué agradable sorpresa! Métete en la cama, deprisa.

Miranda oyó pasos en la escalera, al tiempo que se fijaba en el orondo vientre de Hugo; se veía mucho más prominente de lo que lo recordaba, y le daba el aspecto de un pequeño gnomo rechoncho. Se preguntó qué le pudo haber visto.

—Tenemos que llamar a la policía ahora mismo —dijo—. ¿Dónde está tu móvil?

—Aquí —contestó él, señalando la mesilla de noche—. ¿Qué pasa?

—Hay unos tíos con pistolas en la cocina. ¡Llama al 999, rápido!

—¿Quiénes son?

—¡Eso ahora da igual! —Miranda oyó pasos en el rellano. Se quedó paralizada de terror, esperando que la puerta se abriera de sopetón, pero quienquiera que fuese pasó de largo. Su voz sonaba ahora como un grito ahogado—: ¡Creo que me están buscando, date prisa!

Hugo reaccionó. Cogió el teléfono, lo dejó caer al suelo, lo volvió a coger y apretó frenéticamente el botón de encendido.

—¡Esta mierda tarda siglos en encenderse! —farfulló, desesperado—. ¿Has dicho que van armados?

—¡Sí!

—¿Cómo han llegado hasta aquí?

—Dicen que los ha sorprendido la tormenta. ¿Qué coño le pasa a tu móvil?

—«Buscando red» —leyó él—. ¡Venga, venga!

Miranda volvió a oír pasos al otro lado de la puerta. Esta vez estaba preparada. Se tiró al suelo y se deslizó debajo de la cama de matrimonio en el preciso instante en que la puerta se abría de par en par.

Cerró los ojos y deseó con todas sus fuerzas volverse invisible. Sintiéndose ridícula, abrió los ojos de nuevo. Vio los pies desnudos de Hugo, sus tobillos peludos, y un par de botas de piel negra con punteras de acero.

—Hola, preciosa. Y tú ¿quién eres? —preguntó Hugo.

Pero Daisy era inmune a sus encantos.

—Dame el teléfono —ordenó.

—Solo iba a...

—Que me lo des, gordo de mierda.

—Vale, ten.

—Y ahora ven conmigo.

—Espera, déjame ponerme algo.

—No sufras, no te voy a arrancar el pingajo de un mordisco.

Miranda vio cómo los pies de Hugo se alejaban a toda prisa de Daisy, pero esta no tardó en darle alcance. Luego oyó un golpe seco y un alarido de dolor. Los dos pares de pies se desplazaron juntos hacia la puerta, abandonando su campo visual. Instantes después, los oyó bajar la escalera.

—¿Y ahora, qué hago yo? —se preguntó en voz baja.

06.00

Craig y Sophie estaban tumbados lado a lado en el suelo del desván, espiando el piso de abajo por el hueco que había entre los tablones de madera, cuando Daisy entró en la cocina arrastrando a Hugo completamente desnudo.

Craig se quedó sin palabras. Aquello parecía una pesadilla, o uno de esos cuadros antiguos que mostraban cómo los pecadores eran arrastrados hasta las simas del infierno. Apenas podía asociar a aquel hombrecillo humillado e indefenso con su padre, el hombre de la casa, el único con suficiente valor para plantarle cara a su dominante madre, el que había regido su destino desde que tenía uso de razón. Se sintió desorientado, carente de peso específico, como si de pronto la ley de la gravedad hubiera quedado en suspenso y no supiera ubicarse en el espacio.

Sophie empezó a llorar bajito.

—Esto es horrible —gimió—. Nos van a matar a todos.

La necesidad de consolarla dio fuerzas a Craig. Pasó un brazo alrededor de sus delgados hombros. Estaba temblando.

—Es horrible, sí, pero todavía no estamos muertos —dijo—. Podemos conseguir ayuda.

—¿Cómo?

—¿Dónde has dejado exactamente tu móvil?

—En el granero, arriba, junto a la cama. Creo que lo puse en la maleta al cambiarme.

—Tenemos que llegar hasta allí y usarlo para llamar a la poli.

—¿Y si nos ve esa gente?

—Nos mantendremos alejados de las ventanas de la cocina.

—¡No podemos, la puerta del granero está justo enfrente!

Tenía razón, y Craig lo sabía, pero debían arriesgarse.

—No creo que miren hacia fuera.

—¿Y si lo hacen?

—Con la que está cayendo, apenas se ve nada.

—¡Seguro que nos pillan!

Craig no sabía qué más decirle.

—Tenemos que intentarlo.

—Yo no puedo. Quedémonos aquí...

La idea era tentadora, pero Craig sabía que si se limitaba a esconderse y no hacía nada para ayudar a su familia, nunca se lo perdonaría.

—Puedes quedarte si quieres, mientras yo voy al granero.

—¡No, no me dejes sola!

Craig había supuesto que diría eso.

—Entonces tendrás que venir conmigo.

—No quiero.

Craig estrechó sus hombros y le dio un beso en la mejilla.

—Venga, sé valiente.

Sophie se secó la nariz con la manga.

—Lo intentaré.

Craig se levantó y se puso las botas y la chaqueta. Sophie se quedó inmóvil, observándolo a la luz de la vela. Intentando caminar sin hacer ruido por temor a que lo oyeran desde abajo, Craig buscó las botas de agua de Sophie y luego se arrodilló y las calzó en sus pequeños pies. Ella se dejó hacer sin oponer resistencia, todavía aturdida por lo ocurrido. Craig tiró de ella hacia arriba con suavidad, obligándola a incorporarse, y luego le ayudó a ponerse el anorak. Le cerró la cremallera, le puso la capucha y le apartó el pelo del rostro con la mano.

Parecía un muchachito con aquella capucha calada, y por un fugaz instante Craig pensó en lo preciosa que era.

Abrió la puerta de la buhardilla. Un viento gélido entró en la habitación, arrastrando consigo una gran ráfaga de nieve. La lámpara que había por encima de la puerta trasera de la cocina dibujaba un semicírculo de luz en la espesa nieve. La tapa del cubo de la basura parecía el sombrero de Ali Babá.

Había dos ventanas en aquel extremo de la casa, una en la despensa y otra en el recibidor de las botas. Los siniestros desconocidos estaban en la cocina. Había que tener muy mala suerte para que uno de ellos entrara en la despensa o saliera al recibidor justo cuando él pasara por delante de la ventana. Craig creía que tenía bastantes probabilidades de salir airoso de aquel trance.

—Venga —animó a Sophie.

Ella se puso a su lado y miró hacia abajo.

—Tú primero.

Craig se asomó. Había luz en el recibidor de las botas, pero no en la despensa. ¿Lo veía alguien? De haber estado a solas se habría sentido aterrado, pero el miedo de Sophie le infundía valor. Barrió la nieve de la cornisa con la mano y luego avanzó por esta hasta el tejado adosado del recibidor de las botas. Barrió un trozo del tejado, se incorporó y alargó el brazo hacia Sophie, que le dio la mano mientras avanzaba paso a paso por la cornisa.

—Lo estás haciendo muy bien —le susurró. La cornisa tenía sus buenos treinta centímetros de ancho, así que aquello tampoco era tan difícil, pero Sophie estaba temblando. Finalmente, bajó hasta el tejado adosado—. Bien hecho —la felicitó Craig.

Fue entonces cuando Sophie resbaló.

Los pies se le fueron hacia delante. Craig seguía sujetándole la mano, pero no podía impedir que perdiera el equilibrio, y la joven cayó de nalgas sobre el tejado con un golpe seco que debió de oírse abajo. Sophie se quedó tumbada de espaldas y empezó a resbalar por las tejas cubiertas de hielo.

Craig alargó la mano y logró asir un trozo de anorak. Tiró de Sophie con todas sus fuerzas, tratando de frenar su caída, pero él también se apoyaba sobre la misma superficie resbaladiza, y lo que ocurrió fue que ella lo arrastró consigo. Craig se deslizó por el tejado, intentando permanecer de pie e impedir que Sophie cayera abajo.

Los pies de esta golpearon el canalón, que frenó su caída, pero tenía medio trasero colgando por fuera del borde del tejado, y estaba en un tris de caerse abajo. Craig agarró la chaqueta con más fuerza y empezó a tirar de Sophie, arrastrándola hacia sí, pero entonces resbaló de nuevo. Soltó la chaqueta y abrió los brazos para no perder el equilibrio.

Sophie gritó y cayó del tejado.

Aterrizó tres metros más abajo, en la mullida nieve fresca, por detrás del cubo de la basura.

Craig asomó la cabeza por el borde del tejado. Casi no llegaba luz a aquel rincón oscuro, y apenas alcanzaba a verla.

—¿Estás bien? —preguntó. No hubo respuesta. ¿Habría perdido el conocimiento?—. ¡Sophie!

—Estoy bien —contestó, desolada.

La puerta trasera de la casa se abrió repentinamente.

Craig se agachó.

Un hombre salió a la calle. Desde arriba, Craig solo alcanzaba a ver su cabeza poblada de pelo corto y oscuro. Echó un vistazo por la parte lateral del tejado adosado. La luz que manaba de la puerta abierta le permitía distinguir a Sophie. Su anorak rosa se confundía con la nieve, pero los vaqueros se veían bastante. Estaba inmóvil. Craig no alcanzaba a verle el rostro.

Una voz gritó desde dentro:

—¡Elton! ¿Quién anda ahí fuera?

El aludido blandió una linterna de lado a lado, pero el haz de luz no mostraba nada excepto copos de nieve. Craig se tumbó boca abajo en el tejado.

Elton se volvió hacia la derecha, alejándose de Sophie, y se

adentró un poco en la oscuridad, alumbrando sus pasos con la linterna.

Craig se aplanó sobre el tejado, deseando con todas sus fuerzas que Elton no mirara hacia arriba. Entonces se dio cuenta de que la puerta del desván seguía abierta de par en par. Si a aquel tipo se le ocurría dirigir el haz de su linterna en esa dirección no podía sino verla y querría ir a echar un vistazo, lo que podía tener consecuencias nefastas. Craig reptó lentamente hacia arriba por el tejado adosado. Tan pronto como tuvo la puerta a su alcance, la cogió por el canto inferior y la empujó con suavidad. La puerta giró lentamente sobre los goznes hasta el marco en forma de arco. Craig le dio un último empujón y volvió a tumbarse en el tejado. La puerta se cerró con un chasquido.

Elton se dio media vuelta. Craig no se movió. Desde arriba, veía cómo el haz de la linterna barría el hastial de la casa y la puerta del desván.

—¿Elton? —llamó la misma voz desde dentro.

El haz de luz se alejó.

—¡No se ve una mierda! —gritó, visiblemente irritado.

Craig se arriesgó a levantar la cabeza para echar un vistazo abajo. Elton se dirigía al otro lado de la puerta, donde estaba Sophie. Se detuvo junto al cubo de la basura. Si se le ocurría rodear el recibidor de las botas para inspeccionar aquel rincón, la descubriría. Si eso pasaba, decidió Craig, se lanzaría en picado sobre Elton. Seguramente le daría una paliza de muerte, pero quizá Sophie lograra escapar.

Tras unos segundos interminables, Elton se dio la vuelta.

—¡Lo único que hay aquí fuera es nieve! —anunció a voz en grito. Luego entró en la casa y cerró la puerta dando un sonoro portazo.

Craig soltó un gemido de alivio. Solo entonces se dio cuenta de que estaba temblando. Intentó tranquilizarse. Pensar en Sophie lo ayudó. Saltó del tejado y aterrizó junto a ella.

—¿Te has hecho daño? —preguntó, inclinándose hacia ella. Sophie se incorporó.

—No, pero estoy muerta de miedo.

—Bueno. ¿Puedes levantarte?

—¿Estás seguro de que se ha ido?

—He visto cómo entraba y cerraba la puerta. Habrán oído tu grito, o quizá un golpe en el techo cuando te has resbalado, pero seguramente creerán que ha sido la nieve.

—Dios, eso espero.

Sophie se levantó con dificultad.

Craig frunció el ceño, pensativo. Era evidente que aquella gente estaba atenta a cuanto ocurría en la casa y sus alrededores. Si Sophie y él cruzaban el patio hasta el granero, podían ser vistos por alguien que estuviera asomado a la ventana de la cocina. Lo mejor que podían hacer era salir por el jardín, rodearlo hasta el chalet de invitados y acercarse al granero por la parte de atrás. Se arriesgaban a que los vieran entrando por la puerta, pero el rodeo minimizaba las posibilidades de ser descubiertos.

—Por aquí —dijo. Cogió la mano de Sophie, que lo siguió a regañadientes.

El viento soplaba con más fuerza en aquella zona. La tormenta se desplazaba tierra adentro. Lejos del cobijo que ofrecía la casa, la nieve no caía en remolinos danzantes, sino en violentas rachas ladeadas que les azotaban el rostro sin piedad y se les metían en los ojos.

Cuando Craig perdió la casa de vista, echó a caminar hacia la derecha. Allí la nieve tenía medio metro de profundidad y dificultaba mucho el avance. La tormenta le impedía ver el chalet de invitados. Contando los pasos, avanzó lo que consideraba una distancia equivalente a la anchura del patio. Ya completamente a ciegas, supuso que estarían a la altura del granero y volvió a cambiar de dirección. Contó los pasos que según sus cálculos faltaban para darse de bruces con la pared trasera del edificio.

Pero no encontró nada.

Estaba seguro de que no se había equivocado. Había medido las distancias meticulosamente. Avanzó otros cinco pasos. Temía haberse perdido, pero no quería que Sophie se diera cuenta. Reprimiendo una oleada de pánico, volvió a cambiar el rumbo de sus pasos, esta vez para volver a la casa principal. Gracias a la impenetrable oscuridad Sophie no le veía la cara, así que afortunadamente no podía saber lo asustado que estaba.

Llevaban menos de cinco minutos a la intemperie, pero Craig ya empezaba a notar un frío insoportable en las manos y los pies. Se dio cuenta de que sus vidas corrían verdadero peligro. Si no encontraban refugio pronto, morirían de frío.

Sophie no era tonta.

—¿Dónde estamos?

Craig intentó sonar más seguro de lo que se sentía.

—A punto de llegar al granero. Unos pasos más y ya está.

No tardó en arrepentirse de haber pronunciado aquellas palabras. Diez pasos más allá seguían envueltos en tinieblas.

Craig supuso que se habrían alejado más de lo creía del núcleo de viviendas. Eso explicaba el que se hubiera quedado corto al calcular la distancia de regreso. Volvió a doblar hacia la derecha. Había dado tantas vueltas que ya no estaba seguro de saber orientarse. Avanzó diez pasos más a trancas y barrancas y se detuvo.

—¿Nos hemos perdido? —preguntó Sophie con un hilo de voz.

—¡No podemos estar lejos del granero! —replicó Craig en tono airado—. ¡Si apenas nos hemos alejado de la casa!

Sophie lo rodeó con los brazos.

—No es culpa tuya.

Craig lo sabía, pero se sintió agradecido de todos modos.

—Podríamos pedir socorro —sugirió ella—. A lo mejor Caroline y Tom nos oyen.

—Esa gente también podría oírnos.

—Aun así, eso sería mejor que morir congelados.

Sophie tenía razón, pero Craig se resistía a reconocerlo. ¿Cómo podían haberse perdido en un recorrido tan corto? Se negaba a creerlo.

Abrazó a Sophie, pero se sentía desesperado. Se había creído superior a ella porque estaba más asustada que él, y por unos momentos se había sentido muy viril protegiéndola, pero ahora estaban los dos perdidos por su culpa. «Menudo hombre —pensó—. Menudo protector.» Su novio el futuro abogado seguro que lo habría hecho mejor, si es que existía.

Justo entonces creyó vislumbrar una luz por el rabillo del ojo.

Se volvió en esa dirección, pero la luz desapareció de su campo visual. Sus ojos no avistaron más que oscuridad. ¿Podían ser imaginaciones suyas?

Sophie percibió su tensión.

—¿Qué pasa?

—Me ha parecido ver una luz.

Craig se volvió hacia Sophie y entonces vislumbró de nuevo aquella luz por el rabillo de ojo, pero cuando miró en la dirección de la que parecía provenir se había vuelto a desvanecer.

Recordaba vagamente haber leído algo en clase de biología sobre la visión periférica y su capacidad para percibir objetos que resultan invisibles si se miraban de frente. Había una explicación científica para ello, y tenía algo que ver con el denominado «ángulo muerto» de la retina. Craig se volvió de nuevo hacia Sophie y la luz volvió a brillar. Esta vez no se molestó en volver la cabeza, sino que procuró observarla sin mover los ojos. La luz titilaba, vacilante, pero estaba allí.

Movió la cabeza y volvió a desaparecer, pero ahora sabía en qué dirección debía avanzar.

—Por aquí.

Se abrieron camino con dificultad sobre la nieve. La luz no volvió a aparecer enseguida, y Craig se preguntó si habría te-

nido una alucinación, algo así como los espejismos de oasis que se avistaban en pleno desierto. Pero entonces la luz parpadeó unos segundos antes de volver a extinguirse.

—¡La he visto! —gritó Sophie.

Siguieron avanzando a duras penas. Segundos después la luz volvió a brillar, y esta vez no se desvaneció. Craig sintió un alivio tremendo, y se dio cuenta de que por un momento había llegado a pensar que iba a morir, y Sophie con él.

Cuando se acercaron a la luz, Craig vio que era la que había por encima de la puerta trasera de la casa. Habían trazado un círculo y volvían al punto de partida.

Miranda permaneció inmóvil durante mucho tiempo. Le aterraba pensar que Daisy podía volver en cualquier momento, pero se sentía incapaz de hacer nada al respecto. En su imaginación, aquella mujer entraba en la habitación a grandes zancadas con sus botas de motorista, se arrodillaba en el suelo y miraba debajo de la cama. Casi podía ver su rostro despiadado, el cráneo rapado, la nariz torcida y los ojos oscuros, tan tiznados de perfilador negro que parecían amoratados. El mero recuerdo de aquel rostro era tan aterrador que a veces Miranda cerraba los ojos con todas sus fuerzas hasta que empezaba a ver destellos.

Fue el pensar en Tom lo que la obligó a pasar a la acción. Tenía que proteger a su hijo de once años. Pero ¿cómo? Ella sola no podía hacer nada. Estaba dispuesta a enfrentarse a los desconocidos y defender la vida de los chicos con la suya propia, pero eso de nada serviría: la apartarían de en medio como a un saco de patatas. A las personas civilizadas no se les daba muy bien ejercer la violencia; eso era precisamente lo que las convertía en personas civilizadas.

La respuesta a su pregunta seguía siendo la misma. Tenía que encontrar un teléfono y pedir ayuda. Eso significaba que debía llegar como fuera hasta el chalet de invitados. Tenía que salir de su escondite bajo la cama, abandonar la habitación y bajar las

escaleras sin ser vista, con la esperanza de que ninguno de los intrusos la oyera desde la cocina ni saliera al vestíbulo. Por el camino tenía que coger alguna prenda de abrigo y un par de botas. Iba descalza, y lo único que llevaba sobre la piel era un camisón de algodón. Sabía que no podía salir a la calle vestida de aquella manera, en plena ventisca y con una capa de nieve de medio metro de espesor. Luego tendría que rodear la casa, cuidando de mantenerse bien alejada de las ventanas, hasta llegar al chalet. Una vez allí, cogería el móvil que había dejado en su bolso, junto a la puerta.

Intentó hacer acopio de fuerzas. ¿De qué tenía tanto miedo? «La tensión», pensó. La tensión era lo que más la aterraba. Pero no duraría mucho tiempo. Medio minuto para bajar las escaleras; un minuto para ponerse una chaqueta y unas botas; dos minutos, a lo sumo tres, para avanzar por la nieve hasta el chalet. Menos de cinco minutos en total.

Un sentimiento de indignación se apoderó de ella. ¿Cómo se atrevía aquella gentuza a darle miedo de caminar por su propia casa? La ira le infundió valor.

Temblando, se deslizó de debajo de la cama. La puerta de la habitación estaba abierta. Asomó la cabeza, comprobó que no había nadie en los alrededores y salió al descansillo. Le llegaban voces desde la cocina. Miró hacia abajo.

Había un perchero al pie de la escalera. La mayor parte de las prendas de abrigo y botas de la familia se guardaban en el vestidor del pequeño recibidor trasero, pero su padre siempre dejaba las suyas en el vestíbulo. Desde arriba, Miranda alcanzaba a ver su viejo anorak azul colgado del perchero y las botas de goma forradas de piel que le mantenían los pies calientes mientras sacaba a Nellie. Con aquello tendría bastante para no morir congelada mientras se abría camino por la nieve hasta el chalet. No tardaría más de unos segundos en ponérselo todo y escabullirse por la puerta delantera.

Si lograba reunir el valor suficiente, claro.

Empezó a bajar las escaleras de puntillas.

Las voces de la cocina se hicieron más audibles. Al parecer, estaban discutiendo. Reconoció la voz de Nigel:

—¡Pues vuelve a mirar, joder!

¿Significaba aquello que alguien se disponía a registrar la casa de nuevo? Se dio la vuelta y echó a correr, subiendo los peldaños de dos en dos. Justo cuando llegó al descansillo, oyó pasos de botas en el vestíbulo. Daisy.

De nada serviría volver a esconderse debajo de la cama. Si Daisy iba a inspeccionar la casa por segunda vez, se aseguraría de no pasar por alto ningún posible escondrijo. Miranda entró en la habitación de su padre. Solo había un sitio en el que podía esconderse: el desván. Cuando tenía diez años, lo había convertido en su refugio. Todos los niños de la casa lo habían hecho en algún momento de sus vidas.

La puerta del armario ropero estaba abierta.

Miranda oyó los pasos de Daisy en el descansillo.

Se arrodilló, entró en el armario gateando y abrió la portezuela que daba al desván. Entonces se dio la vuelta y cerró la puerta del armario ropero. Luego reculó hasta el desván y cerró la portezuela.

Fue entonces cuando se dio cuenta de que había cometido un grave error. Daisy había registrado la casa un cuarto de hora antes, y seguro que había visto la puerta del armario abierta. ¿Se acordaría de eso ahora, y se daría cuenta de que alguien la había cerrado en su ausencia? ¿Y sería lo bastante lista para deducir por qué?

Oyó los pasos de Daisy en el vestidor. Contuvo la respiración mientras registraba el cuarto de baño. De pronto, las puertas del armario ropero se abrieron de par en par. Miranda se mordió el pulgar para no gritar de miedo. Se oyó el frufrú de las prendas rozándose entre sí mientras Daisy hurgaba entre los trajes y camisas de Stanley. La portezuela era difícil de ver, a menos que uno se arrodillara y mirara por debajo de la ropa colgada. ¿Sería Daisy tan meticulosa?

Hubo un largo silencio.

Luego los pasos de Daisy se alejaron hacia el dormitorio.

Miranda se sintió tan aliviada que tuvo ganas de romper a llorar, pero se contuvo. Debía ser valiente. ¿Qué estaba pasando en la cocina? Recordó el agujero en el suelo. Gateó lentamente hasta allí para echar un vistazo.

Hugo tenía un aspecto tan lamentable que Kit casi sintió lástima por él. Era un hombre bajito y rechoncho con pechos protuberantes, pezones peludos y un abultado vientre que le colgaba por encima de los genitales. Las delgadas piernas que sostenían aquel cuerpo rollizo le hacían parecer un muñeco mal diseñado. Su desnudez resultaba aún más bochornosa por el contraste que ofrecía respecto a su imagen habitual. En circunstancias normales, Hugo aparentaba ser un hombre desenvuelto y seguro de sí mismo, vestía prendas elegantes que lo favorecían y flirteaba con el aplomo de un galán, pero ahora parecía un pobre diablo muerto de vergüenza.

La familia estaba apiñada a un lado de la cocina, junto a la puerta de la despensa y lejos de todas las salidas: Kit, su hermana Olga envuelta en un salto de cama de seda negra, el padre de ambos con los labios hinchados a causa del puñetazo que Daisy le había propinado y el marido de Olga, Hugo, tal como su madre lo había traído al mundo. Stanley se había sentado y sujetaba a Nellie, acariciándola para tranquilizarla, temeroso de que le pegaran un tiro si atacaba a los intrusos. Nigel y Elton permanecían de pie al otro lado de la mesa, y Daisy estaba registrando el piso de arriba.

Hugo dio un paso al frente.

—En el cuartito de la lavadora hay toallas y todo eso —dijo. Desde la cocina se podía acceder a dicha habitación, contigua al comedor—. ¿Puedo ir a buscar algo con lo que taparme?

Justo entonces, Daisy volvió a entrar en la cocina.

—Prueba con esto —dijo, y lo azotó en la entrepierna con un paño de cocina. Kit recordaba lo mucho que aquello podía doler de sus tiempos de estudiante, cuando se dedicaba a hacer el ganso con sus compañeros en los vestuarios. Hugo lanzó un grito involuntario y se dio la vuelta. Daisy volvió a azotarlo, esta vez en las nalgas. Hugo se acurrucó en un rincón y Daisy se echó a reír. No podía haberlo humillado más.

La escena daba vergüenza ajena, y Kit se sintió ligeramente asqueado.

—Deja de hacer el imbécil —reprendió Nigel a Daisy en tono irritado—. Quiero saber dónde se ha metido la otra hermanita… Miranda, se llama. Ha debido salir sin que nos diéramos cuenta. ¿Dónde está?

—La he buscado por todas partes dos veces —señaló Daisy—. No está en la casa.

—Puede que se haya escondido.

—Y puede que sea la mujer invisible, no te jode, pero yo no la encuentro.

Kit sabía dónde estaba Miranda. Segundos antes había visto a Nellie ladear la cabeza y erguir una de sus orejas negras. Alguien había entrado en el desván, y solo podía ser su hermana. Se preguntó si Stanley también se habría fijado en la reacción de Nellie. Miranda no suponía una gran amenaza, encerrada allí arriba sin teléfono y con un camisón por único atuendo, pero aun así Kit deseó que se le ocurriera algún modo de advertir a Nigel.

—A lo mejor ha salido —aventuró Elton—. Ese ruido que hemos oído debía de ser ella.

Había una nota de exasperación en la réplica de Nigel:

—En ese caso, ¿cómo es que no la has visto cuando has salido a mirar?

—¡Porque ahí fuera no se ve una mierda! —El tono autoritario de Nigel empezaba a molestar a Elton.

Kit supuso que el ruido de fuera lo habría hecho alguno de

los chicos jugando. Se había oído un golpe seco y luego un grito, como si una persona o un animal se hubiera dado con la puerta trasera. Era posible que un ciervo se hubiera tropezado con la puerta, pero los ciervos no gritaban, sino que emitían mugidos similares a los del ganado. Tampoco era descabellado suponer que el viento había arrojado a un pájaro grande contra la puerta y que este había lanzado un graznido similar a un grito humano. Sin embargo, para Kit el principal sospechoso seguía siendo el hijo de Miranda, el joven Tom. Tenía once años, la edad perfecta para escabullirse por la noche y jugar a los espías.

De haber mirado por la ventana y haber visto las pistolas, ¿qué habría hecho Tom? En primer lugar habría buscado a su madre, pero no la habría encontrado. Luego habría despertado a su hermana, o quizá a Ned. En cualquier caso, no había tiempo que perder. Tenían que reunir al resto de la familia antes de que alguien lograra hacerse con un teléfono. Pero Kit no podía hacer nada sin delatarse, así que se sentó y aguardó con la boca cerrada.

—No llevaba puesto más que un camisón —observó Nigel—. No puede haber ido lejos.

—Vale, pues vamos a mirar en los demás edificios —sugirió Elton.

—Espera un segundo. —Nigel frunció el ceño—. Hemos buscado en todas las habitaciones de la casa, ¿verdad?

—Sí, ya te lo he dicho —contestó Daisy.

—Les hemos quitado el móvil a tres de ellos: Kit, el enano en pelotas y la hermana marimandona. Y estamos seguros de que no hay más móviles en la casa —prosiguió Nigel.

—Ajá —asintió Daisy, que había aprovechado para buscar teléfonos móviles mientras registraba las habitaciones.

—Entonces será mejor que miremos en los demás edificios —concluyó Nigel.

—De acuerdo —repuso Elton—. Está el chalet de invitados, el granero y el garaje, eso ha dicho el viejo.

—Mira en el garaje primero. Habrá teléfonos en los coches.

Luego ve al chalet y al granero. Reúne al resto de la familia y tráelos aquí. Asegúrate de quitarles los móviles. Los tendremos a todos aquí bajo control durante una hora o dos, y luego nos largaremos.

No era un mal plan, pensó Kit. En cuanto lograran reunir a toda la familia en una misma habitación, sin ningún teléfono cerca, el peligro habría pasado. Nadie llamaría a su puerta el día de Navidad por la mañana —ni el lechero, ni el cartero, ni la furgoneta de reparto de los supermercados Tesco, ni la de Majestic Wine—, así que nadie sospecharía lo que estaba pasando. Podían tomarse un respiro y sentarse a esperar la salida del sol.

Elton se puso la chaqueta y miró por la ventana, inspeccionando la nieve con ojos escrutadores. Siguiendo su mirada, Kit se dio cuenta de que, a la luz de las lámparas exteriores, apenas se vislumbraban el chalet y el granero al otro lado del patio. Seguía nevando con ganas.

—Yo miraré en el garaje. Que se vaya Elton al chalet —propuso Daisy.

—Será mejor que nos demos prisa —observó este—. Ahora mismo puede haber alguien llamando a la policía.

Daisy se metió la pistola en el bolsillo y cerró la cremallera de su chaqueta de piel.

—Antes de que os vayáis, encerremos a estos cuatro en algún sitio donde no den la lata.

Fue entonces cuando Hugo se abalanzó sobre Nigel.

El ataque sorprendió a propios y extraños. Al igual que sus compinches, Kit había dado por sentado que Hugo no suponía ninguna amenaza para ellos. Pero había saltado hacia delante con furia y golpeaba a Nigel en el rostro una y otra vez con ambos puños. Había elegido un buen momento, pues Daisy acababa de guardar el arma y Elton ni siquiera había llegado a sacar la suya, así que Nigel era el único que tenía una pistola en la mano, pero estaba tan ocupado intentando esquivar sus puñetazos que no podía usarla.

Nigel retrocedió tambaleándose y se golpeó con la encimera. Hugo fue hacia él como una fiera, golpeándolo en el rostro y el cuerpo al tiempo que gritaba algo ininteligible. Le asestó bastantes puñetazos en pocos segundos, pero Nigel no soltó el arma.

Elton fue el primero en reaccionar. Se fue hacia Hugo e intentó apartarlo de Nigel. Al estar desnudo resultaba difícil cogerlo, y por más que lo intentara no lograba inmovilizarlo, pues sus manos resbalaban sobre los hombros de Hugo, que no paraba de moverse.

Stanley soltó a Nellie, que ladraba furiosamente, y la perra atacó a Elton mordiéndole las piernas. Había visto pasar muchos inviernos y sus dientes ya no tenían la fuerza de antes, pero toda ayuda era poca.

Daisy intentó sacar la pistola, pero el cañón del arma se enganchó con el forro del bolsillo. Olga cogió un plato y se lo arrojó desde el otro extremo de la cocina. Daisy esquivó el golpe, pero el plato la alcanzó de refilón en el hombro.

Kit dio un paso adelante para inmovilizar a Hugo, pero se contuvo.

Lo último que quería era que la familia se hiciera con el control de la situación. Por mucho que le hubiera consternado descubrir la verdadera finalidad del robo que él había planeado, su máxima prioridad era salvar el pellejo. Habían pasado menos de veinticuatro horas desde que Daisy había estado a punto de ahogarlo en la piscina, y sabía que si no pagaba al padre de esta el dinero que le debía se enfrentaría a una muerte tan atroz como la que podía causar el virus encerrado en aquel frasco de perfume. Intervendría para defender a Nigel contra su propia familia si tenía que hacerlo, pero solo como último recurso. Mientras pudiera, seguiría haciéndoles creer que nunca había visto a Nigel hasta aquella noche. Permaneció al margen, sintiéndose impotente y dividido por dos impulsos de signo contrario.

Elton rodeó a Hugo con ambos brazos y lo estrechó con

fuerza. Este forcejeó con energía, pero era más pequeño que su adversario y no estaba en forma, por lo que no logró zafarse. Elton lo levantó del suelo y retrocedió, alejándolo de Nigel.

Daisy asestó un certero puntapié a Nellie en las costillas con una de sus pesadas botas. La perra lanzó un aullido y fue a acurrucarse en un rincón.

Nigel sangraba por la nariz y la boca, y tenía feas marcas rojas alrededor de los ojos. Miró a Hugo con odio y alzó la mano derecha, la que seguía empuñando el arma.

Olga dio un paso al frente y gritó:

—¡No!

Nigel movió el brazo y le apuntó a ella.

Stanley cogió a Olga y la sujetó, al tiempo que suplicaba:

—Por favor, no dispares, te lo ruego.

Nigel seguía apuntando a Olga cuando dijo:

—Daisy, ¿sigues llevando la porra?

La interpelada asintió, complacida. Nigel se volvió hacia Hugo.

—Empléate a fondo con este hijo de la gran puta.

Viendo lo que se le venía encima, Hugo empezó a forcejear, pero Elton lo sujetó con más fuerza.

Daisy blandió la porra en el aire y la estrelló contra el rostro de Hugo. Le dio de lleno en un pómulo, produciendo un repugnante crujido. Hugo lanzó un grito de dolor. Daisy volvió a golpearlo, y la sangre empezó a manar de su boca hacia el pecho desnudo. Con una sonrisa malévola, Daisy le miró los genitales y le propinó una patada en la entrepierna. Luego volvió a aporrearlo, esta vez en la coronilla. Hugo cayó al suelo, inconsciente, pero eso a Daisy le daba igual. Lo golpeó con la porra en la nariz y le asestó otro puntapié.

Olga lanzó un gemido de dolor y rabia, se zafó del abrazo de su padre y se abalanzó sobre Daisy. Esta blandió la porra en su dirección, pero Olga estaba demasiado cerca y el arma pasó silbando detrás de su cabeza.

Elton soltó a Hugo, que se desplomó en el suelo embaldosado, y se fue hacia Olga, que había logrado poner las manos sobre el rostro de Daisy y le estaba clavando las uñas.

Nigel tenía a Olga en su punto de mira pero no se atrevía a disparar por temor a herir a uno de los suyos en medio del forcejeo.

Stanley se volvió hacia la placa de cocina y cogió la pesada sartén con la que Kit había preparado una docena de huevos revueltos. La levantó en el aire y la blandió en la dirección de Nigel, apuntándole a la cabeza. En el último momento, este lo vio venir y esquivó el golpe. La sartén lo golpeó en el hombro derecho. Nigel lanzó un grito de dolor y la pistola salió disparada de su mano.

Stanley intentó cogerla, pero no lo consiguió. El arma aterrizó sobre la mesa de la cocina, a escasos centímetros del frasco de perfume, rebotó en el asiento de una silla de pino, rodó y se cayó al suelo, a los pies de Kit.

Este se inclinó y la recogió.

Nigel y Stanley lo miraban fijamente. Intuyendo un vuelco en la situación, Olga, Daisy y Elton dejaron de forcejear entre sí y se volvieron hacia él.

Kit dudaba, dividido ante el angustioso dilema que se le había presentado de pronto.

Durante unos segundos de inmovilidad que se hicieron eternos, todos clavaron en él sus ojos.

Finalmente, Kit dio la vuelta al arma y, sosteniéndola por el cañón, se la devolvió a Nigel.

06.30

Por fin, Craig y Sophie habían encontrado el granero.

Habían pasado unos minutos junto a la puerta trasera de la casa, sin acabar de decidir si debían entrar o no, pero no tardaron en darse cuenta de que morirían congelados si seguían allí indefinidamente. Haciendo acopio de valor, cruzaron el patio por las buenas, la cabeza gacha, rezando para que nadie estuviera mirando por las ventanas de la cocina. Los veinte pasos que los separaban del otro lado del patio se les hicieron eternos a causa de la gruesa capa de nieve que cubría el suelo. Una vez allí, avanzaron pegados a la fachada del granero, siempre arriesgándose a que los vieran desde la cocina. Craig no se atrevía a mirar en esa dirección; tenía demasiado miedo de lo que podían ver sus ojos. Cuando por fin alcanzaron la puerta, echó un vistazo rápido a la casa. En la oscuridad, no alcanzaba a distinguir la silueta del edificio, sino solo las ventanas iluminadas. La nieve también le dificultaba la visión, por lo que solo acertaba a ver siluetas borrosas moviéndose en la cocina. Nada parecía indicar que alguien se hubiera asomado a la ventana en el momento equivocado.

Abrió la gran puerta del granero. Pasaron ambos al interior y Craig se volvió para cerrar la puerta con un sentimiento de infinita gratitud. El aire caliente lo envolvió como un abrazo. Estaba temblando de la cabeza a los pies, y los dientes de So-

phie castañeteaban sin cesar. La joven se quitó el anorak cubierto de nieve y se sentó en uno de los grandes radiadores, que recordaban a los de los hospitales. A Craig le hubiera gustado tomarse unos minutos para entrar en calor, pero no había tiempo para eso. Tenía que conseguir ayuda cuanto antes.

La estancia permanecía en penumbra, pues no había más luz que la de una pequeña lámpara situada junto a la cama plegable en la que dormía Tom. Craig se acercó a él, preguntándose si valdría la pena despertarlo. Parecía haberse recuperado del vodka de Sophie, y dormía plácidamente con su pijama de Spiderman.

Había algo en el suelo, junto a la cabecera de la cama, que llamó la atención de Craig. Lo cogió y lo miró a la luz de la lámpara. Era una foto de la fiesta de cumpleaños de su madre, en la que se veía a Tom con Sophie, que le rodeaba los hombros con un brazo. Craig sonrió para sus adentros. «Al parecer, no soy el único que cayó rendido a sus encantos aquella tarde», pensó. Volvió a dejar la foto donde estaba, sin decirle nada a Sophie.

No tenía sentido despertar a Tom, decidió. No había nada que él pudiera hacer, y solo conseguirían aterrorizarlo. Estaría mejor durmiendo.

Craig trepó rápidamente por la escalera de mano que llevaba al antiguo pajar. En una de las estrechas camas individuales, bajo las mantas, se adivinaba la silueta de su hermana Caroline. Parecía profundamente dormida. También ella estaba mejor así. Si la despertaba y le contaba lo que estaba pasando, se pondría histérica. Decidió hacer lo posible por no despertarla.

La segunda cama estaba intacta. A los pies de esta se distinguía el contorno de una maleta abierta. Sophie había dicho que había dejado el teléfono en la maleta, encima de la ropa. Craig cruzó la habitación, moviéndose con cautela en la penumbra. Cuando se agachó oyó un suave murmullo y un crujido que solo podía ser de alguna criatura en movimiento. Sobresaltado,

masculló una maldición. El corazón parecía querer saltársele del pecho. Eran los dichosos ratones de Carolina, paseándose en su jaula. Empujó la jaula a un lado y empezó a registrar la maleta de Sophie.

Guiándose por el tacto, hurgó en el interior de la maleta. Arriba del todo había una bolsa de plástico que contenía un bulto envuelto en papel de regalo. Aparte de eso, casi todo eran prendas de vestir meticulosamente dobladas. Alguien había ayudado a Sophie a hacer la maleta, dedujo, pues no la tenía precisamente por una amante del orden. Se distrajo momentáneamente con un sostén de seda, pero luego su mano asió un objeto con la forma alargada de un móvil. Abrió la solapa, pero la pantalla no se iluminó. No veía lo bastante para encontrar el botón de encendido.

Bajó la escalera apresuradamente con el móvil en la mano. Había una lámpara junto al estante. Craig la encendió y sostuvo el móvil de Sophie bajo la luz. Encontró el botón de encendido y lo presionó, pero nada ocurrió. En ese momento habría roto a llorar de frustración.

—¡No consigo encender este puto trasto! —susurró.

Aún sentada sobre el radiador, Sophie alargó el brazo y Craig le tendió el teléfono. Ella pulsó el mismo botón, frunció el ceño, volvió a presionarlo y luego lo aporreó repetidas veces, hasta que al fin se dio por vencida.

—Se ha quedado sin batería —anunció.

—¡Mierda! ¿Dónde está el cargador?

—No lo sé.

—¿En tu maleta?

—No creo.

Craig estaba al borde de la exasperación.

—¿Cómo puedes no saber dónde está el cargador de tu móvil?

—Creo que lo he dejado en casa —contestó con un hilo de voz.

—¡No me jodas!

Craig se esforzó por controlar su mal genio. Tenía ganas de decirle que era una idiota, pero eso no serviría de nada. Guardó silencio durante unos instantes. Le vino a la mente el recuerdo de los besos que se habían dado poco antes, y ya no pudo seguir enfadado. Su ira se desvaneció como por arte de magia, y rodeó a Sophie con los brazos.

—Vale —le dijo—, no pasa nada.

Sophie apoyó la cabeza en su pecho.

—Lo siento.

—A ver qué se nos ocurre.

—Tiene que haber más móviles por aquí, o un cargador que podamos usar.

Craig movió la cabeza en señal de negación.

—Caroline y yo no tenemos móvil. Mi madre no nos deja. Ella no se despega del suyo ni para ir al baño, pero dice que nosotros no los necesitamos para nada.

—Tom tampoco tiene. Miranda cree que es demasiado joven.

—Genial.

—¡Espera! —exclamó Sophie, apartándose de él—. ¿No había uno en el coche de tu abuelo?

Craig chasqueó los dedos.

—¡El Ferrari, claro! Y además he dejado las llaves puestas. Lo único que tenemos que hacer es ir hasta el garaje y podremos llamar a la policía.

—¿Quieres decir que habrá que volver a salir?

—Tú puedes quedarte aquí.

—No. Quiero ir.

—No te quedarías sola. Tom y Caroline están aquí.

—Quiero estar contigo.

Craig intentó no revelar lo feliz que le hacían aquellas palabras.

—En ese caso, será mejor que vuelvas a ponerte el anorak.

Sophie se apartó del radiador. Craig cogió su anorak del suelo y la ayudó a ponérselo. Ella buscó su mirada y él intentó esbozar una sonrisa alentadora.

—¿Lista?

Por unos segundos, volvió a ser la Sophie de antes:

—Claro, ¿a qué esperamos? Lo peor que puede pasar es que nos vuelen la tapa de los sesos...

Salieron afuera. La oscuridad seguía siendo total y la nieve caía con fuerza, más como ráfagas de perdigones que como nubes de mariposas. Una vez más, Craig miró con inquietud hacia el otro extremo del patio, pero su visibilidad era tan escasa como antes, lo que significaba que los desconocidos tampoco lo tendrían fácil para distinguirlos en medio de la ventisca. Cogió la mano de Sophie. Orientándose por las luces de los edificios colindantes, la guió hasta el extremo del granero, alejándose de la casa, y luego cruzaron el patio hasta el garaje.

La puerta lateral estaba abierta, como siempre. Dentro hacía tanto frío como fuera. No había ventanas, así que Craig decidió encender la luz.

El Ferrari del abuelo estaba donde él lo había dejado, pegado a la pared para disimular la abolladura. De pronto, recordó la vergüenza y el temor que había sentido doce horas antes, después de haber rozado el Ferrari contra el árbol. De pronto, le parecía poco menos que ridículo haberse puesto así por algo tan banal como una abolladura en el chasis de un coche. Se acordó de lo ansioso que estaba por impresionar a Sophie y caerle bien. No hacía tanto tiempo de aquello, pero parecía que hubieran pasado siglos.

En el garaje estaba también el Ford Mondeo de Luke. En cambio, el Toyota Land Cruiser había desaparecido. Craig supuso que Luke se lo habría llevado la noche anterior.

Se acercó al Ferrari y tiró de la puerta, pero esta no se abrió. Volvió a intentarlo, pero estaba cerrada con llave.

—Me cago en todo —maldijo, masticando las palabras.

—¿Qué pasa? —preguntó Sophie.

—El coche está cerrado con llave.

—¡No!

Craig miró hacia dentro.

—Y las llaves no están.

—¿Cómo ha podido pasar?

Craig golpeó el techo del coche con el puño.

—Luke se daría cuenta de que el coche estaba abierto antes de marcharse. Quitaría la llave del contacto, cerraría el coche y la dejaría en la casa.

—¿Y qué hay del otro coche?

Craig intentó abrir la puerta del Ford, pero también estaba cerrada con llave.

—De todas formas, dudo que Luke tenga móvil en el coche.

—¿Podemos recuperar las llaves del Ferrari?

Craig torció el gesto.

—Quizá.

—¿Dónde se guardan?

—En el recibidor de las botas.

—¿El que da a la parte de atrás de la cocina?

Craig asintió con gesto sombrío.

—Lo que nos situaría a dos metros escasos de esos tíos y sus pistolas.

La máquina quitanieves avanzaba despacio por la carretera de dos carriles, abriéndose paso en la oscuridad. El Jaguar de Carl Osborne la seguía. Toni iba al volante del Jaguar, aguzando la vista mientras los limpiaparabrisas se afanaban en despejar la nieve que caía profusamente sobre el cristal. Ante ellos se extendía un paisaje inmutable: justo delante, los faros destellantes de la máquina quitanieves; a la derecha, un montículo de nieve recién formado por esta; a la izquierda, la nieve virgen que cubría la calzada y las llanuras aledañas hasta donde alumbraban los faros del coche.

La señora Gallo iba dormida con el cachorro en su regazo. Carl iba en el asiento del acompañante y guardaba silencio, ya fuera porque se había quedado dormido o porque estaba enfurruñado. Le había dicho lo mucho que detestaba que otros condujeran su coche, pero Toni había insistido en hacerlo y él se había visto obligado a consentírselo, puesto que ella tenía las llaves.

—Eres incapaz de ceder aunque sea un milímetro, ¿verdad? —había refunfuñado antes de enmudecer.

—Por eso soy tan buena poli —había replicado ella.

—Por eso no tienes marido —había apostillado su madre desde el asiento trasero.

De aquello había pasado más de una hora. Toni luchaba por

seguir despierta pese al efecto hipnótico de los limpiaparabrisas, el amodorramiento que producía la calefacción del coche y la monotonía del paisaje. Casi deseó haber dejado que Carl fuera conduciendo. Pero tenía que conservar el control de la situación.

Habían encontrado el vehículo de la fuga en el aparcamiento del hotel Dew Drop. En su interior había varias pelucas, bigotes falsos y gafas sin graduación que los ladrones habrían utilizado para disfrazarse, pero ni una sola pista sobre la dirección que pudo haber tomado la banda. El coche de la policía se había quedado en el hotel mientras los agentes interrogaban a Vincent, el joven recepcionista con el que Toni había hablado por teléfono. La máquina quitanieves había seguido hacia el norte por orden de Frank.

Por una vez, Toni estaba de acuerdo con él. Era de esperar que los ladrones cambiaran de vehículo en algún punto de su ruta en lugar de retrasar la huida dando un rodeo innecesario. Siempre cabía la posibilidad de que previeran el modo de pensar de la policía y eligieran deliberadamente un lugar que pusiera a sus perseguidores en la pista equivocada, pero según la experiencia de Toni, los delincuentes no eran tan precavidos. Una vez que tenían el botín en las manos, lo que querían era escapar lo más deprisa posible.

La máquina quitanieves no se detenía ante los coches que encontraba parados a su paso. En la cabina del conductor, además de este, iban dos agentes de policía, pero tenían órdenes estrictas de limitarse a observar a los ocupantes de los vehículos atrapados en la nieve, pues a diferencia de los ladrones, ellos no iban armados. Algunos de los vehículos estaban abandonados, otros tenían uno o dos ocupantes en su interior, pero de momento no habían visto ninguno en el que viajaran dos hombres y una mujer. La mayoría de los coches ocupados arrancaban al paso de la máquina quitanieves y la seguían. Detrás del Jaguar se había formado ya una pequeña caravana.

Toni empezaba a dejarse vencer por el pesimismo. Ya tenían

que haber encontrado a la banda. Al fin y al cabo, habían salido del Dew Drop en un momento en que las carreteras eran poco menos que intransitables. No podían haber ido muy lejos.

¿Tendrían algún tipo de escondrijo en los alrededores? No parecía probable. Los ladrones no solían esconderse cerca de la escena del crimen, más bien todo lo contrario. Mientras la caravana avanzaba hacia el norte, Toni se preguntaba con creciente inquietud si no se habría equivocado al suponer que habían partido en esa dirección.

Entonces avistó un letrero familiar que ponía «Playa» y se dio cuenta de que debían de estar cerca de Steepfall. Había llegado el momento de poner en práctica la segunda parte de su plan. Tenía que llegar a la casa e informar a Stanley de lo sucedido.

Se acercaba el momento que tanto temía. Su trabajo consistía en impedir que algo así llegara a ocurrir. Había tenido varios aciertos: gracias a su insistencia, el robo se había descubierto más pronto que tarde, había obligado a la policía a tomarse en serio la amenaza biológica y salir en persecución de los ladrones, y Stanley no podía sino quitarse el sombrero por cómo se las había arreglado para llegar hasta él en medio de una fuerte ventisca. Pero Toni deseaba poder decirle que los ladrones habían sido detenidos y que la situación de emergencia había pasado, y en lugar de eso se disponía a comunicarle su propio fracaso. No sería, desde luego, el encuentro gozoso que había previsto.

Frank se había quedado en el Kremlin. Usando el teléfono del coche de Osborne, Toni lo llamó al móvil.

La voz de Frank resonó en los altavoces del Jaguar.

—Comisario Hackett.

—Soy Toni. La máquina quitanieves se acerca al desvío de la casa de Stanley Oxenford. Me gustaría informarle de lo sucedido.

—No necesitas mi permiso para hacerlo.

—No logro comunicarme con él por teléfono, pero la casa está a un kilómetro y medio de la carretera principal.

—Olvídalo. Ha llegado la unidad de respuesta. Vienen armados hasta los dientes y se mueren de ganas de entrar en acción. No voy a retrasar la búsqueda de la banda.

—Solo necesito la máquina quitanieves durante cinco o seis minutos, lo suficiente para despejar el camino de acceso, y después puedes olvidarte de mí, y de mi madre.

—Suena tentador, pero no estoy dispuesto a interrumpir la búsqueda durante cinco minutos.

—Es posible que Stanley pueda contribuir a la investigación. Al fin y al cabo, él es la víctima.

—La respuesta es no —insistió Frank, y colgó.

Osborne había escuchado toda la conversación.

—Este coche es mío —dijo—. No pienso ir a Steepfall. Quiero seguir a la máquina quitanieves. De lo contrario, podría perderme algo.

—Puedes seguir al quitanieves. Nos dejas a mi madre y a mí en Steepfall y lo sigues de vuelta a la carretera principal. En cuanto haya informado a Stanley, le pediré un coche prestado y os alcanzaré.

—Me parece que Frank te acaba de frustrar los planes.

—Todavía no me he rendido —repuso Toni, y volvió a marcar el número de Frank.

Esta vez, la respuesta fue tajante:

—¿Qué quieres?

—Acuérdate de Johnny el Granjero.

—Vete a la mierda.

—Estoy usando un manos libres y Carl Osborne está sentado a mi lado, escuchándonos a ambos. ¿Dónde has dicho que me vaya?

—Descuelga el puto teléfono.

Toni se acercó el auricular al oído para que Carl no pudiera oír a Frank.

—Llama al conductor de la máquina quitanieves, Frank. Por favor.

—Pero mira que eres hija de puta. Siempre me sales con el caso de Johnny el Granjero cuando sabes perfectamente que era culpable.

—Eso lo sabe todo el mundo. Pero solo tú y yo sabemos lo que hiciste para conseguir que lo declararan culpable.

—No serías capaz de decírselo a Carl.

—Está escuchando todas y cada una de mis palabras.

—Supongo que no serviría de nada apelar a tu lealtad —replicó Frank en tono de moralina.

—No, desde que te fuiste de la lengua con lo de Fluffy, el hámster.

Había dado en el blanco. Frank se puso a la defensiva.

—Carl no se rebajaría a sacar lo de Johnny. Somos amigos.

—Tu confianza en él es conmovedora —repuso Toni—, teniendo en cuenta que estamos hablando de un periodista.

Hubo una larga pausa.

—Decídete, Frank —dijo Toni al fin—. Faltan pocos metros para el desvío. O haces que la máquina quitanieves se aparte de la carretera o me paso la siguiente hora explicándole a Carl todo lo que sé sobre Johnny el Granjero.

Se oyó un clic, y luego un zumbido. Frank había colgado.

—¿De qué iba todo eso? —inquirió Carl.

—Si pasamos de largo por la próxima salida, te lo cuento.

Minutos después, la máquina quitanieves tomó la carretera secundaria que conducía a Steepfall.

07.00

Hugo yacía en el suelo embaldosado, inconsciente pero vivo.

Olga sollozaba desesperadamente. El pecho se le agitaba con cada nueva e incontrolable convulsión. Estaba al borde de la histeria.

Stanley Oxenford estaba pálido como la cera. Parecía un hombre al que acabaran de diagnosticar una enfermedad mortal. Miraba a Kit fijamente, y en su rostro se mezclaban la desesperación, la perplejidad y una rabia apenas contenida. «¿Cómo has podido?», decían sus ojos. Kit evitaba mirarlo.

Estaba que se lo llevaban los demonios. Todo le salía mal. Ahora su familia sabía que estaba compinchado con los ladrones y no se molestarían en encubrirlo, lo que significaba que la policía acabaría descubriendo toda la historia. Estaba condenado a vivir huyendo de la justicia. Apenas podía contener su ira.

También tenía miedo. La muestra del virus descansaba sobre la mesa de la cocina en su frasco de perfume, protegida tan solo por dos delgadas bolsas de plástico transparente. El temor alimentaba su furia.

Nigel ordenó a Stanley y Olga que se acostaran boca abajo junto a Hugo, amenazándolos con la pistola. Estaba tan enfurecido por la paliza que Hugo le había propinado que no habría dudado en apretar el gatillo a la menor excusa. Kit no

habría intentado detenerlo. También él se sentía capaz de matar a alguien.

Elton buscó algo con lo que atarlos y encontró cable eléctrico, una cuerda de tender y una soga resistente.

Daisy ató a Olga, a Stanley y a Hugo, que seguía inconsciente, anudándoles los pies y las manos a la espalda. Tensó bien las cuerdas para que laceraran la carne al menor movimiento y tiró de los nudos para asegurarse de que no podrían deshacerlos fácilmente. En sus labios se había dibujado aquella sonrisita sádica que esbozaba cuando hacía daño a otras personas.

—Necesito el teléfono —dijo Kit a Nigel.

—¿Por qué?

—Por si tengo que interceptar alguna llamada al Kremlin.

Nigel dudaba.

—¡Por el amor de Dios! —explotó Kit—. ¡Te he devuelto la pistola!

Nigel se encogió de hombros y le tendió el teléfono.

—¿Cómo puedes hacer esto, Kit? —le espetó Olga mientras Daisy se arrodillaba sobre la espalda de su padre—. ¿Cómo puedes consentir que traten así a tu familia?

—¡Yo no tengo la culpa! —replicó él en tono airado—. Si os hubierais portado bien conmigo, nada de esto habría pasado.

—¿Que tú no tienes la culpa? —preguntó Stanley, sin salir de su asombro.

—Primero me echaste a la calle y luego te negaste a ayudarme, así que acabé debiendo dinero a unos matones.

—¡Te eché porque me estabas robando!

—¡Soy tu hijo, tendrías que haberme perdonado!

—Y te perdoné.

—Demasiado tarde.

—Por el amor de Dios…

—¡Me he visto obligado a hacerlo!

Stanley habló con un tono en el que se mezclaban la autoridad y el desprecio, un tono que Kit recordaba de su infancia:

—Nadie se ve obligado a hacer algo así.

Kit detestaba aquel tonillo. Su padre solía utilizarlo cuando quería hacerle saber que había hecho algo especialmente estúpido.

—Tú no lo entiendes.

—Me temo que sí lo entiendo, demasiado bien.

«Típico de ti», pensó Kit. Siempre creyéndose más listo que los demás. Pero en aquel preciso instante, mientras Daisy le ataba las manos a la espalda, parecía bastante idiota.

—¿De qué va todo esto, por cierto? —preguntó Stanley.

—Cierra el pico —ordenó Daisy.

Stanley hizo caso omiso de sus palabras.

—¿Qué demonios estáis tramando, Kit? ¿Y qué hay en ese frasco de perfume?

—¡Te he dicho que te calles! —Daisy le asestó un puntapié en la cara.

Stanley gruñó de dolor, y la sangre empezó a manar de su boca.

«Te está bien empleado», pensó Kit con un regocijo salvaje.

—Pon la tele, Kit —ordenó Nigel—. A ver si dicen cuándo coño dejará de nevar.

Estaban poniendo anuncios: de las rebajas de enero, de las vacaciones de verano, de créditos baratos. Elton cogió a Nellie del collar y la encerró en el comedor. Hugo se removió en el suelo, como si volviera en sí. Olga le habló en voz baja. En la pantalla apareció un presentador tocado con un sombrero de Papá Noel. Kit pensó con amargura en todas las familias que estarían a punto de iniciar un día de celebración.

—Anoche, una inesperada ventisca azotó Escocia —anunció el presentador—. Hoy, la mayor parte del país se ha levantado cubierta por un manto blanco.

—Me cago en todo —maldijo Nigel, recalcando cada palabra—. ¿Hasta cuándo vamos a quedarnos aquí atrapados?

—Se espera que la tormenta, que ha obligado a decenas de

conductores a detenerse en la carretera durante la noche, amaine con la salida del sol. Según las últimas previsiones, a media mañana ya se habrá producido el deshielo.

Kit se animó. Aún podían llegar a tiempo a la cita con el cliente.

Nigel pensó lo mismo.

—¿A qué distancia está el todoterreno, Kit?

—A poco más de un kilómetro.

—Nos iremos al alba. ¿Tienes el diario de ayer?

—Debe de haber uno por aquí... ¿para qué lo quieres?

—Para ver a qué hora sale el sol.

Kit entró en el estudio de su padre y encontró un ejemplar de *The Scotsman* sobre un atril. Se lo llevó a la cocina.

—El sol sale a las ocho y cuatro minutos —anunció.

Nigel consultó su reloj de muñeca.

—Falta menos de una hora. —Parecía preocupado—. Tenemos que hacer más de un kilómetro a pie por la nieve, y luego otros dieciséis en coche. Vamos a llegar por los pelos. —Nigel sacó un teléfono del bolsillo. Empezó a marcar un número, pero se detuvo—. Se ha quedado sin batería —dijo—. Elton, dame tu móvil. —Volvió a marcar el mismo número desde el teléfono de este—. Sí, soy yo, ¿qué vais a hacer con este tiempo? —Kit supuso que estaba hablando con el piloto del cliente—. Sí, debería empezar a amainar dentro de una hora más o menos... yo sí puedo llegar, pero ¿y vosotros? —Nigel fingía estar más seguro de sí mismo de lo que realmente estaba. Una vez que la nieve hubiera dejado de caer, el helicóptero podría despegar y volar a donde quisiera, pero ellos no lo tenían tan fácil porque viajaban por carretera—. Bien. Nos veremos a la hora acordada, entonces.

Cerró la solapa del teléfono.

En ese instante, el presentador dijo:

—Anoche, en plena tormenta, una banda de ladrones asaltó los laboratorios de Oxenford Medical, en las inmediaciones de Inverburn.

Un silencio sepulcral se instaló en la cocina. «Ya está —pensó Kit—. Se ha descubierto el pastel.»

—Los sospechosos se han dado a la fuga con varias muestras de un peligroso virus.

—Así que eso es lo que hay en el frasco de perfume... —dedujo Stanley, hablando con dificultad a causa del labio partido—. ¿Os habéis vuelto locos?

—Carl Osborne nos informa desde el lugar de los hechos.

En pantalla apareció una foto de Osborne sosteniendo el teléfono. Su voz sonaba a través de una línea telefónica.

—El virus mortal que ayer mismo acabó con la vida del técnico de laboratorio Michael Ross se encuentra ahora en manos de una banda de delincuentes.

Stanley no daba crédito a sus oídos.

—Pero ¿por qué? ¿De veras creéis que podréis venderlo?

—Sé que puedo —replicó Nigel.

Osborne prosiguió:

—En una acción meticulosamente planeada, dos hombres y una mujer lograron burlar el sofisticado sistema de seguridad del laboratorio y acceder al nivel cuatro de bioseguridad, donde la empresa conserva muestras de virus letales para los que no existe cura.

—Pero, Kit... no les habrás ayudado a hacer algo así, ¿verdad? —preguntó Stanley.

Olga se le adelantó.

—Por supuesto que lo hizo. —Había un profundo desprecio en su voz.

—La banda redujo por la fuerza a los guardias de seguridad, dos de los cuales han resultado heridos, uno de ellos gravemente. Pero muchos más morirán si el virus Madoba-2 se propaga entre la población.

Stanley rodó sobre un costado y se sentó con dificultad. Tenía el rostro magullado, apenas podía abrir un ojo y la pechera de su pijama estaba manchada de sangre, pero seguía pa-

reciendo la persona con más autoridad de toda la habitación.

—Escuchad lo que dice ese hombre —les advirtió.

Daisy hizo amago de acercarse a él, pero Nigel la detuvo alzando la mano.

—Solo conseguiréis mataros —continuó Stanley—. Si lo que hay en ese frasco de perfume es realmente el Madoba-2, no existe antídoto. Si lo dejáis caer y el frasco se rompe, estáis muertos. Aunque se lo vendáis a otro y ese alguien se espere a que os hayáis marchado para liberar el virus, el Madoba-2 se propaga tan deprisa que podríais contagiaros y morir de todas formas.

La voz de Osborne lo interrumpió:

—Se cree que el Madoba-2 es más peligroso que la Peste Negra, que arrasó Gran Bretaña en... tiempos remotos.

Stanley alzó la voz para hacerse oír por encima de sus palabras.

—Tiene razón, aunque no sepa de qué siglo está hablando. En el año 1348, la Peste Negra mató a una de cada tres personas en Gran Bretaña. Esto podría ser peor. Ninguna cantidad de dinero puede valer ese riesgo, ¿no creéis?

—Pienso estar muy lejos de Gran Bretaña cuando suelten el virus —reveló Nigel.

Kit se sorprendió. Nigel no le había comentado nada al respecto. ¿Tendría Elton un plan similar? ¿Y qué pasaba con Daisy y Harry Mac? Kit había previsto marcharse a Italia, pero ahora se preguntaba si sería lo bastante lejos.

Stanley se volvió hacia Kit.

—No puedo creer que formes parte de esta locura.

Tenía razón, pensó Kit. Todo aquello era de locos. Pero el mundo no era un lugar muy cuerdo.

—Me moriré de todas formas si no pago el dinero que debo.

—Venga ya, no te van a matar por una deuda.

—Por supuesto que sí —aseveró Daisy.

—¿Cuánto dinero debes?

—Doscientas cincuenta mil libras.

—¡Por el amor de Dios!

—Ya te dije que estaba desesperado. Te lo dije hace tres meses, cabrón, pero no me escuchaste.

—¿Cómo demonios te las has arreglado para acumular una deuda tan...? No, déjalo, prefiero no saberlo.

—Apostando a crédito. Tengo un buen sistema, pero he pasado una mala racha.

—¿Mala racha? —intervino Olga—. ¡Kit, despierta de una vez! ¡Te han tendido una trampa! ¡Esos tíos te prestaron el dinero y luego se aseguraron de que perdías porque necesitaban que les ayudaras a asaltar el laboratorio!

Kit no concedió ningún crédito a sus palabras.

—¿Y tú cómo lo sabes? —preguntó en tono desdeñoso.

—Soy abogada, me las tengo que ver con esta clase de gentuza, oigo sus ridículas excusas cuando los pillan. Sé más de ellos de lo que me gustaría.

Stanley volvió a tomar la palabra.

—Escucha, Kit. Alguna forma habrá de solucionar todo esto sin matar a personas inocentes, ¿no crees?

—Demasiado tarde. He tomado una decisión y no puedo echarme atrás.

—Piénsalo bien, hijo. ¿Sabes cuántas personas van a morir por tu culpa? ¿Decenas, miles, millones?

—Claro, que yo me muera te da igual. Harías lo que fuera por salvar a un montón de desconocidos, pero no moviste un dedo por salvarme a mí.

Stanley gimió de exasperación.

—Solo Dios sabe lo mucho que te quiero, y lo último que deseo es verte muerto, pero ¿estás seguro de querer pagar un precio tan alto por salvar tu propia vida?

Kit abrió la boca para decir algo, pero en ese momento empezó a sonar su móvil.

Lo sacó del bolsillo, preguntándose si Nigel le dejaría contestar. Pero nadie hizo el menor movimiento, así que se acercó el aparato al oído. Oyó la voz de Hamish McKinnon al otro lado de la línea.

—Toni va siguiendo a los de la máquina quitanieves, y los ha convencido para que se desvíen hasta tu casa. Llegará en cualquier momento. Y en el quitanieves van dos agentes de policía.

Kit colgó el teléfono y miró a Nigel.

—La policía viene hacia aquí.

07.15

Craig abrió la puerta del garaje y sacó la cabeza para echar un vistazo fuera. Había tres ventanas iluminadas en un extremo de la casa pero las cortinas estaban corridas, así que nadie podía verlo.

Se volvió un momento para mirar a Sophie. Había apagado las luces del garaje, pero sabía que ella estaba en el asiento del acompañante del Ford de Luke, con el anorak rosa cerrado hasta arriba para protegerse del frío. Alzó la mano a modo de despedida y salió al exterior.

Caminando tan deprisa como podía, levantando los pies y las rodillas para no quedarse atrapado en la profunda capa de nieve, avanzó a lo largo de la pared menos expuesta del garaje hasta alcanzar la fachada de la casa.

Iba a coger las llaves del Ferrari. Tendría que entrar en el recibidor de la cocina sin ser visto y sacarlas del pequeño armario donde se guardaban. Sophie había querido acompañarlo, pero Craig la había persuadido de que era menos peligroso si solo iba él.

Sin ella, se sentía más asustado. Para tranquilizarla, había fingido no tener miedo, y eso le había infundido valor. Pero ahora estaba al borde de un ataque de nervios. Mientras dudaba, agazapado en la esquina de la casa, las manos le temblaban y le flaqueaban las piernas. Era una presa fácil para los intrusos, y si

lo cogían no sabía qué hacer. Nunca se había peleado en serio, al menos desde que tenía unos ocho años. Conocía a chicos de su misma edad que lo hacían a menudo, por lo general a las puertas de un bar el sábado por la noche, y todos sin excepción eran unos perfectos idiotas. Ninguno de los tres intrusos de la cocina parecía mucho más fuerte que él, pero aun así le inspiraban pánico. Tenía la impresión de que, en caso de pelea, sabrían qué hacer, mientras que él no tenía ni la más remota idea. Y además iban armados. Podían dispararle. Se preguntó cuánto dolería una herida de arma.

Escrutó la fachada de la casa. Tendría que pasar por delante de las ventanas del salón y del comedor, cuyas cortinas no estaban corridas. La nevada había perdido intensidad, y cualquiera que mirara hacia fuera podía distinguirlo fácilmente.

Se obligó a avanzar.

Se detuvo junto a la primera ventana y miró hacia dentro. Las luces de colores parpadeaban en el árbol de Navidad, alumbrando débilmente las familiares siluetas del tresillo y las mesas, el aparato de televisión y los cuatro calcetines infantiles de tamaño descomunal que descansaban en el suelo delante de la chimenea, llenos a rebosar de cajas y paquetes.

No había nadie en la habitación.

Siguió caminando. La nieve era más profunda en aquella zona, donde se había acumulado por la acción del viento que soplaba desde el mar, y Craig hubo de emplear todas sus fuerzas para abrirse paso. Lo habría dado todo por poder acostarse un rato. Se dio cuenta de que llevaba veinticuatro horas sin pegar ojo. Se sacudió la modorra de encima y siguió avanzando. Cuando pasó por delante de la puerta principal, casi esperaba que esta se abriera de golpe y que el londinense del jersey rosado se abalanzara sobre él. Pero no ocurrió nada.

Estaba a punto de pasar por delante del comedor en penumbra cuando un suave ladrido lo sobresaltó. Se llevó un buen susto, pero enseguida se dio cuenta de que solo era Nellie.

Seguramente la habrían encerrado allí. La perra reconoció la silueta de Craig y lanzó un gemido.

—Cállate, Nellie, por el amor de Dios —murmuró. No estaba seguro de que la perra pudiera oírlo, pero lo cierto es que se calló.

Craig pasó por delante de los coches aparcados, el Toyota Previa de Miranda y el Mercedes-Benz familiar de Hugo. Un manto blanco los cubría por completo, dándoles un aspecto irreal, como si fueran los coches de una familia de muñecos de nieve. Dobló la esquina de la casa. Había luz en la ventana del recibidor de las botas. Asomó la cabeza tímidamente para echar un vistazo al interior. Desde allí veía el gran vestidor donde se guardaban los anoraks y las botas. Había una acuarela de Steepfall que tenía toda la pinta de ser obra de la tía Miranda, una escoba apoyada en un rincón y el armarito metálico de las llaves, atornillado a la pared.

La puerta del recibidor estaba cerrada, lo que lo favorecía.

Aguzó el oído, pero no oyó nada.

¿Qué ocurría cuando le dabas un puñetazo a alguien? En el cine se limitaban a desplomarse en el suelo, pero Craig estaba casi seguro de que eso no ocurriría en la vida real. Y lo que era más importante aún, ¿qué ocurría si alguien te daba un puñetazo a ti? ¿Cómo de doloroso sería? ¿Y si lo hacían una y otra vez? ¿Y qué se sentía al recibir un disparo? Había oído en alguna parte que no había nada más doloroso que una bala en el estómago. Estaba completamente aterrado, pero se obligó a seguir adelante.

Asió el pomo de la puerta trasera, lo giró tan suavemente como pudo y empujó hacia dentro. La puerta se abrió y Craig entró en el recibidor. Era una estancia pequeña, de menos de dos metros de largo, acotada por una antigua e impresionante chimenea de ladrillo y el profundo armario que había junto a esta. El armarito de las llaves colgaba de la pared de la chimenea. Craig abrió la portezuela. En su interior había veinte gan-

chos numerados, algunos con una sola llave y otros con juegos enteros, pero enseguida reconoció las del Ferrari. Las cogió y tiró hacia arriba, pero la cadenita se quedó enganchada. Craig sacudió las llaves, intentando contener la sensación de pánico que lo invadía. Entonces oyó cómo giraba el pomo de la puerta de la cocina.

El corazón le dio un vuelco en el pecho. Quienquiera que fuese, estaba intentando abrir la puerta que comunicaba la cocina con el vestíbulo. Había girado el pomo, pero era evidente que no conocía la casa, porque empujaba la puerta en lugar de tirar hacia dentro. Craig aprovechó ese breve lapso para meterse en el vestidor y cerrar la puerta.

Lo había hecho sin pensar, dejando las llaves atrás. Tan pronto como se encontró en el interior del armario, se dio cuenta de habría sido casi igual de rápido salir al jardín por la puerta trasera. Intentó recordar si la había cerrado. Creía que no. ¿Y sus botas? ¿Habrían dejado un rastro de nieve fresca en el suelo? Eso revelaría que alguien había estado allí no hacía ni un minuto, porque de lo contrario la nieve se habría derretido. Y encima había dejado abierto el armario de las llaves.

Una persona observadora se fijaría en las pistas y lo descubriría en pocos segundos.

Craig contuvo la respiración.

Nigel forcejeó con el pomo hasta que se dio cuenta de que la puerta se abría hacia dentro, no hacia fuera. Tiró del pomo con fuerza e inspeccionó el recibidor de las botas.

—Aquí, no —dijo—. Hay una puerta y una ventana. —Cruzó la cocina y abrió de un tirón la puerta de la despensa—. Los meteremos aquí. No hay ninguna otra puerta y solo una ventana, que da al patio. Elton, tráelos aquí.

—Ahí hace frío —protestó Olga.

En la despensa había un aparato de aire acondicionado.

—No sigas, por Dios, que voy a llorar —se burló Nigel.

—Mi marido necesita un médico.

—Después de lo que me ha hecho, suerte tiene de no necesitar un sepulturero. —Nigel se volvió de nuevo hacia Elton—. Mételes algo en la boca para que no chillen. ¡Date prisa, que no nos sobra el tiempo!

Elton encontró un cajón repleto de paños de cocina limpios y los utilizó para amordazar a Stanley, Olga y Hugo, que había recobrado el conocimiento pero todavía estaba aturdido. Luego ordenó a los prisioneros que se levantaran y los condujo a empujones hasta la despensa.

—Escucha —empezó Nigel, dirigiéndose a Kit. Se le veía tranquilo, anticipándose a los acontecimientos e impartiendo órdenes, pero estaba pálido y en su rostro enjuto y cínico había una expresión sombría. «La procesión va por dentro», pensó Kit—. Cuando llegue la pasma, tú sales a abrir la puerta —prosiguió—. Muéstrate amable y relajado, como un ciudadano ejemplar. Diles que aquí no pasa nada extraño, que todo el mundo está durmiendo excepto tú.

Kit no sabía cómo iba a apañárselas para aparentar tranquilidad cuando estaba tan nervioso como si tuviera delante a un pelotón de fusilamiento. Se aferró al respaldo de una silla para dejar de temblar.

—¿Y si quieren entrar de todas formas?

—Disuádelos. Si insisten, hazlos pasar a la cocina. Nosotros estaremos en ese cuartito de ahí atrás —puntualizó, señalando el recibidor de las botas—. Tú, quítatelos de encima lo antes posible.

—Toni Gallo viene con ellos —observó Kit—. Es la encargada de la seguridad en el laboratorio.

—Bueno, pues dile que se vaya por donde ha venido.

—Querrá ver a mi padre.

—Dile que no puede ser.

—No sé yo si aceptará un no por respuesta...

—¡Por el amor de Dios! —explotó Nigel, alzando la voz—. ¿Qué crees que va a hacer, tumbarte de un puñetazo y entrar pisoteando tu cuerpo inconsciente? Dile que se vaya a tomar por el culo y santas pascuas.

—De acuerdo —concedió Kit—, pero tenemos que asegurarnos de que mi hermana Miranda no se va de la lengua. Está escondida en el desván.

—¿En el desván, qué desván?

—El que queda justo por encima de esta habitación. Mirad dentro del primer armario del vestidor. Detrás de los trajes colgados hay una pequeña puerta que conduce a la buhardilla.

Nigel no le preguntó cómo sabía que Miranda estaba allí. Miró a Daisy.

—Encárgate de ella.

Miranda vio cómo su hermano hablaba con Nigel y escuchó sus palabras.

Cruzó el desván a toda prisa y, franqueando la puerta a gatas, se metió en el armario de su padre. Respiraba con dificultad, el corazón parecía a punto de salírsele del pecho y notó cómo la sangre se le agolpaba en el rostro, pero no se dejó dominar por el pánico. Todavía no. Desde el armario, saltó al vestidor.

Había oído decir a Kit que la policía estaba de camino, y por un instante había creído que estaban a salvo. Lo único que tenía que hacer era esperar hasta que los hombres de uniforme azul irrumpieran por la puerta principal y detuvieran a los ladrones. Pero luego había escuchado con horror cómo Nigel pergeñaba rápidamente un plan para librarse de ellos. ¿Qué podía hacer ella si la policía se disponía a marcharse sin haber detenido a nadie? Había decidido que, llegado ese momento, abriría una ventana y empezaría a gritar.

Ahora Kit había dado al traste con su plan.

Le aterraba volver a enfrentarse a Daisy, pero se obligó a

pensar fríamente, o casi. Podía esconderse en la habitación de Kit, al otro lado del rellano, mientras Daisy registraba el desván. No lograría entretenerla más que unos pocos segundos, pero quizá fuera suficiente para abrir una ventana y pedir socorro.

Cruzó la habitación a la carrera. Justo cuando posó la mano en el pomo de la puerta, oyó las botas de Daisy en la escalera. Demasiado tarde.

La puerta se abrió bruscamente y Miranda se escondió detrás de esta. Daisy irrumpió en la habitación y se fue directa al vestidor sin mirar atrás.

Miranda se escabulló por la puerta. Cruzó el rellano y se metió en la habitación de Kit. Corrió hasta la ventana y apartó las cortinas, esperando ver los coches de policía con sus faros destellantes.

Pero no había ni un alma allí fuera.

Miró en la dirección del camino de acceso. Empezaba a clarear, y se distinguían los árboles cubiertos de nieve en las lindes del bosque, pero ni rastro de la policía. Miranda estaba al borde de la desesperación. Daisy tardaría pocos segundos en inspeccionar el desván y darse cuenta de que no había nadie allí. Luego empezaría a buscarla en las demás habitaciones de la planta de arriba. Necesitaba ganar tiempo. La policía no podía estar muy lejos.

¿Había algún modo de encerrar a Daisy en el desván?

No se permitió el lujo de detenerse a pensar en el peligro. Volvió corriendo al dormitorio de su padre, donde la puerta del armario seguía abierta. Daisy debía de seguir allí dentro, escrutando la habitación de arriba abajo con aquellos ojos de aspecto castigado, preguntándose si no habría ningún escondrijo secreto lo bastante grande para albergar a una mujer adulta y ligeramente sobrada de carnes.

Sin pensarlo dos veces, cerró la puerta del armario.

No había cerradura, pero la puerta era de madera maciza. Si lograba atrancarla, Daisy no lo tendría fácil para abrirla por

la fuerza, pues dentro del armario apenas había espacio para maniobrar.

Quedaba una estrecha rendija entre el umbral y la puerta. Si pudiera calzarla de algún modo no habría manera de abrirla, al menos durante unos segundos. ¿Qué podía usar? Necesitaba un trozo de madera o cartón, o incluso un fajo de papel. Abrió el cajón de la mesilla de noche de su padre y encontró un libro de Proust.

Empezó a arrancar páginas.

Kit oyó a la perra ladrar en la habitación de al lado.

Eran ladridos fuertes, agresivos, de los que solía emitir cuando un extraño llamaba a la puerta. Venía alguien. Kit empujó la puerta de vaivén que conducía al comedor. La perra estaba de pie sobre las patas traseras y apoyaba las delanteras sobre el alféizar de la ventana.

Kit se acercó y miró hacia fuera. La nevada había remitido, y ya solo caían algunos copos de nieve dispersos. Kit dirigió la mirada hacia el bosque y vio asomar entre los árboles un gran camión con un lanzadestellos naranja en el techo y una pala quitanieves delante.

—¡Ya están aquí! —gritó.

Nigel entró en la habitación. La perra lo recibió con un gruñido y Kit la mandó callar. Nellie se retiró a un rincón. Nigel se pegó a la pared de la ventana y asomó la cabeza para mirar hacia fuera.

La máquina quitanieves avanzaba despejando a su paso una franja de ocho o diez metros de ancho. Pasó por delante de la puerta principal y se acercó todo lo que pudo a los coches aparcados. En el último momento giró a un lado, barriendo la nieve que se había acumulado delante del Mercedes de Hugo y el Toyota de Miranda. Luego dio marcha atrás hasta el edificio del garaje. Mientras lo hacía, un Jaguar tipo «S» de color

claro la adelantó por el camino recién despejado y se detuvo frente a la puerta principal.

Alguien se apeó del coche, una mujer alta y delgada con el pelo largo que lucía una chaqueta de aviador forrada de piel de borrego. A la luz de los faros del coche, Kit reconoció a Toni Gallo.

—Deshazte de ella —ordenó Nigel.

—¿Qué pasa con Daisy? Está tardando mucho en…

—Ella se encargará de tu hermana.

—Más vale.

—Confío en Daisy más de lo que confío en ti. Ve a abrir la puerta. —Nigel se fue al recibidor de las botas con Elton.

Kit se dirigió a la puerta principal y la abrió.

Toni estaba ayudando a alguien a apearse del asiento trasero del coche. Kit frunció el ceño. Era una anciana con un largo abrigo de lana y un sombrero de piel.

—Pero ¿qué coño…? —masculló.

Toni tomó a la anciana del brazo y se dieron la vuelta. El rostro de la primera se ensombreció en cuanto vio quién había salido a abrir.

—Hola, Kit —saludó, mientras acompañaba a la anciana hasta la puerta.

—¿Qué quieres? —le espetó este.

—He venido a ver a tu padre. Ha habido problemas en el laboratorio.

—Papá está durmiendo.

—No le importará que lo despiertes, créeme.

—¿Quién es la vieja?

—Esta señora es mi madre. Se llama Kathleen Gallo.

—Y no soy ninguna vieja —replicó la anciana—. Tengo setenta y un años y estoy en perfecta forma física, así que cuidadito con lo que dice, joven.

—Tranquila, madre. Estoy segura de que no era su intención ofenderte.

Kit no se dio por aludido.

—¿Qué está haciendo aquí?

—Se lo explicaré a tu padre.

La máquina quitanieves había dado la vuelta delante del garaje y volvía por el camino que acababa de despejar, cruzando el bosque para regresar a la carretera principal. El Jaguar la seguía.

El pánico se apoderó de Kit. ¿Qué se suponía que debía hacer? Los vehículos se marchaban pero Toni seguía allí.

El Jaguar se detuvo bruscamente. Kit deseó con todas sus fuerzas que el conductor no hubiera visto algo sospechoso. El coche volvió hasta la casa dando marcha atrás. La puerta del conductor se abrió y un pequeño fardo cayó en la nieve. Kit pensó que casi parecía un cachorro.

El conductor cerró dando un portazo y arrancó.

Toni volvió sobre sus pasos y recogió el fardo. Era, en efecto, un cachorro de pastor inglés que no tendría más de ocho semanas de vida.

Kit no salía de su asombro, pero decidió no hacer ninguna pregunta.

—No puedes entrar —le dijo a Toni.

—No digas tonterías —replicó ella—. Esta casa no es tuya, sino de tu padre, y él querrá recibirme.

Toni seguía caminando despacio hacia la casa, con su madre colgada de un brazo y el cachorro en el otro, pegado al pecho.

Kit estaba paralizado. Esperaba ver llegar a Toni en su propio coche, y su plan consistía en decirle que volviera más tarde. Por un momento, consideró la posibilidad de echar a correr detrás del Jaguar y pedirle al conductor que volviera. Pero seguramente este querría saber por qué, y los policías que iban en la máquina quitanieves podrían preguntarse a qué venía tanto jaleo. Era demasiado peligroso, así que optó por no hacer nada.

Toni se detuvo delante de Kit, que le cerraba el paso.

—¿Ha pasado algo? —preguntó ella.

Kit se dio cuenta de que estaba en un callejón sin salida. Si se empeñaba en obedecer las órdenes de Nigel, Toni podía hacer que los policías volvieran, y resultaría más fácil de manejar estando sola.

—Será mejor que pases —repuso él.

—Gracias. Por cierto, el perro se llama Osborne. —Toni y su madre pasaron al vestíbulo—. ¿Tienes que ir al baño, mamá? —preguntó Toni—. Está aquí mismo.

Kit vio desaparecer entre los árboles las luces de la máquina quitanieves y del Jaguar. Se relajó un poco. No había podido quitarse a Toni de encima, pero por lo menos la policía se había largado. Cerró la puerta.

Entonces se oyó un sonoro golpe en el piso de arriba, como si alguien hubiera aporreado la pared con un martillo.

—¿Qué demonios ha sido eso? —inquirió Toni.

Miranda había arrancado un grueso fajo de hojas del libro, las había doblado en forma de cuña y las había metido en la rendija de la puerta del armario. Pero sabía que eso no retendría a Daisy durante mucho tiempo. Necesitaba una barrera más resistente. Junto a la cama había una antigua cómoda que hacía las veces de mesilla de noche. Con gran esfuerzo, empujó el pesado mueble de caoba maciza deslizándolo sobre la moqueta. Luego la inclinó un poco hacia atrás y la empotró contra la puerta. Casi al instante, oyó a Daisy empujando desde el otro lado. Cuando se dio cuenta de que empujar no serviría de nada, pasó a los golpes.

Miranda supuso que Daisy tenía la cabeza en el desván y los pies en el armario, y que golpeaba la puerta con las suelas de las botas. La puerta se estremeció pero no cedió a sus patadas. Daisy era fuerte y acabaría abriéndola, pero mientras tanto Miranda había ganado unos preciosos segundos.

Corrió hasta la ventana. Ante su mirada incrédula, dos ve-

hículos —un camión y un turismo— se alejaban de la casa.

—¡Nooo! —exclamó. Los vehículos ya estaban muy lejos para que sus ocupantes la oyeran gritar. ¿Sería demasiado tarde? Salió de la habitación.

Se detuvo en lo alto de la escalera y miró hacia abajo. En el vestíbulo, una anciana a la que nunca había visto se dirigía al aseo.

¿Qué estaba pasando?

Entonces reconoció a Toni Gallo, que se estaba quitando la chaqueta para colgarla del perchero.

Un pequeño cachorro blanquinegro olisqueaba los paraguas.

Entonces vio a su hermano. Se oyó otro golpe procedente del vestidor.

—Parece que los chicos se han despertado —dijo Kit.

Miranda no salía de su asombro. ¿Cómo podía ser? Kit se comportaba como si nada hubiera pasado.

Estaba tratando de engañar a Toni, concluyó. Esperaba poder convencerla de que todo iba bien. Si no lograba persuadirla de que se marchara, la reduciría por la fuerza y la ataría junto con los demás.

Mientras tanto, la policía se alejaba.

Toni cerró la puerta del aseo en el que había entrado su madre. Nadie se había percatado de la presencia de Miranda.

—Será mejor que pases a la cocina —dijo Kit.

Ahí era donde la atacarían, supuso Miranda. Nigel y Elton la estarían esperando.

Se oyó un estruendo procedente de la habitación de Stanley. Daisy había logrado salir del armario.

Miranda actuó sin pensar.

—¡Toni! —gritó.

Toni miró hacia arriba y la vio.

—¡Mierda, no!... —farfulló Kit.

—¡Los ladrones están aquí, han atado a papá y van armados...

Daisy irrumpió en el descansillo y arrolló a Miranda, que cayó rodando escaleras abajo.

Toni tardó unos segundos en reaccionar.

Kit estaba de pie junto a ella, mirando hacia arriba sin disimular su ira.

—¡Cógela, Daisy! —gritó torciendo el gesto.

Miranda seguía rodando escaleras abajo, y sus rollizos muslos blancos asomaban por debajo del camisón rosado.

Tras ella bajó corriendo una mujer joven y poco agraciada, con el pelo cortado al rape y los ojos pintarrajeados de negro, toda ella vestida de piel negra.

Y la señora Gallo estaba en el aseo.

De pronto, Toni comprendió lo que estaba pasando. Miranda había dicho que los ladrones estaban allí, y que iban armados. No podía haber dos bandas distintas actuando en la misma zona aislada, la misma noche. Tenían que ser los mismos que habían entrado a robar en el Kremlin. La mujer calva que estaba en lo alto de la escalera sería la rubia que había visto en la grabación de las cámaras de seguridad. Habían encontrado la peluca en la furgoneta utilizada para la fuga. Los pensamientos se sucedían a toda velocidad en la mente de Toni: Kit parecía estar compinchado con ellos. Eso explicaría que hubieran logrado burlar el sistema de seguridad...

Justo cuando este pensamiento tomaba forma en su mente, Kit se le acercó por la espalda, le rodeó el cuello con un

403

brazo y tiró hacia atrás, intentando hacerle perder el equilibrio, al tiempo que gritaba:

—¡Nigel!

Toni le propinó un fuerte codazo en las costillas y tuvo la satisfacción de oírlo gruñir de dolor. Kit aflojó el abrazo, lo que permitió que Toni se diera la vuelta y le asestara un puñetazo en el estómago con la zurda. Kit intentó devolverle el golpe, pero Toni lo esquivó sin dificultad.

Alzó el brazo derecho, preparándose para asestarle el puñetazo definitivo, pero justo entonces Miranda se desplomó al pie de la escalera y chocó contra sus piernas en el momento en que había arqueado el cuerpo hacia atrás para tomar impulso. Toni perdió el equilibrio y cayó de espaldas. Instantes después, la mujer vestida de cuero negro tropezó con los cuerpos postrados de ambas y fue a darse de bruces con Kit, por lo que acabaron los cuatro amontonados unos sobre otros en el suelo de piedra.

Toni se dio cuenta de que no podía ganar aquella batalla. Se enfrentaba a Kit y a la tal Daisy, y no tardarían en llegar refuerzos. Tenía que salir de allí, recuperar el aliento y pensar en lo que iba a hacer.

Se zafó de aquella maraña de cuerpos y rodó sobre un costado.

Kit yacía de espaldas en el suelo. Miranda estaba hecha un ovillo y parecía magullada pero no gravemente herida. Entonces Daisy se puso de rodillas y la golpeó con furia, asestándole un puñetazo en el brazo con el puño enfundado en un guante de ante beis de lo más femenino, lo que no dejó de sorprender a Toni.

Se levantó de un brinco. Saltó por encima de Kit, se fue derecha a la puerta y la abrió. Kit le apresó el tobillo con una mano. Toni se volvió y le golpeó el brazo con el otro pie, alcanzándolo en el codo. Kit aulló de dolor y la soltó. Toni cruzó el umbral de un salto y cerró dando un sonoro portazo.

Se fue hacia la derecha y echó a correr por el camino que había despejado la máquina quitanieves. Oyó un disparo, y el estrépito de un cristal que se hacía añicos en alguna ventana cercana. Alguien le estaba disparando desde la casa, pero había fallado el tiro.

Corrió hasta el garaje, dobló la esquina y se refugió en el acceso hormigonado de las puertas automáticas, donde la máquina quitanieves había abierto un claro. Ahora el edificio del garaje se interponía entre ella y la persona que le había disparado.

La máquina quitanieves, con los dos agentes de policía en la cabina, había partido a velocidad normal por el camino despejado, avanzando con la hoja elevada. Eso quería decir que ya estaría demasiado lejos para darle alcance a pie. ¿Qué iba a hacer? Si tomaba el camino despejado alguien podía seguirla fácilmente desde la casa. Pero ¿dónde podía esconderse? Miró hacia el bosque. Allí les costaría dar con ella, pero iba mal abrigada para estar a la intemperie, pues justo se había quitado la cazadora cuando Miranda dio la voz de alarma. En el interior del garaje la temperatura no sería mucho más elevada.

Corrió hasta el extremo opuesto del edificio y asomó la cabeza por el otro lado. Distinguió la puerta del granero a escasos metros de distancia. ¿Se atrevería a cruzar el patio, arriesgándose a que la vieran desde la casa? No le quedaba más remedio.

Estaba a punto de echar a correr cuando se abrió la puerta del granero.

Toni dudó. ¿Y ahora qué?

Un niño salió del edificio. Se había puesto una chaqueta por encima del pijama de Spiderman y unas botas de agua demasiado grandes para él. Toni reconoció a Tom, el hijo de Miranda. El chico no miró a su alrededor, sino que se fue hacia la izquierda y avanzó con dificultad por la espesa nieve. Toni dio por sentado que se dirigía a la casa, y se preguntó si debía de-

tenerlo. Pero enseguida se dio cuenta de que estaba equivocada. En lugar de cruzar el patio en dirección a la casa principal, el pequeño se fue hacia el chalet de invitados. Toni lo urgió mentalmente para que se diera prisa y se quitara de en medio antes de que las cosas se pusieran feas. Supuso que iba en busca de su madre para preguntarle si podía abrir los regalos, sin imaginar que Miranda estaba en la casa principal, encajando los golpes de una troglodita con guantes de piel. Pero quizá su padrastro estuviera en el chalet. Toni pensó que lo más prudente sería dejar que el chico siguiera su camino. La puerta del chalet no estaba cerrada con llave, y Tom desapareció en su interior.

Toni seguía dudando. ¿Habría alguien apostado en una ventana de la casa, cubriendo el patio con una Browning automática de nueve milímetros? Estaba a punto de averiguarlo.

Echó a correr pero, tan pronto como sus pies se hundieron en la nieve, cayó de bruces en el suelo. Se levantó con dificultad, notando el contacto gélido de la nieve que enseguida le caló los vaqueros y el jersey, y siguió adelante, abriéndose paso con más cuidado pero también más lentamente. Miró hacia la casa con temor. No distinguió ninguna silueta en las ventanas. En circunstancias normales no habría tardado más de un minuto en cruzar el patio, pero cada nueva zancada en la nieve se le hacía eterna. Finalmente alcanzó el granero, entró en su interior y cerró la puerta tras de sí, temblando de alivio por seguir respirando.

Una pequeña lámpara le permitió reconocer las siluetas de una mesa de billar, un variopinto surtido de vetustos sillones, una televisión de pantalla gigante y dos camas plegables, ambas vacías. La estancia parecía desierta, pero había una escalera de mano que conducía a un altillo. Se obligó a dejar de temblar y empezó a trepar por la escalera. Cuando estaba a medio camino, estiró el cuello para echar un vistazo a la habitación y se sobresaltó al tropezar con varios pares de ojillos rojos que la

miraban fijamente: los hámsters de Caroline. Siguió subiendo. Allí arriba había otras dos camas. En una de ellas reconoció la silueta durmiente de Caroline. La otra estaba sin deshacer.

Los ladrones no tardarían en salir a buscarla. Tenía que pedir ayuda cuanto antes. Se llevó la mano al bolsillo para sacar el móvil.

Solo entonces se dio cuenta de que no lo llevaba encima.

Alzó los puños cerrados hacia el cielo en un gesto de frustración. Había dejado el móvil en el bolsillo de la cazadora, que había colgado en el perchero del vestíbulo.

Y ahora, ¿qué?

—Tenemos que encontrarla —sentenció Nigel—. Podría estar llamando a la policía ahora mismo.

—Espera —dijo Kit. Cruzó el vestíbulo hasta el perchero, frotándose el codo izquierdo, dolorido a causa del puntapié de Toni, y registró los bolsillos de su cazadora. Poco después, extrajo un móvil con gesto triunfal—. No puede llamar a la policía.

—Menos mal. —Nigel miró a su alrededor. Daisy tenía a Miranda acostada boca abajo en el suelo con un brazo doblado en la espalda. Elton estaba de pie en la puerta de la cocina.

—Elton, busca algo con lo que atar a la gorda —ordenó, y volviéndose hacia Kit, añadió—: tus hermanitas son de armas tomar.

—Olvídate de ellas —replicó Kit—. Ya podemos largarnos, ¿no? No hay que esperar a que salga el sol para ir a por el todoterreno. Podemos coger cualquier coche y seguir el camino que el quitanieves ha despejado.

—Tu hombre ha dicho que van dos policías en esa máquina quitanieves.

—Sí, pero el último sitio donde se les ocurriría buscarnos es justo detrás de ellos.

Nigel asintió.

—Bien pensado. Pero el quitanieves no va a ir despejando la carretera hasta… hasta donde tenemos que llegar. ¿Qué hacemos cuando se desvíe de nuestra ruta?

Kit reprimió su impaciencia. Debían alejarse de Steepfall cuanto antes, pero Nigel no parecía consciente de eso.

—Mira por la ventana —repuso—. Ha dejado de nevar, y el hombre del tiempo ha dicho que pronto empezará el deshielo.

—Aun así, podríamos quedarnos atrapados.

—Corremos más peligro estando aquí, ahora que el camino de acceso está despejado. Puede que Toni Gallo no sea la única visita inesperada del día.

Elton volvió con un trozo de cable eléctrico.

—Kit tiene razón —observó—. Si todo va bien, podemos estar allí sobre las diez de la mañana.

Tendió el cable a Daisy, que ató las manos de Miranda a la espalda.

—De acuerdo —concedió Nigel—. Pero antes tendremos que reunir a todo el mundo aquí, incluidos los chavales, y asegurarnos de que no puedan llamar pidiendo socorro en las próximas horas.

Daisy arrastró a Miranda por la cocina y la hizo entrar en la despensa de un empujón.

—Miranda habrá dejado su móvil en el chalet de invitados —apuntó Kit—. De lo contrario, ya lo habría utilizado. Su novio, Ned, está allí.

—Elton, ve a por él —ordenó Nigel.

—Hay otro teléfono en el Ferrari —prosiguió Kit—. Sugiero que Daisy vaya a echar un vistazo para asegurarnos de que nadie intenta usarlo.

—¿Y qué pasa con el granero?

—Yo lo dejaría para el final. Caroline, Craig y Tom no tienen móvil. En el caso de Sophie no estoy seguro, pero es poco probable. Solo tiene catorce años.

—Muy bien —dijo Nigel—. Acabemos con esto cuanto antes.

Entonces, la puerta del aseo se abrió y la señora Gallo salió de su interior, todavía con el sombrero puesto.

Kit y Nigel se la quedaron mirando de hito en hito. Kit se había olvidado por completo de ella.

—Encerradla en la despensa con los demás —ordenó Nigel.

—De eso nada —replicó la señora Gallo—. Creo que prefiero sentarme junto al árbol de Navidad.

La anciana cruzó el vestíbulo y se encaminó al salón.

Kit miró a Nigel, que se encogió de hombros.

Craig entreabrió ligeramente la puerta del armario para echar un vistazo fuera. El recibidor estaba desierto. Justo cuando se disponía a abandonar su escondrijo, Elton entró desde la cocina. Craig tiró de la puerta hacia dentro y contuvo la respiración.

Llevaba un cuarto de hora así.

Siempre había algún intruso rondando por allí. Dentro del armario reinaba un olor a chaquetas húmedas y botas viejas. Estaba preocupado por Sophie, que seguía sentada en el Ford de Luke, cogiendo frío. Intentó no impacientarse. La oportunidad que estaba esperando no tardaría en llegar.

Pocos minutos antes, había oído ladrar a Nellie, lo que significaba que había alguien llamando a la puerta. Por un momento, se había sentido esperanzado. Pero Nigel y Elton estaban a escasos centímetros de él, hablando en susurros ininteligibles para él. Dedujo que estarían ocultándose del visitante. Habría saltado del armario y echado a correr hacia la puerta pidiendo socorro a gritos, pero sabía que aquellos dos lo detendrían y lo obligarían a guardar silencio en cuanto se descubriera. Se contuvo, loco de frustración.

Se oyeron unos golpes que parecían venir del piso de arri-

ba, como si alguien intentara echar abajo una puerta, y luego un estruendo distinto, más parecido al un petardo —o un disparo—, seguido del ruido de cristales rotos. Craig estaba asustado. Hasta entonces, la banda solo había utilizado las armas para amenazarlos. Ahora que habían apretado el gatillo, no había manera de saber hasta dónde podían llegar. La familia estaba en grave peligro.

Al oír el disparo, Nigel y Elton se fueron dejando la puerta abierta. Desde su escondrijo, Craig veía a Elton en la cocina, hablando en tono urgente con alguien que estaba en el vestíbulo. Poco después regresó al recibidor y abandonó la casa por la puerta trasera, que dejó abierta de par en par.

Por fin Craig podía moverse sin ser visto. Los demás estaban en el vestíbulo. Era la oportunidad que estaba esperando. Salió del armario.

Abrió el pequeño armario metálico y cogió las llaves del Ferrari, que esta vez salieron sin resistirse.

Con dos zancadas se plantó en la calle.

Había dejado de nevar. Más allá de las nubes empezaba a salir el sol, y los contornos se perfilaban en blanco y negro. A su izquierda avistó a Elton, abriéndose camino por la nieve en dirección al chalet de invitados. Le daba la espalda, por lo que no podía verlo. Craig siguió en la dirección opuesta y dobló la esquina para evitar que lo descubrieran.

Fue entonces cuando vio a Daisy a tan solo unos metros de él.

Por suerte, también ella le daba la espalda. Había salido por la puerta principal y se encaminaba al otro lado de la casa. Craig se fijó en el camino despejado y supuso que mientras él estaba escondido en el armario de las botas habría pasado por allí una máquina quitanieves. Daisy se iba derecha al garaje... y a Sophie.

Se agachó detrás del Mercedes de su padre. Asomando la cabeza por detrás de un guardabarros, vio cómo Daisy alcanzaba el extremo del edificio, se apartaba del camino despejado

y doblaba la esquina de la casa, desapareciendo así de su campo visual.

Siguió sus pasos. Moviéndose tan deprisa como podía, avanzó pegado a la fachada de la casa. Pasó por delante del comedor, donde seguía Nellie con las patas delanteras apoyadas en el alféizar. Dejó atrás la puerta principal, que estaba cerrada, y el salón con su reluciente árbol de Navidad. Se quedó perplejo al ver a una anciana sentada junto al árbol con un cachorro en el regazo, pero no se detuvo a pensar quién podía ser.

Alcanzó la esquina y miró en derredor. Daisy iba derecha hacia la puerta lateral del garaje. Si entraba allí dentro, encontraría a Sophie sentada en el Ford de Luke.

Daisy metió la mano en el bolsillo de su chaqueta de piel negra y sacó la pistola.

Craig observó, impotente, cómo abría la puerta del garaje.

07.45

En la despensa hacía frío.

El pavo de Navidad, demasiado grande para caber en la nevera, descansaba en su fuente de hornear sobre una repisa de mármol, relleno y condimentado por Olga, listo para asar. Miranda se preguntó con amargura si viviría lo bastante para saborearlo.

Estaba junto a su padre, su hermana y Hugo, todos ellos atados como el pavo y hacinados en el escaso metro cuadrado de la despensa, rodeados de comida: las verduras dispuestas en los estantes, una hilera de frascos con pasta, cajas de cereales para el desayuno, latas de atún, tomates en conserva y judías en salsa de tomate.

Hugo se había llevado la peor parte. Por momentos parecía volver en sí, pero no tardaba en perder de nuevo el conocimiento. Estaba apoyado contra la pared y Olga se había pegado a su cuerpo desnudo para intentar transmitirle calor. Stanley parecía haber sido arrollado por un camión, pero permanecía de pie y estaba atento a cuanto ocurría a su alrededor.

Miranda se sentía impotente y abatida. Le descorazonaba ver a su padre, un hombre tan noble, golpeado y atado de pies y manos. Ni siquiera el sinvergüenza de Hugo merecía lo que le habían hecho. A juzgar por su aspecto, era bastante probable que sufriera daños irreversibles. Y Olga era una mujer admira-

ble; no había más que ver cómo se desvivía por el marido que la había traicionado.

Los demás tenían paños de cocina metidos en la boca, pero Daisy no se había molestado en amordazar a Miranda; de nada servía que se pusiera a gritar ahora que la policía se había marchado. Fue entonces cuando se dio cuenta, con un atisbo de esperanza, de que quizá pudiera liberar a los demás de sus mordazas.

—Papá, inclínate hacia abajo —pidió.

Obediente, Stanley flexionó la cintura y se dobló hacia delante, acercando su rostro al de Miranda. El extremo del paño colgaba de su boca. Miranda ladeó la cabeza como si quisiera besarlo en los labios y logró atrapar un extremo del paño entre los dientes. Tiró hacia atrás, extrayendo parte del paño, pero entonces se le escapó.

Miranda soltó un gemido de exasperación. Su padre volvió a inclinarse, animándola a intentarlo de nuevo. Repitieron la maniobra, y esta vez el paño salió entero y cayó al suelo.

—Gracias —dio Stanley—. Dios, qué desagradable.

Miranda repitió la operación con Olga, que dijo:

—Esta cosa me daba arcadas, pero tenía miedo de ahogarme si vomitaba.

Olga retiró la mordaza a Hugo por el mismo procedimiento.

—Tienes que intentar mantenerte despierto, Hugo —le dijo—. Venga, no cierres los ojos.

—¿Qué está pasando ahí fuera? —preguntó Stanley.

—Toni Gallo se ha presentado con una máquina quitanieves y un par de policías —explicó—. Kit ha salido a recibirla como si nada hubiera pasado y la policía se ha marchado, pero Toni ha insistido en quedarse.

—Esa mujer es increíble.

—Yo estaba escondida en el desván de tu habitación y he conseguido avisar a Toni.

—¡Bien hecho!

—La bestia de Daisy me ha empujado escaleras abajo, pero

Toni ha logrado escapar. No sé dónde estará ahora mismo.

—Llamará a la policía.

Miranda movió la cabeza en señal de negación.

—Se ha dejado el móvil en el bolsillo de la cazadora, y ahora lo tiene Kit.

—Ya se le ocurrirá algo. Es una mujer de recursos. De todos modos, es nuestra única esperanza. Nadie más sigue libre, excepto los niños... y Ned, claro está.

—Me temo que Ned no nos será de mucha ayuda —apuntó Miranda, apesadumbrada—. En una situación como esta, lo último que necesitamos es un experto en Shakespeare.

Miranda se acordó de lo pusilánime que se había mostrado el día anterior cuando su ex mujer, Jennifer, la había echado de su casa. No era de esperar que un hombre como él decidiera plantar cara a tres matones consumados.

Se asomó a la ventana de la despensa. Había empezado a amanecer y ya no nevaba, así que podía distinguir el chalet de invitados en el que Ned estaría durmiendo y el granero donde se alojaban los chicos. El corazón le dio un vuelco en el pecho cuando vio a Elton cruzando el patio.

—Dios mío —murmuró—. Va al chalet.

Stanley miró por la ventana.

—Tratan de reunirnos a todos —dedujo—. Nos dejarán atados antes de marcharse. No podemos dejar que se escapen con ese virus... pero ¿cómo podemos detenerlos?

Elton entró en el chalet de invitados.

—Espero que Ned esté bien.

De pronto, Miranda se alegró de que Ned no fuera un gallito. Elton era implacable, despiadado y tenía un arma. La única esperanza de Ned era dejarse apresar sin oponer resistencia.

—Podría ser peor —observó Stanley—. Ese chico no es trigo limpio, pero por lo menos tampoco es un psicópata, a diferencia de Daisy.

—Está como una cabra, y eso la hace cometer errores

—apuntó Miranda—. Hace unos minutos, en el vestíbulo, se ha liado a puñetazos conmigo cuando debería haber ido tras Toni. Por eso ha logrado escapar.

—¿Por qué se ha liado Daisy a puñetazos contigo?

—Porque la encerré en el desván.

—¿Que la encerraste en el desván?

—Sabía que venía a por mí, así que esperé en la habitación, dejé que entrara en el desván y entonces cerré la puerta del armario y la atranqué como pude. Por eso estaba tan cabreada.

—Eres muy valiente —susurró Stanley con la voz embargada.

—Qué va —replicó Miranda. La idea le parecía absurda—. Lo que pasa es que tenía tanto miedo que habría hecho cualquier cosa con tal de escapar.

—Pues yo creo que eres muy valiente —insistió Stanley. Tenía los ojos arrasados en lágrimas, y apartó la mirada.

Ned salió del chalet. Elton iba justo detrás de él, con la pistola pegada a su nuca, y sujetaba a Tom con la mano libre.

Miranda reprimió un grito. Creía que su hijo estaba en el granero. Supuso que se había despertado pronto y había salido en su busca. Llevaba puesto el pijama de Spiderman. Miranda intentó contener las lágrimas.

Se dirigían los tres hacia la casa cuando de pronto se oyó un grito y se detuvieron bruscamente. Instantes después, Daisy apareció en el campo visual de los prisioneros, arrastrando a Sophie por el pelo. Esta avanzaba doblada en dos, tropezando en la nieve y gritando de dolor.

Daisy le dijo algo a Elton que Miranda no alcanzó a oír. Entonces fue Tom quien le espetó a voz en grito:

—¡Suéltala! ¡Le estás haciendo daño! —Su voz infantil sonaba más aguda de lo habitual a causa del miedo y la rabia.

Miranda recordó que su hijo estaba prendado de Sophie.

—Cállate, Tommy —murmuró temerosa, aunque no pudiera oírla—. No pasa nada porque le tiren del pelo.

Elton soltó una carcajada. Daisy esbozó una sonrisa y tiró con más fuerza del pelo de Sophie.

Ver cómo se burlaban de él fue seguramente lo que le hizo perder los estribos. Furibundo, Tom se zafó de la mano de Elton y embistió a Daisy con todas sus fuerzas.

—¡No! —gritó Miranda.

Sorprendida, Daisy cayó de espaldas, soltó Sophie y se quedó sentada en la nieve. Tom se abalanzó sobre ella y la golpeó repetidamente con sus pequeños puños.

—¡Para, para! —gritaba Miranda inútilmente.

Daisy apartó a Tom de un empujón y se incorporó. El niño se levantó al instante, pero Daisy lo golpeó en la cabeza con su puño enguantado y lo volvió a tumbar. Entonces lo levantó del suelo, furiosa, y lo sostuvo con la mano derecha mientras con la izquierda lo golpeaba en la cara y el cuerpo.

Miranda gritaba de desesperación.

Fue entonces cuando Ned intervino.

Haciendo caso omiso del arma con la que Elton le apuntaba, se interpuso entre Daisy y Tom. Dijo algo que Miranda no alcanzó a oír y apresó el brazo de Daisy con la mano.

Miranda no daba crédito a sus ojos. ¡El cobarde de Ned le plantaba cara a los matones!

Sin soltar a Tom, Daisy le asestó un puñetazo en el estómago.

Ned se inclinó hacia delante con el rostro deformado por el dolor, pero cuando Daisy hizo ademán de volver a golpear a Tom, se incorporó y una vez más se interpuso entre ambos. Cambiando de idea en el último momento, Daisy lo golpeó a él, asestándole un puñetazo en la boca. Ned gritó de dolor y se llevó las manos al rostro, pero no se apartó.

Miranda le estaba profundamente agradecida por haber apartado a Daisy de Tom, pero ahora se preguntaba cuánto tiempo iba a aguantar aquel suplicio.

Ned seguía resistiendo, impasible. Cuando apartó las manos

del rostro, un hilo de sangre manó de su boca. Daisy le asestó otro puñetazo.

Miranda no salía de su asombro. Ned era como un muro. Allí estaba, encajando los golpes uno tras otro sin ceder. Y no lo hacía por su propia hija, sino por Tom. Miranda se avergonzó de haber pensado que era un cobarde.

Entonces fue la hija de Ned, Sophie, la que pasó a la acción. Desde que Daisy la había soltado no se había movido, sino que se limitaba a contemplar la escena con gesto atónito. Pero de pronto se dio media vuelta y se alejó del grupo a toda prisa.

Elton intentó cogerla, pero perdió el equilibrio y Sophie logró escabullirse. Echó a correr por la profunda capa de nieve con zancadas dignas de una bailarina.

Elton se incorporó apresuradamente, pero Sophie se había esfumado.

Cogió a Tom y le gritó a Daisy:

—¡Que se escapa la chica! —Daisy no parecía demasiado interesada en ir tras ella—. ¡Yo me quedo con estos dos! ¡Vete de una vez!

Tras lanzar una mirada asesina a Ned y Tom, se dio la vuelta y se fue en busca de Sophie.

Craig giró la llave en el contacto del Ferrari. El enorme motor trasero de doce cilindros arrancó pero no tardó en calarse.

Craig cerró los ojos.

—Ahora no —suplicó en voz alta—. Por favor, no me falles ahora.

Volvió a girar la llave en el contacto. El motor arrancó con un carraspeo y finalmente rugió como un toro enfurecido. Craig pisó el acelerador, solo para estar seguro, y el rugido se hizo ensordecedor.

Miró el teléfono del coche. «Buscando red», ponía en la pantalla. Marcó el 999 aporreando las teclas numéricas con frenesí, aunque sabía que era inútil hacerlo hasta que el teléfono se hubiera conectado a la red.

—¡Venga, no tengo mucho tiempo!

Entonces la puerta lateral del garaje se abrió de golpe y, para su sorpresa, Sophie entró precipitadamente.

Craig no daba crédito a sus ojos. Creía que Sophie estaba en las manos de la temible Daisy. Había visto cómo la sacaba a rastras del garaje y había tenido que reprimir el impulso de salir en su auxilio, pero sabía que no podía ganar a Daisy en un combate cuerpo a cuerpo, aunque no fuera armada. Se había esforzado por mantener la calma mientras la veía arrastrando a Sophie por el pelo, y se había repetido una y otra vez que lo

mejor que podía hacer era evitar que lo cogieran y llamar a la policía.

Pero al parecer Sophie había logrado escapar sin la ayuda de nadie. Estaba llorando y parecía aterrada. Craig supuso que Daisy le pisaba los talones.

El otro lado del coche estaba tan pegado a la pared que era imposible abrir la puerta del acompañante. Craig abrió su puerta y dijo:

—¡Métete en el coche, deprisa! ¡Salta por encima de mí!

Sophie se acercó al coche con paso tambaleante y se lanzó en plancha al interior de la cabina.

Craig cerró dando un portazo.

No sabía cómo se ponía el seguro, y tenía demasiada prisa para detenerse a averiguarlo. Daisy no tardaría más de unos segundos en llegar, supuso mientras Sophie pasaba atropelladamente por encima de él. No tenía tiempo de llamar a nadie, había que salir de allí cuanto antes. Mientras Sophie se desplomaba en el asiento del acompañante, Craig hurgó en la repisa que había debajo del salpicadero hasta encontrar el mando a distancia de la puerta del garaje. Apretó el botón del mando y oyó un chirrido metálico a su espalda, señal de que el mecanismo se había puesto en marcha. Miró por el espejo retrovisor y vio cómo la persiana metálica empezaba a subir lentamente.

Entonces llegó Daisy.

Tenía el rostro encendido a causa del esfuerzo y en sus ojos desorbitados había una expresión de puro odio. La nieve se había depositado en los pliegues de su chaqueta de piel. Se quedó un momento en el umbral, escrutando el garaje en penumbra. Luego sus ojos descubrieron una silueta en el asiento del conductor del Ferrari.

Craig pisó el embrague y puso la marcha atrás. Nunca le resultaba fácil, con la caja de seis velocidades del Ferrari. La palanca se resistió a obedecerle y los engranajes chirriaron hasta que, de pronto, algo pareció encajar.

Daisy cruzó el garaje a la carrera hasta la puerta del conductor. Su mano enguantada se cerró en torno al picaporte.

La puerta del garaje aún no estaba abierta del todo, pero Craig no podía esperar ni un segundo más. En el preciso instante en que Daisy abrió la puerta del coche, levantó el pie del embrague y pisó el acelerador.

El coche saltó hacia delante como si lo hubieran propulsado con una catapulta. El techo del vehículo golpeó el borde inferior de la puerta automática del garaje y se oyó un estruendo metálico. Sophie gritó de miedo.

El coche salió disparado como el corcho de una botella de champán. Craig pisó el freno. La máquina quitanieves había despejado la gruesa capa de nieve que había caído durante la noche, pero desde entonces había vuelto a nevar y el acceso de hormigón estaba resbaladizo. El Ferrari derrapó hacia atrás y se detuvo bruscamente al chocar con un banco de nieve.

Daisy salió del garaje. Craig la veía con claridad a la luz grisácea del alba. Parecía no saber muy bien qué hacer.

De pronto, se oyó una voz de mujer. Era el teléfono del coche.

—Tiene un mensaje nuevo.

Craig desplazó la palanca de cambios hasta lo que rezó para que fuera la primera marcha. Soltó el embrague y, para su alivio, los neumáticos encontraron agarre y el coche se movió hacia delante. Giró el volante, buscando la salida. Si tan solo pudiera llegar a la carretera, se largaría de allí con Sophie e iría en busca de ayuda.

Daisy debió de pensar lo mismo, pues hurgó en el bolsillo de la chaqueta y sacó un arma.

—¡Agáchate! —gritó Craig—. ¡Va a dispararnos!

Mientras Daisy empuñaba el arma, Craig pisó el acelerador y dio un volantazo, desesperado por salir de allí.

Los neumáticos patinaron sobre el hormigón helado. Junto con el temor y el pánico, Craig experimentó la extraña

sensación de haber vivido aquello antes. El coche había derrapado en aquel mismo lugar el día anterior, pero era como si hubieran pasado siglos. Intentó recuperar el control del vehículo, pero el suelo estaba aún más resbaladizo que la víspera tras una noche de nevada ininterrumpida y temperaturas bajo cero.

Giró en la dirección opuesta y por un momento los neumáticos recuperaron su adherencia, pero se le fue la mano con el volante. El coche patinó hacia el otro lado y giró sobre sí mismo. Sophie daba bandazos en el asiento del acompañante. Craig esperaba oír en cualquier momento el estruendo de un disparo, pero los segundos pasaban y nada ocurría. Lo único bueno de todo aquello, se dijo una parte de su aterrada mente, era que Daisy no podría apuntar a un vehículo que se movía de forma tan errática.

Milagrosamente, el coche se detuvo en medio de la carretera, de espaldas a la casa y encarado hacia el bosque. Era evidente que la máquina quitanieves había despejado los accesos. Tenía ante sí el camino hacia la libertad.

Craig pisó el acelerador, pero nada ocurrió. El coche se había calado.

Por el rabillo del ojo, vio cómo Daisy empuñaba el arma y apuntaba en su dirección.

Giró la llave en el contacto y el coche dio una brusca sacudida hacia delante. Se había olvidado de poner el punto muerto. Su error le salvó la vida, pues en ese preciso instante oyó el inconfundible estrépito de un disparo, ligeramente amortiguado por la mullida capa de nieve que todo lo cubría. Luego, una de las ventanillas traseras del coche se resquebrajó en mil pedazos. Sophie soltó un grito.

Craig puso el coche en punto muerto y volvió a girar la llave en el contacto. El gutural rugido del motor resonó en la nieve. Mientras pisaba el embrague y ponía la primera, vio a Daisy apuntando de nuevo en su dirección. Se agachó involuntaria-

mente, y menos mal que lo hizo, pues esta vez fue su ventanilla la que quedó hecha añicos.

La bala atravesó el parabrisas, abriendo un pequeño agujero redondo en el mismo y haciendo que todo el cristal se resquebrajara. Ahora Craig no veía nada ante sí a no ser contornos borrosos de luz y sombra. No obstante, siguió pisando el acelerador e intentando no salirse de la calzada, consciente de que moriría si no se alejaba de Daisy y su pistola. Sophie estaba hecha un ovillo en el asiento del acompañante y se había tapado la cabeza con las manos.

Mirando de soslayo por el espejo retrovisor, Craig vio a Daisy corriendo detrás del coche. Se oyó otro disparo. El buzón de voz del teléfono seguía sonando:

—Stanley, soy Toni. Malas noticias: han entrado a robar en el laboratorio. Por favor, llámame al móvil en cuanto puedas.

Craig supuso que aquella gente debía de estar relacionada de algún modo con el asalto al laboratorio, pero no podía detenerse a pensar en eso. Intentó guiarse por lo poco que podía ver al otro lado del cristal hecho trizas, pero de nada sirvió. Al cabo de unos segundos, el coche se apartó de la calzada y Craig notó una repentina resistencia al avance. La forma de un árbol se perfiló en el parabrisas resquebrajado y Craig pisó el freno con todas sus fuerzas, pero era demasiado tarde, y el Ferrari se empotró contra el árbol con un estruendo ensordecedor.

Craig salió disparado hacia delante. Se golpeó la cabeza con el parabrisas, haciendo saltar esquirlas de cristal que se le clavaron en la frente. El volante se hundió en su pecho. Sophie también se había visto propulsada hacia delante, se había dado contra el salpicadero y había caído hacia atrás. Tenía el trasero en el suelo y los pies hacia arriba, pero soltaba toda clase de improperios y trataba de incorporarse, por lo que Craig supo que estaba bien.

El coche había vuelto a calarse.

Craig miró por el espejo retrovisor. Daisy estaba a diez

metros de distancia del Ferrari, avanzando con paso firme por la nieve y empuñando la pistola con la mano enguantada. Craig tuvo la certeza instintiva de que solo se acercaba para poder disparar sin errar el tiro. Iba a matarlos a ambos.

Solo le quedaba una salida. Tenía que matarla.

Volvió a arrancar el coche. Daisy, que ahora estaba a tan solo cinco metros de distancia y se había situado justo detrás del coche, alzó el brazo que sostenía el arma. Craig puso la marcha atrás y cerró los ojos.

Oyó un disparo en el preciso instante en que pisó el acelerador. La luna trasera quedó hecha añicos. El coche arrancó bruscamente, derecho hacia Daisy. Se oyó un golpe seco, como si alguien hubiera dejado caer un saco de patatas en el maletero.

Craig levantó el pie del acelerador y el coche se detuvo. ¿Dónde estaba Daisy? Apartó de un manotazo los cristales rotos del parabrisas y la vio. El impacto la había arrojado a un lado de la calzada, y yacía en el suelo con una pierna completamente torcida. Craig se la quedó mirando fijamente, horrorizado por lo que había hecho.

Entonces Daisy se movió.

—¡Dios, no! —gritó—. ¿Por qué no te mueres de una vez?

Daisy alargó uno de los brazos y recogió el arma, que había caído en la nieve.

Craig puso la primera marcha.

El buzón de voz dijo:

—Para borrar este mensaje, pulse «tres».

Daisy lo miró a los ojos y le apuntó con la pistola.

Craig soltó el embrague y pisó a fondo el acelerador.

Oyó el estruendo del disparo, amortiguado por el rugido del motor, pero no levantó el pie del acelerador. Daisy se arrastró hacia un lado, intentando apartarse de su trayectoria, pero Craig giró el volante en su dirección. Un instante antes del impacto vio su rostro, mirándolo con gesto aterrorizado, la boca abier-

ta en un grito inaudible. El coche la golpeó con un ruido seco. Daisy desapareció debajo del curvilíneo morro del Ferrari. El chasis del coche se restregó contra una forma abultada. Craig se dio cuenta de que se iba derecho al mismo árbol con el que había chocado antes. Frenó, pero era demasiado tarde. Una vez más, el coche se empotró contra el grueso tronco.

El buzón de voz, que estaba explicando cómo guardar los mensajes recibidos, se interrumpió a media frase. Craig intentó arrancar el coche, pero fue en vano. Ni siquiera se oyó el clic del motor de arranque. Los mandos no funcionaban, y no había ninguna luz encendida en el salpicadero. Se había cargado el sistema eléctrico. No era de extrañar, teniendo en cuenta la cantidad de veces que lo había estrellado.

Pero eso significaba que no podía usar el teléfono.

¿Y dónde se había metido Daisy?

Craig se apeó del coche.

Sobre la calzada había un amasijo de carne blanca, reluciente sangre roja y jirones de cuero negro.

Daisy no se movía.

Sophie salió del coche y se acercó a Craig.

—Dios mío… ¿es ella?

Craig sintió ganas de devolver. No podía hablar, así que se limitó a asentir.

—¿Crees que está muerta? —preguntó Sophie en un susurro.

Craig volvió a asentir, y entonces las náuseas pudieron más que él. Se apartó y vomitó sobre la nieve.

08.15

Kit tenía la terrible sensación de que todo se iba a pique.

Para tres delincuentes profesionales de la talla de Nigel, Elton y Daisy debería haber resultado fácil reunir a los miembros dispersos de una familia pacífica y respetuosa de la ley, pero las cosas iban de mal en peor. El pequeño Tom había arremetido contra Daisy en un ataque suicida, Ned había sorprendido a propios y extraños protegiendo a Tom con su propio cuerpo, y Sophie había aprovechado la confusión del momento para escapar. Y no había ni rastro de Toni Gallo.

Elton condujo a Ned y Tom hasta la cocina a punta de pistola. El primero sangraba de varias heridas en el rostro y el pequeño lloraba a lágrima viva, pero ambos caminaban con paso firme. Ned sostenía la mano de Tom.

Kit calculó cuántos seguían sueltos. Sophie se había escapado y Craig no debía andar muy lejos de ella. Caroline seguramente seguía durmiendo en el granero. Y luego estaba Toni Gallo. Cuatro personas, tres de ellas menores. No podían tardar mucho en apresarlas. Pero se les acababa el tiempo. Kit y la banda tenían menos de dos horas para llegar al aeródromo con el virus. Su cliente no esperaría demasiado. En cuanto se oliera que algo iba mal, se marcharía por temor a una encerrona.

Elton arrojó el móvil de Miranda sobre la mesa de la cocina.

—Lo he encontrado en un bolso, en el chalet —dijo—. Este no parece tener móvil —añadió, refiriéndose a Ned.

El aparato aterrizó junto al frasco de perfume. Kit anhelaba el momento en que harían entrega de aquel frasco para no tener que volver a verlo nunca más y poder cobrar su recompensa.

Esperaba que las carreteras principales volvieran a estar transitables hacia el final del día. Tenía intención de ir en coche hasta Londres y alojarse en un pequeño hotel, pagando en efectivo. Pasaría allí un par de semanas sin dejarse ver demasiado y luego cogería un tren a París con cincuenta mil libras en el bolsillo. Desde allí emprendería sin prisas su viaje por Europa, cambiando pequeñas cantidades de dinero a medida que lo fuera necesitando hasta llegar a Lucca.

Pero antes tenían que reducir y apresar a todos los ocupantes de Steepfall con el fin de retrasar al máximo el inicio de la persecución, y eso no estaba resultando nada fácil.

Elton ordenó a Ned que se tendiera en el suelo y luego lo ató de pies y manos. Este guardaba silencio pero no perdía detalle de cuanto ocurría. Nigel se encargó de atar a Tom, que seguía lloriqueando. Cuando Elton abrió la puerta de la despensa para encerrarlos dentro, Kit se sorprendió al ver que los prisioneros se las habían arreglado para quitarse las mordazas.

Olga fue la primera en hablar.

—Por favor, dejad salir a Hugo —suplicó—. Está malherido y muy frío. Tengo miedo de que se muera. Solo os pido que lo dejéis acostado en el suelo de la cocina, en la parte más caliente.

Kit movió la cabeza de un lado al otro en señal de asombro. La lealtad de Olga a su infiel marido era algo que nunca alcanzaría a entender.

—Si no se hubiera liado a puñetazos conmigo, esto no le habría pasado —replicó Nigel.

Elton empujó a Ned y Tom al interior de la despensa, con los demás.

—¡Por favor, te lo ruego! —insistió Olga.

Elton cerró la puerta.

Kit trató de alejar a Hugo de sus pensamientos.

—Tenemos que encontrar a Toni Gallo, es la más peligrosa de todos.

—¿Dónde crees que puede estar?

—Veamos… no está en la casa, ni en el chalet de invitados, porque Elton acaba de mirar allí, y no puede estar en el garaje porque Daisy la habría encontrado. O bien está a la intemperie, en cuyo caso no aguantará mucho tiempo sin su chaqueta, o bien en el granero.

—Muy bien —dijo Elton—. Yo iré al granero.

Toni estaba mirando por la ventana del granero.

Había logrado identificar a tres de las cuatro personas que habían asaltado el Kremlin. Una de ellas era Kit, por supuesto. Él debía de ser el cerebro de la operación, el que había dicho a los demás cómo burlar el sistema de seguridad. Luego estaba la mujer a la que Kit había llamado Daisy, lo que sonaba a apodo irónico teniendo en cuenta que su aspecto habría asustado a un vampiro. Escasos minutos antes, en el preludio al altercado del patio, Daisy se había referido al joven negro como Elton, lo que tanto podía ser un nombre de pila como un apellido. Toni aún no había visto al cuarto miembro de la banda, pero sabía que respondía al nombre de Nigel porque Kit lo había llamado a gritos desde el vestíbulo.

Sus sentimientos se dividían entre el temor y la satisfacción. Temor porque era evidente que se enfrentaba a delincuentes profesionales que no dudarían en matarla si les convenía y porque tenían el virus en su poder. Satisfacción porque ella también era dura de roer, y ahora tenía la posibilidad de redimirse echándoles el guante.

Pero ¿cómo? El mejor plan habría sido pedir ayuda, pero no

disponía de teléfono ni coche. Las líneas telefónicas de la casa no funcionaban, lo que probablemente era cosa de la banda, y seguro que también habían requisado todos los móviles que habían encontrado. ¿Y qué pasaba con los coches? Toni había visto dos aparcados delante de la casa, y debía de haber por lo menos uno más en el garaje, pero no tenía ni idea de dónde podían estar las llaves.

Eso significaba que tenía que atrapar a los ladrones por sus propios medios.

Repasó la escena que había presenciado en el patio. Daisy y Elton estaban reuniendo a los miembros de la familia pero Sophie, la adolescente díscola, había escapado, y Daisy había ido tras ella. Toni había oído ruidos distantes —el motor de un coche, cristales rotos y disparos— que parecían venir de más allá del garaje, pero no podía ver lo que estaba pasando y temía descubrirse si salía a investigar. Como se dejara coger, todo estaría perdido.

Se preguntó si quedaría alguien más en libertad. Los ladrones debían de tener prisa por marcharse, pues se habían citado con el cliente a las diez, pero antes de partir querrían tenerlos a todos bajo control para asegurarse de que nadie llamaría a la policía antes de tiempo. Quizá empezaran a dejarse llevar por el pánico y a cometer errores.

Toni deseó ardientemente que así fuera. Sus posibilidades de salir airosa de aquel trance eran casi nulas. No podía enfrentarse a los cuatro ladrones a la vez. Tres de ellos iban armados, según Steve con pistolas automáticas de trece balas. Su única esperanza era dejarlos fuera de juego uno a uno.

¿Por dónde empezar? En algún momento tendría que entrar en la casa principal. Afortunadamente conocía su distribución, porque justo el día anterior Stanley la había invitado a ver la casa. Pero no sabía en qué habitaciones estaban todos, y no le hacía ninguna gracia efectuar un registro a ciegas. Necesitaba desesperadamente más información.

Mientras se devanaba los sesos, perdió la oportunidad de tomar la iniciativa. Elton salió de la casa y cruzó el patio en dirección al granero.

Era más joven que ella —no le echó más de veinticinco años— y de complexión alta y robusta. Con la mano derecha sostenía una pistola que apuntaba al suelo. Toni había aprendido técnicas de combate cuerpo a cuerpo, pero sabía que Elton sería un adversario temible, incluso desarmado. Tenía que evitar a toda costa un enfrentamiento directo.

Presa del miedo, se preguntó si podría esconderse. Miró a su alrededor, pero no descubrió ningún rincón propicio. Tampoco habría tenido mucho sentido ocultarse. Lo que debía hacer era enfrentarse a la banda, pensó con amargura, y cuanto antes mejor. Elton venía a por ella solo, seguramente convencido de que no necesitaba la ayuda de nadie para vérselas con una mujer. Quizá lo lamentara.

Por desgracia, Toni no tenía ningún arma.

Disponía de pocos segundos para encontrar una. Estudió apresuradamente los objetos que la rodeaban. Consideró la posibilidad de empuñar un taco de billar, pero era demasiado ligero. Un golpe con el taco dolería horrores pero no bastaba para dejar inconsciente a un hombre, ni tan siquiera para hacerle perder el equilibrio.

Las bolas de billar, en cambio, eran mucho más peligrosas: pesadas, macizas y duras. Se metió dos en los bolsillos de los vaqueros.

Deseó tener una pistola.

Levantó la vista hasta el pajar. La altura siempre era una ventaja. Subió a toda prisa por la escalera de mano. Caroline seguía durmiendo a pierna suelta. En el suelo, entre las dos camas, había una maleta abierta, y sobre la ropa apilada en su interior descansaba una bolsa de plástico. Junto a la maleta había una jaula con ratones blancos.

La puerta del granero se abrió y Toni se lanzó de bruces al

suelo. Se oyó un murmullo, como si alguien buscara algo a tientas, y luego se encendieron las luces. Toni no alcanzaba a ver la planta de abajo, así que no sabía exactamente dónde estaba Elton, pero él tampoco podía verla a ella, y contaba con la ventaja de saber que él estaba allí.

Aguzó el oído, tratando de distinguir el sonido de aquellos pasos por encima de los latidos de su propio corazón. Entonces oyó un ruido extraño que solo acertó a reconocer al cabo de unos instantes: Elton estaba volcando las camas plegables por si alguien —uno de los chicos, quizá— se había escondido debajo. Luego abrió la puerta del cuarto de baño. No había nadie dentro, Toni ya lo había comprobado.

No quedaba ningún sitio por registrar excepto el altillo. Elton subiría de un momento a otro. ¿Qué podía hacer?

Los desagradables chillidos de los ratones le dieron una idea. Todavía acostada boca abajo, cogió la bolsa de plástico de la maleta abierta y la vació de su contenido, un paquete envuelto en papel de regalo en el que alguien había escrito: «Para papá con cariño. Feliz Navidad. Sophie». Volvió a dejar el regalo sobre la pila de ropa y abrió la jaula de los ratones.

Con delicadeza, cogió los roedores uno a uno y los introdujo en la bolsa de plástico. Eran cinco en total.

Notó que el suelo se estremecía y supo que Elton había empezado a subir la escalera.

Era ahora o nunca. Alargó los brazos hacia delante y vació la bolsa de los ratones desde lo alto de la escalera de mano.

Elton soltó un alarido, entre asustado y asqueado, en el instante en que cinco ratones vivos aterrizaron sobre su cabeza.

Sus gritos despertaron a Caroline, que se incorporó en la cama chillando.

Se oyó un estrépito. Elton había perdido el equilibrio y se había caído al suelo.

Toni se levantó de un brinco y miró hacia abajo. Había caído de espaldas. No parecía gravemente herido pero gritaba,

presa del pánico, al tiempo que intentaba sacudirse los ratones de encima con frenéticos aspavientos. Los ratones, a su vez, estaban tan asustados como él y trataban desesperadamente de aferrarse a algo.

Toni no alcanzaba a ver su pistola.

Dudó una fracción de segundo, pero luego saltó desde lo alto del antiguo pajar.

Aterrizó con ambos pies sobre el pecho de Elton, que soltó un involuntario gruñido al quedarse sin aire en los pulmones. Toni cayó como una gimnasta, rodando hacia delante, pero aun así el impacto le hizo daño en las piernas.

Desde arriba, se oyó un grito:

—¡Mis niños!

Al mirar hacia arriba, vio a Caroline en lo alto de la escalera de mano, luciendo un pijama azul lavanda con un estampado de ositos de peluche amarillos. Toni estaba segura de que había aplastado a una o dos de sus mascotas en el aterrizaje, pero no había ni rastro de los ratones, por lo que dedujo que habían escapado ilesos.

Toni se levantó apresuradamente. No podía perder la escasa ventaja que había logrado. Notó una punzada de dolor en uno de los tobillos, pero no le hizo caso.

¿Dónde estaba la pistola? Seguro que la había dejado caer.

Elton estaba herido, pero quizá no inmovilizado. Toni hurgó en el bolsillo de los vaqueros en busca de una bola de billar, pero esta se le escapó entre los dedos mientras intentaba sacarla. Experimentó unos instantes de puro terror, junto con la sensación de que su cuerpo se negaba a obedecer al cerebro y de que estaba a merced de su enemigo. Decidió usar ambas manos, una para empujar la bola desde fuera y la otra para cogerla en cuanto asomara por la costura del bolsillo.

Aquellos segundos de demora habían permitido a Elton recuperarse del susto de los ratones. Cuando Toni alzó el brazo derecho para coger impulso, él se alejó rodando en el suelo. En

lugar de arrojarle la bola a la cabeza con la esperanza de dejarlo inconsciente, Toni se vio obligada a cambiar de idea en el último momento y lanzarla casi a ciegas.

No fue un lanzamiento enérgico, y en algún rincón de su mente Toni oyó la voz de Frank, diciéndole en tono burlón: «No sabrías lanzar una pelota como Dios manda aunque te fuera la vida en ello». Ahora le iba realmente la vida de ello, y Frank tenía razón: había sido ridículo. Dio en el blanco, y se oyó un ruido seco cuando la bola de billar golpeó el cráneo de Elton haciéndole chillar de dolor, pero este no perdió el conocimiento, ni mucho menos. Se puso de rodillas al tiempo que se llevaba una mano a la cabeza y se levantó con dificultad.

Toni empezó a sacar la segunda bola.

Elton miraba el suelo a su alrededor, buscando la pistola con aire aturdido.

Caroline había bajado hasta la mitad de la escalera y en aquel preciso instante decidió saltar al suelo. Se agachó y cogió un ratón que se había escondido detrás de una de las patas de la mesa de billar. Cuando se volvió para coger a otro de sus ratones, se dio de bruces con Elton, que la tomó por Toni y le asestó un fuerte golpe en la cabeza. Caroline cayó al suelo, pero él también se hizo daño, pues Toni vio cómo torcía el gesto en una mueca de dolor y se abrazaba el pecho con los dos brazos. Supuso que le había roto algunas costillas al saltar sobre él.

Algo había llamado la atención de Toni cuando Caroline se había metido debajo de la mesa de billar para coger a su mascota. Volvió a mirar en aquella dirección y vio la silueta gris mate de una pistola recortada contra la madera oscura del suelo.

Elton también la había visto. Se arrodilló para cogerla.

Toni apretó la bola de billar entre sus dedos.

En el instante en que él se agachó, levantó el brazo bien por encima de la cabeza y arrojó la bola con todas sus fuerzas. Le dio de lleno en la nuca. Elton se desplomó en el suelo, inconsciente.

Toni se cayó de rodillas, física y emocionalmente exhausta. Cerró los ojos un momento, pero tenía demasiadas cosas que hacer para permitirse el lujo de descansar. Cogió la pistola. Steve tenía razón, era una Browning automática de las que el ejército británico repartía a las denominadas fuerzas especiales para misiones clandestinas. Tenía el seguro en el lado izquierdo, por detrás de la empuñadura. Lo puso y luego se metió la pistola en la cintura, por dentro de los vaqueros.

Desenchufó la televisión, arrancó el cable del aparato y lo usó para atar las manos de Elton a la espalda.

Luego le registró los bolsillos en busca de un móvil pero, para su decepción, no llevaba ninguno encima.

Craig tardó un buen rato en reunir el valor suficiente para volver a mirar la silueta inmóvil de Daisy.

La mera visión de su cuerpo destrozado, aun a cierta distancia, le producía arcadas. Cuando ya lo había sacado todo fuera, intentó enjuagarse la boca con puñados de nieve fresca. Entonces Sophie se acercó a él y le rodeó la cintura con los brazos. Craig la abrazó, dando la espalda a Daisy. Permanecieron así hasta que se le pasaron las náuseas y se sintió con fuerzas para darse la vuelta y comprobar lo que había hecho.

—¿Qué hacemos ahora? —preguntó Sophie.

Craig tragó en seco. Aquello aún no había terminado. Daisy era solo una de tres, y además estaba su tío Kit.

—Será mejor que cojamos su pistola —dijo él.

A juzgar por la expresión de Sophie, la idea no le hacía ninguna gracia.

—¿Sabes usarla? —preguntó.

—No puede ser muy difícil.

Sophie parecía contrariada, pero se limitó a decir:

—Como quieras.

Craig se lo pensó unos segundos más. Luego cogió la mano de Sophie y se acercaron juntos al cuerpo postrado de Daisy.

Estaba boca abajo, con ambos brazos debajo del cuerpo. Por más que hubiera intentado matarlo, Craig no soportaba verla en

semejante estado. Las extremidades inferiores eran lo peor. Los pantalones de piel habían quedado hechos jirones. Una de las piernas se presentaba torcida en un ángulo inverosímil y la otra tenía un corte profundo que sangraba profusamente. Al parecer, la chaqueta de piel le había protegido los brazos y el tronco, pero su cráneo rapado estaba bañado en sangre. No se le veía el rostro, enterrado en la nieve.

Se detuvieron a unos dos metros de distancia.

—No veo la pistola —dijo Craig—. Debe estar debajo del cuerpo.

Se acercaron un poco más.

—Nunca he visto a un muerto —observó Sophie.

—Yo vi a *mamma* Marta en el velatorio.

—Quiero verle la cara.

Sophie soltó la mano de Craig, se apoyó sobre una rodilla y alargó el brazo hacia el cuerpo ensangrentado.

Rápida como una serpiente, Daisy levantó la cabeza, apresó la muñeca de Sophie y sacó de debajo del cuerpo la mano derecha, con la que empuñaba la pistola.

Sophie chilló, aterrada.

Craig se sintió como si lo hubiera alcanzado un rayo.

—¡Joder! —gritó, y saltó hacia atrás.

Daisy pegó la boca de la pequeña pistola gris a la suave piel del cuello de Sophie.

—¡Quieto ahí, chico! —gritó.

Craig frenó en seco.

Daisy daba la impresión de llevar puesta una gorra de sangre. Una de las orejas se le había desgajado casi por completo de la cabeza, y colgaba grotescamente de un fino jirón de piel, pero su rostro seguía intacto y exhibía una expresión de puro odio.

—Con lo que me has hecho, debería pegarle un tiro en el vientre y dejar que vieras cómo se desangraba hasta morirse, chillando de dolor.

Craig se estremeció.

—Pero necesito tu ayuda —prosiguió Daisy—. Si quieres salvar la vida de tu novia, harás todo lo que te diga sin pestañear. Como vea que dudas una fracción de segundo, me la cargo.

Craig supo que la amenaza iba en serio.

—Ven aquí —ordenó.

No tenía elección. Se acercó a Daisy.

—Arrodíllate.

Obedeció.

Daisy volvió su mirada cargada de odio hacia Sophie.

—Y ahora, pequeña zorra, voy a soltarte el brazo, pero ni se te ocurra alejarte, o te meteré una bala en el cuerpo. Ganas no me faltan, créeme. —Soltó el brazo de Sophie, que hasta entonces había sujetado con la mano izquierda, pero siguió presionando el cañón de la pistola contra la piel de su cuello. Luego pasó el brazo izquierdo por encima de los hombros de Craig—. Cógeme la muñeca, chico.

Craig sujetó la muñeca de Daisy, que colgaba por encima de su hombro.

—Tú, niñata, ven y ponte debajo de mi brazo derecho.

Sophie cambió de postura lentamente y Daisy pasó el brazo derecho por encima de sus hombros, sin dejar de apuntarle a la cabeza.

—Ahora quiero que me levantéis del suelo y me llevéis hasta la casa. Pero con cuidadito. Creo que me he roto una pierna. Si me zarandeáis puede que me duela, y si me retuerzo de dolor puede que apriete el gatillo sin querer. Así que... despacito y buena letra. ¡Arriba!

Craig asió con más fuerza la muñeca de Daisy y se incorporó lentamente. Para aligerarle la carga a Sophie, rodeó la cintura de Daisy con el brazo derecho. Poco a poco, se levantaron los tres.

Daisy respiraba con dificultad a causa del dolor, y estaba pálida como la nieve que cubría el suelo a su alrededor. Pero cuando Craig la miró de reojo se topó con sus ojos, observándolo fijamente.

Una vez que lograron incorporarse, Daisy ordenó:

—Adelante, despacito.

Craig y Sophie echaron a andar sosteniendo entre ambos a Daisy, que iba arrastrando las piernas.

—Apuesto a que os habéis pasado la noche escondidos en algún sitio —insinuó—. Qué os traíais entre manos, ¿eh?

Craig no contestó. No podía creer que desperdiciara el aliento metiéndose con ellos.

—Dime, machote —insistió en tono socarrón—, le has metido el dedo en el coñito, ¿verdad? ¿Eh, cabroncete? Apuesto a que sí.

Oyéndola hablar de aquella manera, Craig sintió vergüenza de sus propios sentimientos. Daisy había logrado mancillar una experiencia preciosa con la que ambos habían disfrutado sin la menor sombra de culpa. La detestó por estropearle el recuerdo. Lo que más deseaba en el mundo era dejarla caer al suelo, pero estaba seguro de que apretaría el gatillo si lo hacía.

—Esperad —ordenó Daisy—. Parad un momento.

Se detuvieron, y Daisy apoyó parte de su peso en la pierna izquierda, la que no estaba torcida.

Craig observó su rostro demacrado. Los ojos tiznados de negro se habían cerrado de dolor.

—Descansaremos aquí un ratito y luego seguiremos —anunció.

Toni salió del granero, aun a sabiendas de que podía ser vista. Según sus cálculos, quedaban dos integrantes de la banda en la casa, Nigel y Kit, y uno de los dos podía asomarse a una ventana en cualquier momento. Pero tenía que arriesgarse. Atenta al sonido de la bala que llevaba su nombre, caminó lo más deprisa que pudo, abriéndose paso por la nieve hasta el chalet de invitados. Lo alcanzó sin percances y dobló rápidamente la esquina para evitar que la vieran.

Había dejado a Caroline buscando a sus hámsters entre lágrimas y a Elton atado debajo de la mesa de billar, con los ojos vendados y la boca amordazada, para asegurarse de que no acababa convenciendo a Caroline, que parecía andar más bien escasa de luces, de que lo desatara en cuanto recobrase el conocimiento.

Toni rodeó el chalet y se acercó a la casa principal por uno de sus costados. La puerta trasera estaba abierta, pero no entró. Primero quería hacer un reconocimiento desde el exterior. Avanzó sigilosamente, pegada al muro trasero del edificio, y se asomó desde fuera a la primera ventana que encontró.

Al otro lado del cristal quedaba la despensa. Seis personas se hacinaban en su interior, atadas de pies y manos pero erguidas: Olga, Hugo —que parecía estar completamente desnudo—, Miranda, su hijo Tom, Ned y Stanley. Una oleada de felicidad la invadió cuando vio a este último. Solo entonces se dio cuenta de que, de un modo inconsciente, había temido por su vida. Contuvo la respiración cuando se fijó en su rostro magullado y ensangrentado. Luego él la vio a ella, y sus ojos se abrieron en un gesto de sorpresa y alegría. No parecía estar malherido, comprobó Toni con alivio. Stanley abrió la boca para hablar, pero Toni se le adelantó llevándose un dedo a los labios. Stanley cerró la boca y asintió a modo de respuesta.

Avanzó hasta la siguiente ventana, la que daba a la cocina. Había dos hombres sentados de espaldas a la ventana. Uno de ellos era Kit. No pudo evitar compadecerse de Stanley por tener un hijo capaz de hacerle algo así a su propia familia. Los dos hombres tenían la vista puesta en un pequeño televisor en el que estaban dando noticias. La pantalla mostraba un quitanieves despejando una autopista a la luz del alba.

Toni se mordisqueó el labio mientras pensaba. Si bien ahora tenía un arma, podía resultarle difícil controlar a dos hombres a la vez. Pero no tenía alternativa.

Mientras dudaba, Kit se levantó y Toni se apartó rápidamente de la ventana.

08.45

—Se acabó —dijo Nigel—. Están limpiando las carreteras. Tenemos que largarnos ahora mismo.

—Me preocupa Toni Gallo —repuso Kit.

—Pues lo siento por ti. Si seguimos esperando, no llegaremos a tiempo.

Kit consultó su reloj de muñeca. Nigel tenía razón.

—Mierda —masculló.

—Cogeremos el Mercedes que está aparcado fuera. Ve a por las llaves.

Kit salió de la cocina y subió corriendo al piso de arriba. Entró en la habitación de Olga y revolvió los cajones de ambas mesillas de noche sin dar con las llaves. Cogió la maleta de Hugo y vació su contenido en el suelo, pero no oyó el característico tintineo de un juego de llaves. Respirando aceleradamente, hizo lo mismo con la maleta de Olga, en vano. Solo entonces se fijó en la americana de Hugo, colgada en el respaldo de una silla. Encontró las llaves del Mercedes en uno de sus bolsillos.

Volvió corriendo a la cocina. Nigel estaba mirando por la ventana.

—¿Por qué tarda tanto Elton? —preguntó, y en su voz había ahora una nota de alarma.

—No lo sé —contestó Nigel—. Procura no perder la calma.

—¿Y qué coño le ha pasado a Daisy?

—Sal fuera y arranca el motor —ordenó Nigel—. Y limpia la nieve del parabrisas.

—Vale.

Mientras se daba la vuelta, Kit vio por el rabillo del ojo el frasco de perfume, que descansaba sobre la mesa en su doble envoltorio. Instintivamente, lo cogió y se lo metió en el bolsillo de la chaqueta.

Luego salió fuera.

Toni se asomó furtivamente por la esquina de la casa y vio a Kit saliendo por la puerta trasera. Le dio la espalda y se encaminó a la fachada principal. Toni lo siguió y vio cómo abría el Mercedes familiar de color verde.

Aquella era la oportunidad que estaba esperando.

Sacó la pistola de Elton de la cinturilla de los vaqueros y le quitó el seguro. El cargador estaba lleno, lo había comprobado antes. Sostuvo el arma dirigiéndola hacia arriba, tal como le habían enseñado en la academia.

Respiró hondo. Sabía lo que estaba haciendo. El corazón le latía como si fuera a salírsele del pecho, pero tenía el pulso firme. Entró en la casa.

La puerta trasera conducía a un pequeño recibidor. Desde allí, una segunda puerta permitía acceder a la cocina propiamente dicha. La abrió de golpe e irrumpió en la habitación. Nigel estaba asomado a la ventana, mirando hacia fuera.

—¡Quieto ahí! —gritó.

Nigel se dio la vuelta.

Toni le apuntó directamente con el arma.

—¡Manos arriba!

Él parecía dudar.

Llevaba una pistola en el bolsillo de los pantalones. Toni reconoció el bulto que sobresalía con tamaño y forma idénticos al de la automática que ella sostenía.

—Ni se te ocurra sacar la pistola —le advirtió.

Lentamente, Nigel alzó las manos.

—¡Al suelo, boca abajo! ¡Venga!

Nigel se arrodilló, con las manos todavía en alto. Luego se tendió en el suelo y abrió los brazos en cruz.

Toni tenía que quitarle el arma. Se acercó a él, empuñó la pistola con la mano izquierda y pegó el cañón a su nuca.

—Le he quitado el seguro y estoy un poquito nerviosa, así que no hagas tonterías —avisó. Luego se apoyó sobre una rodilla y alargó la mano hacia el bolsillo de sus pantalones.

Nigel se movió muy deprisa.

Rodó hacia un lado al tiempo que levantaba el brazo derecho para golpearla. Toni se lo pensó una milésima de segundo antes de apretar el gatillo, y para entonces ya era tarde. Nigel la hizo perder el equilibrio y cayó de lado. Para frenar el golpe, apoyó la mano izquierda en el suelo y dejó caer el arma.

Nigel le asestó una violenta patada que la alcanzó en la cadera. Toni recuperó el equilibrio y se levantó lo más deprisa que pudo, adelantándose a Nigel, que acababa de ponerse de rodillas. Le propinó un puntapié en la cara y su adversario cayó de espaldas, llevándose ambas manos a la mejilla, pero no tardó en recuperarse. Ahora la miraba con una mezcla de ira y odio, como si no acabara de creer que le hubiera devuelto el golpe.

Toni cogió rápido la pistola y le apuntó. Nigel frenó en seco.

—Vamos a intentarlo de nuevo —dijo—. Esta vez, saca tú el arma… muy despacito.

Nigel hundió la mano en el bolsillo.

Toni alargó el brazo con el que sostenía el arma.

—Y, por favor, dame una excusa para volarte la tapa de los sesos.

Nigel sacó el arma.

—Tírala al suelo.

Nigel sonrió.

—¿Alguna vez has disparado a alguien?

—Que la tires al suelo, he dicho.

—No creo que lo hayas hecho.

Estaba en lo cierto. Toni había recibido el entrenamiento necesario para utilizar armas de fuego y las había llevado encima en determinadas operaciones, pero nunca había disparado a nada que no fuera una diana. La mera idea de abrir un agujero en el cuerpo de otro ser humano le resultaba repugnante.

—No vas a dispararme —insistió él.

—Ponme a prueba y verás.

En ese instante, la señora Gallo entró en la cocina, sosteniendo al cachorro.

—Este pobre bicho aún no ha desayunado —dijo la anciana.

Nigel alzó el arma.

Toni le disparó en el hombro derecho.

Estaba a solo dos metros de él y tenía buena puntería, así que no le costó herirle exactamente donde quería. Apretó el gatillo dos veces, tal como le habían enseñado. El doble disparo resonó en la cocina con un estruendo ensordecedor. Dos orificios redondos aparecieron en el jersey rosado, uno junto al otro en el punto donde se unían el brazo y el hombro. La pistola cayó a los pies de Nigel, que gritó de dolor y retrocedió con paso tambaleante hasta la nevera.

La propia Toni estaba perpleja. En el fondo, no se creía capaz de hacerlo. Era algo completamente abyecto, y la convertía en un monstruo. Sintió náuseas.

—¡Hija de la gran puta! —chilló Nigel.

Como por arte de magia, aquellas palabras le devolvieron el aplomo perdido.

—Da gracias de que no te he disparado al estómago —replicó ella—. ¡Al suelo, venga!

Nigel se dejó caer al suelo y rodó hasta quedarse boca abajo, sin apartar la mano de la herida.

—Pondré agua a calentar —anunció la señora Gallo.

Toni cogió la pistola de Nigel y le puso el seguro. Luego en-

vainó ambas armas en la cinturilla de los vaqueros y abrió la puerta de la despensa.

—¿Qué ha pasado? —preguntó Stanley—. ¿Hay alguien herido?

—Sí, Nigel —respondió Toni con serenidad. Cogió unas tijeras de cocina y las usó para cortar la cuerda de tender que envolvía las manos y los pies de Stanley. En cuanto lo hubo liberado, este la rodeó con los brazos y la estrechó con fuerza.

—Gracias —le susurró al oído.

Toni cerró los ojos. La pesadilla de las últimas horas no había cambiado los sentimientos de Stanley. Lo abrazó con fuerza, deseando poder alargar aquel momento, y luego se apartó suavemente.

—Ten —dijo, tendiéndole las tijeras—. Libera a los demás. —Entonces sacó una de las pistolas—. Kit no puede andar muy lejos, y seguro que ha oído los disparos. ¿Sabes si va armado?

—No creo —contestó Stanley.

Toni se sintió aliviada. Eso simplificaría las cosas.

—¡Sacadnos de esta habitación helada, por favor! —suplicó Olga.

Stanley se dio la vuelta para cortarle las ataduras.

Entonces se oyó la voz de Kit:

—¡Que nadie se mueva!

Toni se dio la vuelta, al tiempo que empuñaba el arma. Kit estaba parado en el umbral de la puerta. No llevaba pistola, pero sostenía un vulgar frasco de perfume como si se tratara de un arma. Toni reconoció el frasco que había visto llenar de Madoba-2 en la grabación de las cámaras de seguridad.

—Llevo el virus aquí dentro —anunció—. Una gota bastaría para mataros.

Nadie se movió.

Kit miraba directamente a Toni, que le apuntaba con la pistola. Él, a su vez, le apuntaba con el pulverizador.

—Si me disparas, dejaré caer el frasco y se romperá.

—Si nos atacas con eso, tú también morirás.

—Me da igual —replicó él—. Me lo he jugado todo en esto. He planeado el robo, he traicionado a mi familia y he participado en una conspiración para matar a cientos, quizá miles, de personas. Ahora que he llegado hasta aquí no pienso echarme atrás. Antes muerto.

Mientras lo decía, se dio cuenta de que era cierto. Ni siquiera el dinero parecía tener para él la misma importancia que antes. Lo único que realmente deseaba era salir victorioso.

—¿Cómo hemos podido llegar a esto, Kit? —preguntó Stanley.

Kit le sostuvo la mirada. Encontró ira en sus ojos, tal como esperaba, pero también dolor. Stanley tenía la misma expresión que cuando *mamma* Marta había muerto. «Tú te lo has buscado», pensó Kit con rabia.

—Es demasiado tarde para las disculpas —retrucó con brusquedad.

—No pensaba disculparme —repuso Stanley con gesto desolado.

Kit miró a Nigel, que estaba sentado en el suelo, sujetándose el hombro herido con la mano contraria. Aquello explicaba los dos disparos que lo habían llevado a coger el frasco de perfume a modo de arma antes de volver a entrar en la cocina.

Nigel se levantó con dificultad.

—¡Joder, cómo duele! —se quejó.

—Pásame las pistolas, Toni —ordenó Kit—. Y date prisa si no quieres que suelte esta mierda.

Toni dudó.

—Creo que lo dice en serio —apuntó Stanley.

—Déjalas sobre la mesa —ordenó Kit.

Toni depositó las pistolas sobre la mesa de la cocina, junto al maletín en el que los ladrones habían transportado el frasco de perfume.

—Nigel, recógelas —dijo Kit.

Con la mano izquierda, Nigel cogió una pistola y se la metió en el bolsillo. Luego cogió la segunda, la tanteó unos segundos como si tratara de calcular su peso y, con pasmosa velocidad, la estrelló contra el rostro de Toni. Esta soltó un grito y cayó hacia atrás.

Kit montó en cólera.

—¿Qué coño haces? —gritó—. No hay tiempo para eso. ¡Tenemos que largarnos!

—No me des órdenes —replicó Nigel con aspereza—. Esta zorra me ha disparado.

Kit no tuvo más que mirar a Toni para saber que ya se daba por muerta. Pero no había tiempo para disfrutar de la venganza.

—Esta zorra me ha destrozado la vida, pero no pienso echarlo todo a perder con tal de vengarme —replicó Kit—. ¡Venga, déjalo ya!

Nigel dudaba, mirando a Toni con un odio visceral.

—¡Vámonos de una vez! —gritó Kit.

Finalmente, Nigel dio la espalda a Toni.

—¿Y qué pasa con Elton y Daisy?

—Que les den por el culo.

—Ojalá tuviéramos tiempo para atar a tu viejo y a su querida.

—Pero ¿tú eres idiota o qué? ¿Todavía no te has dado cuenta de que no llegamos?

El interpelado miró a Kit con furia asesina.

—¿Qué me has llamado?

Nigel necesitaba matar a alguien, comprendió Kit al fin, y en aquel preciso instante estaba considerando la posibilidad de convertirlo en su chivo expiatorio. Fue un momento aterrador. Kit alzó el frasco de perfume en el aire y le sostuvo la mirada, esperando que su vida se acabara de un momento a otro.

Finalmente, Nigel bajó la mirada y dijo:

—Venga, larguémonos de aquí.

Kit salió de la casa a toda prisa. Había dejado el motor del Mercedes en marcha, y la nieve que cubría el capó empezaba a derretirse por efecto del calor. El parabrisas y las ventanillas laterales estaban más o menos despejados en los sitios donde él los había barrido apresuradamente con las manos. Se sentó al volante y se metió el frasco de perfume en el bolsillo de la chaqueta. Nigel se subió precipitadamente al asiento del acompañante, gimiendo de dolor a causa de la herida en el hombro.

Kit metió la primera y pisó el acelerador, pero nada ocurrió. La máquina quitanieves se había detenido un metro más allá, y delante del parachoques se amontonaba una pila de nieve de más de medio metro de altura. Kit pisó el acelerador más a fondo y el motor rugió, acusando el esfuerzo.

—¡Vamos, vamos! —exclamó Kit—. ¡Esto es un puto Mercedes, debería poder apartar un poco de nieve, que para eso tiene un motor de no sé cuántos caballos!

Aceleró un poco más, pero no quería que las ruedas perdieran tracción y empezaran a resbalar. El coche avanzó unos cuantos centímetros, y la nieve apilada pareció resquebrajarse y ceder. Kit miró hacia atrás. Su padre y Toni estaban de pie frente a la casa, observándolo. No se acercarían, supuso Kit, porque sabían que Nigel llevaba las pistolas encima.

De pronto, la nieve se desmoronó y el coche avanzó bruscamente.

Kit sintió una euforia sin límites mientras avanzaba cada vez más deprisa por la carretera despejada. Steepfall le había parecido una cárcel de la que nunca lograría escapar, pero al fin lo había conseguido. Pasó por delante del garaje… y vio a Daisy.

Frenó instintivamente.

—¿Qué coño ha pasado? —se preguntó Nigel.

Daisy caminaba hacia ellos, apoyándose en Craig por un lado y en Sophie, la malhumorada hija de Ned, por el otro. Arrastraba las piernas como si fueran muñones inertes y su cabeza parecía un despojo sanguinolento. Un poco más allá estaba el Ferrari de Stanley, con sus sensuales curvas abolladas y deformadas, su reluciente pintura azul rayada. ¿Qué demonios habría pasado?

—¡Para y recógela! —ordenó Nigel.

Kit recordó cómo Daisy lo había humillado y casi lo había ahogado en la piscina de su padre el día anterior.

—Que le den —replicó. Él iba al volante, y no pensaba retrasar su fuga por ella. Pisó el acelerador.

El largo capó verde del Mercedes se levantó como un caballo encabritado y arrancó de sopetón. Craig solo tuvo un segundo para reaccionar. Cogió la capucha del anorak de Sophie con la mano derecha y tiró de ella hacia el borde de la carretera, retrocediendo al mismo tiempo que ella. Como iba entre ambos, Daisy también se vio arrastrada hacia atrás. Cayeron los tres en la mullida nieve que se apilaba al borde de la carretera. Daisy gritó de rabia y dolor.

El coche pasó de largo a toda velocidad, esquivándolos por poco. Craig reconoció a su tío Kit al volante y se quedó de una pieza. Casi lo había matado. ¿Lo había hecho queriendo, o confiaba en que Craig tendría tiempo para apartarse?

—¡Hijo de puta! —gritó Daisy, y apuntó con la pistola al coche.

Kit aceleró, dejando atrás el Ferrari, y enfiló la sinuosa carretera que bordeaba el acantilado. Craig comprobó con terror que Daisy se disponía a dispararle. Tenía el pulso firme, pese al dolor atroz que debía de sentir. Apretó el gatillo, y Craig vio cómo una de las ventanillas traseras saltaba hecha añicos.

Daisy siguió la trayectoria del coche con el brazo y disparó repetidamente, mientras el eyector del arma escupía los cartuchos vacíos. Una hilera de balas se clavó en un costado del coche, y luego se oyó un estruendo distinto. Uno de los neumáticos de delante se había reventado, y una tira de caucho salió volando por los aires.

El coche siguió avanzando en línea recta por unos instantes. Luego volcó bruscamente y el capó se empotró contra la nieve apilada al borde de la carretera, levantando una fina lluvia blanca. La cola del vehículo derrapó y fue a estrellarse contra el muro bajo que bordeaba el acantilado. Craig reconoció el chirrido metálico del acero abollado.

El coche patinó de lado. Daisy seguía disparando, y el parabrisas estalló en mil pedazos. El coche empezó a volcar lentamente, primero inclinándose hacia un costado, como si le faltara impulso, y desplomándose luego sobre el techo. Resbaló unos cuantos metros panza arriba y luego se detuvo.

Daisy bajó la mano que empuñaba el arma y cayó hacia atrás con los ojos cerrados.

Craig la siguió con la mirada. La pistola cayó de su mano. Sophie rompió a llorar.

Craig alargó el brazo por encima del cuerpo de Daisy, sin apartar los ojos de los suyos, aterrado ante la posibilidad de que los abriera en cualquiera momento. Sus dedos se cerraron en torno a la cálida empuñadura del arma y la recogió.

La sostuvo con la mano derecha e introdujo el dedo en el guardamonte. Apuntó directamente al entrecejo de Daisy. Lo

único que le importaba en aquel momento era que aquel ser monstruoso nunca más volviera a amenazarlo, ni a Sophie, ni a nadie de su familia. Lentamente, apretó el gatillo.

Se oyó un clic. El cargador estaba vacío.

Kit estaba tendido sobre el techo del coche. Le dolía todo el cuerpo y en especial el cuello, como si se lo hubiera torcido, pero podía mover todas las extremidades. Se las arregló para incorporarse. Nigel yacía a su lado, inconsciente, acaso muerto.

Intentó salir del coche. Asió el tirador y empujó la puerta hacia fuera, pero no se abría. Se había quedado atascada. La emprendió a puñetazos con la puerta, pero fue en vano. Pulsó el botón elevalunas, pero eso tampoco dio resultado. Se le pasó por la cabeza que podía quedarse allí atrapado hasta que fueran los bomberos a rescatarlo, y por un momento sucumbió al pánico. Luego vio que el parabrisas estaba agrietado. Lo golpeó con la mano y sacó sin dificultad un gran trozo de cristal roto.

Salió gateando por el hueco del parabrisas, sin fijarse en los cristales rotos, y una esquirla se le clavó en la palma de la mano. Gritó de dolor y se llevó la mano a la boca para succionar la herida, pero no podía detenerse. Se deslizó por debajo del capó y se incorporó con dificultad. El viento marino que soplaba tierra adentro azotaba su rostro sin piedad. Miró a su alrededor.

Stanley y Toni Gallo corrían en su dirección.

Toni se detuvo junto a Daisy, que estaba inconsciente. Craig y Sophie parecían asustados pero ilesos.

—¿Qué ha pasado? —preguntó Toni.

—No paraba de dispararnos —explicó Craig—. La he atropellado.

Toni siguió la mirada de Craig y vio el Ferrari de Stanley,

abollado por ambos extremos y con todas las ventanillas hechas trizas.

—¡Cielo santo! —exclamó Stanley.

Toni le tomó el pulso a Daisy. Su corazón seguía latiendo, aunque débilmente.

—Sigue viva… pero apenas.

—Tengo su pistola. Está descargada.

Toni decidió que los chicos estaban bien. Volvió los ojos hacia el Mercedes que se acababa de estrellar. Kit salió de su interior y Toni echó a correr hacia él. Stanley la seguía de cerca.

Kit huía por la carretera en dirección al bosque, pero estaba maltrecho y aturdido a causa del accidente y caminaba de forma errática. «Nunca lo conseguirá», pensó Toni. A los pocos pasos, Kit se tambaleó y cayó al suelo.

Al parecer, también él se había percatado de que por allí no podría escapar. Se levantó con dificultad, cambió el rumbo de sus pasos y se dirigió al acantilado.

Al pasar por delante del Mercedes, Toni echó un vistazo a su interior y reconoció a Nigel, convertido en un amasijo de carne torturada, con los ojos abiertos y la mirada inexpresiva de la muerte. «Y van tres», pensó Toni. Uno de los ladrones estaba atado, la otra inconsciente y el tercero muerto. Solo quedaba Kit.

Kit resbaló en la calzada helada, se tambaleó, recuperó el equilibrio y se dio la vuelta. Sacó el frasco de perfume del bolsillo y lo empuñó como si fuera un arma.

—Quietos, u os mato a todos —amenazó.

Toni y Stanley frenaron en seco.

El rostro de Kit era la viva imagen del dolor y la ira. Toni reconoció a un hombre que había perdido el alma. Sería capaz de cualquier cosa: matar a su familia, matarse a sí mismo, acabar con el mundo entero.

—Aquí fuera no funciona, Kit —observó Stanley.

Toni se preguntó si sería verdad. Kit debió de pensar lo mismo:

—¿Por qué no?

—Fíjate en el viento que hace —explicó Stanley—. Las gotas se dispersarán antes de que puedan hacer daño a nadie.

—Que os den por el culo a todos —dijo Kit, y tiró la botella al aire. Luego se dio media vuelta, saltó por encima del muro y echó a correr hasta el borde del acantilado, que quedaba a escasos metros de distancia.

Stanley se fue tras él.

Toni cogió el frasco de perfume antes de que cayera al suelo.

Stanley se lanzó en plancha con los brazos estirados hacia delante. Casi logró coger a Kit por los hombros, pero sus manos resbalaron. Cayó al suelo, pero se las arregló para apresar una pierna de su hijo y la agarró con fuerza. Kit cayó al suelo con la cabeza y los hombros colgando del borde del acantilado. Stanley se tiró encima de él, sujetándolo con su propio peso.

Toni se asomó al precipicio. Treinta metros más abajo, las olas reventaban contra las escarpadas rocas.

Kit forcejeaba, pero su padre lo sujetó con firmeza hasta que dejó de resistirse.

Stanley se levantó lentamente y ayudó a Kit a incorporarse. Este tenía los ojos cerrados y temblaba, conmocionado, como si acabara de tener un síncope.

—Se acabó —dijo Stanley, abrazando a su hijo—. Ya pasó todo.

Permanecieron así, inmóviles junto al borde del acantilado, los cabellos azotados por el viento, hasta que Kit dejó de temblar. Luego, con suma delicadeza, Stanley le hizo dar media vuelta y lo guió de vuelta a la casa.

La familia estaba reunida en el salón, silenciosa y atónita, sin acabar de creer que la pesadilla había terminado. Stanley había cogido el móvil de Kit para llamar a una ambulancia mientras Nellie se empeñaba en lamerle las manos. Hugo estaba tendi-

do en el sofá, cubierto con varias mantas, y Olga le limpiaba las heridas. Miranda hacía lo mismo con Tom y Ned. Kit se había tumbado boca arriba en el suelo, los ojos cerrados. Craig y Sophie hablaban en voz baja en un rincón. Caroline había encontrado todos sus ratones y estaba sentada con la jaula sobre las rodillas. La madre de Toni estaba a su lado, con el cachorro en el regazo. El árbol de Navidad titilaba en un rincón.

Toni llamó a Odette.

—¿Cuánto has dicho que tardarían esos helicópteros en llegar hasta aquí?

—Una hora —contestó—. Eso sería si salieran ahora mismo, pero en cuanto ha dejado de nevar les he dado orden de despegar hacia ahí. Están en Inverburn, a la espera de instrucciones. ¿Por qué lo preguntas?

—He detenido a la banda y he recuperado el virus, pero...

—¿Qué, tú sola? —Odette no salía de su asombro.

—Olvídate de eso. Ahora lo importante es coger al cliente, la persona que está intentando comprar el virus y usarlo para matar a un montón de gente. Tenemos que dar con él.

—Ojalá pudiéramos.

—Creo que podemos, si nos damos prisa. ¿Podrías enviarme un helicóptero?

—¿Dónde estás?

—En casa de Stanley Oxenford, Steepfall. Está justo sobre el acantilado que sobresale de la costa exactamente veinticuatro kilómetros al norte de Inverburn. Hay cuatro edificios que forman un cuadrado, y el piloto verá dos coches estrellados en el jardín.

—Veo que no te has aburrido.

—Necesito que el helicóptero me traiga un micrófono y un radiotransmisor inalámbricos. Tiene que ser lo bastante pequeño para caber en el tapón de una botella.

—¿Cuánto tiempo de autonomía tiene que tener el transmisor?

—Cuarenta y ocho horas.

—Vale, no hay problema. Supongo que tendrán alguno en la jefatura de Inverburn.

—Una cosa más. Necesito un frasco de perfume, de la marca Diablerie.

—Eso no creo que lo tengan en jefatura. Habrá que atracar alguna perfumería del centro.

—No tenemos mucho tiempo… espera. —Olga trataba de decirle algo. Toni la miró y preguntó:

—Perdona, ¿qué dices?

—Yo puedo darte un frasco de Diablerie idéntico al que había sobre la mesa. Es la colonia que uso normalmente.

—Gracias. —Toni se volvió hacia el auricular—. Olvídate del perfume, ya lo he solucionado. ¿En cuánto tiempo puedes hacerme llegar ese helicóptero?

—Diez minutos.

Toni consultó su reloj.

—Puede que sea demasiado tarde.

—¿Dónde tiene que ir el helicóptero después de recogerte a ti?

—Ahora te vuelvo a llamar y te lo digo —contestó Toni, y colgó el teléfono.

Se arrodilló en el suelo junto a Kit. Estaba pálido. Tenía los ojos cerrados pero no dormía, pues respiraba con normalidad y se estremecía cada cierto tiempo.

—Kit —empezó. No hubo respuesta—. Kit, tengo que hacerte una pregunta. Es muy importante.

Kit abrió los ojos.

—Ibais a encontraros con el cliente a las diez, ¿verdad?

Un silencio tenso se adueñó de la habitación. Todos los presentes se volvieron hacia ellos.

Kit miró a Toni pero no dijo una sola palabra.

—Necesito saber dónde habíais quedado con el cliente.

El interpelado apartó la mirada.

—Kit, por favor.

Sus labios se entreabrieron. Toni se acercó más a su rostro.

—No —susurró Kit.

—Piénsalo bien —le urgió ella—. Esto podría ser tu salvación.

—Y una mierda.

—Te lo digo en serio. El daño causado ha sido mínimo, aunque la intención fuera otra. Hemos recuperado el virus.

Los ojos de Kit recorrieron la habitación de un extremo al otro, deteniéndose en cada miembro de la familia.

Leyendo sus pensamientos, Toni dijo:

—Les has hecho mucho daño, pero no parecen dispuestos a abandonarte todavía. Están todos aquí, a tu lado.

Kit cerró los ojos.

Toni se acercó más a él.

—Podrías empezar a redimirte ahora mismo.

Stanley abrió la boca para decir algo, pero Miranda lo detuvo alzando la mano, y fue ella quien tomó la palabra.

—Kit, por favor... —empezó—. Haz algo bueno, después de todo este daño. Hazlo por ti, para que sepas que no eres tan malo como crees. Dile a Toni lo que necesita saber.

Kit cerró los ojos con fuerza y las lágrimas rodaron por su rostro. Finalmente, dijo:

—Academia de aviación de Inverburn.

—Gracias —susurró Toni.

10.00

Toni había subido a lo alto de la torre de control de la academia de aviación. Junto a ella en la exigua habitación estaban también Frank Hackett, Kit Oxenford y un agente de la policía regional escocesa. El helicóptero militar que los había transportado hasta allí permanecía oculto en el hangar. Les había ido de un pelo, pero habían llegado a tiempo.

Kit se aferraba al maletín de piel granate como si le fuera la vida en ello. Estaba pálido, el rostro convertido en una máscara inexpresiva. Obedecía órdenes como un autómata.

Todos escrutaban el cielo más allá de los grandes ventanales. Empezaban a abrirse claros entre las nubes y el sol brillaba en la pista de aterrizaje cubierta de nieve, pero no había rastro del helicóptero del cliente.

Toni sostenía el móvil de Nigel Buchanan, esperando a que sonara. La batería se le había acabado en algún momento de la noche, pero era muy similar al teléfono de Hugo, así que le había cogido prestado el cargador, que estaba ahora enchufado a la pared.

—El piloto ya debería haber llamado —comentó Toni, impaciente.

—Puede que lleve unos minutos de retraso —apuntó Frank.

Toni pulsó algunos botones del móvil para averiguar el último número que Nigel había marcado. La última llamada se

había hecho a las 23.45 de la noche anterior, al parecer a un teléfono móvil.

—Kit —dijo—, ¿sabes si Nigel llamó al cliente poco antes de la medianoche?

—Sí, a su piloto.

Toni se volvió hacia Frank.

—Tiene que ser este número. Creo que deberíamos llamar.

—De acuerdo.

Toni pulsó el botón de llamada y le pasó el móvil al agente de policía, que se lo acercó al oído. Al cabo de unos segundos, dijo:

—Sí, soy yo. ¿Dónde estáis? —Hablaba con un acento londinense similar al de Nigel, motivo por el que Frank se lo había llevado consigo—. ¿Tan cerca? —preguntó, escrutando el cielo a través del ventanal—. Desde aquí no se ve nada…

Mientras hablaba, un helicóptero descendió entre las nubes.

Toni notó cómo se le tensaban todos los músculos.

El agente colgó el teléfono. Toni sacó su propio móvil y llamó a Odette, que estaba en la sala de control de operaciones de Scotland Yard.

—Cliente a la vista.

Odette no podía ocultar su emoción.

—Dame el número de la matrícula.

—Espera un segundo… —Toni escudriñó la cola del aparato hasta distinguir la matrícula, y entonces leyó en alto la secuencia de letras y números. Odette los repitió y luego colgaron.

El helicóptero descendió, produciendo un torbellino de nieve con las palas del rotor, y aterrizó a unos cien metros de la torre de control.

Frank miró a Kit y asintió.

—Ahora te toca a ti.

Kit pareció dudar.

—Solo tienes que seguir el plan al pie de la letra —le re-

cordó Toni—. Dices «hemos tenido algún problemilla por culpa del mal tiempo, pero nada grave». Todo irá bien, ya verás.

Kit bajó las escaleras con el maletín en la mano.

Toni no tenía ni idea de si Kit seguiría las instrucciones que le había dado. Llevaba más de veinticuatro horas sin pegar ojo, había sobrevivido a un aparatoso accidente de coche y estaba emocionalmente destrozado. Su comportamiento era imprevisible.

Había dos hombres en la cabina de mando del helicóptero. Uno de ellos, supuestamente el copiloto, abrió una puerta y se apeó del aparato, cargando una gran maleta. Era un hombre fornido de estatura mediana y llevaba gafas de sol. Se alejó del helicóptero con la cabeza agachada.

Instantes después, Kit salió de la torre y echó a caminar por la nieve en dirección al helicóptero.

—Tranquilo, Kit —dijo Toni en voz alta.

Frank emitió un gruñido.

Los dos hombres se encontraron a medio camino. Intercambiaron algunas palabras. ¿Le estaría preguntando el copiloto dónde se había metido Nigel? Kit señaló la torre de control. ¿Qué estaría diciendo? Quizá algo del tipo «Nigel me ha enviado a hacer la entrega». Pero también podía estar diciendo «La pasma está allá arriba, en la torre de control». El desconocido formuló más preguntas, a las que Kit contestó encogiéndose de hombros.

El móvil de Toni empezó a sonar. Era Odette.

—El helicóptero está registrado a nombre de Adam Hallan, un banquero de Londres —dijo—, pero él no va a bordo.

—Lástima.

—No te preocupes, tampoco esperaba que lo hiciera. El piloto y el copiloto trabajan para él. En el plan de vuelo pone que su destino es el helipuerto de Battersea, justo enfrente de la casa que el señor Hallan posee en Cheyne Walk, al otro lado del río.

—Entonces ¿es nuestro hombre?

—Me jugaría el cuello a que sí. Llevamos mucho tiempo detrás de él.

El copiloto señaló el maletín granate. Kit lo abrió y le enseñó un frasco de Diablerie que descansaba sobre una capa de perlas de poliestireno expandido. El copiloto dejó la maleta en el suelo y la abrió. En su interior se apilaban, estrechamente alineados, gruesos fajos de billetes de cincuenta libras envueltos en cintas de papel. Allí tenía que haber por lo menos un millón de libras, pensó Toni, quizás dos. Tal como se le había ordenado, Kit sacó uno de los fajos y lo inspeccionó pasando los billetes rápidamente con el dedo.

—Han hecho el intercambio —informó Toni a Odette—. Kit está comprobando los billetes.

Los dos hombres se miraron, asintieron y se estrecharon la mano. Kit hizo entrega del maletín granate y luego cogió la maleta, que parecía pesar lo suyo. El copiloto echó a andar hacia el helicóptero y Kit volvió a la torre de control.

Tan pronto como el copiloto subió a bordo, el helicóptero despegó.

Toni seguía al teléfono.

—¿Recibes la señal del transmisor que hemos puesto en el frasco? —le preguntó a Odette.

—Perfectamente —contestó esta—. Ya tenemos a esos cabrones.

26
DE DICIEMBRE

19.00

Hacía frío en Londres. No había nevado, pero un viento gélido barría los edificios antiguos y las sinuosas calles. Los transeún-
tes caminaban con los hombros encogidos y se ceñían las bu-
fandas alrededor del cuello mientras buscaban apresuradamente
la calidez de los pubs y restaurantes, de los hoteles y salas de
cine.

Toni Gallo iba en el asiento trasero de un Audi gris junto
a Odette Cressy, una rubia de cuarenta y pocos años que lucía
un traje chaqueta oscuro y una camisa rojo escarlata. En la parte
delantera del vehículo iban dos agentes de policía; uno conducía
mientras el otro seguía la señal de un receptor de radio inalám-
brico y le indicaba adónde debía dirigirse.

La policía llevaba treinta y tres horas siguiendo la pista del
frasco de perfume. El helicóptero había aterrizado en el suroeste
de Londres, tal como se esperaba. El piloto se había subido a un
coche y había cruzado el puente de Battersea hasta la casa que
poseía Adam Hallan a orillas del río. A lo largo de toda la noche, el transmisor de radio había permanecido fijo, enviando la
señal regularmente desde algún punto de la elegante mansión
dieciochesca. Odette no quería detener a Hallan todavía, pues
deseaba atrapar en sus redes no solo al magnate, sino también
al máximo número de terroristas que pudiera.

Toni había pasado la mayor parte del tiempo durmiendo. Se

había acostado poco antes del mediodía del día de Navidad, creyendo que no lograría conciliar el sueño. No dejaba de pensar en el helicóptero que sobrevolaba Gran Bretaña en aquellos precisos instantes, y le preocupaba que el diminuto transmisor de radio pudiera fallar. Sin embargo, pese a todos sus temores, a los pocos segundos había caído en un profundo sueño.

Por la noche había ido hasta Steepfall para encontrarse con Stanley. Se habían dado la mano y habían estado hablando durante una hora en su estudio. Luego, ella había cogido un avión con destino a Londres y había dormido de un tirón hasta el día siguiente en el piso de Odette, en Camden Town.

Además de seguir la señal de radio, la policía londinense había mantenido bajo estrecha vigilancia a Adam Hallan, a su piloto y al copiloto. Por la mañana, Toni y Odette se habían unido al equipo que vigilaba la casa de Hallan.

Toni había alcanzado su principal objetivo —las muestras del virus mortal volvían a estar a salvo en el Kremlin—, pero también deseaba atrapar a los responsables de la pesadilla que acababa de vivir. Quería justicia.

Hallan había dado una fiesta a mediodía que había congregado en su casa a unas cincuenta personas de las más variopintas procedencias y edades, todas ellas ataviadas con ropa informal de aspecto caro. Uno de los invitados se había marchado con el frasco de perfume. Toni, Odette y el equipo de rastreo habían seguido la señal de radio hasta Bayswater y se habían pasado toda la tarde montando guardia frente a una residencia de estudiantes.

A las siete de la tarde, el radiotransmisor acusó un nuevo movimiento.

Una joven salió de la residencia. A la luz de las farolas de la calle, Toni alcanzó a ver que tenía una preciosa cabellera oscura, abundante y reluciente, y que llevaba un bolso al hombro. La joven se levantó el cuello del abrigo y echó a caminar por la acera. Un agente de policía vestido de paisano se apeó de un Rover marrón y la siguió.

—Creo que ya los tenemos —apuntó Toni—. Va a propagar el virus.

—Quiero verlo —repuso Odette—. De cara al juicio, necesito que haya testigos del intento de homicidio.

Toni y Odette perdieron de vista a la joven, que se metió en una boca de metro. La señal de radio se debilitó de modo alarmante cuando bajó al subsuelo, permaneció estática durante un rato y luego volvió a señalar movimiento, seguramente porque la sospechosa se había subido al metro. Siguieron la débil señal, temiendo que se desvaneciera y que la joven se las arreglara para despistar al agente vestido de paisano que la seguía. Pero volvió a la superficie en la parada de Piccadilly Circus, y el agente seguía tras ella. Perdieron contacto visual por unos segundos, cuando la joven dobló por una calle de sentido único, pero poco después el agente de policía llamó a Odette desde el móvil para informarla de que la mujer había entrado en un teatro.

—Ahí es donde va a soltarlo —predijo Toni.

Los coches de la policía secreta se detuvieron frente al teatro. Odette y Toni entraron en el edificio seguidas por dos hombres que viajaban en el segundo coche. El espectáculo en cartel, una historia de fantasmas convertida en musical, gozaba de gran popularidad entre los estadounidenses que visitaban Londres. La chica de la melena exuberante se había puesto en la cola de recogida de entradas.

Mientras esperaba, sacó del bolso un frasco de perfume. Con un ademán rápido y de lo más natural, se roció la cabeza y los hombros. Nadie a su alrededor se fijó en el gesto. A lo sumo, supondrían que quería oler bien para el hombre con el que había quedado. Un pelo tan hermoso tenía que oler bien. Curiosamente, el perfume era inodoro, aunque nadie pareció caer en ese detalle.

—Eso ha estado bien —dijo Odette—. Pero dejaremos que lo haga de nuevo.

El frasco contenía agua del grifo, pero aun así Toni se estremeció. Si no hubiera podido dar el cambiazo a tiempo, aquel frasco estaría repleto de Madoba-2, y el mero hecho de inspirar habría acabado con su vida.

La mujer recogió su entrada y accedió al interior del teatro. Odette se dirigió al acomodador y le enseñó sus credenciales. Acto seguido, los agentes de policía siguieron a la mujer, que entró en el bar y volvió a rociarse con el spray. Luego repitió el ademán en el lavabo de señoras. Por último, se acomodó en el patio de butacas y volvió a esparcir el contenido del frasco a su alrededor. Su plan, supuso Toni, era hacer uso del vaporizador varias veces más durante el entreacto, y luego en los pasillos atestados de espectadores que abandonaban el teatro al término de la función. Hacia el final de la velada, casi todas las personas presentes en el edificio habrían respirado la esencia letal.

Mientras observaba la escena desde el fondo del auditorio, Toni distinguió varios acentos a su alrededor: había una mujer del sur de Estados Unidos que había comprado un precioso pañuelo de cachemira, alguien de Boston explicaba dónde había aparcado el coche, un neoyorquino comentaba indignado que había pagado cinco «dólares» por una taza de café. Si el frasco de perfume hubiera contenido realmente el virus, tal como estaba planeado, todas aquellas personas habrían quedado infectadas por el Madoba-2. Habrían vuelto a su país, abrazado a los suyos, saludado a los vecinos y regresado al trabajo, y les habrían hablado a todos de sus vacaciones en Europa como si nada.

Diez o doce días después, habrían caído enfermas. «Cogí un catarro en Londres y todavía no me lo he quitado de encima», habrían dicho. Al estornudar, habrían infectado a sus allegados, amigos y compañeros. Lo síntomas habrían ido a más, y sus médicos les habrían diagnosticado gripe. Solo cuando empezaran a morir, se darían cuenta de que se trataba de algo mucho más grave que una simple gripe. A medida que el virus mor-

tal se fuera extendiendo rápidamente de barrio en barrio y de ciudad en ciudad, los médicos empezarían a comprender a qué se enfrentaban, pero para entonces ya sería demasiado tarde.

Nada de todo eso iba a pasar, pero Toni sentía un escalofrío cada vez que pensaba en lo cerca que había estado de ocurrir.

Un hombre ataviado con esmoquin las abordó, visiblemente nervioso.

—Soy el gerente del teatro —dijo—. ¿Qué ocurre?

—Estamos a punto de efectuar una detención —le informó Odette—. Quizá sea buena idea no levantar el telón hasta entonces. Solo será un minuto.

—Espero que no haya ningún altercado.

—Yo también, se lo aseguro. —El público ya se había acomodado en sus butacas—. De acuerdo —dijo Odette, volviéndose hacia los dos agentes de policía—: ya hemos visto suficiente. Id a por ella, pero sed discretos.

Los dos hombres que habían viajado en el segundo coche bajaron por los pasillos laterales del teatro y se detuvieron cada uno en un extremo de la fila que ocupaba la mujer de hermosa melena. Esta miró a uno de los agentes, luego al otro.

—Haga el favor de acompañarme, señorita —le dijo el agente que estaba más cerca.

El silencio se adueñó del patio de butacas mientras el público observaba la escena, preguntándose si aquello formaría parte del espectáculo.

La mujer permaneció sentada, pero sacó el frasco de perfume y volvió a rociarse. El agente, un hombre joven que lucía una americana corta, se abrió paso como pudo entre los espectadores hasta llegar a su butaca.

—Por favor, acompáñeme ahora mismo —repitió. La joven se levantó, alzó el frasco y roció de nuevo el aire a su alrededor—. No se moleste —le indicó el agente—. Solo es agua.

Luego la cogió del brazo, la condujo hasta el pasillo y la escoltó hasta el fondo de la sala.

Toni no podía apartar los ojos de la detenida. Era joven y hermosa, y sin embargo había estado dispuesta a suicidarse. Toni se preguntó por qué.

Odette cogió el frasco de perfume y lo dejó caer en el interior de una bolsa de plástico transparente.

—*Diablerie*... —dijo—. Es una palabra francesa, ¿sabes qué significa?

La mujer movió la cabeza en señal de negación.

—Obra del demonio. —Odette se volvió hacia el agente de policía—. Espósala y llévatela de aquí.

DÍA DE NAVIDAD, UN AÑO DESPUÉS

19.50

Toni salió del cuarto de baño desnuda y cruzó la habitación de hotel para coger el teléfono.

—Dios, qué guapa eres —le dijo Stanley desde la cama.

Toni sonrió a su marido. Llevaba puesto un albornoz azul demasiado pequeño para él que dejaba entrever sus largas y musculosas piernas.

—Tú tampoco estás nada mal —replicó ella, sosteniendo el auricular. Era su madre—. Feliz Navidad —dijo.

—Tu antiguo novio está en la tele —informó la señora Gallo.

—¿Qué hace, cantar villancicos con el coro de la policía?

—Carl Osborne le está haciendo una entrevista, y Frank está explicando cómo atrapó a aquellos terroristas el año pasado por estas fechas.

—¿Que él los atrapó? —Por un momento, Toni se sintió indignada, pero luego pensó «¿qué más da?»—. Bueno, necesita venderse, anda detrás de un ascenso. ¿Cómo está mi hermana?

—Preparando la comida de Navidad.

Toni consultó su reloj de muñeca. Allí, en el Caribe, faltaban unos minutos para las ocho de la noche. En Inglaterra eran casi las tres de la madrugada, pero en casa de Bella siempre se comía a deshora.

—¿Qué te ha regalado por Navidad?

—Iremos a comprar algo en las rebajas de enero, que sale más a cuenta.

—¿Te ha gustado mi regalo? —Toni había ofrecido a su madre una rebeca de cachemira de color salmón.

—Es precioso. Gracias, cariño.

—¿Cómo está Osborne?

Se refería al cachorro de pastor inglés. La señora Gallo lo había adoptado, y desde entonces había crecido hasta convertirse en un perrazo cuyo lanudo pelo blanquinegro le cubría los ojos.

—Se porta muy bien, y desde ayer no ha tenido ningún desliz.

—¿Y los niños?

—Correteando por la casa, destrozando sus regalos. Tengo que dejarte, querida, la reina está en la tele.

—Hasta luego, madre. Gracias por llamar.

En cuanto colgó el teléfono, Stanley dijo:

—Supongo que no hay tiempo para… ya sabes, antes de cenar.

Toni fingió escandalizarse.

—¡Pero si acabamos de… ya sabes!

—¡De eso hace horas! Pero si estás cansada… comprendo que una mujer de tu edad…

—¿De mi edad? —Toni se subió a la cama de un salto y se sentó a horcajadas sobre él—. Con que de mi edad, ¿eh? —Cogió una almohada y lo azotó con ella.

Stanley reía sin parar, suplicando clemencia. Toni apartó la almohada y lo besó.

Había supuesto que Stanley era un buen amante, pero jamás habría imaginado que fuera tan apasionado. Nunca olvidaría sus primeras vacaciones juntos. En una suite del Ritz de París, él le había vendado los ojos y le había atado las manos a la cabecera de la cama. Mientras ella yacía allí, desnuda e indefensa, él le había rozado los labios con una pluma, luego con una

cucharilla de plata, y después con una fresa. Toni nunca hasta entonces se había concentrado con tanta intensidad en percibir las sensaciones de su cuerpo. Stanley le había acariciado los senos con un pañuelo de seda, un chal de cachemira y unos guantes de piel. Ella se había sentido como si estuviera flotando en el mar, suavemente mecida por oleadas de placer. Él le había besado las corvas de las rodillas, la cara interna de los muslos, la delicada piel interior de los brazos, la garganta. Lo había hecho todo muy despacio, demorándose en cada caricia hasta que ella se había sentido a punto de estallar de deseo. Le había rozado los pezones con cubitos de hielo y la había untado por dentro con aceite tibio. Había seguido así hasta que ella le había suplicado que la penetrara, y entonces la había hecho esperar un poquito más. Después, Toni le había dicho:

—No lo sabía, pero llevaba toda la vida deseando que un hombre me hiciera algo así.

—Lo sé —había replicado él.

Y ahora se sentía juguetón.

—Venga, uno rapidito —sugirió—. Te dejaré ponerte encima.

—Bueeno, vaale —había dicho ella, fingiendo un suspiro de resignación—. Hay que ver lo que tiene que hacer una chica hoy día solo para...

Alguien llamó a la puerta.

—¿Quién es? —preguntó Stanley.

—Olga. Toni iba a prestarme un collar.

Toni sabía que Stanley estaba a punto de decirle a su hija que se fuera, pero lo detuvo poniendo una mano sobre sus labios.

—Espera un segundo, Olga —dijo en voz alta.

Se apartó de Stanley. Olga y Miranda se estaban tomando muy bien lo de tener una madrastra de su propia edad, pero Toni no quería abusar de su suerte. No le parecía buena idea recordarles que su padre tenía una vida sexual de lo más activa.

Stanley se levantó de la cama y se fue al cuarto de baño. Toni

se puso una bata de seda verde y fue a abrir la puerta. Olga entró a grandes zancadas en la habitación, arreglada para cenar. Lucía un vestido de algodón negro con un pronunciado escote.

—¿Me prestas tu collar de azabache?

—Claro. Espera, que lo busco.

Desde el cuarto de baño se oía el agua de la ducha.

Olga bajó la voz, algo insólito en ella.

—Quería preguntarte algo… ¿sabes si papá ha visto a Kit?

—Sí. Fue a visitarlo a la cárcel el día antes de venirnos aquí.

—¿Cómo está?

—Incómodo, frustrado y aburrido, como era de esperar, pero no le han dado ninguna paliza, ni lo han violado, y tampoco se pincha. —Toni encontró el collar y lo puso alrededor del cuello de Olga—. Te sienta mejor que a mí. Está claro que el negro no es mi color. ¿Por qué no le preguntas directamente a tu padre sobre Kit?

—Se le ve tan feliz… no quería aguarle la fiesta. No te importa, ¿verdad?

—Para nada. —Al contrario, Toni se sentía halagada por el hecho de que Olga recurriera a ella como lo habría hecho con su madre, para comprobar si Stanley estaba bien sin tener que importunarlo con el tipo de preguntas que los hombres detestaban—. ¿Sabías que Elton y Hamish están en la misma cárcel que él? —comentó Toni.

—¡No! ¡Qué horror!

—No te creas. Kit está enseñando a leer a Elton.

—¿No sabe leer?

—Apenas. Sabe reconocer unas pocas palabras: autopista, Londres, centro, aeropuerto. Kit ha empezado con «Mi mamá me mima».

—Dios santo, la de vueltas que da la vida. ¿Te has enterado de lo de Daisy?

—No, ¿qué ha pasado?

—Mató a otra reclusa de la cárcel donde cumplía condena, y

la juzgaron por homicidio en primer grado. Le tocó defenderla una compañera mía, una chica joven, pero le cayó la perpetua, añadida a la pena que ya estaba cumpliendo. No saldrá de la cárcel hasta que cumpla los setenta. Ojalá siguiera existiendo la pena de muerte.

Toni comprendía el odio de Olga. Hugo nunca se había recuperado del todo de la brutal paliza que Daisy le había propinado. Había perdido la visión en un ojo, y lo que era peor aún, su carácter vivaracho. Ahora se le veía más tranquilo, menos calavera, pero también menos divertido, y aquella sonrisa suya de chico malo ya no era más que un recuerdo.

—La lástima es que su padre siga suelto —repuso Toni. Harry Mac había sido acusado de complicidad en el robo, pero la declaración de Kit no había sido suficiente para condenarlo y el jurado lo había declarado inocente, así que había vuelto tranquilamente a las andadas.

—También he sabido algo de él últimamente. Tiene cáncer. Empezó por los pulmones, pero se le ha extendido a todo el cuerpo. Le han dado tres meses de vida.

—Vaya, vaya —comentó Toni—. Al final va a resultar que existe la justicia.

Miranda sacó del armario una muda limpia para Ned: pantalón de lino negro y camisa a cuadros. No es que él lo esperara de ella, pero si no lo hacía, Ned era muy capaz de bajar a cenar en pantalón corto y camiseta. No era un inútil, pero sí muy despistado. Miranda había aprendido a aceptarlo.

Y ese no era el único rasgo de su carácter que había aprendido a aceptar. Ahora comprendía que Ned nunca entraría al trapo a la primera de cambio, ni siquiera para defenderla, pero en cambio podía estar segura de que nunca le fallaría en los momentos realmente difíciles. El modo en que había encajado uno tras otro los golpes de Daisy para proteger a Tom se lo había demostrado más allá de toda duda.

Miranda estaba lista. Se había puesto una camisa de algodón rosa sin mangas y una falda plisada. El conjunto la hacía un poco ancha de caderas, pero en realidad era un poco ancha de caderas, y Ned le aseguraba que le gustaba así.

Pasó al cuarto de baño. Ned estaba sentado en la bañera, leyendo una biografía de Molière en francés. Le quitó el libro de las manos.

—El asesino es el mayordomo.

—Vaya, me has fastidiado el final —bromeó él, al tiempo que se levantaba.

Miranda le tendió una toalla.

—Voy a ver si los chicos están listos.

Antes de salir de la habitación, cogió un pequeño paquete de la mesilla de noche y lo guardó en su bolso de fiesta.

Las habitaciones del hotel eran cabañas individuales que se alzaban frente a la playa. Una cálida brisa acarició los brazos desnudos de Miranda mientras se dirigía a la cabaña que su hijo Tom compartía con Craig.

Este último se estaba poniendo gel en el pelo mientras Tom se ataba los zapatos.

—¿Cómo estáis, chicos? —preguntó Miranda.

Era una pregunta ociosa. Se les veía bronceados y felices después de haber pasado el día practicando windsurf y esquí acuático.

Tom estaba dejando de ser un niño. Había crecido seis centímetros a lo largo de los últimos seis meses, y ya no se lo contaba todo a su madre. En cierto modo, eso la entristecía. Durante doce años, lo había sido todo para él, y sabía que su hijo seguiría dependiendo de ella algunos años más, pero la inevitable separación había empezado.

Miranda dejó a los chicos y se fue a la siguiente cabaña, donde dormían Sophie y Caroline. Esta ya se había ido, por lo que encontró a Sophie a solas. Estaba de pie frente al armario, en ropa interior, tratando de elegir modelito. No le hizo ninguna gracia descubrir que llevaba puesto un sensual conjunto

de tanga y sostén negro de copa muy baja, que le dejaba los pezones al aire.

—¿Ha visto tu madre ese disfraz? —preguntó.

—Mi madre me deja ponerme lo que quiera —replicó Sophie con aire suficiente.

Miranda se sentó en una silla.

—Ven un momento, quiero hablar contigo.

Sophie se acercó a regañadientes y se sentó en la cama. Cruzó las piernas y miró hacia otro lado.

—Preferiría mil veces que fuera tu madre la que te dijera esto, pero puesto que no está aquí, tendré que hacerlo yo.

—¿Decirme el qué?

—Creo que eres demasiado joven para tener relaciones sexuales. Solo tienes quince años, y Craig solo tiene dieciséis.

—Tiene casi diecisiete.

—Aun así, lo que estáis haciendo es incluso ilegal.

—No en este país.

Miranda había olvidado que no estaban en el Reino Unido.

—Bueno, vale, pero de todas formas sois demasiado jóvenes.

Sophie hizo una mueca de hastío y puso los ojos en blanco.

—Por el amor de Dios.

—Sabía que no me ibas a dar las gracias, pero tenía que decírtelo —insistió Miranda.

—Bueno, pues ya lo has dicho —replicó Sophie con brusquedad.

—Sin embargo, también sé que no te puedo obligar a hacer lo que yo te diga.

Sophie parecía sorprendida. No esperaba oír ningún tipo de concesión.

Miranda sacó del bolso el paquetito que había guardado antes.

—Así que, si pese a todo te empeñas en desobedecerme, quiero que uses esto —añadió, tendiéndole una caja de preservativos.

Sophie la cogió sin pronunciar palabra. Su rostro era el vivo retrato de la perplejidad.

Miranda se levantó.

—No quiero que te quedes embarazada estando bajo mi responsabilidad.

Se dirigió a la puerta.

—Gracias —oyó decir a Sophie mientras salía.

El abuelo había reservado un salón en el restaurante del hotel para los diez miembros de la familia Oxenford. Un camarero rodeó la mesa sirviendo champán. Solo faltaba Sophie. La esperaron un rato, pero luego el abuelo se levantó, y todos guardaron silencio.

—Hay filete de ternera para cenar —anunció—. Había encargado un pavo, pero al parecer se ha dado a la fuga.

Todos rieron al unísono.

Stanley prosiguió, ahora en un tono más serio.

—El año pasado no llegamos a celebrar la Navidad como Dios manda, así que he pensado que la de este año debía ser especial.

—Gracias por invitarnos, papá —apuntó Miranda.

—Estos últimos doce meses han sido los peores de mi vida, pero también los mejores —continuó—. Ninguno de nosotros volverá a ser el mismo después de lo que ocurrió en Steepfall hace ahora un año.

Craig miró a su padre. Hugo, desde luego, no volvería a ser el mismo. Uno de sus ojos permanecía semicerrado todo el tiempo, y en su rostro había una expresión apática y vagamente amistosa. A menudo parecía ajeno a cuanto ocurría a su alrededor.

El abuelo siguió hablando:

—De no haber sido por Toni, solo Dios sabe cómo podía haber acabado todo aquello.

Craig miró a Toni. Estaba guapísima, con un vestido de seda marrón que realzaba su melena pelirroja. El abuelo estaba loco por ella. «Debe de sentir casi lo mismo que siento yo por Sophie», pensó.

—Luego tuvimos que revivir toda la pesadilla dos veces —recordó el abuelo—. Primero con la policía. Por cierto, Olga, ¿qué forma es esa de tomarle declaración a la gente? Te hacen preguntas, anotan las respuestas y luego las convierten en algo que no tiene nada que ver con lo que tú has dicho, que está plagado de errores y que ni siquiera suena a lo que diría un ser humano, y a eso lo llaman tu declaración.

—A los abogados de la acusación les gusta decir las cosas a su manera —contestó Olga.

—¿«Me hallaba circulando por la vía pública en dirección oeste» y todo eso?

—Exacto.

El abuelo se encogió de hombros.

—Bueno, luego tuvimos que volver a pasar por el mismo calvario durante el juicio, y para colmo hubo quien tuvo la desfachatez de sugerir que nosotros merecíamos ser castigados por haber herido a unos tipos que se habían colado en nuestra casa, nos habían atacado y nos habían atado de pies y manos. Y para postre tuvimos que leer las mismas insinuaciones absurdas en los diarios.

Craig nunca lo olvidaría. El abogado de Daisy había insinuado que él había intentado matarla porque la había atropellado mientras ella le disparaba. Era ridículo, pero por unos momentos, en la sala de juicio, aquella versión de los hechos había sonado casi plausible.

El abuelo prosiguió:

—Toda aquella pesadilla me recordó que la vida es corta, y me hizo darme cuenta de que tenía que compartir con todos vosotros lo que sentía por Toni y dejar de perder el tiempo. No hace falta que os diga lo felices que somos. Y luego mi nue-

vo fármaco recibió luz verde para la experimentación con seres humanos, gracias a lo cual el futuro de la empresa quedó asegurado y yo pude comprarme otro Ferrari... y pagarle a Craig el carnet de conducir.

Todos rieron, y Craig se sonrojó. No le había hablado a nadie de la primera abolladura que había hecho en el coche del abuelo. Solo Sophie lo sabía. Seguía sintiéndose avergonzado y culpable por ello. Se dijo a sí mismo que a lo mejor lo confesaba cuando llegara a viejo, «a los treinta o así».

—Pero basta ya de hablar del pasado —concluyó el abuelo—. Propongo un brindis: Feliz Navidad a todos.

—Feliz Navidad —repitieron los presentes al unísono.

Sophie llegó mientras servían los entrantes. Estaba deslumbrante. Se había recogido el pelo en la nuca y llevaba unos delicados pendientes largos. Parecía tener por lo menos veinte años. Craig se quedó sin aliento al pensar que aquella era su chica.

Mientras pasaba por detrás de su silla, Sophie se inclinó y le susurró al oído:

—Miranda me ha dado condones.

Craig se sobresaltó de tal modo que derramó el champán.

—¿Qué?

—Ya lo has oído —repuso ella, tomando asiento.

Craig le sonrió, aunque había llevado sus propias provisiones. «Caray con la tía Miranda, quién lo hubiera dicho...»

—¿A qué viene esa sonrisa, Craig? —preguntó Stanley.

—Nada, abuelo —contestó—. Me siento feliz, eso es todo.

AGRADECIMIENTOS

He tenido el privilegio de visitar dos laboratorios de alta seguridad. En el Canadian Science Center for Animal and Human Health de Winnipeg, Manitoba, Stefan Wagener, Laura Douglas y Kelly Keith me ofrecieron su inestimable ayuda. En la Health Protection Agency de Colindale, Londres, fueron David Brown y Emily Collins quienes me brindaron su colaboración. Sandy Ellis y George Korch también me han asesorado sobre laboratorios de alta seguridad y procedimientos clínicos.

En materia de seguridad y bioseguridad, he contado con la inestimable ayuda de Keith Crowdy, Mike Bluestone y Neil McDonald. Para tratar de comprender cómo reaccionarían las fuerzas de seguridad en caso de peligro biológico, he contado con la experiencia de la subinspectora jefe Norma Graham, así como del comisario Andy Barker y la inspectora Fiona Barker, todos ellos pertenecientes a la Central Scotland Police de Stirling.

Anthony Holden y Daniel Meinertzhagen han esclarecido mis dudas en torno al juego, y además tuve el honor de leer el mecanoscrito del libro de David Anton *Stacking the Deck: Beating America's Casinos at their own Game*.

Daniel Starer, de la agencia Research for Writers de Nueva York, se encargó de localizar a muchos de los expertos que acabo de mencionar.

Por último, deseo dar las gracias a mis editores, Leslie Gelbman, Phyllis Grann, Neil Nyren e Imogen Tate por sus comentarios sobre los distintos borradores de esta novela, a mis agentes Al Zuckerman y Amy Berkower, a Karen Studsrud y a toda mi familia, en especial a Barbara Follett, Emanuele Follett, Greig Stewart, Jann Turner y Kim Turner.